暴風雪

C・J・ボックス

JN138399

猟区管理官ジョー・ピケットは、アレン州知事からある事件の捜査を命じられる。昨年7月に、英国大手広告会社社長の女性が、サラトガ地区で失踪した。彼女はジョーの娘シェリダンが働く高級リゾート牧場に滞在後、空港へ向かう途中に忽然と姿を消していた。行方を探るためにジョーが現地へ赴くと、盟友の鷹匠ネイトが現れる。彼はジョーに、タカ狩りに関する問題の解決に協力してほしい、その代わりジョーの調査を手伝うと言う。サラトガ担当猟区管理官の謎めいた離職も絡んで、事態は予想外の展開に……。大人気冒険サスペンス・シリーズ新作！

登場人物

ジョー・ピケット……………………ワイオミング州猟区管理官
メアリーベス・ピケット……………ジョーの妻
シェリダン・ピケット………………ピケット家の長女
エイプリル・ピケット………………ピケット家の次女
ルーシー・ピケット…………………ピケット家の三女
ネイト・ロマノウスキ………………鷹匠《たかじょう》。ジョーの盟友
コルター・アレン……………………ワイオミング州知事
コナー・ハンロン……………………アレンの首席補佐官
ケイト・シェルフォード－ロングデン…英国の大手広告会社最高経営責任者《CEO》
ソフィ・シェルフォード－ロングデン…ケイトの妹
リチャード・チータム………………ケイトの元夫
ビリー・ブラッドワース……………〈デイリー・ディスパッチ〉の記者
マーク・ゴードン……………………シルヴァー・クリーク牧場支配人
ランス・ラムジー……………………シルヴァー・クリーク牧場乗用馬係主任
マイケル・ウィリアムズ……………州犯罪捜査部《DCI》捜査官

スティーヴ・ポロック……………サラトガ地区の猟区管理官
ブレイディ・ヤングバーグ………
ベン・ヤングバーグ………………ララミーの蹄鉄工《ていてつこう》
ケイシー・スケールズ……………狩猟漁業局監督官
ロン・ニール………………………カーボン郡保安官
ワイリー・フライ…………………製材所の夜間管理人
ジェブ・プライアー………………製材所オーナー
ジェイレン・スパンクス…………巡査
キャロル・シュミット……………〈ヴァレー・フーズ〉店員
キム・ミラー………………………〈ホテル・ウルフ〉バーテンダー
ジェフ・ワッソン…………………鷹匠
ゲイラン・ケッセル………………〈バックブラッシュ電力〉の責任者の一人
テッド・パノス……………………ケッセルの部下
ジャック・トイブナー……………トイブナー養魚場オーナー
ジョシュア・トイブナー…………ジャックの息子
レス・マクナイト…………………罠猟師

暴　風　雪

C・J・ボックス
野口百合子　訳

創元推理文庫

THE DISAPPEARED

by

C. J. Box

This book is published in Japan
by TOKYO SOGENSHA Co.,Ltd.
This edition published by arrangement with
G. P. Putnam's Sons, an imprint of Penguin Publishing Group,
a division of Penguin Random House LLC
through Tuttle-Mori Agency, Inc.,Tokyo

暴風雪

アッパー・ノース・プラット・リヴァー・ヴァレーの皆さんに捧げる。
そしていつものようにローリーに。

第一部

どこに行き着くわけでもないしなんの得にもならないのに
あの人あっちでおかしくなっちゃったのね
——マイケル・バートン「ナイト・ライダーズ・ラメント」

1

ちょっとした犯罪者になるずっと前から、ワイリー・フライは煙の臭いに慣れていた。木を燃やす煙は服や髪や黒いふさふさとしたあごひげにしみついて、自分ではもう気づかない。バーで隣のスツールにすわった酔っぱらいやコンビニ〈カムンゴー〉の列に並んだ客が、自分を避けるようにしてきれいな空気を吸おうと横を向くとき、臭《くさ》いんだなと思うだけだ。

だが、べつにかまわなかった。体からもっとひどい臭いがしていたことが何度もあるし、木を燃やす煙はそう悪くない。

今日のような寒い夜は、製材所の横の削り屑《くず》の山を小型ホイールローダーで次々と焼却炉へ運んでしまえば、あとは監視小屋でのんびりして、炎の温《ぬく》もりとやわらかい毛布のような煙に包まれていればいい。

ワイリーは壁の照明の下にある金属製デスクの前にすわり、携帯電話の暗い画面を見つめていた。午前二時四十五分。客は十五分遅れている。ワイリーは気をもみはじめた。外の炎の轟音《ごうおん》でメッセージの着信音を聞きとれないので、画面を見ているしかない。ワイリーがいる錆《さ》びついた小屋は焼却炉の基部から十五メートル以上離れているが、炎の音はまるでジェットエンジンの中にいるかのように響いてくる。西側の壁は——波形鉄板で、焼却炉に面している——とても熱くてさわれない。アッパー・ノース・プラット・リヴァー・ヴァレーの真冬の一月、ワイリーはだれよりも暖かい雇われ仕事についている。だからよしとしよう。

仕事中暖かくしているために悪臭がしみつくのなら、喜んでがまんする。いまだにワイリーは、ノースダコタ州の油田で屋外作業をしていた冬の悪夢を見る。凍傷にかかって足の指二本と片手の小指の先をなくした。

ほぼ一分おきに、ヘッドライトが近づいてくるのを期待して、ワイリーはデスクの上の携帯から道路に面した入口の小さな半透明の窓へ目を上げた。煙のせいで膜《まく》がかかったようにガラスがよごれているので、はっきりとは見えない。洗浄液で毎晩きれいに拭《ふ》いていてもだめなのだ。

ヘッドライトの光はまだ見えない。

汗をかいているのは炎の熱のせいだけではなかった。彼は指先でいらいらとデスクの表面をたたいた。胃酸がせりあがってくるのを感じ、リヴァーサイドの〈ベア・トラップ〉で夕飯に食べたグリーン・チリ・ブリトーの味が口の中に広がった。長い夜になりそうだ。

形が似ているので〝ミツバチの巣《ビーハイヴ》〟〝インディアン・テント《ティーピー》〟〝インディアン小屋《ウィグワム》〟といった呼称のある円錐形《えんすいけい》の鋼鉄の焼却炉は、暗闇の中でごうごうと音をたて、ワイオミング州エンキャンプメントの凍《い》てついた夜空に濃い煙を噴きあげている。焼却炉の高さは十五メートルほどで、燃やしているのは製材所から出る削り屑だ。

もっとも盛大な焼却は意図的に夜おこなわれる――煙のすごさを見られて苦情を言われるのを避けるため、近所の住民が寝ているあいだに。炎はきわめて高温になることが多く、焼却炉の壁は巨大な葉巻の燃える先端部分のように真っ赤になり、風向きしだいの火花が最上部の鋼鉄の網から流れ星のように飛びだしてくる。基部が削り屑でいっぱいで燃えさかっているとき、中の温度は五百度を軽く超える。

望むことをするには都合のいい時間帯がある、とワイリーはメッセージを送ってくる男たちに言われていた。シエラマドレ山脈のふもとの人口四百人に満たない小さな集落であるエンキャンプメントでは、真夜中に活動している人間はめったにいないとはいえ、計画をスムーズに運ぶためにはとくに都合のいい時間帯があるのだ。午前二時十五分から三時半ぐらいのあいだ。

二時過ぎは、近隣の三軒のバーが閉店したあとまだ車で走っている酔っぱらいが何人かいる。住民百五十人あたりにバー一軒というのはちょうどいい割合だとワイリーは思っていた

――二軒は人口五十人ほどの隣の小村リヴァーサイドに並んで建っており、一軒はエンキャンプメントにある。二時にようやくバーが閉まると、牧場従業員は寝泊まり小屋へ、伐採労働者は家へ、数時間眠るために帰る。失業者の酔っぱらいは、どこであれ失業者の酔っぱらいが帰るところへ帰る。

ワイリーは窓から、帰途につく今晩最後の酔っぱらいたちを見た。乱暴な運転でマキャフリー・アヴェニューをとばしていく者、滑稽《こっけい》なほどのろのろと用心深い運転で帰る者。排気管から出る煙は寒さで白い雲になっている。泥酔して室内灯を消し忘れていればドライバーまでときどき見える。だが、炎の轟音のせいで車の音は聞こえない。なにも聞こえない。

ジェイレン・スパンクスという町の警官――〈ベア・トラップ〉の常連がジェイレン・マスかき野郎《スパンクス・ヒズ・モンキー》というあだ名をつけた――は毎晩同じルーティンで三時半に見回りに来る。ワイリーはたいてい監視小屋から出てあいさつする。ジェイレンは運転席から二本の指を上げてお返しの敬礼をする。外が寒すぎない夜は、車の窓を下げて変わりはないかと聞くこともある。ワイリーはいつも愛想よく手みじかに答えるようにしている。ジェイレンとは親しくなりたくなかった。なぜなら彼は自尊心が強く、制服が与えている権威をちょっとばかり真剣に考えすぎているからだ。小さな町の警官にありがちだな、とワイリーは思っていた。

ワイリーはまた携帯に目を落とした。彼らは二十分遅れている。早く来ないと、ジェイレンの巡回と鉢合わせしかねない。そうなったらとんでもないことになる。犯罪に巻きこまれず、クビになったりもっとひどいはめに陥《おちい》ったりしないようにうまく言いのがれるのは、えらくたいへんだろう。

だから〈遅れる〉というメッセージが来て携帯の画面が明るくなったとき、ワイリーは思わず「くそ」とどなった。

その直後に〈五分後〉というメッセージが届いた。

「急ぎやがれ、ちくしょう」ワイリーは罵《ののし》った。

するとまたメッセージが来た。〈外へ出ていろ〉

「わかった、わかったよ」ワイリーは分厚い〈カーハート〉の上着を着て、耳をおおうようにフラップを下ろした〈ストーミークローマー〉のウールキャップをかぶった。ポケットに両手を入れて小屋の外へ出ると、二つのヘッドライトが道路からこちらへ曲がってくるところだった。

寒さでたちまち顔の露出した部分がこわばり、ワイリーは上着のえりにあごを埋めて歩きだし、小屋と焼却炉から離れた。息を吸うと瞬時に鼻の中に氷の結晶ができるので、気温は零下三十度近いだろう。

入ってくる車を、乗っている彼らの顔を、ワイリーは見ないことになっていた。また、焼却炉でなにをしているのかも見ないことになっていた。

それが取引の条件だった。
それがワイリーがちょっとした犯罪者である理由だった。

製材所のオーナーのジェブ・プライアーの話では、シエラマドレ山脈のほぼすべての樹木がマツノキクイムシにやられ、この十年で立ち枯れ状態になってしまうあいだ、合衆国森林局は黙って手をこまねいていた。気が遠くなるほど大量の木材がだめになっていく一方で、何百人もの失業した伐採労働者は濃い緑から錆びた茶色へ変わっていく山々を眺めているしかなかった。伐採用道路が再開したのは、五ヵ月に及ぶ山火事がいくつも起きて手に負えなくなったあとのことだった。

枯れた木々を伐採しないという連邦政府の方針は地球温暖化をくいとめることに関係していたんだ、とプライアーは嘆いていた。

いまになって、何千本もの枯れたマツが山々から三十キロ弱離れたサラトガの大きな製材所に運ばれている。ワイリーが夜間の管理人をしているエンキャンプメントのこのはるかに小さい製材所にも。

マツノキクイムシにやられた木はふつうのマツとは違っており、きわめて需要が多いことにみんなが驚いた。ふつうのマツと異なっているのは、この枯れたマツを材木にするとしばしば青や緑の色合いを帯びた渦形《うずがた》のしみがある点で、それは家具職人やデザイナーが喜ぶ

〝独特の味〟なのだという。サラトガの製材所は、火事で燃えたり腐って倒れたりする前に山から枯れ木を伐採しようと、やっきになっている。

ノースダコタ州で職を失ったあと、たとえ給料が安く勤務時間が過酷でも、ワイリーは製材所の仕事に飛びついた。

二人の娘の養育費を払わなければならず、元妻は彼を捨てたあと働こうとしなかった。それに、ガレージに断熱材を入れて居心地をよくして、廃棄されたパソコンをいじりまわしたり、薬莢《やっきょう》を再利用した手製の弾薬を作ったりする作業場にしたかった。また、不慣れなオンライン・ポーカーに手を出してさんざんな目にあい、借金の返済もしなければならなかった。

だから数ヵ月前、監視小屋のデスクの前にすわっていたときに非通知の番号からかかってきた電話を好奇心からとり、聞こえるように小屋の外へ出た。

かけてきた男はワイリーの名前と仕事、製材所の勤務時間を知っていた。男は焼却炉の最大出力での温度を尋ねた。その腹に響くしわがれ声は、金属パイプを切る鋼鉄のやすりのようだった。耳ざわりな声で、いつものワイリーなら権力者然とした相手にはいらだってしまうのだが、とにかく話を聞いた。

男は尋ねた。ワイリー・フライはなにもしないも同然で小遣い稼ぎをしたくないか？

ワイリーは興味を引かれた。どういう目論見《もくろみ》なのか聞くと、答えが必要なら取引は終わりだと告げられた。

ワイリーは答えを知らなくてもいいと言った。

「ただ、危険なごみを燃やすつもりじゃないよな。おれはここの空気を吸わなくちゃならないんだ」

「危険なものじゃない」男は請《う》けあった。

そういうわけでいままでこれが続いている。十日か二週間おきに、彼らがあらわれる。

製材所の建物まで来て、ワイリーは下方の焼却炉や車を見ないように注意しながら削り屑の山を一周した。彼らがピックアップを投入口までバックさせているのがわかった。ハンドルを切りながら向きを変えるピックアップのヘッドライトの光が、建物の正面をよぎるのが見えたからだ。

削り屑の山を二周したあと、ワイリーはピックアップが去っていくのを認めた。彼らの作業はすばやい。赤いテールライトが暗闇を遠ざかり、北のサラトガへ向かう道路へ曲がっていった。

フランネルで裏打ちしたジーンズをはいているにもかかわらず、早くも寒さで脚がこわばるのに驚きながら、彼は監視小屋へ引きかえした。ドアのすぐそばまで来たとき、突然白光に照らされた。

ワイリーはぎょっとして振りかえった。

「散歩か？」ジェイレン・スパンクスがSUVの開いた窓から声をかけた。焼却炉が視界をさえぎって横の道が見えないので、ワイリーは警官が構内へ入ってくるのに気づいていなかった。スパンクスは出ていくピックアップを目にしただろうか？

「ちょっと外の空気を吸っている」ワイリーは手袋をはめた手で光をさえぎった。

「それには今晩は冷えるじゃないか？」

「えらく寒いな、ほんと」ワイリーは小屋のほうへうなずいた。「だけど、あの中が煙たくなってね」

スパンクスはワイリーがまぶしくないようにスポットライトを横に向けた。

「今晩はやけに盛大に燃やしているじゃないか」スパンクスは言った。感想を述べただけなのか質問なのか、ワイリーはわからなかった。だが警官が言いそうなことだ。

「じきに下火になりはじめるよ。今晩の最後の分の削り屑を入れたところだ」

「これ以上入れると町全体があったまるだろうな」

そいつはいいことか、悪いことか？　ワイリーは思ったが口には出さなかった。この一週間、一帯は北極並みの寒さだった。

スパンクスは開いた窓から身を乗りだし、鼻をクンクンいわせた。

「なんの臭いだ？」

「燃える木だよ」

「いや、別のものも燃えているみたいだ」

ワイリーも臭いを嗅いだ。燃える毛とちょっとローストチキンに似たなにかの、つんとくるかすかな臭い。もうスポットライトに直撃されてはいないが、スパンクスに顔を見られないようにワイリーは手袋をはめた手を上げたままにした。

「ああ、さっきごみをくべたんだ。たぶんそれだよ。作業員がごみの樽《たる》に昼飯の残りを放りこむんだ」

「なるほど」

「それが問題か?」ワイリーは聞いた。「自分とこのごみを燃やすのに許可かなんかいるのか?」

「そうは思わないが、署長に聞いてみる」スパンクスは答えた。

「わかった」

「それじゃ」スパンクスは窓を閉めながら言った。「おやすみ」

「おやすみ」

警官のSUVは砂利道を去っていった。

ワイリーは長い震えるため息をついた。

小屋の中のデスクの上に封筒があった。約束どおり、現金で二千五百ドル。

ワイリーは一瞬目を閉じ、ピックアップの男たちが焼却炉になにを投げこんだのか考えまいとした。

なんであれ、それはいまごろ灰と化しており、ワイリーと子どもたちとガレージに必要な金が手に入った。

2

キャロル・シュミットもその臭いを嗅いだ。

シュミットはやせ形で強靭《きょうじん》できびきびと動く六十九歳、その必要がないときでもつねに活動的だ。〈ヴァレー・フーズ〉でレジ係と袋詰め係としてフルタイムで働いているほかに、入院中の復員軍人のためにアフガン編みの毛布を編み、エンキャンプメント・ハイスクールの男子チームと女子チームの試合を見にいき、以前は園芸クラブの会長もつとめていた。

飼い犬のブリッジャーが雪の積もった狭い裏庭で用を足すのを待つあいだ、彼女は防風ドアの奥に立っていた。ブリッジャーは八歳の牡《おす》で体重は四十キロ近く、マラミュートとゴールデンレトリーバーの雑種だ。脚が三本しかない。犬があちこち嗅ぎまわりながら暗がりをうろうろするのを、キャロルはいらだちながら見守っていた。ブリッジャーの白い鼻づらと脚がわずかな光に浮かびあがり、しっぽはぴんと立ってメトロノームのように前後に揺れている。

牡犬《おすいぬ》をせかしてもしかたがない。防風ドアを開けてひそひそ声で早くと命じれば、従って家の中へ戻ってくるが、用をすませていなければあとでまた外へ出さなければならない。待ちながら、ついついちょっとばかり毒づいた。「ブリッジャー坊やのくそったれ――早くして」

うしろめたい気持ちになった。裏口から入ってくるとき牡犬はいつもとてもうれしそうで、自分もうれしい気分にしてくれる。排泄《はいせつ》という単純な行為でブリッジャーが毎晩これほど幸せになるのを、キャロルはいとおしく思ってきた。まるで、これまで生きてきた中で最高にすばらしい経験をしたかのようだ。

犬がうらやましかった。

ブリッジャーはポールが飼った最後の犬だった。八年前、バトル・マウンテン・ロードの脇で見つけた子犬を夫は家に連れて帰ってきた。ポールは山の伐採作業から帰宅するところで、子犬は車に轢《ひ》かれて放置されたまま死を待っていた。

クンクン鳴くつぶらな目をした小さなベージュと白の毛のかたまりを抱いて、ポールが玄関から入ってきたとき、キャロルはすぐになにがどうあろうとこの犬を飼うことになると知った。内臓の損傷の治療と、つぶれた右前脚の切断手術にどれほど獣医代がかかろうと。ポールは子犬をブリッジャーと名づけた。この子犬と同じように毛が長い同じ名前のマウンテンマン（十九世紀にロッキー山脈で活動していた罠猟師・探検家）がいたからだ、とポールは説明した。そしてそのジム・ブリッジャーは昔ある男を死ぬがままに見捨てたのだという。

キャロルはその関連づけがまったく理解できなかった。

いまはブリッジャーだけが彼女の家族だ。二年前、バトル・マウンテン・ロードの下りでトラックのブレーキがきかなくなってカーブを曲がりそこねた事故のせいで、ポールは死んだ。生木を満載していて勢いがついたトレーラートラックを、ポールは止められなかったのだ。

瀕死《ひんし》の状態で救急救命士に運転台から助けだされたあと、頭部に重傷を負った彼はローリンズのカーボン郡記念病院で三日三晩生死の境をさまよったあげく、息をひきとった。意識は一度も戻らず、キャロルはずっと二人がかわした最後の会話はなんだったろうと考えながら付き添っていた。そして、こうだったと思うに至った。

ポール（日の出前に上着を着ながら）「昼飯にはなにを入れてくれた？」

キャロル「ボローニャソーセージのサンドイッチ二つ、ポテトチップ、裂けるチーズ《ストリング》よ」

ポール「いいね。ストリングチーズは好きだ」

病院での二晩目、真夜中過ぎにポールのまぶたが震え、キャロルの小さな手を握る彼の手に力がこもった。

ひとことだけ言った。
ブ、リ、ッ、ジ、ャ、ー。
キ、ャ、ロ、ルではなかった。
彼女は悪くとらなかった。彼は正気ではなかったし、最後に考えたのは家族の中でいちばん弱い生きもののことだったのだ、と思うことにした。


だから、道路の向こうの焼却炉のオレンジ色の光を反射する凍ったガラスの奥に立って、彼女はブリッジャーを待った。

ナイトガウンの上にポールの古い〈カーハート〉の上着をはおっていた。いまでも彼の匂いがする。ディーゼル油とマツの削り屑《くず》の匂い。はだしの足には〈ソレル〉の防水ブーツをはいていた。防風ドアを閉めていても、夜の冷気がしのびこんでくる。裾《すそ》の折り返しとブーツの上部のあいだのふくらはぎが、寒さで痛いほどだ。

それでも彼女は少しだけドアを開けて嗅いだ。木を燃やす煙の匂いには慣れており、まったく気にしていなかった。その匂い自体に温《ぬく》もりがあるように感じられ、ポールを思い出した。二人の長い結婚生活を象徴する匂いがあるとしたら、木を燃やす煙だろう。

だが空中には違うものが漂っており、キャロルは子ども時代の不快な記憶を呼びさまされた。ずっと昔の出来事で心の底に押しこめていたので、何十年も考えたことはなかった。年をとればとるほど、若かったころのことばかりがよみがえって一週間前の出来事を忘れてしまうのは、気がかりだった。認知症の初期段階に入ったのではないかと、キャロル・シュミットは恐れていた。だからその記憶を脇に押しやった。

焼却炉は赤熱した光を放っている。

彼女が見ていると、一台のピックアップのシルエットがその正面を通りすぎた。夜のこんな時間なのに変だ。ごく近いので、キャロルは道路の向こう側の製材所をよく観察していた。シフトがいつ交替するか、伐採されたばかりの木がいつ山から到着するか、削り屑や廃棄物が暗くなる前の何時ごろ焼却炉に運ばれるか。

そして、いまあそこにいるのは焼却炉の番人だけで、彼は荷台にキャンパーシェル（脱着できる居住部分）のついた新モデルのピックアップで構内を走りまわったりしないことも知っていた。

二、三分後、そのピックアップはヘッドライトを消したまま方向転換して連絡道路へ走ってきた。これもまた変だった。

見られないように、キャロルは防風ドアの凍ったガラスからさらに奥へ下がった。製材所のオレンジ色の光を背景にしているので、ピックアップの外観がもっとはっきりとわかった。色はシルバーかグレーだ。運転台に二人乗っている。

連絡道路に近づくとピックアップは速度を落とし、ヘッドライトをつけてシュミット家を照らしだした。キャロルはもっと奥へ下がった。

まさにそのとき、ブリッジャーがようやく脚を上げて放尿し、家のほうへ駆けてきた。

だが、彼女はピックアップから目を離さなかった。

車は左折してシュミット家のフェンスの裏で急に速度を上げ、信号を無視してサラトガ方面への高速道路へ向かった。

タイヤが甲高《かんだか》くきしみ、ドンドンと連続音がして、犬がキャンと吠《ほ》えた。

ピックアップはお隣の犬の一頭を轢いたのだ。

キャロルが見ていると、エンジンをかけたままピックアップは停車した。なにが起きたのかドライバーは気づいていないかのように。

運転台の室内灯がつき、助手席の作業着を着た男がドアを開けて降りようとした。室内灯を背にしているので、彼女にその男の顔は見えなかったが、ドライバーははっきりと見えた。

そしてドライバーがどなるのが聞こえた。

「気にするな。犬なんか放っておけ。そもそもこのへんを走っているのが悪いんだ」

耳ざわりな声が、冷えきった夜気を切り裂くように響いてきた。

「いいんですか?」助手席にいた男が尋ねた。

「だれかに見られる前にドアを閉めろ」ドライバーは命じた。

助手席の男は命令に従い、ピックアップは走りだした。エンキャンプメントのわずかな街灯の一つはキャロルの家の角にあり、闇に薄青の光を放っている。グレーのピックアップとドアに描かれていたロゴ、それにナンバーの最後の三つの数字を彼女はちらりと目にした。6‐0‐0。

ブリッジャーがクンクン鳴いてドアの向こう側でぎこちないダンスを踊った。一本しかない前足の爪のあいだに雪が入るのを、犬は好かなかった。

キャロルは前に出てドアを開け、ブリッジャーは駆けこんでくると足から氷を払ってもらおうと敷物にすわった。

払ってやりながら、彼女は考えた。6‐0‐0。いま目撃したことのせいで手が震えていた。

ブリッジャーがとことこと寝床へ向かうと、キャロルは隣人に電話した。八回鳴ったあと、痰《たん》がからんだ声で男が出た。「何時だと思っているんだ?」

「わかっているわ。隣のキャロル・シュミットよ。聞こえたかどうかわからないけれど、おたくの犬の一頭が道路で轢かれたと思う」

「だれだって?」

「キャロル・シュミット。おたくの隣の」

男が受話器をおおってだれかに言うのが聞こえた。「隣のあのおばあさんだよ」

女のうめき声がして、男が電話口に戻った。

「気にしないでくれ。じっさいうちは犬が多すぎるんだ」

「たぶん轢いたピックアップとドライバーを特定できると思うんだけど」

「キャロル、起こされたわりには礼儀正しく頼んでいるんだ。よけいなことはしないでくれ」

「ナンバーの一部を見たの」

「キャロル、うちの息子はアラスカへ行っちまって犬を三頭も残していった。おれは一頭だってほしくなんかなかったんだ。一頭ぐらい死んでもどうってことない」

「それはとても残念だわ」

「もう寝ろ、キャロル」男は電話を切った。


キャロルはブリッジャーのいる寝室へ行きかけたが、「くそったれ!」と叫んできびすを返し、電話をとって911にかけた。

アッパー・ノース・プラット・リヴァー・ヴァレー全体を二十四時間受け持っている通信指令センターはサラトガにあり、深夜のシフトの女性通信指令係は不機嫌なことが多いと、彼女は経験上知っていた。

「犬の轢き逃げを通報したいんです」キャロル・シュミットは告げた。「車のナンバーの一部を見たわ」

応答する前に、通信指令係が長々とタバコをひと吸いするのが聞こえた。「またミセス・シュミットですか？」

「ええ、そうです」

「声でわかりました。先週犬の吠え声の件で通報してきましたよね？」

「ええ、しましたけど」

「そのとき、この回線は緊急事態用だとお話ししたのを覚えていますか？」

「ええ」

「轢かれたのはあなたの犬？」

「いいえ、たぶんお隣が飼っているいる犬」

「それは緊急事態だと思いますか、ミセス・シュミット？」

「そうね、犬にとっては」キャロルは鼻を鳴らした。

通信指令係はふうっと息を吐いた。たぶんタバコの煙だろう。「本物の緊急事態の通報が入ったときに備えて、この通話を切らないと」

「そんな言いかたをしなくても」

相手はまたため息をついた。「いいですか。報告書を作ってエンキャンプメント警察に送っておきます。スパンクス巡査があした調べに行くはずです。こちらにできるのは、それがせいぜいです」

「スパンクス巡査はわたしの前の通報に対してもまったくなにもしてくれなかったわ」

「そのご感想は残念です、ミセス・シュミット」

「それに、外の空気に悪臭がするんです。製材所のほうから漂ってくるの」

「木を燃やす煙では？」

キャロルは足を踏み鳴らした。「お嬢さん、わたしは木を燃やす煙がどんな匂いかよく知っているの。違います」

「それも報告書に追加しておきます」通信指令係は突き放すように言った。

「外の轢かれた犬は？」

「いまは残念ですがお役に立てません」

サラトガとエンキャンプメントの警察のありように落胆し、怒り、どうやったら通信指令係に対する正式な苦情を申し立てられるのかと思いながら、キャロルは裏の防風ドアをふたたび少し開けた。製材所にはいつもどおり車の姿はない。焼却炉はごうごうと音をたてている。血を流して道路に倒れている犬が悲しげに鳴くのが聞こえた。

ハンドバッグに入れている三八口径を持って雪を踏みしめて歩く彼女の頰《ほお》で、涙が凍った。どんな犬にもこんな苦しみを味わわせてはならない、と思った。

そのとき、焼却炉から例のいやな臭いが漂ってきた。

そして、子どものころ初めて肉が燃えるつんとくる臭いを嗅いだときのことを思い出した。

3

エンキャンプメントから北へ四百八十キロほど離れた場所で、ワイオミング州猟区管理官ジョー・ピケットはダウンパーカのポケットに両手を入れてブーツのかかとに体重をかけ、コルター・アレン知事の公用ジェット機が南の空を近づいてくるのを見守っていた。サドルストリング空港のロビーにいるのは彼だけだった。

狩猟漁業局のプロングホーンのロゴがドアに描かれている緑色のフォードF-150ピックアップは、寒い朝の外気の中、ユタ州ナンバーのレンタカーのプリウスの横に止めてある。だれかが乗り捨てていったらしく、プリウスは氷におおわれている。このプリウスはだれがどうしたのだろうとジョーはいぶかったが、尋ねる相手はだれもいない。トゥエルヴ・スリープ郡に空路を提供していた小さな航空会社は、乗客がいないことと、地方航空会社の新人パイロットの水準を引きあげる連邦規制ができたことで、撤退してしまった。それ以来、空港は自家用機しか利用しない寂しい場所になっていた。運輸保安局の六人体制のテロ対策チームもいなくなり、彼らの存在のなごりは色褪《いろあ》せたポスターと、X線装置の上に置いていった半分入っている水の瓶だけだ。

だが、航空会社が撤退しても空港の建物の内部は変わっていなかった。飛行機から降りる有名人と準有名人の古い額入り写真は、まだジョーの後ろの軽量コンクリートブロックの壁に飾られている。一九六八年に『ヘルファイター』を撮るためにワイオミングへやってきたジョン・ウェインの写真数枚を、ジョーは眺めた。一九八四年にポロ競技用の牧場を所有している遠い親戚を訪ねる途中、王室専用機のタラップを慎重に降りるエリザベス女王の写真も五、六枚あるし、別の種類のセレブの写真もある。一九八六年にMTVのプロモーションで来たロックスター、プリンスだ。そのあとセレブはだれも来なかったか、空港の職員が彼らの写真を撮ることに興味を失ったのだろう。

角縁《つのぶち》のメガネをかけて無精ひげをはやした六十代の猫背の男が、以前は搭乗チェックインエリアだったカウンターの奥でキーボードをいじっていた。彼の頭のてっぺんと驚くほどきちんとなでつけられた髪が見える。モンティ・ストークスという男で、最近彼についての記事が〈サドルストリング・ラウンドアップ〉に載った。

空港運営会社との雇用契約は商業路線が飛ばなくなっても守られるべきだとストークスは主張しており、運営会社に対して不当解雇を申し立てる訴訟を起こしたばかりだ。法的手続きが進むあいだストークスは仕事を続け、週四十時間カウンターの奥にすわってノートパソコンでソリティアをやっている。

「〈エア・アレン〉を待っているのか？」ストークスは顔を上げずに尋ねた。

「〈エ、ア・ア、レ、ン〉？」ジョーは尋ねた。

「かつては〈ルーロン・ワン〉と呼ばれていたな。アレン知事は引き継いだ州所有のジェット機の名前を変えたんだ」

「そうか」

「あんたが知らなかったとは驚きだ」

「おれが知らないことはたくさんある」

「知事についちゃ、あんたはかなり事情通だと聞いていたがな」

「こんどの知事は違うよ」前知事スペンサー・ルーロンとの長い込みいった関係を、ストークスに説明する気はなかった。ルーロンはときどきジョーに〝カウボーイ偵察員〟として自分のために事件を調べてくれるように頼んでいた。その取り決めは州職員規約違反すれすれだったが、狡猾《こうかつ》なルーロンは自分に都合よくうまく立ちまわっていた。事態が混乱した場合には、ジョーの捜査から距離を置けるように用心していた。

ルーロンはむら気でかんしゃく持ちで短気だったものの、ジョーは彼がいなくなって寂しかった。

コルター・アレンは別の種類の人間だ。共和党員でイエール大学卒、ビッグ・パイニー地区の牧場主。アイビーリーグ出身であり、牧場を所有しているばかりか裕福な弁護士で開発業者でもあることを、なるべく表に出さないようにしている。逆に、ハイスクール時代にロデオ・チャンピオンだったことと海兵隊にいた軍歴は大いにアピールしている。自分で運転する十五年もののピックアップに乗って州内を遊説してまわる姿を、有権者は見ていた。だが選挙が終わったあとになって、そのピックアップはアレン牧場株式会社のトレーラーで遊説先の町の近くまで運ばれ、アレンは八万五千ドルするランドローヴァーＬＲ４に側近を残して後部座席から降りると、古いピックアップに乗り換えて町まで運転してきていたという事実が発覚した。

ほかにもいろいろ噂《うわさ》があった。投資の失敗と不首尾に終わった土地取引のせいで、この数年アレンは大きな経済的打撃を受けたと、ジョーはビッグ・パイニー地区の猟区管理官から聞いていた。彼は大富豪と見なされているが、地元のサブレット郡の業者たちは、この一年アレンの支払いは遅れがちで、期日を守らない言い訳は信用できないと不満の声を上げていた。その猟区管理官はまた、新知事は正体不明のきわめて裕福な後援者二人の助力と出資を受けていると言っていた。噂では、すべてにおいてその後援者たちの言うなりだそうだ。

しかし政治家にそういう噂はつきものであり、真偽のほどはわからないため、ジョーはゴシップとしてとりあってこなかった。

コルター・アレンが知事に選ばれて以来、ジョーはアレンと二度話をする機会があり、両方ともうまくいかなかった。

ストークスは視線を上げるとメガネの奥の目を細めてジョーを見た。「八分遅れているよ」

「ありがとう」

ストークスは薄笑いを浮かべた。「今回の知事の来訪についておかしなことに気づいているか?」

ジョーはあたりを見まわした。「いや。なんだ?」

「地上の交通手段の用意がない」いらだったようにため息をついた。「つまり、どこかほかへ行く途中に寄るだけだ。たぶんジャクソンかビッグ・パイニーの彼の牧場だろう。それに、町長があいさつに来ていない。知事が来るのさえ知らないんじゃないかな。あんただけに会いにくるんだ」

ジョーは肩をすくめた。

「なんでそんな重要人物になったんだ?」

「さっぱりわからない」


電話は昨晩かかってきた。三人姉妹の末っ子でまだ一人だけ家にいる十八歳のルーシーが主役をつとめる、サドルストリング・ハイスクール開催の〈バイ・バイ・バーディー〉（ブロードウェイ・ミュージカルでのちに映画化された）をジョーとメアリーベスが観劇していたときだった。

ジョーは携帯電話をマナーモードにしていたが、だれがかけてきたのか画面を見た。メアリーベスはいらだった。

「とらないで」彼女はささやいた。

「知事のオフィスからだ」彼はささやきかえした。

「ルーシーが歌うところよ。休憩時間に折り返せばいい」

ジョーはうなずいて携帯をポケットにしまい、そのときキム・マカフィー役のルーシーが舞台に登場した。娘の美しさに彼は息を呑《の》み、胸が痛くなった。ルーシーが歌いはじめると、メアリーベスはティッシュで目をぬぐって夫の腕をつかんだ。

ルーシーが自分の部屋で何ヵ月もこの歌を練習していたのを二人は聞いており、すっかりおなじみになったのでジョーは自分でも歌えるほどだった。もっとも、ひどい歌いぶりではあったが。ルーシーの存在感、その威厳と自信はとうてい彼に再現できるものではなかった。ジョーと違って、ルーシーはほんとうに歌っていた。当時でさえ古い映画だったが、同じ役をやったアン＝マーグレットを少年時代に見て恋に落ちたことを覚えている。それを思うと彼はとまどい、困惑した。観客の中の男たちはルーシーを見てそんなふうに感じるのだろうか？　彼がアン＝マーグレットを見て感じたように？

もしそうなら客席はたちまち西部流の展開になるぞ、とジョーは思った。

休憩時間に、ジョーはほかの両親たちからの賛辞を浴びにロビーへ行った妻から離れた。感激で胸がいっぱいで、ちゃんと話ができそうもなかった。

凍りつくような夜気の中へ踏みだして深呼吸し、頭をすっきりさせた。空気中の氷の結晶が駐車場の青い照明のまわりに光の輪をつくっていた。

　電話はすぐに通じた。

「ハンロンだ」

　アレンの首席補佐官はコナー・ハンロンというワシントンDCの政治工作のプロだという、シャイアンの狩猟漁業局本部からの連絡メモをジョーは思い出した。

「ジョー・ピケットです。電話をいただいたのでサドルストリングから折り返しています」

「画面は読める」ぶっきらぼうな返事だった。相手の背後でかわされている会話と皿や銀器の触れあう音が聞こえた。「いいか」ハンロンは言った。「いま妻と大切な資金提供者の方々と夕食中なんだ。一分しかない」

　おれだってそうだ、とジョーは思った。

「アレン知事は明日きみに会いたいそうだ。スケジュールでは、サドルストリングに午前九時十分に着陸する予定になっている。会いにこられるか？」

　質問の形はとっているが、命令のように聞こえた。だが、ジョーにはなんの予定も入っていなかった。一月は猟区管理官にとって一年でもっとも退屈な時期で、この十日間、ジョーはオフィスにこもって官僚組織の書類仕事に明け暮れていた。年次レポートを書き、地元の狩猟シーズンと割り当て数量について提案し、狩猟漁業局が提示した新しい規則に意見を述べるといった仕事だ。

「行きます」ジョーは答えた。

「当然だ」

「どういう用件か聞いてもいいですか？」

「明日になればわかる。それじゃ」

通話は切れた。


アレン知事の小型ジェット機、ツインエンジン八人乗りセスナ・サイテーション・アンコールはなめらかに着陸した。ターミナルへ向かってタキシングしてくるとき、ジョーは尾翼に描かれた跳ねあがる馬の州のロゴと、窓の上に西部風フォントで記されている〈エア・アレン〉という文字に目を留《と》めた。

セスナは建物の窓のそばまで近づいたので、コクピットの二人のパイロットが見えた。するとジェット機は、かつて運輸保安局のチームがいた入口とドアが一直線になるように急角度の方向転換をした。出力を下げていくエンジンの音がターミナルの中に響きわたった。

「彼が来たよ」ストークスは言わずもがなのことを告げた。

ジェット機のドアが開いてタラップが滑走路に下ろされた。コルター・アレン――広い肩幅、ふさふさした銀髪、ウェスタン・ジャケット、ループタイ、ジーンズ、カウボーイブーツ――が最初に降りてくるものとジョーは思った。だが、あらわれたのはスーツの上にオーバーを着た黒っぽい髪のやせてとがった顔をした男で、そのあとにパイロット二人が続いた。寒さに自分の体を抱くようにしながら、三人は足早にターミナルのほうへ歩いてきた。

やせてとがった顔の男がまずドアを開けた。

「きみがジョー・ピケットか？」

「ええ」

「コナー・ハンロンだ。ゆうべ電話で話した」

ジョーはうなずいた。ハンロンは握手を求めず、親指で背後のジェット機を示した。「知事がすぐ会いたいそうだ」

「知事はここへ来ないんですか？」ジョーは聞いた。

「どう思う？」

パイロット二人が急いで男子トイレへ向かうのにジョーは気づいた。できるだけ早くコナー・ハンロンから離れたい様子だ。

「わたしが知事に会いにいくということですね」

「スケジュールが詰まっている」ハンロンは片腕をのばして腕時計を確認した。「エスプレッソはどこで飲める？」

ジョーはモンティ・ストークスを見たが、彼は肩をすくめただけだった。

「この人を案内してもらえるか？」ジョーは頼んだ。

「エ、エ、エクスプレッソってなんだ？」ストークスは尋ねた。

ジョーが空港に着いてから強まった風が、セスナのタラップを上る彼のジーンズを突き通すようだった。ブーツが金属のステップを鳴らす。彼は帽子が飛んでいかないようにしっかりと押さえた。

いちばん上の段で足を止め、機内をのぞいた。

「さっさと入ってドアを閉めろ」アレン知事が奥のほうから声をかけた。「寒くてたまらない」

ジョーは機内に入り、タラップを上げてハッチを閉めた。エンジンは止まっていたが、バックアップのバッテリーで暖房はついていた。ジョーが最初に気づいたのは、ジェット機の内装がリニューアルされていることだった。前は一人用座席が三列に並び、後ろにベンチシートが一つあった。いまはコクピットの近くに座席が二つあるだけだ。奥の部分は空飛ぶオフィスに改造されており、大きなデスク、テレビ、電話、ノートパソコン、小さな冷蔵庫が備わっている。

コルター・アレンはデスクの後ろの背もたれの高い革椅子にすわり、いらだった仕草で胸を両手の指でたたいていた。

「この前話したとき、われわれは出だしでつまずいた」アレンは言った。「というより、き、みのせいでつまずいたんだ」

ジョーはどう答えていいかわからなかった。二ヵ月前にアレンは電話してきて、ルーロン前知事のためにジョーが遂行した特別な任務についてのファイルを見つけたと言った。その仕組みに感心したので、自分のために引き続き〝カウボーイ偵察員〟の役目を果たしてほしいと要請した。

だがジョーに考えるひまも与えず、アレンは彼に州の北東部にあるキャンベル郡へ行って、アレンの来訪に抗議運動を画策しているらしい元炭鉱労働者グループの情報を集めるように命じた。知事に当選したら仕事をとりもどしてくれるとアレンは公約していたのに、なにもしていないと労働者たちは主張していた。アレンはジョーに彼らの計画を阻止して、知事として悪い評判が広まるのを防いでほしいと言った。

ジョーは「政治にかかわる任務はやらないんです」と言って断わった。アレンは憤慨《ふんがい》したまま電話を切った。それ以来、知事から連絡はなかった。

「かけろ」アレンは空《あ》いている座席の一つを示した。「回転するからわたしのほうを向ける」

ジョーはすわって座席を回転させた。アレンはおもしろがっているような笑みを浮かべて見ていた。

「ジャクソンで内務長官とランチの約束があるので、世間話をしているひまはない」

アレンは間を置き、ジョーは黙っていた。

「アメリカ合衆国の内務長官だぞ」アレンは強調した。

「お引き止めはしません、知事」ジョーのほうから会いたいと言ったわけでもない。

ワイオミングのような西部の州――土地管理局、森林局、魚類野生生物局、国立公園局、陸軍工兵隊、環境保護局など多くの組織を通じて連邦政府に土地の半分を所有され、管理されている――にとって、大統領がだれかは問題ではない。なぜなら、内務長官こそが事実上の大統領だからだ。つまり、新しい内務長官とロッキー山脈地帯の知事との会合はめずらしくはないとはいえ重要だ。

ジョーはルーロンのオフィスにいたとき、前知事が前政権の内務長官に電話でどなり、「決闘で決着をつけようじゃないか、剣でも拳銃でも」と啖呵《たんか》を切ったのを聞いたことがある。あれには仰天したが感銘も受けた。ルーロンはくすくす笑って、自分の政権の目玉は〝連邦政府の権力者どもを愚弄《ぐろう》してやる〟ことだと説明したものだ。

アレンは不審そうにジョーを見やってから告げた。「ルーロンのときと同じようにわたしのために任務をおこなってもらいたい。きみが〝政治にかかわる任務はやらない〟のは知っているが、これは違うんだ」

知事は〝政治にかかわる任務はやらない〟の部分に侮蔑《ぶべつ》をこめた。

「というのは、政治に関係はある――わたしの地位にあればそれは付きものだ」アレンは鼻を鳴らした。「しかし、あきらかに政治的というわけじゃない。わたしの理解では、きみは異例の任務でかなりの成功をおさめてきた」

ジョーは赤くなって一瞬横を向いた。それから答えた。「うろうろしているうちに悪人のほうから出てきた幸運が二、三度あっただけです。あなたには州のすぐれた法執行機関があるし、すばらしい仕事をする州犯罪捜査部《DCI》のプロたちもいます」

「ああ、州犯罪捜査部《DCI》ね」アレンは退けるように手を振った。「何ヵ月も前にこの件の捜査を命じたが、予算の削減について不平を鳴らして〝人手不足〟だとぬかした。彼らの言い訳にはもううんざりなんだ」

ジョーはうなずいたものの、同意したわけではなかった。州内の鉱業の縮小によって、たしかに州の組織の予算は削られた。狩猟漁業局も同様だ。

「それに、連中だとサラトガのような小さな町では目立ちすぎるんだ」

「サラトガですか？」アレンがなぜ州南部の中央にあるサラトガを挙げたのか、ジョーにはわからなかった。

じつは、サラトガ地区の猟区管理官スティーヴ・ポロックが謎めいた状況で職を去り、後任はまだ任命されていなかった。奇妙だった。ポロックはジョーと同じくらい長く狩猟漁業局にいた。親しくはなかったが、ジョーはポロックをみんなに好かれて尊敬されている男だと思っていた。なぜ彼が辞めることになったのか聞いていないし、それ自体が不可解だった。ワイオミング州のほかの猟区管理官たちは——五十名いる——ポロックの離任についてひそかに聞きまわっているが、ジョーはまだ納得のいく理由を耳にしていない。

「話を急ぎすぎたな」アレンは言った。「ケイト・シェルフォード－ロングデンという名前を聞いたことは？」

「聞き覚えはありますが、どこでだったか」

「きみは英国のタブロイド新聞をいろいろ読んだりはしていないだろう？」

「読んでいません」

「そうだと思ったよ」アレンはしたりげに笑った。「だが読んでいれば、ケイト・シェルフォード－ロングデンは英国の大手広告会社の最高経営責任者《CEO》だと知っているはずだ。とても魅力的な女で本物のやり手だそうだ。去年の夏、彼女はワイオミング州の観光牧場で休暇を過ごすことにした。州でも最高級の値の張る牧場を選んだ、サラトガ近郊のシルヴァー・クリーク牧場だ」

　ジョーはうなずいて先を促した。二十三歳の長女シェリダンがワイオミング大学卒業後にそこで働きはじめたので、シルヴァー・クリーク牧場については知っている。「キャリアをスタートする前に一年休む」とシェリダンはジョーとメアリーベスに話していた。

　知事は続けた。「牧場をあとにしてからデンヴァーでロンドン行きの便に乗るまでのあいだに、彼女は失踪したと考えられている。空港に来なかったんだ。英国ではそれはもう話題になった、こっちではあまり記事にならなかったがね。休暇中に金髪美人が消えるなんていう話に、英国人は目がないからな。しかも、ケイトの妹が大騒ぎしているんだ。二、三ヵ月前に妻がワシントンで新大統領のカクテルパーティに出るまで、わたしは事件のことをよく知らなかった」

知事の妻タティアーナ・アレンは彼より十歳年上だが、やせぎすの外見とホットヨガ通いと整形手術で年齢差をカバーしている。資産価値一千万ドルのアウトドア・ウエア会社の相続人だったが、その後会社は破産した。ファーストレディ・テイティ（tatieはフランス語で「おばちゃん」の意）の称号を与えられるずっと前に、彼女はテイティ・アレンというあだ名で知られていた。

アレンはさらに続けた。「そのパーティで、テイティは駐米英国大使と奥さんのポピーに紹介されたんだ。向こうじゃ人にケシ《ポピー》なんて変な名前をつけるんだな」

テイティみたいに？　とジョーは思ったが口に出さなかった。

「テイティがワイオミングから来たと知ると、大使夫妻は開口一番にこう尋ねたそうだ。ケイト・シェルフォード＝ロングデンの身になにが起きたのか？　テイティはどう答えていいかわからず、困りきってわたしに聞いてきたが、こっちもいまのきみと同じでほとんどなにも知らなかった。知事交代の時期で忙しかったので、行方不明になった英国人女性の件はそのときなすべき仕事リストの上位ではなかったんだ」

「それがいまなぜ？」ジョーは聞いた。

「テイティが回答を約束してしまったんだ」知事は苦々しげに言った。「妻はポピーと同じ人道問題の委員会に入っているので、しょっちゅうわたしに催促してくる。『ケイトのことはどうなったの？』『ケイトはどうなっちゃったのかしら？』『ケイトの調査で進展はあった？』テイティは毎朝英国の全部の新聞をネットで読んで、事件に関係する記事を見つけるとわたしにリンクを送ってくる」

アレンはあきれて目を白黒させた。「いまタブロイド紙は彼女を〝カウガール・ケイト〟とか呼んでいる。ばかげているよ、わたしに言わせれば。だがこっちは動きがとれないのでDCIに捜査を頼んだ。そうしたら空振りときた。

まったくクソいまいましい。知事が指を鳴らせば部下がご主人を喜ばせようと飛びこんでくると思うだろう。ところがそうじゃないとわかった。州政府の中で優秀なイエスマンを見つけるのは至難の業《わざ》だ。そして予算を削ると、職員たちはすねるという間接的な抵抗に出る」

アレンは声のトーンを上げて、ジョーが知らない州の特定の職員たちのものまねをしてあざけった。「そいつらは言うんだ、『すぐにそれにとりかかりますよ、アレン知事、あなたが命じたほかのことをすべてすませたらすぐに。すませるのに充分な人手と予算がないのが残念です、アレン知事』。ほとほとうんざりした、だからルーロンのもとでそうだったように、きみにわたしのカウボーイ偵察員になってほしいと頼んでいる。サラトガへ行って、ケイト・シェルフォード－ロングデンの身になにが起きたのか突きとめてもらいたい」

ジョーは大きく息を吸った。「わたしは猟区管理官です。奇跡を起こせるわけじゃない。

DCIがなにも見つけられず、地元の法執行機関もだめなら……」

「行かないというのか?」

「いいえ。もっとくわしい情報が必要です」

「ジョー」アレンは低い声で言った。「これは正確には要請ではない」

ジョーは顔を上げて一瞬アレンと見つめあった。「わかりました」ジョーは答えた。「わたしの娘がシルヴァー・クリーク牧場で働いています。娘になにか考えがあるかもしれない」

「そいつはいいじゃないか」アレンは両手を打ちあわせた。「ハンロンがきみのためにファイルを持ってきた。DCIから入手したものだ。それを読んで、いつあっちへ行けるか知らせてくれ。思うに、担当地区は一時的にだれかに任せればいい。そして、きみがわたしのために直接働いているとかなにをしているとかは、だれにも知らせないようにする。そうすれば答えが得やすくなるだろう。

理由はよくわからないが、わたしの経験では人々は猟区管理官には心を開く。きみたちを警官の一種とは考えていないからかもしれない。少なくともビッグ・パイニーではそうだった」

ジョーはうなずいた。まあ真実だ。自分にとって証拠を集める最善の方法の一つは、容疑者の家のドアをノックして「どうしておれがここへ来たかわかるな」と言うことだ。そのあいまいな言葉に対して返ってくる答えが、過去何度も有罪につながった。もともと捜査していた線とはまったく無関係の犯罪が結果的に暴かれたことも、しばしばあった。

「リーサについては心配するな」アレンが言っているのは狩猟漁業局局長でＬＧＤと呼ばれているリーサ・グリーン＝デンプシーのことだ。「出張の件はわたしから伝えておく。局長に再任命されないんじゃないかと恐れているから、わたしの言うことはなんだって聞く。じつは」アレンはにやりとした。「いまのところ彼女が最高のイエスマンかもしれない」

「ファイルを読んでみます」ジョーは言った。

「今晩きみの意見を聞きたい。ハンロンに電話しろ。彼はジャクソンに同行する」

ジョーはうなずいた。

「さて……」アレンは椅子の背にもたれて会見は終わったことを示した。「もう離陸しないと、長官とのランチにまにあわない」

ジョーは立ちあがった。

「もう一つ」アレンはデスクに身を乗りだして両手を握りあわせた。

「わたしをがっかりさせるなよ。州の職員はいくらでも替えがきく、なにが言いたいかわかるね？」

ジョーは怒りがこみあげるのを感じたが、自制した。コルター・アレンのやりかたはルーロンと正反対だ。ルーロンはジョーが彼のために働きたくなるように仕向けるこつを心得ていた。

ドアがノックされ、だれかが叫んだ。「知事、いつでも飛べます」

アレンはジョーにうなずいて彼らを入れるように促した。外でパイロット二人が震えながら立っていた。ジョーはタラップを下ろしてやった。二人が乗りこむと、ジョーは出ていく前にちらりと知事を振りかえった。

アレンの注意はすでにノートパソコンに向いていた。


ハンロンはかつての運輸保安局の持ち場に背中を丸めて立ち、猛烈な勢いでタバコをふかしていた。ジョーが戻ってくるのを待ちかねていたようだ。分厚いファイルを小脇にはさんでいる。

そこはセキュリティを通過したあと乗客が待っていた場所だった。ハンロンがいま喫煙所として使っているのは皮肉なことだとジョーは思った。

「ここのコーヒーの味はひどい」ハンロンは言った。

「残念です」

「名前はどうでもいいが、ケイトなんとかがどうなったか突きとめるのが知事にとってどれほど重要か、言う必要はあるまい。だからへまはするな」

「励ましのお言葉をどうも」

「友人を引っ張りこまないでもらいたい。名前はなんだったか――ロマノフ?」

「ロマノウスキです」

ネイト・ロマノウスキはかつてピケット一家を守ると約束した特殊部隊出身の無法者の鷹《たか》匠《じょう》だ。現存している中では最大の拳銃二挺《ちょう》を所持している——ともにワイオミング州フリーダムのフリーダム・アームズ社製の四五四カスールと五〇〇ワイオミング・エクスプレス——そして素手で敵の耳を引きちぎる。彼とジョーは十年以上にわたり、それぞれの人生が交錯する複雑な関係を続けてきた。

友人は過去何年にもさかのぼる数々の連邦犯罪容疑から最近解放された。謎の連邦組織のための任務を引き受けることと、彼が以前雇われていた大富豪にして暗殺請負業者ウルフガング・テンプルトンに対する検察側証人になることが条件だった。テンプルトンはまだ逮捕されていない。

「ネイトはまっとうな生活を始めていて、わたしはそのままでいてほしい」ジョーは言った。「いまは合法的なビジネスマンです。〈ヤラク株式会社〉について聞いたことは？」

「ない」

「タカ狩りを使ったサービス業で、彼の話ではとても繁盛しています」

「こんどの件にはぜったいにその友人を近づけないでもらいたい」

「今回の捜査に彼がどうかかわってくるのかさっぱりわかりませんが」

ハンロンは視線を上げ、鋭い目つきになった。「サラトガ近辺の一帯は知事にとってきわめて大切なんだ、だからきみの態度は感心できない。あの山間《さんかん》の平地では多くのものごとが進行中だ、わが国最大の風力発電基地を含めてね。基地のオーナーはわれわれの最大の資金提供者の一人だ」

首席補佐官がなにを言いたいのか、ジョーにはよくわからなかった。

ハンロンは最後にひと吸いしてからタバコを床に放り、靴の先で踏み消した。

「わたしが言っているのは、州として悪い評判は困るということだ。とくに国際的な悪い評判は。海外貿易に関していくつか大きな案件が進行している。とにかく、だれかにワイオミング州の石炭と石油を買ってもらいたい。わが州と違って民主党支持の強い州はすべて、そういうものについてばかげた法律を作っているからな。一方で、こっちには観光産業もある。金持ちの英国女性が休暇で来て失踪するような場所として、ワイオミング州が有名になるわけにはいかない、わかったか？」

ジョーはうなずいた。

「こっちがダメージをこうむる前にあのタブロイド新聞どもをなんとかしなくちゃならない。つまりわれわれ――きみのことだ――はアレン知事の周辺からこの事件をとりのぞく必要がある。彼女を見つけるか、どうなったのか探りだせ。だがそのときは、だれよりも先にかならずわたしに知らせるんだ。世論を正しい方向へ誘導できるようにな。そのあとはもう二度とケイトなんとかについて聞きたくない」

ジョーはハンロンのこめかみに一発くらわしてやりたくなった。「ケイト・シ、ェ、ル、フ、ォ、ー、ド‐ロ、ン、グ、デ、ンですよ」

「なんでもいい。苗字《みようじ》が二つある女は手がかかると決まっているんだ。相手にしているひまはない」

ジョーは黙っていた。

「ファイルを読んで電話してくれ」ハンロンは厚さ五センチのファイルを渡すと、携帯のメッセージをチェックしながらジョーから離れていった。「知事に伝えられるようないい知らせを頼む」

「なにもないかもしれません」

「いまのは手始めとしてはまずいぞ」ハンロンは釘《くぎ》をさした。「いいか、うまくやればこれはきみのキャリアにとって有利になるだろう。いつか、狩猟漁業局は知事に気に入られている局長を必要とするかもしれない」

「そんなことは望んでいません」

「みんなが望んでいるさ」ハンロンはあざけった。「要するにだな、これを解決すればきみの将来が開《ひら》けるかもしれないってわけだ」

そう言って、ハンロンはドアの向こうの〈エア・アレン〉へ向かった。ドアを開けながら、彼がささやくのをジョーは聞いた。「逆に、へ、ま、を、し、で、か、し、た、ら、き、み、は、お、し、ま、い、だ」

4

アレン知事と首席補佐官に会ったあとまだ憤然としながら、ジョーはピックアップの助手席にラブラドール犬のデイジーを乗せ、〈ケイト・シェルフォード‐ロングデン〉と書かれたファイルをベンチシートのあいだに突っこんで、空港からサドルストリングの町へ向かった。背後では〈エア・アレン〉がジェットエンジンの轟音《ごうおん》とともにジャクソンホールへ飛びたっていった。

一月の最悪の天候だった。めったにない曇った日で強い北風がずっと吹き荒れている。町の近くの牧草地のアンガス牛は密集して黒いかたまりになっていた。通りには薄い氷が張り、この前のブリザードが残した雪は風で削られ、芝生や開《ひら》けた場所に貼りついてカミソリのように鋭い吹きだまりと化していた。犬とハイエナの雑種らしい野良犬が、ミュールジカの脚一本をくわえてジョーの前方の道路を横切った。

ファースト・ストリートで曲がってトゥエルヴ・スリープ郡図書館の駐車場に乗り入れ、メアリーベスのヴァンの隣に止めた。彼女の車のグリルの横には〈館長専用〉の札が立っていた。

「深呼吸しろ」声に出して自分に言うと、なにかおもしろくてためになることを彼が話したかのように、丸くなっていたデイジーが顔を上げた。

「こんどの件はどうもよくない感じがするんだ」メアリーベスのオフィスのデスクの向かい側に腰かけてなにがあったか伝えたあと、ジョーは言った。「新しい知事もどうもよくない感じがする」

「そう、それは問題ね」彼女はかぶりを振った。

メアリーベスはえりの細い黒っぽいウールのスーツと白いブラウスを着ており、肩に垂らした金髪が照明を反射して光っている。デスクの上には予算表が広げられている。

「タイミングも悪いわ」

この二ヵ月ほどは夫婦にとってたいへんな日々だった。長年暮らして三人の娘たちを育ててきた町の外の官舎が、放火によって灰燼《かいじん》に帰してしまった。炎の中でメアリーベスの馬の一頭と、コーギーとラブラドールの雑種の愛犬チューブが死んでしまった――と一家は思っていた。

不幸中の唯一の幸いは、一週間後に黒焦げの残骸《ざんがい》の上のビャクシンの木からチューブがよちよちと降りてきたことだった。毛は焦げてプライドも傷ついていたが、牡犬《おすいぬ》はホリネズミを食べて生きのびていたらしい。メアリーベスとルーシーは大喜びして、この出来事を〝チユーブのよみがえり〟と呼んだ。

保険は失われた衣服や家財などをカバーしてくれたが、あまりにも多くの家族の歴史が燃えてしまったのはつらすぎた。シェリダンの小学校時代の絵が入っていた箱、エイプリルのロデオや旅行のスクラップブック、ルーシーのダンスの衣装――二度と戻らないものばかりだ。

猟区管理官の新官舎建設は、お役所仕事のつねとして予想どおり遅々として進まなかった。ジョーは何度もビッグホーン・ロードを十三キロ車で上って進行状況を見にいったが、いまのところ残骸が片づけられただけで建設は始まっていなかった。家のあった場所のそんなありさまを見ると、いつも彼は悲しい気分になった。

そういうわけで、一家はトゥエルヴ・スリープ川に近い賃貸の集合住宅に住んでおり、狩猟漁業局はしぶしぶ家賃を出している。これはこれでたいへんなことが多かった。

家主はデイジーとチューブが住むのは許可したが、メアリーベスは残った馬二頭を別の場所に移さなければならなかった。二頭はメアリーベスの友人で乗馬仲間である郡検事長ダルシー・シャルク所有の厩舎《きゅうしゃ》で暮らしているが、メアリーベスは馬たちが恋しくてたまらなかった。

引っ越しはジョーにとっても苦痛だった。火事のせいで家族が過去へ後戻りを余儀なくされたことがつねに頭にあった。娘たちが生まれる前、ジョーとメアリーベスはラヴェル郊外の二台連結のトレーラーハウスに住んでいた。やがて最初の任地を得て町中のアパートに移った。そして二度目の赴任地で、ミーティートス郊外の本物の家にランクアップした。二十年以上たったいま、彼はまたランクダウンしている。

自分の下降軌道が、とっくの昔にメアリーベスの母親ミッシー・ヴァンキューレンによって予言されていたこともまた、ジョーをくさらせた。

メアリーベスを愛するのと同じだけ、ミッシーはジョーを軽蔑していた。娘は格下の相手と結婚したと義母は信じこんでいる。ミッシーとジョーはしょっちゅうぶつかり、メアリーベスを離婚させようとするミッシーの策謀はどんどん手段を問わなくなっていった。残念ながら、彼女にはそうできるだけの財産があった。

ミッシーは六回結婚し、そのたびに前の夫より裕福な相手を選んだ。五番目の夫の殺害容疑に問われたとき、ついに彼女も報《むく》いを受けたかとジョーは思った。ところがミッシーは無罪となり、彼女の弁護士だったマーカス・ハンドとの結婚でほかの容疑からも逃れることに成功した。

ジョーにとって幸いなことに、メアリーベスは母親とはまったく似ていなかった。

それでも、賃貸集合住宅へ車で帰るたびに、ミッシーの言い分にも一理あると思ってジョーは顔をしかめるのだった。

そして、猟区管理官が集合住宅に住むのをみんながよく思っているわけではない。一日中家にいて建物の最上階を独占している六十代の離婚した女性は、外の駐車場に動物の死骸《しがい》を荷台にのせたジョーのピックアップが止まっているのを見て、不快感を示した。彼女は警察と保安官事務所に電話し、苦情を言った上にシャイアンの狩猟漁業局本部に手紙まで送った。死んだ狩猟動物を回収して調べるのは仕事の一部だとジョーは説明したが、彼女の憤慨《ふんがい》と激しい嫌悪感はおさまらなかった。とうとう、今後死骸をキャンバスとブランケットでおおうようにするとジョーは言い、それでどうやら彼女の文句はおさまった。

ルーシーがハイスクールのミュージカルで主役をつとめたのは、こういったすべてのことからのすばらしい気晴らしになったが、いまや事態はさらに悪化した。

「あれは打診じゃなかった」ジョーは言った。「最後通牒《つうちょう》だ」

「あなた、どのくらい留守になるの？」メアリーベスは尋ねた。

彼は肩をすくめた。

仕事でワイオミング州のほかの地区に行った経験は何度もあり、出張期間は一週間のときもあれば五、六ヵ月のときもあった。一度、ジャクソンホールへの赴任が長すぎて結婚生活があやうくなりかけた。二人は二度とこんな状態にはならないようにしようと約束し、いまはジョーが留守のときは毎晩家に電話することにしている。

「秘密の任務についてなにか話せる？」本心からの興味でメアリーベスは聞いた。

「場所はサラトガだ」

「ほんとに？　だったらシェリダンと会えるわね」

「そうなんだ。シェリダンは事件について考えがあるかもしれない」

「あの子が次になにを計画しているか、手がかりを得られるといいけど」メアリーベスはため息をついた。「なにも言おうとしないのよ。隠しだてしているからなのか、自分でもわからないのか、わたしには判断がつかない」

シェリダンは長女で、どうやって自立して自分の頭で考えるかを見せることで妹たちのために道を切り開いてきた。三人の娘たちの子ども時代、ジョーがもっとも長く一緒の時間を過ごしたのはシェリダンだった。なぜなら彼女は父親の仕事に興味を持ち、野外に出るとき車に同乗するのが好きだったからだ。アウトドア生活を楽しみ、十代で鷹匠《たかじょう》の弟子になった。シェリダンはなにか野外での仕事につくのではないかと、ジョーはずっと思ってきた。あるいは、法執行機関の仕事に。しかし、シェリダンは大学院へは進まず、次のステップを決める前にシルヴァー・クリーク牧場で働きはじめた。

「恋人がいるんじゃないかと思うの」メアリーベスは言った。

ジョーはしかめつらになった。

「シェリダンがはっきりそう言ったわけじゃない。あの子が言っ、て、い、な、い、ことから感じるのよ。寂しいと口にしたことは一度もないわ、客がだれもいない冬の観光牧場は寂しいはずなのに。妹たちはたぶんなにか知っていると思う、いつだってメッセージをやりとりしているから。でも、これっぽっちも洩《も》らさないの」

大学時代シェリダンがデートしていたのはジョーもメアリーベスも知っているが、これまで真剣な相手はいなかったはずだ。シェリダンは完全に確信が持てないかぎり自分の気持ちを打ち明けるタイプではない。

「恋人がいるなら、おれが近くへ行くのをいやがるかもしれないな」ジョーは言った。

「でも、探りを入れて連絡をくれるわね？」メアリーベスは微笑した。

「もちろんだ」

「で、知事はそこであなたになにをしてほしがっているの？」

「それは秘密保持を期待されていると思う」

「もちろん一般的にはね。でも、わたしは妻でしょう」

「むろんそうだよ」

「そうですとも」

「ケイト・シェルフォード－ロングデンて聞いたことある？」

メアリーベスは目を見張った。「カウガール・ケイト？」

「じゃあ、知っているんだね」

「もちろん知っているわ。カウガール・ケイト――すごく興味深い」

「どうして？」

「英国のタブロイド紙は三つのテーマにとりつかれているの。テレビのリアリティ番組のスター、フットボール選手――サッカー選手のことよ――それと王室。ケイトはそのうち二つにあてはまる。テレビとサッカー。両方とも彼女のクライアントだから」

ジョーが驚く理由はなかった。総じて、メアリーベスは彼より世界についてよく知っている。二人でテレビを見ていて画面になんとなく見覚えのある顔が映ると、ジョーはだれだっただろうと考えるが、彼女はその俳優の名前を知っているばかりか、だれと結婚しているか、その前にだれと結婚していたか、加えてかつて演じた役まで知っている。医療、料理、歌、政治、歴史、そして英国王室にいたるまで、彼よりよく知っている。

「じゃ、知事はあなたに彼女を見つけてほしいのね？」

「ああ。あるいは彼女がどうなったのか突きとめてほしいと」

メアリーベスは首をかしげた。「なにか悪いことが起きたと知事は疑っているの？」

ジョーは肩をすくめた。

「彼女についてなにがわかるか、調べてみましょうか？」

ジョーはうなずいた。メアリーベスは過去の数々の事件で彼にとってかけがえのない存在だった。図書館の膨大な資料だけでなく、彼女は法執行機関のデータベースにもアクセスできる。じっさいのところ、自分が捜査の多くを解決できたのは、妻が提供してくれたリサーチと背景資料によるところが大きいのだと知事に話すべきだった。

「あなたがいなくてもルーシーとわたしで二、三週間はやっていけると思う」メアリーベスは言った。

彼女があとを続けるまで、彼はその発言にとまどった。「ジョー、毎年一月のあなたは家中を歩きまわって、やらなくてはならない書類仕事についてこぼすの。毎日外へ出ているときにこそあなたは最高の力を発揮できるし、わたしたち二人ともそれは知っている。そして、これはほんとうに興味深い展開になるかも。英国流のひねりが効いた本物の犯人捜しよ。〈傑作劇場《マスターピースシアター》〉がテレビ放映するようなミステリが、このワイオミング州で。もしわたしたちで解決できれば……」

「なんだ？」ジョーは苦々しい口調で尋ねた。わたしたちという言葉に気づいていた。

「あなたの名前が英国のタブロイド紙に載るかもしれない」

「じつのところ、それはおれのめざすゴールじゃない」

5

〈バーゴパードナー〉のチーズバーガーで手っとり早くランチをすませたあと、ジョーは町の外にある運輸局のビルの使っていない部屋を間借りした臨時オフィスへ向かった。家が再建されるまでは町の中のオフィスのほうが集合住宅に近くて便利なのだが、狩猟漁業局本部の管理部門が商業オフィスビルの賃貸料を払うことに反対し、サドルストリングの運輸局の管理部門と話をつけた。

州の組織は民族集団のようなものだ。そして運輸族は狩猟漁業族とふだん交流はない。ジョーはハイウェイパトロール隊員が緊張関係をつくりだしていると思っている（ワイオミング・ハイウェイパトロールは州運輸局の下部組織）。猟区管理官は〝一日中犬を乗せて森の中をドライブし、釣りの穴場を探して州の給料をもらっているだけだ〟とぼやくパトロール隊員と、何度かやりあった経験がある。パトロール隊員全員がそうではないのはわかっている。だが、好んで確執を続ける連中がいるのは確かだ。

広めのクローゼットと大差ないジョーのオフィスは廊下の端にあり、窓から見えるのは寒寒とした構内にあるガソリンスタンドだ。狩猟漁業局本部は彼に古いパソコンとプリンターを支給したが、デスク、椅子、空《から》のファイリングキャビネット、ゴミ缶は運輸局から借りなければならなかった。ときどき休憩所を使うと、疲れきった除雪車のドライバーにじろじろ見られた。事務用品のたぐいを〝共有〟するのはあまりにも組織間の手続きが面倒なので、自分の分はサドルストリングの〈ウォルマート〉で買った。

デイジーは隅の古いブランケットの上で丸くなり、ジョーはデスクについて〈ケイト・シェルフォード－ロングデン〉と記されたファイルを開いた。

中身は七ページにわたるDCI捜査官の報告書、ほかの捜査官が収集した写真、聴取と供述の記録だった。ほかにも英国大使館からアレン知事への手紙、記者、友人、シェルフォード－ロングデンの親戚からの問いあわせメールのプリントアウト、〈サン〉〈デイリーメール〉〈イブニング・スタンダード〉〈ミラー〉〈デイリー・ディスパッチ〉〈テレグラフ〉といった英国の新聞の六十以上の記事（ほとんどはオンライン）が含まれていた。〈タイムズ〉の記事まで二つあった。

目を通すものが大量にある。

DCIの報告書や要約で先入観を持たないほうがいいと思い、ジョーは報告書をあとまわしにしてデスクに裏返しに置いた。まず事件の背景資料を読むことにしよう。ジョーが同意できる推論をDCIの捜査官が導きだしているとあとでわかれば、興味深い。

資料を整理して四つのカテゴリーに分け、それぞれを山にしていった。手紙とメール、供述と聴取、写真、新聞記事。そのあと日付け順に並べていった。新しい法律用箋に、〈ケイト時系列〉と書いた。

いちばん古い記録は、昨年の七月二十三日の日曜日から三十日の日曜日までの週のシルヴァー・クリーク牧場の宿泊記録だった。プリントアウトは詳細にわたり、三十六ページもあった。ジョーはケイトの滞在日を法律用箋の最上部左側に記した。

限られたセレブ向けリゾートの世界を、そしてあそこに滞在できる余裕があるのはどんな人々かをのぞき見できる記録は、魅力的だった。読めば読むほど、これはただの宿泊客リストではなく、それぞれの客によりよいサービスを提供するためにシルヴァー・クリーク牧場の従業員が参照できる人物調査書だとわかった。

ケイト――ジョーはすでに彼女をファーストネームで考えていた――の滞在期間中、牧場には八十人の客がいた。

各ページのいちばん左の列には、客の名前だけでなく発音のしかたも書かれていた。

ジョーはケイトを見つけるまでページを繰《く》った。

ゲスト　ケイト・シェルフォード＝ロングデン
好む呼びかた　ケイト
滞在期間　七月二十三日―三十日

交通手段　デンヴァー国際空港で車を借り《ハイア》、自分で運転。
住所　連合王国　ロンドンSW7　5LR、サウスケンジントン、クイーンズ・ゲート
1-5-107
メールアドレス　KateSL@AthenaPR.co.uk
電話番号　（会社）　44　20　7496　5577
（携帯）　44　7911　212545
職業　アシーナ広告会社取締役社長《マネージング・ディレクター》
団体／FIT　FIT
同行者　一人旅
年齢層　40～50
健康度　英国人にしては良好（飲酒と喫煙）
食事制限　血のしたたる赤肉と言いたいところだけれど、ワイオミングに来たんだし！
アレルギー　元夫、ドナルド・トランプ
部屋への要望　テレビ、電話、新聞不要。よろしく！
滞在中のお祝いごと（誕生日、結婚記念日など）　新たな気持ちでの再出発
とくに希望すること　本物のカウボーイに会う——ハ！
牧場滞在は初めて？　イエス

ほかの四つ星リゾートの滞在経験

〈ラウカラ・アイランド〉フィジー。〈ナヤラ・スプリングズ〉アレナル、コスタリカ。〈シンギタ・サビ・サンド〉南アフリカ。〈アナンタラ・ピース・ヘイヴン・タンガラ・リゾート〉スリランカ。〈ボルゴ・エグナツィア〉サヴェッレトリ・ディ・ファサーノ、イタリア。などなど。

アクティビティ

☑乗馬
□フライフィッシング
☑標的射撃
☑高原バードハンティング
☑ヨガ
□ハイキング
□急流ラフティング
□グランピング
□アーチェリー
□スパ
□ロッククライミング
□ATVアドベンチャー

□テニス
□ゴルフ
□料理教室
☑西部／文化体験
□その他

どうしたらこの滞在を人生最高の休暇にするお手伝いができるでしょう？　上記の〈とくに希望すること〉〈お祝いごと〉を見て――ハ！

別の列には〈六ヵ月〉〈三ヵ月〉〈三十日〉〈一週間〉の項目が並び、それぞれにチェックが入っていた。その項目がなにを意味するのか、ジョーにはわからなかった。

調査書のケイトの軽薄でユーモラスな答えからして、自分で質問への回答を書いたか、彼女から聞きとりをしただれかが文字にしたのか、どちらかだろう。後者ではないかとジョーは思った。ＦＩＴとはなんなのか不明だし、ケイトが挙げているリゾートはどれも知らなかったが、世界中を旅していることはわかった。〝グランピング〟とはなんなのか、あとでだれかに聞いてみること、とメモした。

車を〝レンタル〟したのではなく〝ハイア〟し、自分をＣＥＯではなく〝マネージング・

ディレクター〟と称している——両方とも英国の言いかただ。〝新たな気持ちでの再出発〟と〝本物のカウボーイに会う——ハ！〟という二つの答えに、彼はとくに注目した。

調査書の最後の項目は〈担当スタッフ〉だった。ケイトの担当についたスタッフは〈LR〉〈SP^2〉と記されていた。

その呼称の意味も不明だったが、〈SP^2〉は長女のシェリダン・ピケットのことではないかとジョーは思った。

次に四つの中で量がいちばん多い新聞記事にとりかかった。発行年月日順に並べてみた。記事の文体が、読みなれている——より堅苦しい——アメリカの新聞の文体と違うことに気づいた。英国の記事には扇情的な見出しがつき、もっと生き生きとしてくだけた調子で書かれていた。

〈デイリーメール〉の八月四日版のケイトに関する最初の記事の見出しは、〈PR会社社長が静養中に行方不明〉だった。

ジョーは〝静養〟という言葉に微笑した。

記事はこうだった。

　大手広告会社〈アシーナ〉の取締役社長であるキャサリン・シェルフォード－ロングデン(43)が、社の広報担当者によるとアメリカ合衆国の牧場から帰途についたのち、行方不明になっているという。

広報担当者の話では、ケイト・シェルフォード－ロングデンは七月三十一日の朝に帰国する予定だったが、七月三十日のコロラド州デンヴァー発英国航空218便に搭乗しなかった。電話、メッセージ、メールに対して彼女からなんの返信もないため、社は不安をつのらせている。

一九九九年にケイト・シェルフォード－ロングデンと夫のリチャード・チータムによって設立された〈アシーナ〉は、売上高三千五百万ポンド超を誇る英国有数の広告会社に成長し、トップグループの中で女性がトップに立っているのは〈アシーナ〉だけである。チータムは二〇〇三年に社を辞めている。

ネットに掲げられている企業理念によれば、〈アシーナ〉の社名の由来はギリシャの〝知恵、戦略、工芸、学問〟の女神であるという。

英国人読者のほとんどは、大人気のインスタグラムと、悪名高い若手サッカー選手たちとテレビのリアリティショーのスポンサーになっていることで、ケイト・シェルフォード－ロングデンを知っている。〝ごひいきの〟サッカー選手と彼女との関係が純粋に仕事上のものではなかったのでは、という噂《うわさ》も浮上している。

先週ケイト・シェルフォード－ロングデンのインスタグラムに投稿された写真では、彼女はワイオミング州にあるセレブ御用達《ごようたし》の牧場での滞在を楽しんでいた。滞在しているシルヴァー・クリーク牧場の広報担当者によれば、ケイトは予定どおり七月三十日に牧場を出発した。当日、彼女は搭乗時間までにデンヴァー国際空港に到着しなかったと航空会社は断言した。

シルヴァー・クリーク牧場の支配人マーク・ゴードンは打ちひしがれた様子で語った。「わたしたちはすべてのお客さまを大切に思っており、中でもケイトは特別でした。なぜ彼女が帰国していないのか懸念を払拭する説明がつくように願い、祈っています」

ケイト・シェルフォード－ロングデンの元夫リチャードはこう述べた。「ケイトはいつも自由な人間で冒険好きでした。おそらく今回も冒険心に駆られたのでしょう」

ワイオミング州サラトガの法執行機関は失踪事件として捜査している……

リチャード・チータムのコメントは感傷的とは言いがたく、少しばかり辛辣《しんらつ》だなとジョーは思った。〈容疑者〉と名づけたカテゴリーに、彼の名前を書きこんだ。

記事にはケイトの写真も数枚載っていた。いちばんよく写っているのは、キャプションによると英国への移民の子どもたちを支援する非営利団体発足の記者会見のときのものだった。その写真では、ケイトは巨大なスクリーンの前に立ち、あごの下にマイクのある細いワイヤレス・ヘッドセットをつけていた。

背が高く骨ばった体格で、肩までのばした金髪をスタイリッシュに後ろへ流している。青い目、高い頰骨《ほおぼね》、真っ赤な口紅、率直そうな表情。黒いパンツスーツ姿でパンプスをはき、一連の真珠のネックレスをつけている。

ほかの写真はもっと最近で、彼女のインスタグラムに投稿されたものだった。〝サッカー選手たち〟とテントの下でお祝いしているケイト。シルヴァー・クリーク牧場で観光客向けのカウボーイハットをかぶり、馬上で満面の笑みを浮かべるケイト。にこにこしているガイドを後ろにして、小さなブルックトラウトをおそるおそる釣りあげるケイト。イヤープロテクターと保護メガネを装着して上下二連式ショットガンを構えるケイト。シルヴァー・クリーク牧場の施設と思われる石と丸太でできたロッジの外で黄昏《たそがれ》の金色の光の中、アディロンダックチェア（アディロンダック山地に由来するデザインの椅子）にすわってカメラにカクテルを掲げてみせるケイト。その金色の光はジョーのよく知るものだった。ワイオミングの光だ。

ほかの記事も読んだ。だいたいは〈デイリーメール〉と似たり寄ったりで、剽窃《ひょうせつ》にならない程度に手を加えてあるだけだった。新しい情報はほとんどなかったが、だれもケイトから連絡を受けていないので日ごとに不安が増している、と〈アシーナ〉のスタッフがコメントしていた。

〈テレグラフ〉の小さな特集ではシルヴァー・クリーク牧場について補足記事を出していた。牧場のホームページからとったらしい、山中へのトレイル乗馬の景色の美しい写真が添えられていた。

牧場での休暇を専門に扱うツアー・オペレーター〈ランチ－アメリカ〉のマルカム・ハリスによれば、ワイオミング州のシルヴァー・クリーク牧場は近年英国で人気のアメリカとカナダの牧場リゾートの一つだという。

「牧場滞在は、ぜひとも行くべき価値のあるスペシャルな休暇になりつつあります」ハリスは言う。「毎年訪れる英国人がどんどん増えている――中でも成功したビジネスウーマンのお客さまが多いです。牧場リゾートでの休暇には、ある種の層にとくにアピールするリラクゼーション、快適さ、オールインクルーシヴの楽しみがそろっているんですよ」

シルヴァー・クリーク牧場はアメリカでもっとも高価でぜいたくな〝牧場〟で、一泊千二百ポンド以上の滞在費がかかるそうだ……

モンタナ州、アイダホ州、コロラド州、アリゾナ州、ほかの西部諸州と同じく、ワイオミング州にもたくさんの観光牧場がある。じっさい、最初の観光牧場はここから一時間も離れていないビッグホーン山脈にできた。

観光牧場には三種類あるとジョーは知っている。体験型、伝統型、リゾート型だ。運営方法と所有者によってそれぞれが違う。

体験型観光牧場の客は、家畜に焼き印を押したり移動させたり、フェンスを直したりやぶを伐《き》りはらったりといった、じっさいの牧場の作業を体験するために金を払う。客は小屋に泊まり、牧場主の家族と一緒に食事をする。いつも賃金を払っている仕事をするために逆に金を払う人々がいる事実に驚いている体験型牧場の所有者を、ジョーは何人も知っている。

伝統型観光牧場は乗馬、たっぷりの食事、釣り、〝町での一夜〟、キャンプファイアを囲んでの歌などのメニューを毎日提供する。たいてい日曜から日曜の滞在をベースにして、おもに家族連れの客を週単位で迎えている。日々異なるアクティビティを組み、子ども用のプログラムもある。近辺の観光牧場はだいたいこのタイプだ。

リゾート型牧場は伝統型牧場が提供するすべてに加え、スイミングプール、テニスコート、グルメな食事、行き届いたサービスなど多くの快適さを提供する。

ジョーが察するに、シルヴァー・クリーク牧場はリゾート型の中でも最高の部類らしい。

新聞記事の山を読んでいくうちに、記事は短くなっていき、見出しも〈ケイト失踪の新たな手がかりなし〉のバリエーションばかりになっていった。同じ写真が何度もくりかえし使われていた。〈社長不在のアシーナ、将来に憂《うれ》い〉といったサイドストーリーが載りはじめた。

〈新たな手がかりなし〉の例外は、ビリー・ブラッドワースというジャーナリストが〈デイリー・ディスパッチ〉に書いている一連の記事だった。ケイトにかかわる内部情報を持ち、それを潤色《じゅんしょく》しているようだ。

ブラッドワースの記事にはほかの新聞よりもっと個人的なケイトの写真が添えられていた。それらの写真で、ケイトは自宅で誕生日を祝ったり、結婚式に出たり、セーリングをしたりしていた――つまり内部に情報提供者がいるらしい。ブラッドワースの記事は、彼女の失踪の潜在的な動機にもっと突っこんだ考察をしていた。彼はまた、彼女をカウガール・ケイトと最初に呼んでいた。

見出しは刺激的でも、記事自体はおもに推測だった。毎回〝専門家〟の名前を出しているのは、ビリー・ブラッドワースの書いた内容を補強するためだけのようにジョーには思えた。

インスタグラムがインスタ消失《ゴーン》に！
カウガール・ケイトのジェット族式のライフスタイルが悪運を呼んだか？

……わが国で急成長をとげる広告会社の社長として名声を築いて以来、ケイト・シェルフォード‐ロングデンは海外でのエキゾチックで高価なお一人様の休日を満喫してきた。そしてぜいたくを愛する何百人もの同好者と交流するようになった。カウガール・ケイトはアメリカのシルヴァー・クリーク牧場で、彼女に危害を加えるチャンスを狙う何者かと出会ってしまったのだろうか？

「だれもそんなことは考えたくありません、だれも休日をだいなしになどしたくないからです。しかし、これみよがしのセレブ・リゾートを選んでなにをしているか毎日インスタグラムに上げるのは、裕福な人々が標的にされる危険を高めることにもなるのです」ロンドンのある民間警備会社の取締役マイルズ・ドルードは言う……

カウガール・ケイト：ライヴァルいわく「彼女には敵がいた」

彼女とひんぱんにかかわっていた競合他社の社長の話では、ケイト・シェルフォードーロングデンが名もない存在から英国でもっとも有名な女性社長にのしあがる過程で、敵をつくったかもしれない、という。

「新しい取引先を獲得したりクライアントを取りあったりするときには、ケイトはしばしばかなり強引だった」〈デイリー・ディスパッチ〉の特約記事の取材にあたり、その社長は名前を出さないことを条件に語った。「性差別主義者のように聞こえないといいが、ケイトは新たな顧客獲得にあたっては猛烈な攻勢に出たものだ。業界では猛々《たけだけ》しい競争相手として知られていた」

最近の彼女の失踪が、競争の激しい業界でつくった敵と直接関係しているとほのめかしているわけではない、とその社長はつけくわえた。

カウガール・ケイトの牧場出発後、「なにかが起きた」と公式筋コメント

アメリカの高級牧場リゾートを出発してから帰国のためデンヴァー国際空港へ向かう途中、〈アシーナ〉の超人社長〝カウガール〟ケイト・シェルフォード－ロングデンの身に〝なにかが起きた〟と外務省の上級官僚は語った。

「レンタカーでリゾートを出発し、車を返して帰国便に乗るために、彼女はデンヴァー空港まで荒野を四時間半ドライブする必要がある」内情に通じている上級官僚は匿名《とくめい》で〈デイリー・ディスパッチ〉に話してくれた。「どこまでも広がる荒野だ。広大な森にはグリズリーやクーガーやほかの捕食動物もいる」

人間の捕食者もいるのではないか、とこの官僚は指摘した。

「これがアメリカで、しかも西部で起きたことを忘れてはいけない」彼は言う。「現地ではみんなが銃を所持している」

デンヴァーへ向かう途中カウガール・ケイトはどんな交通事故にも巻きこまれておらず、彼女の車はまだ発見されていない、と彼は請《う》けあった。

「結論は必然的に出るだろう……」

ジョーは目を白黒させて、こんな記事まで書くとはビリー・ブラッドワースはネタ切れになったのではないかと思った。たしかに〝現地ではみんなが銃を所持している〟が……

カウガール・ケイトの妹：「だれかが姉を拉致《らち》している」

行方不明の広告会社社長ケイト・シェルフォード－ロングデンの妹で社交界の人気者ソフィ・シェルフォード－ロングデンは、カウガール・ケイトは拉致されて意思に反して拘束されていると考えている。

〈デイリー・ディスパッチ〉の独占インタビューで、姉の失踪の捜査は不充分だとソフィは述べ、外務省とアメリカの法執行機関を非難した。ワイオミング州の最高級リゾートを出てデンヴァー空港へ向かう途中、ケイトは行方不明になった。彼女と彼女が借りた車の手がかりは現在も見つかっていない。

「ケイトは休暇を終えた七月三十日に地上からぱっと消えたわけじゃないわ」教養に富むソフィは言う。「アメリカの奥地の粗野な貧乏白人が姉を捕まえたのよ、わかるの。森の中の狭くて暗い場所に彼女がいる夢を何度も見た。自分は生きているとわたしに知らせようとしているみたいだったわ」

ソフィ・シェルフォード－ロングデンは、いまのところ姉の身代金の要求はないと話した。

「姉を捕まえている野蛮人は、わたしたちに連絡する方法を知らないんじゃないかと本気で思うの。そして自分がだれを誘拐したかまったくわかっていないんじゃないかしら。

ケイトは闘士よ。わたしもまた黙って傍観しているつもりはない。この事件に対してわたしが声を上げていくのは重要だわ」

アメリカの当局に毎日問いあわせても、事件発生以来姉の失踪に関する手がかりは皆無だとソフィは続けた。

「わたしが向こうへ行って自分で姉を見つける！」魅力的なソフィは宣言した。

記事にはケイトに似た女性の写真が載っていたが、髪が赤いのと少し太っている点だけが違っていた。写真のソフィは椅子にすわって悲しげに窓の外を見て、姉の額入り写真を握りしめていた。かなり計算されて撮られた写真のようだ、とジョーは思った。

記事のあとに四角い囲み告知があった。

> **来週訪米：カウガール・ケイトはどこへ消えたのか**
>
> 〈デイリー・ディスパッチ〉の記者ビリー・ブラッドワースがケイトの妹ソフィとともにアメリカへ行き、失踪事件を調査します。

ジョーは日付を確認した。これは十日前の記事で、つまりソフィとビリーはいまサラトガに来ていると考えてほぼ間違いない。

写真の山をざっと調べた。ほとんどは英国の新聞でもう見ている。携帯電話で撮ったと思われるシルヴァー・クリーク牧場の写真が数枚あった。牧場は広々として景色がよく、ケイトがカクテルを飲んでいる写真に写っていた丸太と石でできた大きなメインロッジがある。手紙やメールの山もあまり手がかりにはならなかった。大部分の手紙は、事件解決へ支援と助力を求める英国大使館からアレン知事に宛てた、公式のレターヘッドのある文書のコピーだった。唯一の例外は、ソフィ・シェルフォード－ロングデンからアレン知事のホームページにあるアドレスに送られた懇願《こんがん》のメールだった。

コルター・アレン知事閣下

英国からメールをお送りしているソフィ・シェルフォード－ロングデンと申します。この名前にお聞き及びがあるなら、それは姉のケイトが去年の夏に休暇でそちらを訪れた際、行方不明になったからです。

この事件について現地当局はあなたのオフィスに報告を上げているとうかがいましたが、ケイトの家族から直接ご連絡するのが重要だと考えました。何ヵ月も進展の知らせはありません。

率直に申し上げて、わたしたちは疲れきっています。ケイトは姉であり、ただ一人のきょうだいです。両親は打ちひしがれ、ほとんどなにもできずにいます。この悲劇的な状況はわたしたちにとってきわめて切実なものなのです。

　わたしは英国人でワイオミング州《ワイオミンガン》の住民ではありませんが、姉ケイトを見つけるためにできるかぎりのことをしてくださるようにお願いいたします。彼女がいなくて寂しいのです。みんなが寂しがっています。姉はそちらのどこかにいるはずです。

　どうかわたしたちを助けてください。


　ジョーはぐっとくるものがあった。胸を打たれた。ケイトは現実の人間であって、たんなる案件ではないのだ。妹がいる、両親がいる。彼と同じようにアレン知事もメールに心を動かされただろうか。たとえソフィがワイオミング州住民《ワイオミンガイト》のことを〝ワイオミンガン〟と呼んだり、貧乏白人や野蛮人といった言葉を使ったりしていたとしても。

　ファイルにあった供述や書きおこされた聴取にも目を通した。それぞれの情報は短く、ちゃんとした報告書というよりメモの羅列だった。

　シルヴァー・クリーク牧場の支配人マーク・ゴードンは、牧場で最後にケイトを見かけたのは、チェックアウト日にメインロッジでスタッフたちに別れのあいさつをしているときだったと述べていた。

出発の際の彼女の精神状態について、帰るのを悲しんでいたとゴードンは語った。すばらしい時間を過ごしたとスタッフに言い、できれば来年も来たいと思うと話していた。出発するゲストが悲しむのはめずらしいことではなく、ケイト・シェルフォード－ログデンの様子はごくふつうだそうだ。ケイトは牧場からデンヴァー空港に行く途中どこかに寄るとは言っていなかったし、六時間半の余裕をもっていた（ドライブが四時間半、帰国便の搭乗手続きに二時間）。ケイトの登録記録によれば（デンヴァーの〈ハーツ・レンタカー〉に確認ずみ）、コロラド州のレンタカーナンバーAFR6967、メタリックシルヴァーの二〇一七年製ジープ・チェロキーを運転していたという。

カーボン郡検事長チーア・シュウォーツは捜査当局に対し、ケイトが帰国していないと知らされたとき、レンタカーとケイトの目撃情報を求める全部署緊急連絡がワイオミング州南部とコロラド州北部に出されたと説明していた。情報提供はいくつかあったが、すべて空振りだった。

シルヴァー・クリーク牧場のスタッフのインタビューもあった。短いメモから、DCI捜査官は二つの点に注目していたのがわかった。滞在中にケイトが持ったかもしれない良い関係と悪い関係、そしてチェックアウト時の彼女の精神状態。

聴取を受けたスタッフ全員が、ケイトはだれとも親しみやすくスタッフやゲストからとても好かれていた、なにか問題があるとはまったく思っていなかった、と答えていた。ほぼ毎日インドア・アリーナ、アウトドア・アリーナ、野外トレイルで乗馬をして過ごしていた。

牧場の乗用馬係ランス・ラムジーによれば、ケイトは馬に夢中で覚えが早かった。ケイトが不平を言うのは、一日が終わってもう馬に乗れなくなるときだけだった、とラムジーは話していた。彼から見て、ゲストやスタッフのだれかとくに親密な関係だった様子はなく、だれかと言い争うこともなかった。

ジョーはすわりなおして目を閉じ、読んだ内容のすべてを頭の中で整理した。今晩家でメアリーベスにファイルを渡すのが楽しみだ。彼女なら自分が見逃した興味深い点やおかしな点に気づくかもしれない。

彼には新しい発見はなかった。目を開けると、オレンジ色の作業着を着た運輸局の職員二人が廊下に立っているのが見えた。除雪車まで行く途中にのぞいていたのだ。彼らは自分が居眠りをしていたと思ったにちがいない。

二人はかぶりを振って廊下を遠ざかっていった。

ジョーはため息をついた。

そのあと、アレン知事に捜査からはずされる前にＤＣＩがどんな推測をもとに動いていたか知るために、事件報告書を読んだ。

報告書はすでに読んだり見たりしたものの客観的要約にすぎず、ジョーは落胆した。たどるべき手がかりも追うべき視点もなかった。

ケイトは牧場で休暇を過ごすためにワイオミング州を訪れ、一週間後にデンヴァー空港へ向かった。そして到着しなかった。容疑者はだれもいない。

しかし、なにかが引っかかった。ジョーは事件報告書を読みなおした。狩猟漁業局の捜査官やDCIの報告書は前にも見ているが、これはさっぱりしすぎている、と思った。ひとことの推測もなければ捜査の総括もない。自分たちの身を守ろうとする官僚が書くような報告書だ。

だれから守りたかったのだ？

また最後のページをめくると、報告書はシャイアンのDCI捜査官マイケル・ウィリアムズが作成し、署名していた。

ジョーはパソコンをたちあげ、ワイオミング州のウェブサイトでウィリアムズの連絡先を見つけた。メールを出すべきか、直接電話するべきか？

電話だ、と決めた。メールでは何週間も放っておかれる可能性がある。無防備なときにつかまえるのが、たいていの場合もっとも効果的だ。

手をのばしたとき、携帯が胸ポケットで振動した。真冬にかけてくるのはメアリーベスぐらいだ。ほかの季節であれば、地主やハンターや釣り人など、さまざまだ。

画面には〈ネイト〉と出ていた。ジョーは眉《まゆ》を吊《つ》りあげた。ネイト・ロマノウスキの名前がけさハンロンの口から出たと思ったら、本人の登場だ。いかにもネイトらしい。

「ネイト」ジョーは応答した。

「やあ」

ネイトの電話での声は低く、ささやくようだ。たいてい皮肉な響きを帯びている。

ジョーは三十秒待ってから言った。「なにか用か、ネイト?」

「おれと友人二人の問題を解決してもらえないかと思ってな」

ジョーはまた待った。ネイトの電話の流儀にはいらいらさせられる。

「どういう問題なんだ?」

「タカ狩りの問題だ」

ワイオミング州でのタカ狩りの許可証は狩猟漁業局が発行する。鷹匠《たかじょう》の弟子が〈カリフォルニア・ホーキング・クラブ〉の試験に基づいたテストに合格すれば――〈カリフォルニア・ホーキング・クラブ〉はアメリカのタカ狩り愛好者の絶対的水準だ――タカ狩りを認められる。

「じゃあ、あんたもついに許可証を申請するんだな?」ジョーは尋ねた。ネイトは一度も許可をとる手間をかけたことはない。友人が申請しない理由の一部は、自分をいらつかせたいからだろう、とジョーは思っている。

「まさか」

「だったら問題ってなんだ？」

「そのことで、おれたちはあんたと会って話したい」

「おれたちって？」

「友人二人だ。いまここに一緒にいて、問題を話しあっていた。二人とも同じ厄介ごとを抱えている。それを聞いたとき、あんたのことを考えた。猟区管理官の友だちがいる、と二人に話した」

「なるほど」

「あした、会いにいける」

「あしたは都合が悪い。サラトガへ行くんだ。その問題は電話で話せないのか？」

「だめだ。鷹匠たちは直接説明したいと言っている。おれはただのまとめ役なんだ」

「そうか、二人は鷹匠なのか」

「優秀な鷹匠だ」

「じゃあ、彼らを電話に出してくれ、ネイト」

「話すかどうか聞いてみる」

ネイトはマイクの部分を手でおおったらしく、ネイトと二人の男がこもった声でしきりに話しているのがかすかに聞こえた。

一分後、ネイトは言った。「だめだ。電話ではだれに聞かれているかわからないから、会って話したいと言っている。顔を合わせ、助けてもらうにあたってあんたが信頼できる人間かどうか見たいそうだ。信頼できるとおれは話したが、鷹匠がどんなだか知っているだろう」

「妄想癖《へき》があるってことか？」

「サラトガにはいつ着く？」ジョーのあてこすりなど聞こえなかったかのように、ネイトは尋ねた。

「まだわからない」

「どのくらいあっちにいるんだ？」

「それもわからない。最低でも一週間かな」

またこもった話し声が電話の向こうで始まった。

少ししてネイトは言った。「一人はどのみちそこへ行く用事があるそうだ。おれもだ。だから会えるときに電話するよ」

「そんな簡単にはいかないかもしれないんだ、ネイト。おれは任務で行くから現場に出ているだろう。向こうにオフィスがあるわけじゃないんだ……」そこで口を閉じた。しんとしている。会えるときに電話すると言ったあとネイトは通話を切ってしまっていた。

「あんたには頭にくるよ」ジョーはひとりごとを言った。

ＤＣＩ捜査官マイケル・ウィリアムズは一回のベルで出た。温かみのある声だった。ジョーは自己紹介してから言った。「ケイト・シェルフォードーロングデンの件を調べるように命じられている。それで、あなたが報告書を書いているのでいくつか質問させてもらいたいんだが」

相手は黙りこんだ。

「いま言ったのは、調査を命じられているので――」

「聞こえているよ」ウィリアムズの口調は硬かった。「だれに調査を命じられたんだ?」

「それは言えない」

「言わなくていい。想像はつく。とにかく、いまはその件で話している時間はないんだ。申し訳ない」

ジョーは眉をひそめた。「では、あとでかけなおしても?」

「どうかな」

「つまり、オフィスだとだれかに聞かれるかもしれないから話せないと?」

「それもある。ええと、いま自分の携帯からかけているのか?」

「ああ」

「だったら番号はわかる」

「じゃあ、そちらからかけてもらえるか?」

「どうも。では失礼」

ウィリアムズは切り、ジョーは携帯を見つめた。

6

二十三歳のシェリダン・ピケットはシルヴァー・クリーク牧場の雪におおわれた丘の上に着いた。牧場所有の白いピックアップを運転しており、十二頭の馬が後ろを走っている。轍《わだち》の道は最近除雪されたが、夜のあいだにところどころ吹きだまりができていた。ダッシュボードのダイヤルをまわしてトランスミッションを四輪駆動ハイに切り替えた。丘の斜面を下り、雪をかきわけるようにノース・プラット川の湾曲部へ向かった。川岸のヒロハハコヤナギの高い枝に止まっているハクトウワシが、彼女の車が下るのを眺めていた。

寒く静かな朝だった。ピックアップのタイヤが雪を噛《か》んできしむ。川の向こう岸の牧草地は木々の奥の太陽の光を受けて真っ白にきらめき、土手のヤナギは生垣のように密生している。黄みがかった茶色と白のプロングホーンの大群が、遠くの吹きさらしの開《ひら》けた場所で餌を探している。周囲の山々は、冠雪した頂上以外は紺碧《こんぺき》に輝いている。

ピックアップを凍った川の土手に止め、分厚い作業手袋をはめてから降りた。川までついてきた馬たちが作業中まわりに群がらないように、シッシッと追いはらった。馬たちは木立から五メートルほど離れたところに落ち着かない様子で集まった。彼らの吐く息が頭上で白くなり、鼻づらには霜《しも》がついている。

シェリダンは荷台から両刃《もろは》の斧《おの》、シャベル、馬房用の熊手をとりだし、〈ボグス〉のブーツで凍った川面《かわも》へ踏みだした。氷の厚い部分の端へ用心しながら歩いていき、一ヵ月前にチェーンソーで開けた幅広の穴に一晩で張った氷へ斧を振りおろした。氷は大きな破片に割れ、開けた水面で浮き沈みしてはぶつかりあった。シェリダンはシャベルと熊手で破片を脇に寄せた。道具を集めてそろそろとピックアップのほうへ戻りかけたとき、馬たちが川の水を飲もうとまた近づいてくるのに気づいた。

「戻って、」

先頭の糟毛《かすげ》の馬が向きを変え、ほかの馬たちも従った。

冬のあいだのシェリダンの仕事は、五月から十月までのゲスト・シーズンとはまったく違う。馬たちが水を飲めるように川の氷の六ヵ所を割り、大きな干し草の梱《こり》を開けてフォークリフトで運んだあと、毎週五頭から十頭の馬を選んでインドア・アリーナでの調教を何回もくりかえす——全部で百三十回乗ることになる。そうしないと、馬たちは〝性悪〟になり、さまざまな技術レベルのゲストに安全で快適な乗馬を提供するためにここにいるのだということを忘れてしまう。生来怠惰な動物で、きちんと調教して仕事を思い出させないと、一日中ただ餌を食べ、眠り、ぶらぶらしているだけだ。さもなければ、思いもつかない行動に出て勝手にけがをしてしまう。

だが、去年の夏の牧場で体験した最初のシーズンに比べれば、冬は平穏でありがたい。シェリダンは二十一人いるフルタイムの乗用馬係の一人で、仲間はだいたい彼女と似たようなものだ。大学を出たばかりで、正規に就職する心づもりがまだできていない。主任——背が高く引き締まった体つきのハンサムなカウボーイ、ランス・ラムジー——をのぞいて、乗用馬係は全員女性だった。その理由は、カウボーイたちはゲスト・リゾートよりも隣接する本物の牧場で働きたがるからだ、とシェリダンは説明された。それはある意味で真実なのを彼女は知った。教えてくれるのが若い女性だと男性ゲストの乗馬参加率が高くなり、しかも熱心にレッスンを受けるのも、また真実だった。とくに、ジーンズの似合う魅力的な女性乗用馬係であれば。

だが、仕事はきつかった。朝は立食用テントで朝食が用意される五時に始まる。六時に呼び集められる〝リンリン馬〟が——ベルの音にただちに反応するのでこう呼ばれる——餌を食《は》んでいたほかの馬たちを先導して厩舎《きゆうしや》や囲いに入る。シェリダンたちは八十頭の手入れをして鞍《くら》をつけ、ゲストに割りあてる。そのあと、最初の回が始まってゲストは担当の乗用馬係に付き添われて乗る。一回が一時間から三時間で、外のロデオ・アリーナでの初心者の基本レッスンから一対一のレッスン、個人での野外のトレイル乗馬までさまざまだ。二回目は昼食後の午後に始まり、ときには熟練者のためのチーム・ペニング（牛の群れから指定された三頭を引き離して囲いに入れる競技）やバレル・レーシング（馬で三本の樽のまわりを走って速さを競う女性のロデオ競技）もおこなわれる。たいていのゲストは午後四時半にはへとへとになってバーでカクテルを飲みたくなるのだが、中には夕暮れの乗馬をしたがるゲストもいる。そしてシルヴァー・クリーク牧場のモットーは、どんなに型破りな望みでもゲストそれぞれに対して便宜をはかることなのだ。

ほかの乗用馬係と同様、シェリダンは明け方から夕方まで週に六日働く。乗馬のプログラムがすべて終わると、馬たちは鞍をはずされ、餌を与えられ、けががないか調べられた上で牧草地へ戻される。翌朝、ベルが鳴るとすべてがまた始まる。

シェリダンは馬についてたくさんのことを学んだ――子どものころ母親は彼女に乗馬を教えようとしては挫折していた――でも、もっと学んだのはホスピタリティ・ビジネスについてだ。自分がこれを好きかどうか、そしてもっと続けていきたいのかどうか、いまのところまだ結論は出ていない。

ここへ来るのは東海岸の裕福な人々が多いが、海外からの客も少しいる。そしてわずかな例外をのぞいてリゾート牧場滞在は初めてだ。たいてい馬に乗ったことはあり、うまい乗り手もいくらかいるものの、ほとんどにとって馬の近くで過ごしたり、西部の馬の文化に触れたりするのは初体験だ。驚くほど多くのゲストが自分の乗馬技術をじっさいより高く評価しているので、それぞれに合った馬を割りあてること自体に特別なスキルがいる。

シルヴァー・クリーク牧場に雇われるまで、裕福な人々と長時間接する機会はあまりなかった。どういう心構えでいるべきなのか、シェリダンにはよくわからなかった。

実習中、ゲストとコミュニケーションをとること、たとえ一部は有名で特別扱いに慣れていても無名の存在でいられるように気遣うことを、彼女は教えられた。テクノロジー業界の大物、芸能人、名門銀行家、新興ヘッジファンドの富豪、スーパーモデルもいた。だがたいていは家族と一緒に来ていて、接してみれば驚くほどふつうの人たちだった。また男でも女でも、うんと裕福だからといってうんと賢いわけではないのだと、シェリダンはすぐに悟った。そしてお金はあっても、家族はやはりさまざまな争いや機能不全や愛を抱えているのだとわかった。それを知ってよかったと思った。

牧場での一週間が家族そろって食事をする一年で最初の機会だと、多くのゲストから聞いた。ときにはゲストが従業員と仲よくなり、夕食に招待することもあった。

シェリダンの好きなタイプのゲストは十二歳の少女たちだった。この年代は馬との特別な関係が築かれる時期に思える――子ども時代が終わり、デートなどの社会的プレッシャーが始まる前。少女たちはシェリダンを尊敬して熱心に耳を傾け、大勢があっというまにすぐれた乗り手になった。のちに、自分が乗った馬は元気にしているかと、彼女にメールやダイレクトメッセージを送ってくることもめずらしくなかった。シェリダンはいつも、馬も同じようにあなたを恋しがっていると返事をした。

新しい家族が到着し、リラックスしてなじんでいく一週間のリズムがあるように、従業員にとっても夏のリズムがあることにシェリダンは気づいた。最初の二、三週間は緊張する、とくにシェリダンのような新人はそうだ。派閥や内紛や社交サークルが生まれてはたちまち消える、スーパー・ハイスクールといったところだ。

呼吸する空気そのものがホルモンで染まっているように思えた。関係ができ——ときには驚くほど早く——できたそばから別れていく。

実習のあと、従業員の多くは群れをなしてエンキャンプメント、リヴァーサイド、サラトガのバーや酒場へくりだした。彼らはよく働き、よく遊び、だれも充分な睡眠をとらなかった。ATVをぶつけたり馬から落ちたりして、厄介なはめに陥《おちい》る新人もいた。

だがシーズン入りして一ヵ月もたつと、落ち着いてきた。毎晩馬たちを放牧したあとシェリダンは肉体的に疲れきり、ほかのことをする気にならなかった。日々が新たな冒険で、牧場での最初の二ヵ月はぼうっとしたまま過ぎていった。

リゾートの二百人以上の従業員の中で、乗用馬係はエリートとみなされていた。乗馬がいちばん人気のあるアクティビティだからだ。シェリダンはおもしろ半分に乗用馬係を希望し、採用されたときには家族同様びっくりした。十人の空《あ》きに対して三百人の応募があり、クルー全体の中で自分だけがワイオミング州生まれの乗用馬係で、つまり従業員の中である種特別の地位につくと知ったときには、もっとびっくりした。ブーツ、カウボーイハット、〈クルエルガール〉の西部風の服は、以前サドルストリングの〈ウェルトンズ・ウェスタン・ウエア〉で働いていた妹のエイプリルを通じてそろえた。だから、ワイオミングの女らしく見えた。ほかの州から来た乗用馬係は彼女にファッションのアドバイスを求め、男の従業員でさえ、なにが〝本物〟でなにがそうでないか尋ねてきた。牧場でフルタイムのポジションに選ばれたこと――片側はインドア・アリーナを、片側はシエラマドレ山脈を望む自分だけの部屋に住める――はシェリダンの誇りだった。

また、ママが自分をうらやましがっているのも、ひそかにうれしく思っていた。

そして乗用馬係の主任であるランス・ラムジーがいた。二十六歳で独身のランスは、背が高く口数が少なく紳士的で、シェリダンが会った中でもっとも知識と経験が豊富なホースマンだった。なにごとにも動じず、乗用馬係もゲストも彼を賞賛して敬意を払っていた。モンタナ州出身で、それはワイオミング州出身とほぼ変わらず、いちばん神経質なAタイプのゲストさえくつろがせる雰囲気を持っていた。ランスの名前は、滞在中もっとも感じがよくプロ意識の高かった乗用馬係として、毎週のようにゲストのアンケートのトップに挙がる。

ランスの最高に魅力的な点は、女性ゲストのほぼ全員が自分に恋しているのにまったく気づいていないように見えるところだ、とシェリダンは思っている。だれかがその事実を口にすると、ランスは赤くなってブーツの先で地面を蹴《け》る。

もっと経験のある者もいるのに、ほかの乗用馬係を飛びこしてランスはシェリダンを抜擢《ばってき》し、冬のシーズンも留《とど》まってほしいと頼んだ。彼女にとってそれは大きな意味を持っていた。

午前中に、シェリダンは水用の穴を開ける最後の作業を終えた。ピックアップへ戻っていくと、二十一頭の馬——ほとんどは栗毛《くりげ》——は彼女の横を駆けぬけて水を飲みにいった。そのとき、南の地平線に光るものが見えた。

牧場は広大だが、冬に残っているわずか二十八人のスタッフはおたがいの状況をかなりよく把握している。おもに各部門のトップとメンテナンス担当クルーだ。

だから、南側の丘陵地帯の頂《いただき》に牧場のものではない車が止まっているのはめずらしかった。狩猟シーズンが終わったのをシェリダンは知っているし、外部の業者が入っているのなら報告があったはずだ。牧場の車は、いま彼女が運転しているものと同様、前部ドアにシルヴァー・クリーク牧場のロゴが入った白のピックアップがほとんどだ。あのピックアップの色はもう少し濃い。

彼女はピックアップの荷台に道具を積み、侵入者のほうへ視線を向けなかった。パパと一緒に車に乗っていた経験から、見張られているときは相手に警戒されないようにふつうにふるまうのが最善だとわかっている。パパの場合はたいてい、禁止された狩猟エリアにいるハンターか密猟者に見張られていた。

シェリダンはピックアップの後部ドアを開けて座席の上の双眼鏡をとった。車内でレンズキャップをはずし、助手席側の後部窓ごしにはっきり見ようと双眼鏡を持ちあげた。

地平線のピックアップはグレーでキャンパーシェルがついている。前部ドアになにか描かれているが、遠すぎてよくわからない。

運転台に焦点を合わせたとき、彼女はハッとした。運転席側のドアの向こうに二つの楕円《だえん》形《けい》が並んでいるのがくっきりと目に入ったからだ、ドライバーではない。楕円形は双眼鏡の二つのレンズで、それはまっすぐ彼女に向けられていた。運転台にはもう一人いるが、フロントガラスに太陽が反射しているせいで顔は見えない。

携帯の電波の強さは構内のどこにいるかによって違うが、携帯の画面に一本立っていたのでシェリダンはほっとした。すぐボスにつながった。出たとき、彼は息を切らしていた。アリーナで馬に乗っているのだろうと彼女は思った。

「ランス、川のS字カーブのところにいるんだけど、南側の丘の上にピックアップが一台いるの。二人乗っているみたい。今日、業者が入る予定だった？」

「そこで作業があるとは聞いていない。ナンバープレートは見える？」

「いいえ。横向きに止まっているの。そして、だれが運転しているのか知らないけれど、あたしを双眼鏡で見返している」

「どのくらい前からいるんだ？」

「わからない。でも牧場の人間じゃないわ」

「そこにいて。できるだけ早く行く」

まるで侵入者たちが聞いていたかのように、ピックアップは前進して丘の反対側へ消えた。

「いなくなっちゃった」

「でも行くよ」

ランスはしばらく前から妙に不安そうで神経過敏だ、と彼女は思った。シェリダンの様子を確かめにくるのは過剰反応に感じられた。

「ええ、わかった。でもこっちへ来る前に、悪いけどあなたのものを一時的にあたしの部屋から持っていってほしいの。ほら、歯ブラシとかひげ剃《そ》り。クローゼットに服も少しある」

長い沈黙が流れた。それから悲しそうに彼は尋ねた。「どうして、シェリダン？」

「じつはね、パパがあしたこっちへ来るのよ。町に泊まる予定だけど、まずここにあらわれるかもしれない。もしそうなると……」

ランスは息を呑《の》み、そのあといつもの口調に戻った。

「わかった。そうしたほうがいいと思う」

「ありがとう、ランス」

「ぼくが行くまで侵入者を追いかけたりするなよ、いいね？」

「ええ。車で氷の上を渡ろうとは思わないわ」

「よし。そこにいて、できるだけ早く行くから。もしまた見えたら相手のナンバーを確認して」

「了解、ボス」彼女は微笑した。

7

その日の午後、ワイリー・フライは温泉からもうもうとたちのぼる湯気に近づくと〈クロックス〉をぬぎ、はおっていた厚いブランケットを置いた。湯気の向こうへ手をのばして金属の手すりをつかみ、低く罵《ののし》ってから苔《こけ》でぬるぬるした段を温泉へ下りていった。

くそ、外は寒い。

いつものように刺激は強烈だった。背中と肩のむきだしの肌は氷点下の大気にさらされ、温泉の中は燃えるように熱い。どちらもひりひりするがその種類は違う。彼は身を沈め、足もとの砂利の底を感じ、やがて湯の注《そそ》ぎ口のすぐそばの隅に落ち着いた。彼はここを〝ワイリーのコーナー〟と名づけていた。とくに熱い〝ロブスター・ポット〟と呼ばれる源泉に近いが、彼のデリケートな肌がやけどしない程度には離れている。肩がつかるまで、ゆっくりとすわる姿勢になった。出ているのは頭だけだ。

外はあまりにも寒く温泉はあまりにも熱いので、湯の表面には蒸気がたちこめており、周囲はなにも見えない。

一分もすると、四十八度ある湯が肌を刺し、熱が脂肪や腱《けん》や筋肉にしみわたりはじめた。ワイリーは硫黄《いおう》の臭いのする空気を深く吸いこんで目を閉じた。煙突を通るように、湯気が頭皮を上へ抜けていく。リノベーション中のガレージで一日中乾式壁を作っていて皮膚《ひふ》についた石膏《せっこう》の粉を、温泉が溶かしていく。石膏は浮かびあがって膜《まく》になり、流れていって消えた。

あと二時間ある。湯につかって、〈ベア・トラップ〉か〈デュークス・バー&グリル〉でたっぷりと夕食をとり、それから製材所の夜勤へ向かう。臨時収入のおかげで、元妻が養育費を催促してくることもなくなったし、彼のガレージは断熱材が入ってあと少しで壁作りも終わる。たきぎストーブにあかあかと火が燃え、テレビのワイドスクリーンにはスポーツ中継かロデオ番組が映っているあそこで、のんびり過ごす時間を思い描いた。

ワイリーにとって人生はいいものになった。

あとは、燃える毛とローストチキンのつんとくる臭いを鼻孔から消せたらいいのだが。しつこく残っているのでいらいらさせられる。

そのことを考えまいとしたが、ときどきふっと臭ってきて罪悪感に襲われる。製材所のオーナーはいい男で、彼にチャンスをくれ、信頼もしてくれているようなのに。しかし、それだけではない。

ワイリーは罪悪感が大嫌いだった。結婚生活が破綻《はたん》したとき、充分すぎるほどそれを味わった。熱心なカトリック信者で子どものころ妹と一緒に教会へ通わせた母親のせいだ、と彼は思っていた。友人や同僚は罪悪感というものをまったく感じないらしい。彼らがうらやましかった。

目を閉じたまま、ワイリーは聴覚がとぎすまされるのを感じた。温泉を仕切る壁のすぐ外の川のせせらぎ、野生のカモが川面《かわも》で争う鳴き声。川の向こう側にある〈サラトガ・ホットスプリングズ・リゾート〉から外に出てきた客の声があちこちからすることもある。温泉の反対端にある排出口から湯が流れでるチャプチャプという音もときどき聞こえる。

無料で二十四時間入れるが、夜のこの時間にほかの人間が来ることはめったにない。地元住民が熱い湯でぐったりさせるために子どもを連れて夕方に来たり、酔っぱらいがバーをはしごしたあと夜遅く立ち寄ったりすることはある。日中訪れるのは観光客か年寄りだ。ワイリーはできるだけあのしわしわの老いた皮膚を見るのを避けていた。アリゾナ州の老人ホームに入った母親を二年前に訪ねたとき、いやになるほど見た。それが冬のあいだもここにいる理由だった。

湯には二十分もつかれば充分だとわかっていた。二十分で体の芯まで温まるので、製材所の小屋に着くまでの一時間ずっとぽかぽかしている。腹の出た真っ白な彼の体は、湯から上がるころには真っ赤になっている。じっさい、極寒でも温泉から車まで歩くあいだに汗が出るときがある。ブランケットをはおらずに持って歩くこともしばしばだ。大きな腹の脂肪が湯で満たされたタイヤチューブのように熱くなって、彼を温めてくれる。やせたやつらはどうやってこの冬を乗り切るんだろう、とワイリーは思った。

冒険したい気分のときには、ワイリーは温泉から出て壁を乗りこえ、ノース・プラット川へ飛びこむ。そこにもところどころ温泉が湧いている場所があるのだ。まわりを氷のような水が流れる中、湯の繭《まゆ》にくるまれてすわっているのはじつにユニークな体験だった。

目を閉じて一人で湯につかっているのがあまりにも気持ちがよくて、ワイリーはもう少しで眠りそうになった。だが、しわがれた抑揚のない声がしてびくっとし、携帯の向こうから聞こえるあの声だと気づいた。

湯気で見えなかったが、声でだいたいの動きがわかった。二人の男が更衣室を出て温泉に近づきながら低い声で話している。ワイリーより高い後ろ側の位置におり、湯気が消えても視線の方向からして二人に彼は見えない。

「すごいな、どのくらい熱いんです？」

しわがれ声が答えた。「源泉は四十八度以上ある。とにかく、そういう噂《うわさ》だ」

「そいつは熱すぎる。これだけ寒くたって、そいつは熱すぎますよ」

しわがれ声の男は低く笑った。笑い声まで耳ざわりだ、とワイリーは思った。

「で、入って泳いだりするんですか?」

「いや。それには浅すぎる。バスタブにつかるみたいにすわるだけだ。昔はインディアンが入っていたらしいが、どうだかな。呼吸器に疾患がある連中もはるばる遠くから入りにきていたそうだ。効くわけないさ、あほくさい」

しばし間があり、やがて温泉の反対側からザブンという音がした。

「うわっ、うわっ!」

「だから言っただろう」しわがれ声の男だ。

二人が湯に入って腰を下ろしたとき、ワイリーはあごのあたりに小さな波を感じた。

「ものすごくヒリヒリする」

「いつでも出ろ。車で待っていればいい」

「あんたが鍵を持っているじゃないですか」もう一人の男はうめいた。しわがれ声の男はふたたび笑った。

「だんだんましになってきたみたいだ」

しわがれ声の笑いがまた聞こえた。「だろう」

「ここへはよく来るんですか?」

「そんなでもない。たいていは忙しすぎるからな。だが来るときは午前三時か四時が多い。独り占めするのが好きなんだ——いまみたいに」

ワイリーはじっと動かずにいた。相手は自分たちだけしかいないと思っている。そう思っていてほしい。屁《へ》が出ないといいが。内臓が温まりすぎるとときどき出るのだ。

二分ほど沈黙が流れた。川からまたカモの鳴き声がした。ガーガーという声ではなく、寝物語でもしているかのような忍び笑いに聞こえる。

「すごかったな」もう一人の男が言った。「今日見せてもらったものにはぶっ飛びましたよ。驚いた——あのスケール！」

「圧倒的だろう。あれには突拍子もない金がかかっている」

ワイリーは続きを待った。なんの話だ？

二人は話題を変えて、川の向こうの〈サラトガ・ホットスプリングズ・リゾート〉で今日担当だったウェイトレスのことをしゃべりはじめた。彼女は自分に気があるんじゃないか、ともう一人の男は言った。彼女からの誘いと思われるサインを男は説明した。

「空想だろ」しわがれ声の男は言った。

「まあ見ててくださいよ」

「そんなことは忘れてここにいるあいだに少し寝ろ。あしたは長い一日になるんだ。ボスが着くまでにやっておくことが山ほどある。全部きれいにしておかないとな、言っただろう。

ボスにいろいろ聞かれたくない」

「ああ」

「それからあの田舎者にまた配達にいくと電話しないと。ここを出るとき、やつにかけるのを思い出させてくれ」

「じゃあまたティーピーだかなんだかに行くんですか？」

「ウ、ウィグワ、ウ、ウィグワム式焼却炉だよ。ティーピーじゃない。ウ、ウ、ウィグワ、ウィグワムだ」

「ウィグワム」もう一人の男はくりかえした。「インディアンのなにかだとはわかっていたんだ」

そのとき、ワイリーは田舎者とは自分のことだと悟った。腹がごろごろ鳴ったが、悪臭を放つ泡は浮かんでこなかった。

ワイリーはさらに十五分待った。長くつかりすぎて気が遠くなりそうだった。だが、二人が出ていかないと動けないし声も出せない。しわがれ声の男が自分だと気づくかもしれない。二人は話しつづけ、話題はフットボール、ギャンブル、国のあちこちで出会って寝た女たちのことだった。

「前に話した女のことをずっと考えているんだ」しわがれ声の男が言った。

「金髪のやつ？」

「ああ」

「おしゃべりだって言ってなかったですか？」

「そうじゃない女がいるか」

「おれのちっちゃなかわいいウェイトレスとは比べものになりませんよ」

「くそったれ。彼女を見たこともないくせに」

「まあね」

「だったら彼女については口を閉じていろ」

長い間があった。

「気を悪くさせるつもりじゃなかった。ふざけただけですよ」

「ふざけるな」

「まあまあ、よくわかったんで」

「そいつはよかった」

とうとう、もう一人の男はため息をついて言った。「もう出ます」

「ああ」

「生きたまま茹《ゆ》であがりそうだ」

「いい茹でかげんだ」

駐車場で車のエンジンのかかる音がするまで、ワイリーはじっとしていた。そのあとセイウチのようにするりと湯から這《は》いでた。コンクリートの歩道は凍っているとわかっていたが、むしろ気持ちがよかった。起きあがるとき濡《ぬ》れた体が歩道にひっついていないといいが。

ようやく、四つん這いの姿勢になった。長くつかりすぎたので体力を奪われていた。それに時間がなくなっていて、ゆっくりディナーを楽しむどころか、〈カムンゴー〉でピザかホットドッグをテイクアウトするしかない。しかも温泉で流した汗を補うために〈ゲータレード〉の六本パックも買わなければ。

よろめきながら車に戻ったときに携帯をチェックした。まだメッセージは来ていない。

だが、あとで電話がかかってくると彼は確信していた。

罪悪感が氷柱《つらら》のように心臓の下を突き刺した。

第二部

先頭を切って新しい秩序を導入することほど、着手が困難で実行が危険で成功の見込みが不確かなものはない。

——ニッコロ・マキアヴェッリ

8

ビッグホーン山脈の稜線《りょうせん》を朝日が染めるころ、ジョーはサドルストリングからサラトガまでの四百八十キロのドライブに出発した。早く出られるように、昨夜のうちにピックアップに荷物を積んでおいた。

朝食のときにメアリーベスとルーシーに行ってくるよのキスをして、外の駐車場でエンジン・ブロック・ヒーターを切ったあと、デイジーがとことこやってきたので玄関ドアで足を止めた。チューブは寝床から起きてこなかった。

「またあとでな」デイジーの頭をなでながら声をかけ、ラブラドール犬が〝あとで〟は数日後か数週間後になると理解していないことを祈った。だが、だましているわけではない。メアリーベスが読めるように彼はケイトに関するファイルの完全なコピーを残し、オリジナルは小脇に抱えていた。

気温は零下三十度近い。朝の寒さでピックアップのスプリングとハンドルは最初こわばった感じで、硬く凍ったタイヤが柔軟に動くようになるまで二十分弱かかった。サドルストリングの通りは雪が固く貼りついてすべりやすかった。住民たちは外の私道で車のエンジンをかけっぱなしにして温めており、白い排気ガスの煙が上がっていた。

太陽は山々の頂《いただき》から顔を出し、すぐに谷間を冷たい光で照らしだした。あたりは見渡すかぎり白くなめらかで、川岸の裸木とえび茶色の低木のやぶだけが陽光を捉えてくっきりと見えていた。牧草地のアンガス牛は暖をとるために集まって身を寄せあい、吐く息が小さな雲になっていた。

ジョーはよく寝たものの、起きた瞬間にケイトの失踪について知ったことが頭を駆けめぐった。多くの不明点を埋めなければならず、それには現地へ行って人々と話す必要がある。シェリダンがケイトと一緒に乗馬をしていたので、娘からなにが聞けるか楽しみだった。だれかと一緒に釣りをするのと同じで、パートナーと馬に乗るのは親密な体験になりやすい。鞍《くら》や馬具をつけたり、トレーラーで移動したり、もちろんトレイルを乗馬しているあいだも、話をする時間がある。

シェリダンはいい聞き手で、ずっと前からそうだった。乗用馬係はバーテンダーのようなものだ。人々は彼らに話をしたくなる。

だが、任務のさまざまな点がジョーは気がかりだった。まず、報告書について尋ねたときのマイケル・ウィリアムズの反応が妙だった。ウィリアムズが話せないか話そうとしないことがあり、それがなんなのかわからない。ウィリアムズとＤＣＩの捜査は秩序立ってしっかりしているように見えた。アレン知事が彼らを事件からはずしたのはほんとうに不可解だし、アレンが言っていた予算の削減や官僚的な怠慢が原因だとはとうてい信じられなかった。それは二つ目の気がかりにつながっていた。なぜ自分なのか？　たしかに、ジョーがルーロン知事の〝カウボーイ偵察員〟として働いたことを示すファイルをアレンは見つけた。しかしＤＣＩも地元の法執行機関も現場で好きなように動かせるのに、どうして知事は自分を選んだのだろう？　どうも腑《ふ》に落ちない。アレンはジョーにとくに好意を持っているわけではない。じつのところ、自分を信じていないように見えるし、ジョーのほうもいまのところ知事を信用していない。

三つ目の気がかりな点は、一度も論議されても対処されても記録されてもいない事柄で、サラトガの猟区管理官スティーヴ・ポロックに関することだ。ポロックこそ知事が内密に助力を求めてしかるべき人物なのだ。なにしろポロックは地元にいて一帯と住民を知っているし、おそらくケイトの失踪状況も知っている。だが彼はいなくなり、猟区管理官がどうなったのかだれも知らないようだ。ポロックの現況について狩猟漁業局内ではなんの噂《うわさ》も流れていない。

猟区管理官が辞めたりクビになったりするときは、たいてい局内で大騒ぎになる。猟区管理官の職は競争率が高く、毎回何百人も応募する。それだけでなく、地区が空《あ》けばすべての現職猟区管理官に応募するチャンスがあるのだ。地区の選択は先任権のある者が優先される。

新人の猟区管理官はだれも行きたがらない地区を割りあてられる。

同僚と比べてどれほど長く勤めてきたかによって、各人のバッジのナンバーが決まる。ポロックはバッジナンバー18だ。ジョーはいま20なので、彼の上には十九人、下には三十人の猟区管理官がいることになる。

サドルストリングと同じくサラトガは州内でもっとも人気のある地区の一つだ。三方を山に囲まれ、マス釣りに最適のノース・プラット川が流れ、大型狩猟動物が多く集まっている。ジャクソンホールに似た一種のリゾート地区だが、住居費や生活費はそれほど高くないし、観光客が押し寄せてくるわけでもない。住むには魅力的な場所だ。もし空いたらサラトガ地区に応募してしてみようかとメアリーベスに相談したことがあり、妻は賛成した——ただし三人の娘たちが全員学校を卒業したあとならば。

奇妙にも、ジョーはまだ本部から地区の空きが出たという知らせを受けていなかった。この件はもっと調べなければならない。

だが、ポロックの離職がケイトの事件と関係しているのか、ただの偶然なのか、ジョーにはさっぱりわからなかった。しかしなにかが引っかかる。狩猟漁業局本部に問いあわせても、すっきりした答えが返ってくるかどうかは疑問だ。局長のリーサ・グリーン-デンプシーは新知事と折りあいが悪いらしく、アレンが彼女の存在を忘れていてくれるように目立つことを避けている。だから頭を低くしており、関心を引くような指示は送ってこなくなった。スティーヴ・ポロックになにが起きたのか聞くのに彼女はふさわしくない――とくにポロックがなにかまずいことをやったのなら。LGD局長は猟区管理官に関する悪い評判を新知事や彼のスタッフに聞かれたくないのだ。

そういった状況であれば、LGD局長と彼女の取り巻きチームはほとぼりが冷めるまで待ち、あとでこっそり地区への応募受付を始めるだろう。

風が強くなっていたので、ジョーは州間高速二五号線のケイシーの北で車の速度を落とした。胴体の太いヘビの波のような地吹雪《じふぶき》が路面に渦《うず》を巻き、その下の黒い氷を隠す。ハンドルをしっかりと握っていたが、クリス・ルドゥのホームタウンを過ぎるときだけワイオミング州のアイコンである歌手に乾杯するまねをした。通ったときにネイト・ロマノウスキと何度となくルドゥに乾杯しており、今回もそうした。だが、それがすむと運転に集中した。

バックミラーいっぱいに大型の赤の〈ピータービルト〉トラクタートレーラーが映り、追いこし車線へまわってジョーに迫ってきた。ニュージャージー州のナンバープレートがちらりと見えた。トラックの大きさと重量で彼のピックアップは揺れ、地吹雪が舞いあがった。恐ろしい一瞬、見えるのはフロントガラスの向こうの白だけで、横を矢のように過ぎる道路標識だけが自分のピックアップが進んでいることを示していた。

アクセルをゆるめ、トラックがずっと先まで行って雪煙の疾風《しっぷう》が消えてまた視界が開《ひら》けるのを待った。しばし、ライトとサイレンをつけてあのドライバーを追跡しようかと思った。この状況でのスピードの出しすぎで違反切符を切れるが、凍った路面でのカーチェイスを考えてやめておいた。

ようやく雪煙が消えて赤い〈ピータービルト〉の後部が四百メートルほど先に見えた。波をけたてるモーターボートのように、トラックは雪を舞いあげていた。

真冬にワイオミング州を横断するドライブは、つねに冒険だ。だから多くの人々が小さな町から出ないか、アリゾナ州で冬を越すことを選ぶ。ジョーは冬を気にしなかった。じつは、冬のせいで自分がいかに必滅《ひつめつ》のちっぽけな存在かしばしば感じられるのを、あまのじゃくにも楽しんでいた。だれもが同じ状況《ボート》に——そのボートは四輪駆動でないとだめだが——いるので、きびしい冬はものごとを公平にしてくれる。この考えをメアリーベスに話したら、彼女はただ首を横に振った。

ジョーは長い丘の上に着き、黒と白の高速が南へのびる広大な風景を眼下にした。轟音《ごうおん》とともに追いこしていった〈ピータービルト〉ともう一台のセミトレーラーが、前方の排水溝に横倒しになっているのが見えた。少し休息をとるために横向きに寝ることにした大きな獣《けもの》のようだった。

ジョーはこまかくブレーキを踏みながら丘を下り、〈ピータービルト〉の後ろにつけた。ブリザー風がピックアップをくりかえし襲い、吹きつける雪が助手席側の窓に貼りついた。ブリザードの向こうに、黒いTシャツを着て携帯を持ったずんぐりした男が注意を引こうと飛びはねているのが見えた。男は自分の車のほうを激しい身振りで示している。どうやら上着を持っていないらしい。

ジョーはエンジンをかけたままにしてパーカを着ると車を降りた。凍結した道路上を渡る風で吹き飛ばされそうになったが、かがみこんで風に当たる面積を小さくした。

ドライバーはひげを五日は剃《そ》っていないようで、Tシャツの前には食べこぼしのしみがあった。ロシア語か東欧語らしい聞きなれない言葉でジョーに話しかけてきて、起きたことが信じられないように自分のトラックを示した。先を走っていたらしいトレーラーのドライバーも外に出ていた。赤い口ひげをびっしりとはやし、〈ピータービルト〉の男と一戦交えそうな勢いだ。

ジョーは赤ひげの男に——やはり聞きなれない言葉をしゃべっている——車へ戻るように合図し、東欧風の男にも寒いから運転台へ戻れと指示して、ハイウェイパトロールに電話した。ケイシーの〈インヴェイジョン・バー&グリル〉で朝食中だという隊員が出て、すぐに向かうと答えた。

「けが人は？」隊員は尋ねた。

「大丈夫そうだ。ドライバーは二人とも外国人で、おれは話ができない。走行中トラブルになったらしく、スリップしたあげく風で横転した」

「いまいましいロシア人だ、きっと。どんどん増えている。まったく悩みの種だよ」隊員はうんざりした口調だった。「冬期の運転は心得ているとふつう思うだろう。あっちにも冬はあるよな？」

「ああ」

「事故の場所はどこだって？」

発生地点を教えるために道路脇の里程標《りていひょう》から雪を払っていたとき、ジョーの携帯に別の電話が入った。吹きすさぶ雪に目を細めて見ると、知らない番号からだった。

応答ボタンを押して叫んだ。「ジョー・ピケット」

「なんだ――外にいるのか？」聞き覚えのある声だが、思い出せなかった。

「ああ。風が強い」

「聞こえるよ。マイケル・ウィリアムズだ、これは公式の通話じゃない」

ジョーは風に背を向けた。

「ちょっと待ってくれ。いまハイウェイパトロールと話しているところなんだ、すぐにかけなおす」

「なるべく早くしてくれ」ウィリアムズはあきらかにいらだっていた。

ジョーは強風に苦労しながら車のドアを閉め、マイケル・ウィリアムズにかけた。ハイウエイパトロール隊員には、彼がケイシーから到着して引き継ぐまで事故発生地点にいると告げてあった。

数分おきに、Tシャツを着た黒髪のロシア人が運転台の窓から顔を突きだし、あたりを見まわした。どなっているようだ。もう一台の車の赤ひげの男はそれを見るたびに〈ピータービルト〉のドライバーにこぶしを振りあげていた。

「遅くなってすまない」ジョーはウィリアムズに言った。

「いいんだ、だが長くは話せない。いま自分の携帯でかけていて、DCIのだれもおれがこの電話をしているのを知らない。知らないままにしておきたい、約束してくれ」

ジョーは約束した。

「あんたのことは知っている」ウィリアムズは言った。「何度か名前を見ているし、ルーロン知事のために仕事をしていたのも知っている。アレンが自分のためにもそうしろと言ったんだろう」

ジョーが反応する前に、ウィリアムズは続けた。「答えなくていい。彼のやりそうなことだ」

ジョーはなにも言わなかった。

「事情はどうあれ、あんたは信用できる人間だという評判だ」

「ありがとう。どうして知事はDCIを捜査からはずしたんだ?」ジョーは尋ねた。「ファイルを読むかぎり、あんたたちは捜査を進めるのに充分な手がかりを得ていたように思えるが」

「ああ」長い間があった。「ＫＳＬ事件とはなんの関係もないとだけ言っておくよ」

「ケイト・シェルフォード＝ロングデン事件だな」

「そうだ」

「捜査からはずされたのは別に理由があるというのはどういう意味だ？」

「いいか、なぜ手を引かされたのかについてはほんとうに話せないんだ。おれには子どもが二人いて、これからもう一人生まれる。この仕事と、いろいろな手当が必要なんだ――とくに医療保険が。官僚組織の中がどんなだか知っているだろう。もしこの電話がＤＣＩや知事に知れたら、おれはおしまいだ。言いたいことはわかるな？」

「わかると思う」ジョーは答えたが、わかっていなかった。

「あんたは捜査自体について聞きたいことがあるんだろう、だから聞けよ。なんらかの形でこの事件が解決されてほしいと願っているんだ。あんたがやれるというなら、おれに文句はない。あの未解決事項にはいまだに夜悩まされるんだ」

「未解決事項？」

「忘れるなよ、休憩時間はあと二、三分しかなくて、すぐ戻らなくちゃならない」

ジョーは相手に見えなくてもうなずいた。

「わかった。報告書には背景説明は不足なくあったが、結論も推論も書かれていなかった。なぜだ？」

「あんたは編集された報告書を読んだんだ。おれのオリジナルの報告書は、今後尋問が必要な容疑者をリストにしていた」

「だれが編集を――」

「それは言わない。ほかに質問はあるか？」

「ある」ジョーはコンソールボックスからスパイラルノートとペンを出した。「尋問する予定だった人たちとはだれだ？」

「ここに書いてある。いいか、シルヴァー・クリーク牧場は従業員を念入りに調査している。全員の家庭環境や履歴はチェックずみで、あぶなっかしい人間を雇ったりしない。前科がないからといってその人物が悪事を働かないわけではないと、あんたもおれもわかっているが、この場合は従業員が失踪に関与しているとはおれには思えなかった。彼らは忙しすぎるし、牧場内の住居で一緒に生活している。寮みたいな建物があそこにはいくつもあるんだ。いや、おれが大学時代を過ごした寮よりはずっとましだ。

とにかく、ケイトが車で出発したときだれかが尾行し、彼女になにかしたなら、ほかの従業員がそいつがいないことに気づくはずなんだ。少なくともおれはそう仮定して動いていた。しかも、ハイシーズンの牧場には二百五十人もの従業員がいるんだ。全員に事情聴取をするのは時間と労力のむだに思えた。最終的にはやっていた可能性は否定しない、だが、あのときは従業員が関与しているのはありそうもないと感じられた」

「なるほど」

「つまり、取っかかりがまったくなかったんだ。従業員はシロとして、KSLの滞在中に牧場にいたかもしれない、あるいは近づいたかもしれないほかの人間をあたった。何者かが彼女を拉致《らち》したなら行きあたりばったりの犯行ではなかったと、おれは考えた。彼女はあの週の滞在客の中で数少ない独身女性で、魅力的だった。拉致したやつは彼女が乗っていたレンタカーを処分する必要があると知っていた。だから犯人は彼女を牧場で見かけて狙いを定めていたはずなんだ。だが、それが従業員だとは思えなかった」

ジョーは言わずもがなの質問はしなかった。ウィリアムズの話しぶりが波に乗ってきたからだ。

DCI捜査官は続けた。「あの牧場へ行ったことは？」

「まだないが、観光牧場にはいくつか行った」

「シルヴァー・クリーク牧場は並の観光牧場じゃない」ウィリアムズは低く笑った。「あそこだけで一つの世界になっている。そしてよく管理された環境だ。牧場じゃなくてクルーズ船だと思うといい。二百人以上の従業員と八十から九十人の客が全員、同じ場所に滞在している。人々は出たり入ったりしない。なぜなら牧場はうんと広くて、そこではたくさんのアクティビティが提供されていて、だれかがほしがりそうなものはなんでもあるからだ」

「わかるよ」シェリダンがそこで働いていることは言わずにおいた。話がそれてウィリアムズのわずかな残り時間がむだになると思ったからだ。

ウィリアムズは続けた。「そこで、おれはその週牧場に来た従業員でも客でもない数人に的をしぼった。前科があるかもしれない数人にな」

「出入り業者か」ジョーは言った。

「当たりだ。その週に出入りした全員のリストを受けとり、経歴を調べた。二つの名前にヒットがあった。書きとめられるか？」

「ああ」

「ジャック・トイブナーとジョシュア・トイブナー」ウィリアムズはメモを読んでいるらしく、名前の綴《つづ》りを教えた。「サラトガ郊外に養魚場を持っている」

ジョーはそこを知っていた。

「二人は親子だ。州の観光牧場のほとんどに魚を卸《おろ》していて、コロラドとモンタナでも商売している。多くの地主があそこのマスを仕入れているから、彼らは見とがめられることなくシルヴァー・クリーク牧場のような場所に出入りできる。父親のジャックは無断侵入が二回と飲酒運転が一回。息子のジョシュアは前のガールフレンドをストーキングした罪で一年間ローリンズで服役していた」

「ス、ト、キ、ン、グ、」ジョーはくりかえした。

「ああ、おれもそう思った。だが、親子のどちらとも話すチャンスがなかったんだ」

「ほかには?」

「ブレイディ・ヤングバーグとベン・ヤングバーグ」ウィリアムズはまた名前の綴りを教えた。「ララミーの蹄鉄工《ていてつこう》で、兄弟だ。夏は馬の面倒をみに二日おきに牧場へ来る。知らんが、何百頭もいるんだろう。ケイトは乗馬をしていたから、兄弟は彼女を見かけていたかもしれない。トイブナー親子よりヤングバーグ兄弟のほうが彼女を見た可能性は高い」

「おれも同じことを考えていた」

「とにかく聞きまわったところでは、ヤングバーグ兄弟はワイオミング州で最高の蹄鉄工だそうだ。きつい肉体労働だよ。一日中かがみこんで、蹄鉄をはかせたりぬがせたりする。だが、この二人は女の尻を追いかけることしか頭にない。昼間がんばって働いて夜は遊びまわる、どこにいようとな。二人ともバーでけんかして暴力行為で起訴されている。ブレイディはどこかの男をぶちのめしてローリンズで一年くらった。乱暴なやつらなんだ」

ジョーは相槌《あいづち》を打った。

「もう一人いるが」ウィリアムズは言った。「そろそろ切らないと」

「話してくれ」

「元夫だよ。リチャード・チータム。彼とケイトは英国でかなりひどい別れかたをしてマスコミに騒がれた。その線を追及する機会はなかったんで、リチャードを事件に結びつけることはできなかった。だが、もしかしたらだれかを雇って尾行させ、牧場とデンヴァーのあいだで殺させたのかもしれない。強引だが、元夫を除外するわけにはいかないだろう?」

「そうだな」ジョーは自分もリチャードの名前を法律用箋にメモしていたのを思い出した。

外で、ジョーと話したハイウェイパトロール隊員がピックアップをゆっくりと迂回《うかい》して赤の〈ピータービルト〉の後ろに停車した。ジョーが手を振ると、隊員は振りかえした。

「電話してくれて、ほんとうにありがとう」ジョーはウィリアムズに言った。

「ああ、いいんだ」

「本気で感謝している」

「おれとしては、本気でここだけの話にしてほしいと思っている。だが、なにかわかったら知りたいものだ」

「知らせるようにするよ」ジョーは請《う》けあった。

「この州で何者かが女性観光客を拉致するなんてとんでもないことだ。おれにも娘たちがいる、わかるだろう?」

「おれにもいるよ」ジョーは言った。

「だからあんたがそのくそったれを見つけて始末してくれるように願っている、たとえ知事が手柄を横取りするとしても」

ジョーはコメントしなかった。だが、ウィリアムズが通話を切る前に言った。「なあ——あと一つだけ聞きたいんだが」

「さっさと頼む」

「サラトガにスティーヴ・ポロックという猟区管理官がいた。彼に会わなかったか？」

最初、ジョーは通話が切れているのかと思ったが、しばらくしてウィリアムズは答えた。

「ああ、二回会った」

「彼になにがあったと思う？」

「それは話せない」ウィリアムズは用心深い口調になった。

「じゃあ、彼が辞めたのは事件と関係があるかもしれないということか？」

「そんなことは言っていない。彼はおれたちがはずされた理由にかかわっているかもしれない。しかしこの……」ウィリアムズは言いよどみ、ジョーはけんめいに耳を傾けた。

「これは触れずにおこう」ＤＣＩ捜査官は言った。「もうしゃべりすぎている。じゃあな」

こんどこそ、接続は切れた。


ジョーはすわりなおし、隊員が厚いパーカを着てパトカーから降りるのを見守った。隊員は二人のドライバーに両腕を振り、車内に留《とど》まるように指示した。ロシア人たちは激しい身振りでたがいを指さし、事故の責任を負わせようとした。言い争いに興味のない隊員は首を振った。

ケイトの失踪が行きあたりばったりの犯行である可能性をウィリアムズは除外していたが、ジョーはドライバーたちを見て、ほかの容疑者の横に〈通りすがりのよそ者〉と書きこんだ。

なんといってもサラトガからデンヴァーまでの道は寂しい。ワイオミング州ともその地域ともなんのつながりもないトラクタートレーラーのドライバーが、たまたま一人で運転しているケイトと出くわしたかもしれない。目の前で横倒しになっているトレーラーは大きく、空《から》か積荷が半分だったらケイトのジープを入れる余裕がある。

可能性は薄いとわかっていたが、それを言えばほかのすべてがそうだ。もし偶然通りかかった略奪者がケイトを拉致したのなら、その男を見つけるのはまずむりだともわかっていた。

ジョーはハイウェイパトロール隊員にうなずいてから、ピックアップをそろそろと凍った高速道路に戻した。隊員は機嫌が悪そうだった。

最後にちらりと〈ピータービルト〉のロシア人ドライバーを見て――血走った目、しみのあるTシャツ、顔の横に貼りついた雪――ジョーは思った。あの男ならなんでもやりそうだ。

キャスパーで州間高速を降りたあと、州道四八七号線を南下してシャーリー盆地を通ってメディシンボウへ行くか、州道二二〇号線でアルコーヴァ、マディギャップ、ローリンズを経由するか、ジョーには二つの選択肢があった。どちらもサラトガへ出るルートで、どちらも二車線だ。彼は車を止め、携帯でワイオミング州運輸局のサイトをチェックして道路状況を調べた。どちらのルートも〈数ヵ所が危険な風と吹雪で濡《ぬ》れてすべりやすい――軽量トレーラーは通行を避けるべき。横転のリスク高し〉と表示されていた。

どちらのルートも大差ない。どちらも危険だ。ジョーは四八七号線を選び、一時間後にはシャーリー山地の高原に達した。走っているのは自分の車だけだ。ここを通るときはいつもそうなのだが、純白のジャックウサギとプロングホーンと道路から滑落した冬のドライバーの亡霊だけが住んでいる、世界の頂に入りこんでしまったような気がした。

高原は不毛で風をさえぎる木々もなかった。風に舞い狂う雪の波が路面で小さな吹きだまりになっている。最近建てられた風力発電タービンのブレードが動いていないことに彼は気づいた。これが起きる条件は二つだけだ。まったく風がないとき、あるいは風が強すぎてブレードの回転の速さでタービンが故障したとき。

サラトガの北方に新たな巨大風力発電基地を建設中で、知事がそのプロジェクトに多大な関心を持っていると、ハンロン首席補佐官が言っていたのを思い出した。

メディシンボウの由緒ある〈ヴァージニアン・ホテル〉で昼食をとった。西部小説の古典の舞台となった町だ。レストランの客はジョー一人だけで、彼は本日のスペシャルを注文した。ブラウングレイヴィをかけたマッシュポテトとハンバーガーステーキだ。

年配のウェイトレスが彼を〝息子《サン》〟と呼び、昔好きだった大叔母を思い出させたので、チップを二十ドル置いた。それに臨時収入があれば、ほとんど客がいないこんな日にここで働く励みになるかもしれない。

勘定のレジを打つとき、彼女はチップの礼を言った。「夫が刑務所へ行ったのは猟区管理官のせいなのよ」

ジョーが答える前に彼女はウィンクした。「わたしにとって人生最良の日だったわ」

外に出ると、ジョーは乗る前に駐車場のピックアップをぐるりと一周した。雪と氷がタイヤの納まる部分《ホイールハウス》にこびりつき、そのかたまりはあと三センチほどでタイヤに触れるほど大きくなっていた。ジョーはピックアップに背を向け、かたまりがとれてバラバラと砂利の上に落ちるまでブーツのかかとで蹴《け》った。

三時ごろようやく風はやみ、ジョーはウォルコット・ジャンクションで州間高速八〇号線を越えて州道一三〇号線をサラトガへ南下した。雪は多かったが、吹きだまりのせいでどの程度の深さかはわからなかった。凍った雪の波が陽光に輝き、積雪が深すぎるところはフェンスのいちばん上のワイアと支柱の先しか見えなかった。だれかがブルドーザーを使って頂上の道路脇のバリケードの内側へ雪を押し戻し、アスファルト上に侵入してくるのを少しでも防ごうとしていた。

エルク山とスノーウィ山地は日が当たって青く輝き、山々は左側の窓の眺めを独占していた。正面と右側にはシエラマドレ山脈がそびえていた。

サラトガのあるアッパー・ノース・プラット・リヴァー・ヴァレーの位置は人をあざむく。標高が高く風の吹きすさぶ砂漠を通る州間高速八〇号線を東から西へ向かう何千台もの車やトラックのドライバーは、南へ三十四キロほどのところに三方を峰に囲まれた緑豊かな渓谷があるとはとうてい思わないだろう。

東側の頂上ではエルクの大群が横になって日光浴をしていた。エルクの輪郭は雪とヤマヨモギの背景によく溶けこんでいるので、牡《おす》の枝角《えだづの》に午後の日が反射していなければ彼も気づかなかっただろう。

ジョーは速度を落とし、道路の真ん中で轢死《れきし》したウサギから二羽のハクトウワシがよたよたと飛びあがるのを待った。

州道の両側には雪の積もった未舗装の道があり、それぞれ遠くの牧場かノース・プラット川への進入路に続いている。対向車は一台も来ない。

長い坂の上に着くと、人口一六七一人、標高二千メートルのサラトガが目前に広がっていた。町にはヒロハハコヤナギが茂り、中央を大きな川が流れている。町の西端にある製材所の、熱くなった組み合わせ煙突の上で大気が揺らめいている。

ジョーは深く息を吸ってゆっくりと吐きだした。州を横断する冬期のドライブは、長い時間がかかり、緊張もする。橋を渡って町へ入ると、製材所から木を燃やす煙の匂いが漂ってきて、川の凍っていない水面に何百羽ものカモやガンが見えた。ハンドルを握っていた手の力をゆるめ、肩をリラックスさせた。

ジョーにとって、サラトガはサドルストリングを小さくして親密にしたような町だった。ウェスト・ファーム・アヴェニューで右折して雪におおわれた通りを進んだ。左側には手頃な一戸建てが並び、右側には広い牧草地がある。二ブロックも行かないうちに、前庭に〈猟区管理官事務所〉と看板のある茶色い二階建ての家が見つかった。私道にも、金属製の倉庫に続く轍《わだち》の道にも、タイヤの跡はない。

ピックアップを私道に乗り入れて降りた。くるぶしまである雪を踏んで正面ドアへ行き、コンクリートのフロントポーチで凍っている数週間分の週刊紙〈サラトガ・サン〉をまたいだ。新聞を中に入れる者はいなかったのだ。

ドアベルの横に、スティーヴ・ポロックの勤務時間、非番のときの電話番号を記した手作りの掲示板があった。そこには800番台で始まる〈ストップ密猟〉ホットラインの番号も記されていた。家が放火される前、ジョーも似たような掲示板を作って玄関に掲げていた。だが、あまり役に立たなかった。地元の猟区管理官と話をしたかったり違反を報告したかったりする住民は、公式の勤務時間などあまり気にせず来る。それもまた仕事のうちだった。

家は暗く無人に見えたが、ジョーはとにかくドアベルを鳴らした。中のからっぽの部屋にチャイムが響く音が聞こえた。そのあとドアをノックしても、やはり反応はなかった。とうとう、ドアノブを試してみた。鍵がかかっていた。

ポーチの階段を下りていたとき、隣の家の窓から女がこちらを見ているのに気づいた。ジョーが手を振ると、彼女は振りかえしたが脇に寄ってカーテンを閉めた。

雪を踏んで家を迂回し、ジョーは猟区管理官の家の窓をのぞいていった。居間には空《から》の箱がいくつか置かれ、床には書類が散らかっているようだ。キッチンのシンクに洗いものが溜まっている様子はない。ポロックの緑色のフォード・ピックアップはジョーのピックアップよりはるかにきちんと片づいている印象で、ガレージの中にあった。

スティーヴ・ポロックは急いで出ていき、それ以来後始末に来た者はいないようだ。ピックアップへ戻りながら、ジョーは首をかしげた。町のだれかがここの鍵を持っているだろうか、それとも入るには要請して鍵をもらわなければならないのだろうか。

地区の狩猟漁業局監督官であるララミーのケイシー・スケールズに電話した。スケールズはワイオミング州南東部の猟区管理官七人を監督している。ジョーは二度ほど会ったことがあり、ゆったりと落ち着いた男に見えた。

「ケイシー」ジョーは切りだした。「ある仕事でサラトガに来ているんですが、こっちの猟区管理官の家の鍵をあなたから借りられないかと思って」

「スティーヴ・ポロックが住んでいた家か？」

「ええ」

「おれはまだそっちに行っていないんだ。彼が出ていったあとの家はどんな様子だ？」

「なんの準備もなくただ立ち去ったみたいに見える」

「ふうむ」

「なにがあったのか教えてもらえますか？」

「教えられればそうするよ、ジョー、だがおれもきみと同じくなにも知らないんだ。管理下にある連中にやりかたを任せているのを知っているだろう。必要に迫られるか、ＬＧＤに圧力をかけられるまでは、彼らの邪魔はしないんだ」

「ええ」

「スティーヴは不穏な様子をなにも見せていなかった」スケールズは言った。「おれの知るかぎり自分の仕事はやっていたし、きちんと月ごとの報告書を出していた。自主性に富んでいた上に、信頼できない面を示したことは一度もなかったんだ、だから彼に任せていた。なにか不満があると言ったことはないし、どこかに行ってしまおうと考えているような様子もなかった。だれかが彼を追いだしたという証拠があるとも聞いていない。

スティーヴがいなくなったと耳にして、元の奥さんのリンディに電話したんだ。じつに気まずかったよ、なにしろ彼女はスティーヴが辞めたのを知らなかったんだ。おれが最初に伝えたわけだ」

「なぜ彼が出ていったのか、奥さんには考えがありました？」ジョーは聞いた。

「まあな、女ができたんじゃないかと考えていた。サラトガに来る女たちの中にはふるいつきたくなるようなのがいるからな。だが、たんなる彼女の思いつきだ。スティーヴはほかの女の存在を奥さんに話したことはなかった」

「仕事が多すぎて嫌気がさしたとか」ジョーは推測を口にした。心の中で、ポロックの名前を容疑者リストに加えた。

「かもしれない。そっちではたくさんの案件が進行中だし、おまけにＬＧＤとアレン知事がせきたててくる新たな指示まであるからな。だが、スティーヴが臨機応変に対応できないとは思えないんだ。彼はおれに似ている——焦って取り乱すような男じゃない」

「鍵の件ですが」

「問題ないはずだ。オフィスにスペアが一組があると思う。探して、あした道路が開通しているようなら車で届けにいくよ」

「ありがとうございます」

「こんなところまできみに来させるとは、どういう仕事なんだ？」スケールズは尋ねた。

「ああ、おわかりでしょう」ジョーははぐらかした。

「またくだらん計画か」スケールズはくすくす笑った。「あいつらがおれにやらせているたぐいの。必要なものや、地区について知りたい情報があったら連絡してくれ。助けてやれるだろう」

ケイシー・スケールズがそれ以上追及しなかったので、ジョーはほっとした。

それに、今晩猟区管理官の家に泊まれないのもわかった。

ジョーは事件のファイルをめくってカーボン郡保安官ロン・ニールの名前と電話番号を見つけた。ニールの保安官事務所はローリンズにあり、フォート・スティールとシンクレアを経由するルートで六十キロ以上離れている。カーボン郡は二万平方キロメートル以上あり、二年前ジョーが恐ろしい事件に巻きこまれたレッド・デザートのほとんどが含まれている。

保安官本人につながるまで少し時間がかかったが、やっとぶっきらぼうな声が「ニール保安官だ」と告げた。

知事の指示で失踪事件を調べるために郡に来ていることを伝えておく儀礼の電話だと、ジョーは説明した。ニールはちょっと黙りこんだ。

「知事はわれわれがここで自分たちの仕事ができないと思っているのか？」

「いや、そういうわけじゃない」ジョーは言った。「知事はただ別の視点で事件を見てほしがっているだけだと思う」

「あんたはレッド・デザートであのどでかい騒ぎに巻きこまれた男だな？」

「そうだ」

「二度と会わずにすめばと思っていたんだ」

「わかるよ」

「どうして知事はＤＣＩを捜査からはずしたんだ？」ニールは尋ねた。

「知事に代わって説明はできないよ」

「彼らに仕事をさせるべきだったんだ。おれに仕事をさせるべきなのと同じようにな」

ジョーは深呼吸してから言った。「ニール保安官。あんたと争う気はまったくないんだ。これはおれが決めたことじゃない」

「それはどうも」ニールは間を置いた。「しかし知事が猟区管理官を送りこんでくるとは妙だな。あんたはポロックの後釜か？」

「臨時だ」

「あれはおかしな出来事だった。なぜ彼がいきなり出ていったか、心当たりはあるか？」

「ない。調べたいと思っている」

「わかったら教えてくれ。おれはあの男が好きだったし、誠実な人間だったと思う。それから、あの英国人の女性のこともなにかわかったら知らせてもらいたい」

「そうする」ジョーは請けあった。

「手伝えることがあれば言ってくれ。おれの郡で女性が消えるなんて気にくわない」

「ありがとう」

「あと、この前こっちへ来たときよりは目立たないようにしてくれよ、頼むから」ニールは低く笑った。

「そうする」ジョーはくりかえした。


ダウンタウンへ戻り、メイン・ストリートに出て〈ホテル・ウルフ〉の前のななめのスペースに車を入れた。赤レンガでできた三階建てのヴィクトリア朝風の建物で、屋根のあるフロントポーチに置かれた椅子やベンチにはだれもすわっていない。右側のバーの窓には温《ぬく》もりのある黄色の灯《ひ》がともっている。ホテルで部屋を借りるつもりだったが、ジョーは予約をしていなかった。一月のこの時期には必要ないだろうし、狭いダウンタウンに駐車していた車が二、三台だったことから予想どおりだと思った。

ピックアップのドアを開けようとしたとき、〈ウルフ〉の正面ドアが開いてカウボーイが三人出てきた。二人はつばの広いカウボーイハットをかぶり、〈カーハート〉のパーカを着て〈ソレル〉のブーツをはいていた。少し年上らしい三人目の男は耳おおいのついたウールのランチャーキャップをかぶっていた。ジョーの泥と氷におおわれたピックアップを目にしたとき、三人とも一瞬立ち止まって見つめた。

ジョーはフロントガラスごしに手を振った。三人は振りかえし、寒さに身をかがめて歩きだした。通りの先の〈ラスティック・バー〉に入る前に、三人がもう一度肩ごしにこちらを見たことに彼は気づいた。

カウボーイたちとスティーヴ・ポロックの隣に住む女の口から、すぐに噂が広まるだろう。新しい猟区管理官が町に来た。

9

ジョーは木のポーチに敷かれたマットでブーツの雪を払ってから〈ホテル・ウルフ〉の中央玄関へ入っていった。左側にダイニングルームの入口があり、中にはセッティングずみのテーブルが配置されて東側の壁でたきぎストーブの火が赤く燃えていた。真正面には厨房《ちゅうぼう》への通路がある。西側の壁ぎわの広い階段はホテルの客屋へ続いている。ジョーの右側にはスウィングドアがある。押し開けて入ると中はロビーらしく、中央にビリヤード台が置かれ、すぐ左側はカウンターだった。カウンターの後ろの通路から隣のバーが見え、カウンターのそばにワインの瓶とビールの六本パックが詰まった冷蔵ショーケースがあった。

グラスを洗っていた女性バーテンダーがジョーに気づいて顔を上げ、すぐに行きますと指を立てて合図した。彼はうなずいた。バーには客が二人いた。一人は七十代の顔の大きな団子鼻の男で、長いこと愛用しているうちにまた流行《りゅうこう》になった感じの、ロゴのついたポリエステルのキャップをかぶっている。もう一人は日にさらされて脱色したような髪の新しもの好き風の男で、外の雪の吹きだまりにサーフボードでも置いてきたかに見える。二人ともスツールに腰かけており、ジョーケースの横の通路の向こうからジョーを一目見ようと前かがみになっていた。

彼は二人にもうなずいてみせた。彼らは元の姿勢に戻ってジョーの視界に入らなくなった。老人がなにかささやき、〝猟区管理官〟と〝スティーヴ・ポロック〟という言葉が聞きとれた。

バーテンダーを待っているあいだ、ジョーは室内を見渡した。カウンターの後ろの半分入ったポップコーンメーカーからできたてのポップコーンの匂いが漂ってくる。エルク、ミュールジカ、プロングホーンの剝製《はくせい》が飾ってある。ジョーのピックアップではなく六頭立ての駅馬車が正面に止まっている点だけが違う、ホテルの昔の写真を、彼はしげしげと眺めた。写真の下の説明によれば、一八九三年に撮影されたらしい。

このホテルの雰囲気をジョーは気に入った。

バーテンダーがタオルで手を拭《ふ》きながらカウンターに近づいてきた。彼女は小柄で引き締まった体つきで、長袖のヘンリーネックのTシャツを着てタイトなカウボーイジーンズをはいていた。薄茶色の髪は後ろで束ねて赤いバンダナで結んでいる。虹彩が金色の賢そうな茶色の目、豊かな唇《くちびる》。愛想はよくてもバカは相手にしない女のようだ、とジョーは思った。

彼はカウンターの上に手を置いた。「ここで部屋を借りられるのかな?」

「ここが受付よ」

「予約していないんだ」

「それは残念ね、だってクリスマスまで予約でいっぱいなの」彼女はそう言ってからちらりと皮肉な笑みを浮かべた。「冗談よ。一月のサラトガだもの。穴釣り大会の週末以外はがらがら。今晩だけ?」

「じつは、一週間ぐらいを考えている」

バーテンダーは驚いたように眉《まゆ》を吊《つ》りあげてから大きな宿泊名簿を出し、ページをめくった。ジョーは微笑した。

「ソフトウエアをアップデート中なので古風なやりかたに戻っているの」彼女は説明した。

「あなたが一週間移動しなくてすむ部屋を探すわ」

「ありがとう」

彼女はページの空欄を指でたたいた。「九号室はどう? クイーンサイズのベッド一台、テレビ、バスタブ、ハンドシャワーがついたデラックス・ルームよ。ブリッジ・ストリートに面している」

「よさそうだね」ダウンタウンの通りで起きていることを――なにか起きているなら――見

られるのは利点だ。

「でも、警告しておくけれどホテルの部屋には電話がないの」

「かまわない。あれはあるのかな――」

「インターネット？　ええ。電波状態がいいときはつながる」

「よし、決めた」

ジョーが財布に手をのばすと、彼女は言った。「脚付きのバスタブのことも言っておかないと。古風だけれど、ちゃんと使える。お湯を入れすぎてそのへんに跳ねかさないようにすることだけ、気をつけて。二ヵ月前にアツアツのカップルが泊まって、はしゃぎすぎたの」――彼女はダイニングルームのほうにうなずいてみせた――「バスタブからあふれたお湯が床をつたって真下の七番テーブルにしたたりおちたのよ」

「おとなしくするよ」ジョーは州発行のクレジットカードをさしだした。

「いまはいいわ」彼女は手を振った。「何日泊まるかはっきりしてからにしましょう」

彼は礼を言って、宿泊名簿に〈ジョー・ピケット、ワイオミング州サドルストリング〉と書いた。バーテンダーの肩ごしにバーの二人の客を一瞥《いちべつ》して、彼らが盗み聞きしようとスツールの端に寄っているかどうか確かめた。予想どおりだった。

「で、町へはなにしにきたの？」彼女は尋ねた。

「ああ、仕事だ」

「どんな仕事？」

「狩猟漁業局で働いているんだ」

「それは見ればわかる」彼女はいたずらっぽく目玉をぐるりとまわした。「詮索しようっていうんじゃないの。聞いたのは、これまでの猟区管理官が消えちゃったからよ――文字どおりにね。あなたが後任かと思った」

「一時的な赴任だよ」これ以上説明する必要はないし、適当にごまかすのもいやだった。

「それに娘がこのあたりで働いているんだ。会いたくてね」

「よかったわね」バーテンダーは手をさしだした。「キム・ミラーよ。娘さんの名前は？」

「シェリダン・ピケット」

「ああ」

知っているのはミラーの目を見ればわかった。「シルヴァー・クリーク牧場よね」

「このあたりじゃ、みんなが知りあいなの。娘さんはいい子だわ、仕事ぶりも立派だって聞いている」

「よかった」ジョーは本心から言った。ここのような小さなコミュニティでは評判がすべてなのだ。

キム・ミラーは、#9と印《しる》されたえび茶色の楕円形《だえんけい》のプラスティックが付いた鍵を一本渡した。

「階段の上の廊下を左へ行って。左側のいちばん手前の部屋よ」

「ありがとう」

「バーからなにか持ってきましょうか？」

「あとでいいよ」

「あとでいいよ」彼女はくりかえした。「このあたりじゃあまり聞かない言葉ね。とくに冬は」

「ああ、戻ってくるから」

ジョーは彼女の肩ごしにビールのタップを見た。〈ステラ・アルトワ〉〈312〉〈デシューツ〉〈デールズ・ペールエール〉〈バド・ライト〉〈クアーズライト〉それにシェリダンの〈ブラックトゥース醸造〉のビールが二種類。

「〈サドル・ブロンコ〉にする」彼は言った。〈ブラックトゥース醸造〉のブラウンエールだ。

「いい選択ね」キム・ミラーは答えた。

部屋は小さく簡素で清潔で、ホテル開業当時のままのようなしつらえだった。制服のシャツと冬用のパーカを引き出し付きのたんすに吊るし、空《から》のダッフルバッグをベッドの下に蹴《け》りこんだ。見てまわりながら、指先で温かいラジエーターに触れた。ベッドには花柄のキルトのふとんがかかっていた。〈サムスン〉のフラットスクリーンのテレビが隅の壁の上方に据えつけられていた。読書用ライトが二つ、天井には照明とファン。入口のドアの上の横木で仕切られた古風な窓は、ペンキで塗り固められて閉まっていた。

到着したこと、都合がよければホテルのバーで会えることを、シェリダンにメッセージで伝えた。そうしながら、〝バーで〟会えると娘たちのだれかに伝えるのは初めてだなと思った。

シェリダンから、ちょうど夕方の仕事を終えたところで、なるべく早くそっちへ行くと返事があった。

〈会えるなんてうれしい！〉というメッセージのあとに楽しそうな絵文字が並んでいた。

ジョーは絵文字の使用には慎重で、〈おれもだ〉とだけ返した。

アンティークのシンクで顔を洗い、七番テーブルの真上の脚付きバスタブを眺め、制服のシャツから分厚いシャンブレーの〈シンチ〉のカウボーイシャツに着替えた。そしてまた〈ステットソン〉をかぶると階下へ戻っていった。

バーでは冷えたグラスに注《そそ》がれた〈サドル・ブロンコ〉が待っていた。

「ありがとう」ジョーはバーテンダーに言った。

「部屋につけておく？」

「ああ」

ジョーはバーカウンターに面した細長いテーブルの前にすわった。新しもの好きの男はいなくなっていたが、キャップをかぶった老人はかがめた背をジョーに向けて瓶の〈バドワイザー〉を飲んでいた。

バーはこぢんまりとして居心地がよかった。壁にはやはりエルク、ミュールジカ、プロングホーンの頭部が飾られ、ワイオミング大学のグッズや、フライフィッシングの釣り人や釣った魚を食べるピクニックの光景が写った写真もある。床にはおが屑《くず》がまかれ、各テーブルの上には殻付きピーナッツのバスケットが置かれている。

高い位置に据えられたテレビ二台は音を消してバスケットの試合中継を流していた。バーには、背もたれのあるスツールが八つと六人掛けの長く高いテーブル一つと四人掛けの小さめの丸テーブルがあった。カウンターの後ろに並んだワイングラスのステムに、温かな黄色い光が反射している。その左側では陳列ケースに入った葉巻が売られており、右側ではタバコも買える。向きの定まらないニシクロカジキが吊るされ、アーチのように天井の一部をおおっている。

ジョーは長いテーブルの隅に落ち着いて、ビールを一口飲んだ。うまかった。携帯を出し、アレンの首席補佐官にサラトガ到着を知らせる短いメールを送った。メアリーベスにも伝えようとしたが、その前にハンロンから返事が来た。

〈現地に着いたことと結果を出すことは別だ〉

ジョーのまなざしはけわしくなった。じょじょに怒りがこみあげてきた。

顔を上げると、老人がスツールにすわったまま振りむいてこちらを見ていた。〈バドワイザー〉は右の腿《もも》の上に置いていた。

「ポロックの後釜で来たんじゃないなら、いったいなんだってここにいるんだ？　なにもしないでこのあたりをぶらぶらする連邦政府関係者はもうたくさんだ。森林局、土地管理局、陸軍工兵隊――あんたみたいな州政府関係者は言わずもがなだ」

そのとおりだな、とジョーは思って微笑した。

「スティーヴ・ポロックとは知りあいだった？」質問には答えずにジョーは尋ねた。

「彼のことはできるだけ避けていたさ。だけど、ああ、知りあいだった。このあたりじゃみんなが知りあいなんだ、好むと好まざるとにかかわらず」

「なるほど。彼になにがあったんだと思う？」

「あんたにはわからないのか？」

「ああ」

老人はビール瓶を持ちあげて飲みほした。そして振りかえってもう一本注文した。

「ラッシュアワーが始まる前にもう一本」

キム・ミラーはジョーに目を白黒させてみせ、ショーケースからビールを出した。

「考えはある、だが言わない」老人は後ろに手をのばして新しい瓶をとった。

「どうして？」

「言わないからだ」

「あんたの名前は？　おれはジョー・ピケットだ」

老人は一瞬体をこわばらせ、視線はジョーから離さずに横を向いた。

「あんたについては聞いているよ」

「いい話だけだといいが」

「いくつかはいい話だ。北部でケイツ一家とかかわったのはあんたか？」

「残念ながらそうだ」

ロデオ・チャンピオンのダラス・ケイツを含むトゥエルヴ・スリープ郡のケイツ一家は、ジョーを不倶戴天《ふぐたいてん》の敵とみなし、彼の家族まで狙った。結果として罪のない者たちや罪がないとは言えない者たちが死に、ダラスと母親のブレンダは残る生涯をずっと刑務所で過ごすことになりそうだ。ジョーはいまでもあの出来事の悪夢を見る。

「ダラスは最低のばか野郎だった」老人はスツールから降りた。「一度だけ会って不愉快な思いをした。あんたがやっつけてよかった」

老人はジョーに手をさしだした。瓶を握っていた彼の手はまだ冷たかった。

「ジェブ・プライアーだ。エンキャンプメントで製材所をやっている」

「よろしく。それで、スティーヴ・ポロックのことだが？」

キム・ミラーがそ知らぬふりで耳を傾けているのにジョーは気づいた。

「仮説がある、それだけだ」

「聞きたいね。ポロックがいなくなった理由はなにも耳にしていないんだ」

「彼には山ほど仮説があるのよ」ミラーが口をはさんだ。「9・11や月面着陸のことを聞いちゃだめ。それからこの前の選挙のことも！」

プライアーはとりあわなかった。「あとで話そうじゃないか。おれはラッシュアワーの前に製材所へ行かなくちゃならない」

そう言って老人はビールを飲みほし、数枚の紙幣を添えて瓶を後ろのバーに返した。

「またあしたね」ミラーは言った。

プライアーは厚いパーカを着て、また来ると答えた。

プライアーが出ていくと、ミラーはジョーの空《から》になったグラスを指さした。「おかわりは？」

「頼む。さっきのあれはなんなんだ？」

ミラーはかぶりを振った。「このあたりには変人が多いのよ。あなたはいまその一人に会った」

またもやサドルストリングの縮小版というわけだ、とジョーは思った。そして機会がありしだいジェブ・プライアーに話を聞こうと決めた。

ジェブ・プライアーが言っていたようなラッシュアワーはなかった。五時をまわって通りにはさっきより二、三台多い車が走っており、住民たちは正面に駐車して玄関から入ってきた。

突然あたりが冬の暗闇に包まれ、街灯がついた。自分が偶然有利な位置の席を選んだことにジョーは気づいた。ここからは、入ってくるバーの客だけではなく早めの夕食をとりにダイニングルームへ向かう客も見える。厨房でステーキを焼く匂いがする。キム・ミラーは急に忙しくなり、両方の接客をするためにメインのバーの隣のラウンジへ向かった。

スウィングドアがゆっくりと開いて、シェリダンが顔をのぞかせた。ジョーを見つけると、にやりとした。長女を見てジョーの胸は高鳴り、手招きすると娘を抱きしめた。

シェリダンはすらりとして健康そうで風焼けしており、美しいと彼は思った。色褪《いろあ》せたジーンズと〈ボグス〉のブーツをはき、とてもよく似合うカウボーイハットをかぶって、胸に〈シルヴァー・クリーク牧場〉と刺繡《ししゅう》のあるダウンコートを着ていた。この前会ったときよりも金髪は短くなっていた。シェリダンからは干し草と馬の匂いがした。

「できるだけ早く来たんだけど」彼女は言った。「あたしの車はオイル交換に出してて修理工場にあるんで、町まで乗せてもらわなくちゃならなかったの」

「夕食をおごるよ。バーで食べてもいいし、ダイニングルームのテーブルをとってもいい」

「うれしい。おなかぺこぺこなの。会えてうれしいわ、パパ」

「おれもだ。牧場の従業員らしく見えるな」

「あたしは乗用馬係」シェリダンは訂正した。「こうなるってだれが予想した？」

「お母さんはうらやましがっていると思うよ」

シェリダンは笑った。「そうに決まってる」

シェリダンはコートをぬいでテーブルの端の彼の右側に腰を下ろした。ジョーと同じく、彼女も入口に背を向けてすわるのが好きではない。

「ここで食べよう」シェリダンが言ったとき、キム・ミラーが来て彼女の前に赤ワインを置いた。

「ありがとう、キム」

ミラーはうなずいてバーの奥へ戻っていった。

ちょっと間を置いてからジョーは言った。「注文すらとらなかったな」

シェリダンはうなずいて微笑した。「ここは初めてじゃないのよ、パパ。キムはあたしがシラーズを好きだって知ってるの。金曜の夜はいつも来てるから」

母親と同じだ、とジョーは思った。今日が金曜日なのを忘れていた。ワイオミング州のほとんどの町では、土曜日より金曜日のほうが社交の集まりや外出が多い。

「おまえがあとどのくらい乗用馬係を続けるんだろうと、お母さんは思っているんじゃないかな」

「本物の仕事につく前にってこと？」彼女は横目でジョーを見た。

「ああ、そうだろう」

「わからないってママに伝えて。ほんとうにわからないから」

「そう伝えておく」

「いいお給料をもらってるし、牧場の中に住むところをもらってるの。大学で一緒だった子たちよりも恵まれてる、ほんとよ」

「弁解しなくてもいい」

「弁解してる気分。あたしが子どものころからずっと、ママは馬の世話を手伝ったり一緒に乗りに出かけたりしてほしがってた。牧場に来たとき、必要なスキルがいちおう身についてたのが評価されたわ。だから責めるならママを責めて」

「おれはだれも責めていない。だから話を先に進めよう」

「賛成」シェリダンはジョーのビールグラスにワイングラスを合わせて乾杯した。

「いいところよ」〈ホテル・ウルフ〉を指して彼女は言った。「とくに金曜の夜は。ここにすわっていれば、しまいにはサラトガの全員と町を通過する全員と知りあいになれる、ってキムが言ってた。冗談かと思ったけど、ほんとうだった。この谷間の中心地ってとこね」

　ジョーは娘たちがいることに慣れていた——息子がいないのを悔やんだことは一度もない——だが、大人の娘がいることにはまだ慣れていなかった。ワインを飲んでいるシェリダンを見ていると、絶滅したはずの小動物ミラーズウィーゼルをたきぎの山に隠していた七歳のシェリダンが目に浮かんだ。

もうあの小さな女の子ではないのは当然とはいえ、勇気と決断力に富む性格はいまも変わっていない。メアリーベスもシェリダンも意志が強く、二人がよくぶつかるのは当然のなりゆきだった。

シルヴァー・クリーク牧場での仕事やそこがどんなに楽しいかをシェリダンが話しているあいだに、外からさらに客が入ってきた。

シェリダンは全員と知りあいか――彼らのことを知っているようで、ジョーのためにざっと解説してみせた。

バーに席をとった〈カーハート〉の作業着を来た三人の男について、シェリダンは言った。「〈バックブラッシュ〉の建設業者よ――町の北側の〈バックブラッシュ風力発電プロジェクト〉。聞いたところじゃ、全米最大の風力発電基地なんだって。すごくたくさんのタービンを建設してるから、ああいう人たちがずっとこのへんにいる」

ブーツの音を響かせて入ってきて奥のテーブルについた三人の牧場従業員――男二人と女一人――についてはこう言った。「サドルストリングにいるみたいなカウボーイ。一緒の女性はしばらくシルヴァー・クリーク牧場にいたけど、ある晩酔っぱらって恋人をATVで轢《ひ》きかけたの。ぶつけそこなってATVを木立に突っこんだ。たしか名前はネルダよ」

妻と成人した娘を連れて夕食に来たらしいふさふさした白髪の男について。「クロバッシュ航空を知ってる？　あれがダン・クロバッシュ。大富豪で、丘の上に巨大な家を持ってるの。ここへは〈ガルフストリーム〉の自家用ジェットで来るのよ。一緒にいるのは奥さんと彼の愛人。どうやら、ミセス・クロバッシュは気にしないみたい」

ブレザーを着た二人目の男をエスコートしてきた冬用アウトドアウエアの男について。

「彼はお客をもてなしてる狩猟のアウトフィッター（案内のほか装備も提供する）で、狩りに誘ってるところ。このへんには狩りと釣りのガイドがたくさんいて、金持ちの州外のお客の争奪戦をくりひろげてる。あそこのトムはここでいちばん成功してる部類のガイドよ、可能性のあるお客にどういうごちそうをしたらいいか心得てるから。ほかのアウトフィッターは対人関係のスキルがないの」

ジョーは彼女のほうを向いて微笑した。

「パパは狩りのガイドについてはなんでも知ってるよね」シェリダンは目をぐるりとまわしてみせた。「なんで彼らのことをべらべらしゃべったのかな。でも、あたしの言いたいこと、わかるでしょ？　ここにすわってれば、この谷間全体がどう動いてるか理解できるようになる。牧場主がいて、大富豪がいて、伐採労働者がいて、狩りや釣りの関係者がいる。ここではみんなが交流して仲よくやってるように見えるの、そこがあたしには魅力的」

ジョーは同意した。

キム・ミラーがそばに来て、いまの席で料理を注文するか、ダイニングルームへ移るか尋ねた。どうする？　という顔でジョーはシェリダンを見た。

「ここにいるわ」シェリダンは答えた。「ここのほうが景色がいい」

「仰《おお》せに従おう」娘が主導権をとるのをジョーは暗黙のうちに楽しんでいた。

彼はステーキサンドイッチとフライドポテト、シェリダンは〈カーステン・ローストビーフ〉サンドイッチを注文した。

料理が来るのを待っているあいだにシェリダンは新来の客に関してゴシップとエピソードを披露していたが、バーに入ってきた大柄な若者二人はこれまでのシェリダンのカテゴリーにはあてはまらないようだった。

二人とも大男で、手足をだらんとさせた歩きぶりでフロアを横切ってきた。どこからでもかかってこいというシグナルを発しているようだ、とジョーは感じた。よく似た外見――がっしりしたあご、大きく突きだした耳、上着の袖がきつそうなたくましい腕。一人は真っ黒な髪で、もう一人は赤みがかった茶色。横を通るとき、黒髪の男はひややかにジョーを値踏みして、気に入らないというふうに首を振った。黒髪の男が先に立ってバーから隣のラウンジへ行き、二人は椅子に手足を投げだしてすわるとキム・ミラーが注文をとりにくるのを待った。

「あの男は猟区管理官が好きじゃないらしい」ジョーは言った。

「たぶんね——でもそれだけじゃない」シェリダンは小声で言った。「あたしたち、彼らのいつもの席にすわってるの」

「おれにわかるわけないだろう?」

「パパはわからない、でもあたしは知ってる」シェリダンは茶目っ気のある笑みを浮かべた。

「そしてあたしたち、どく気はない」

「だれなんだ? 兄弟みたいだな」

「そうよ。ヤングバーグ兄弟」

その名前をジョーは聞いたことがあり、思い出す前にシェリダンが教えた。「ブレイディは髪の黒いほうで二つ年上。ベンは弟。二人とも蹄鉄工《ていてつこう》」

彼はうなずいた。兄弟はDCI捜査官マイケル・ウィリアムズがケイト失踪事件の容疑者として挙げていた。

「牧場にあれだけ馬がいるから、夏のあいだはほぼ毎日蹄鉄工に来てもらう必要があるの。近所の別の蹄鉄工も頼んでみたけど、ヤングバーグ兄弟がいちばん仕事が早くて値段も安くて腕が立った。そうじゃなかったらよかったのにって思う、だって二人一緒にいるときなんとなくあたしは落ち着かない気持ちになるから」

「どんなふうに?」ジョーは尋ねた。

「まるであたしが肉のかたまりかなにかみたいな目つきで見る。それに噂《うわさ》も聞いてるの。とにかく、女性のゲストにはできるだけ彼らを近づけないようにしてる」

ジョーは怒りが湧きあがるのを感じた。シェリダンが魅力的なのは間違いない、妹たちや母親と同じように。だが、粗野な乱暴者二人がシェリダンに色目を遣うのはがまんできなかった。

そのとき料理が運ばれてきた。


話していると、さらに多くの人々がホテルへやってきた。ほどなく、バーの席はすべて埋まり、隣のラウンジの椅子のほとんども空《あ》きがなくなった。キム・ミラーは大忙しだったが、彼女はギアを上げてなんとか対応していた。三度目のビールとショットグラスを運んできた彼女の手をブレイディ・ヤングバーグがつかむのを見たとき、ジョーは思わず立ちあがりかけた。ミラーは振りかえって猛々《たけだけ》しいひとことでブレイディをへこませ、兄弟は一瞬ひるんだ。彼女がバーへ戻るとすぐに二人は笑いとばした。ミラーならあいつらを軽くあしらえるとジョーは思った。

ステーキは完璧で、シェリダンはローストビーフにかぶりついていた。

「一日中外で仕事してると……」弁解するような口ぶりの娘に、ジョーはほほえんだ。

「それで」飲みもののおかわりが来たあとで、彼は尋ねた。「失踪した英国人の女性に会った？　ケイト・シェルフォード－ロングデンだが？」

「ああ、うん、会った。とてもいい人で乗馬が大好きだった。それに、そうじゃないのに上級者みたいなふりをするタイプじゃなかったし。あたしが一緒にいた時間はボスほど長くなかったけど、彼女ひまさえあればかならず馬に乗ってたの、で……」

シェリダンはしゃべるのをやめてふいに疑いのまなざしをジョーに向けた。

「どうした？」

「パパがここへ来たのは彼女が理由ね？」

「おまえに嘘はつけないな。とにかく、そのことはだれにも言わないでくれ」

シェリダンはうなずいたが、ジョーを見つめつづけた。

「あたし、役に立てるかも」

「それを期待していたんだ。疑問がたくさんあるが、今晩ここでは話したくない」

「わかった。ママは知ってるの？」

「ああ。ママはほかのだれよりもこの事件に興味がありそうなんだ。ケイト失踪のあれこれについてくわしいよ」

「でしょうね。行方不明の英国のセレブ発見に全力をつくすのが目に浮かぶ。得意分野だもの」

ジョーはうなずいた。

「この週末は協力できると思う」シェリダンは言った。「朝は仕事があるけど、午後はけっこう時間がとれるの」

「よかった。連絡するよ」

シェリダンがうつむいて料理をたいらげるのを、ジョーは見守った。自分のフライドポテトも食べられるように皿の向きを変えてやると、彼女はさっそく手をのばした。

娘がこの展開に興味津々なのが見てとれた。

「以前、おれとピックアップに乗っていたとき、一緒に謎を解決しようと話したのを覚えているか?」

「あたしもいま同じこと考えてた」シェリダンは低い声で答え、その目はうるんでいた。

「いつかそういう日が来るだろうとおれはずっと言っていたが、本気だったかどうか。でも、わからないものだな?」

「このことは黙ってるから。でも警告しておくね。この谷間ではなにごとも長いあいだ秘密にはしておけないの。あたしはだれにもなにも言わないけど、パパがケイトの事件を調べてるのは意外に早く知れわたる、ほんとに」

ジョーはうなずいた。サドルストリングと同じだ。

そのあとの二十分のあいだにバーは騒がしくなっていった。混雑してきたので、だれかに聞かれずに話をするのはむずかしかった。

「そろそろ帰らなくちゃ」シェリダンは言った。「乗せてきてくれた人をあまり長く待たせたくないの。それにパパは人が多いのは好きじゃないでしょ」

「よくわかっているな」

「もちろん」

「だれが乗せてきてくれたんだ?」

シェリダンは赤くなった。「彼、パパがここへ来たのですごくナーバスになってるとだけ言っとく。あたし、パパのことを少し話したの」

「そうなのか」

シェリダンは洗面所へ行き、ジョーはキム・ミラーが勘定書きを持ってくるのを待った。働きに報《むく》いるためにチップをはずむつもりだった。それにミラーはケイト失踪について話すのに最適の人間に思えた。


デンヴァー・ナゲッツ(プロ・バスケットボールチーム)がゴールデン・ステイト・ウォリアーズを相手に踏んばってハーフタイムに入ったとき、ラウンジのほうから叫び声と硬い木の床に椅子が激しく倒れる音が聞こえた。その場から飛びのくシェリダンの金髪を、ジョーはドアの近くの人ごみの向こうにちらりと見た。

さっとスツールを下りて、帽子をかぶりながら見物人をすりぬけた。人ごみを抜けると、なにがあったのか想像がついた。洗面所から戻ってくる途中のシェリダンをベンかブレイディ・ヤングバーグが席を立って邪魔しようとしたのだ。彼女はすでに身をもぎ離し、カウンターを背に二人と向きあっていた。兄弟がすばやく立ちあがった勢いで、椅子が後ろに倒れたのだろう。黒髪の兄ブレイディはわずかに腰をかがめ、息を荒くして顔をしかめていた。

さっぱりとひげを剃《そ》り、シルヴァーベリー・カラーのカウボーイハットをかぶった背の高いすらりとした若者が、別のテーブルから歩いてきてシェリダンの前に立った。二対一で、若者の体重は兄弟二人を合わせれば九十キロほど足りなそうだ。

「そこをどきやがれ、ラムジー」ベンがカウボーイを威嚇《いかく》した。「あんたには関係のないことだ。ブレイディは話をしようとしただけなのに、この女は金玉にひざ蹴りを入れやがった」

「あたしにさわろうとしたらまたやるから」シェリダンはカウボーイの背後から言った。

ジョーは思わずそこにない銃をとろうと腰に手をやり、その動きにベンが気づいた。ベンはもちろんジョーの拳銃射撃がどれほどへたか知らない。

「みんな落ち着け」ジョーは声をかけた。ヤングバーグ兄弟のどちらも武器を持っていないし、ブレイディはいま使いものにならない。「頭を冷やそう」

「あんたは何者だ?」ブレイディは歯をくいしばって聞いた。

「バーでおれたちのテーブルにすわっていたやつだ」ベンが言った。

「とにかく気を静めて下がってくれたら、席はすぐ譲るよ」ジョーは言った。

「大丈夫です」カウボーイは帽子のへりをジョーに傾けて言った。「この場はまかせて」

「ブレイディはあんたなんかぺしゃんこにしてやれるんだ」ベンはカウボーイに言った。カウボーイはジョーから兄弟に向きなおり、同意するようにうなずいた。

「そうかもしれないな。だが、ここを動く気はない」

ジョーは大きく息を吸ってカウボーイの隣に立った。

シェリダンがささやくのが聞こえた。「パパ、あいつらとけんかしないで」

〝パパ〟という言葉を聞いてカウボーイは横目でジョーを一瞥してから、ヤングバーグ兄弟に視線を戻したが、目を丸くしていた。

カウボーイはそわそわしはじめ、表情には驚きと恐れがいりまじっていた。

ベンはブレイディに尋ねた。「大丈夫か?」

「ほぼな」

「ブレイディはすぐもとに戻る」ベンは告げた。「そうしたら、二人ともぼろくそにしてやる」

こいつらならできそうだ、とジョーは思った。兄弟は上着をぬいでおり、毎日蹄鉄を打っているので前腕はたくましかった。

厨房のほうから低く野太い声がした。

「なにも問題は起きていないだろうな？」

　ジョーが目を上げると、七十代はじめのブルドッグを思わせる男が出入り口をふさぐように立っていた。さっきロビーで見た写真から、〈ホテル・ウルフ〉のオーナーだとジョーは悟った。血だらけの白いエプロンをつけて両手に肉切り包丁を持っていた。厨房でステーキ肉を切っていたらしい。

「もう大丈夫だと思う」カウボーイは答えた。

「ベン？」兄弟のほうへ包丁を振りながら、オーナーは尋ねた。「ブレイディ？　ここでまた騒ぎを起こしたらおまえらは出入り禁止だと警告しただろう」

「なんでもない」ベンは急におとなしくなった。「おれたちはもう気がすんだ」

「ブレイディ？」

「ああ、ケリはついた」ブレイディはうなるように答えた。

　オーナーはうなずき、きびすを返すとさらに牛肉を切るためにのしのしと厨房へ戻っていった。

「彼、ランス・ラムジー」ヤングバーグ兄弟がホテルを出て通りの先の〈ラスティック・バー〉へ向かったあと、シェリダンはジョーに紹介した。「今晩町まで送ってもらったの」

　ウィリアムズのファイルに名前があったのをジョーは覚えていた。ラムジーが聴取を受けたのは、牧場でケイトをおもに担当していたのが彼だったからだ。乗用馬係主任で、シェリダンの直属の上司だった。

ジョーはうなずいてラムジーと握手した。「彼らに立ち向かってくれてありがとう」

「とんでもない」ラムジーははにかむように笑った。「あなたが助けてくれなかったら打ち負かされていたでしょう」

「おれたち二人ともやられていたかもしれない」

ラムジーは赤くなった。物静かで穏やかでまっすぐで、照れ屋だが有能なカウボーイの典型に見えた。モンタナ州ヘレナにいた若いころのゲイリー・クーパーはこんな感じだったかもしれない、とジョーは思った。

娘を見ると、彼女は横を向いた。

「会えてよかったよ、ランス」ジョーは言った。

「ぼくもです、ミスター・ピケット」ラムジーは言った。「シェリダンからあなたのことをたくさんうかがっています」

それでさっき驚きと恐れがいりまじった顔になったわけだ、とジョーは思った。

ランス・ラムジーはシェリダンにとって、あきらかにボス以上の存在だ。

またもやメアリーベスの読みは正しかった。

10

「こう言うのはくやしいが、彼の第一印象はなかなかよかったよ」シェリダンとランス・ラムジーに別れを告げ、上階の自室へ行ってからジョーはメアリーベスに電話した。「きみがここにいたらよかったのに、きみのほうが人を見る目があるからね」

「わかっていたのよ」彼女は勝ち誇ったように言った。「恋人がいるんじゃないかと思っていた」

「そのとおりだった。少なくともいいかげんな若者でもないし、流行《りゅうこう》を追うタイプでもない」

「都会的なおしゃれ《メトロセクシュアル》志向の男じゃないのね？」メアリーベスはからかうような口調で聞いた。

「彼はカウボーイだよ。映画から抜けだしてきたような。おれを見たときの反応ときたら――いい感じだったと思う」

「あなたがもう彼の肩を持っているなんて信じられないわ」

「おれもだよ。あまりしゃべらないが、シェリダンのために立ちあがってくれた」

ジョーは娘たちに好意を持つどんな男も毛嫌いする傾向があった。これまでジョーは正しかった――大いに――エイプリルがロデオ・カウボーイのダラス・ケイツを選んだことに関しては。ランス・ラムジーを嫌いになれたらいいのにと思った。本気だった。

「あなたもその場でシェリダンを守ってくれた」メアリーベスは言った。「新しい土地での一日目にバーでけんかにならなくてよかったわ」

「おれもそう思う」

話しながら、ジョーはブリッジ・ストリートを見下ろす窓に近づいてレースのカーテンを開けた。ななめに駐車したシルヴァー・クリーク牧場の四輪駆動の白い四分の三トンピックアップに向かうシェリダンとランス・ラムジーが、歩道にいた。シェリダンは助手席のドアへまわったが、乗る前にラムジーがさっと彼女の前に出てドアを開けた。シェリダンは助手席にすわった。そのあと向きを変えてラムジーの首を片手で包み、なにか言った。そしてすばやく唇《くちびる》にキスした。

ラムジーは室内灯の光の中で顔を赤らめ、一瞬足もとを見つめて、やさしくドアを閉めると凍った道を歩いて運転席側へまわった。ジョーは自分の顔もかっと熱くなるのを感じた。

メアリーベスがしゃべっていたが、ひとことも耳に入らない。いま自分が目にしたものを見なければよかった、と思った。

「ジョー?」

「ああ」

「聞いている?　いま質問したんだけど」

「聞いているよ。たったいまシェリダンが外の通りで彼にキスした」

「二人をスパイ、し、て、い、る、の？」信じられないという口調だった。

「ああ、やめておけばよかった」

「きっとバーで自分を守ってくれたお礼のつもりだったのよ。最近ではめずらしい立派なふるまいよ」

「あれは父親の役目だ」牧場のピックアップがバックで発進して通りに出るのを見守りながら、ジョーは言った。運転台の室内灯が消える前に、娘の金髪が後ろの窓からちらりと見えた。運転しているラムジーのほうを向いて楽しそうに話していた。

　室内灯が消えたとき、十六年前に狩猟漁業局のピックアップの助手席にすわっていた七歳のシェリダンがジョーの脳裏に浮かんだ。髪をポニーテールにして歯が抜けていたシェリダン。

「あの子は二十三歳よ」メアリーベスは彼の心を読んだかのように言った。

「それで、きみの質問はなんだっけ？」

「どうしてそんなことになったの、って聞いたの」

「込みいっているんだ」

　メアリーベスとの通話を切った直後、携帯が光って振動した。画面を見るとケイシー・スケールズからだった。ジョーは応答した。

「やあ、きみに妙な知らせがあるんだ」スケールズは言った。「ポロックの家の予備の鍵をとりにオフィスへ行ったら――鍵がなくなっていた。受付係に聞いてみたら、一週間前にシャイアンへ送ったって言うじゃないか」

「シャイアンへ？　狩猟漁業局本部？」

「違う。そこがさらに妙なんだよ。彼女の話では知事のオフィスのだれかが電話してきたそうだ、だが名前を思い出せない、と」

「どうして？」

「さっぱりわからない」

「サラトガの猟区管理官の家の鍵を、知事のオフィスのだれかがほしがったってことですか？」

「ああ。おれにもさっぱりわけがわからない。きみはそっちでどこに泊まっているんだ？」

「〈ウルフ〉に部屋をとりました」

「ああ、いいホテルだ。おれだったらそこに滞在してＬＧＤに請求書を送る」

「そうしますか。局長はわたしのつけをさらに増やすだけでしょうが。とにかく、ここにいるあいだにポロックの家へ入ってなにか見つかるかどうか調べてみたいんです」

「あした、スペアキーの件でなにかわかったら連絡する」そのあとスケールズは聞いた。

「サドルストリングではきみの新しい家はできたのか?」

「着工もしていませんよ」ジョーは答えた。

そのあと一時間、ジョーは読書灯をつけてベッドに横たわり、これまで見逃していたことはないかともう一度ケイトのファイルに目を通した。ブレイディとベンのヤングバーグ兄弟の名前に目が留《と》まり、丸で囲った。

兄弟は人目のある場所でシェリダンに対して攻撃的な態度をとった。道路で一人だけの金髪の英国人ドライバーに会い、彼女を拉致《らち》して逃げきれると思ったとしたらどうだろう?

寝じたくを始めたとき、酒と食事の勘定書きにサインしていないことを思い出した。あのとき、ヤングバーグ兄弟との対決とランス・ラムジーとの出会いでうろたえていたので、そのまま出てきてしまったのだ。

部屋のドアをロックしてから一階へ下り、スウィングドアを開けてロビーからバーに入った。

キム・ミラーは彼を見て尋ねた。「ナイトキャップ?」

「勘定書きにサインしにきた」

「心配しないで。チェックアウトまでつけにしておくから。それに、あなたがどこにいるかわかっているんだし。ほんとうに飲みものはいらない？」

「氷水をもらおうかな」

「この寒さに命知らずね」

ビール用のパイントグラスに彼女が氷を入れているとき、さっきまでいた客はほとんどいなくなって新たな客に入れ替わっていることにジョーは気づいた。作業服姿で上着の胸に〈バックブラッシュ風力発電プロジェクト〉の刺繍《ししゆう》が入っている男四人が、バーカウンターに並んですわって生ビールを飲んでいる。

ラウンジのテーブルにいる男女に、ジョーは目を留めた。ヤングバーグ兄弟が騒ぎを起こしたときにはほぼ満員だったが、いまはこの二人だけが顔を寄せあって話に夢中のようだ。二人とも全身黒に近い服装で、デニムジーンズ、砂色の〈カーハート〉のキャンバス地の作業着、ふくれたダウンジャケットがふつうの町では場違いに見えた。

ミラーはジョーの氷水を渡し、彼の視線に気づいた。

「マーム」英国風のアクセントで彼女はからかうようにささやき、発音は〝ママ〟に近く聞こえた。「タバコを吸ったらいけないかしら？　それから、恐れ入りますがバーのメニューをいただけます？」

「ああ」ミラーにというより自分に向かってジョーはつぶやいた。

テーブルの男は三十代はじめぐらいで、肌は透けそうに青白い。銀髪がまじった短いスパイクヘア、長いとがった鼻。傷だらけの黒いコンバットブーツとタイトな黒いパンツをはき、黒いタートルネックの上に黒いピーコートをはおっている。長い指には黄色いニコチンのしみがあり、女がひそひそと早口でしゃべっているあいだ、メモ帳に猛烈な勢いで書いている。長いレンズのついた高価なカメラ、ジョーが制服の胸ポケットに入れているのとよく似た小型デジタル録音機が、テーブルの上に置いてある。

女はできたばかりの錆《さび》のような色の赤毛で、丸顔の唇はふっくらとして目は緑色だ。首にゆるく巻いた薄いピンクのスカーフだけが、黒一色の服装をやわらげている。左ひじをテーブルにのせているが、右腕は脇にだらんと下げている。おそらく、隠し持ったタバコがバーの奥にいるミラーに見えないようにだろう。

ジョーが近づいていくと、二人は顔を上げて話すのをやめた。邪魔されたくないらしい。ジョーは手をさしだして言った。「〈デイリー・ディスパッチ〉のミスター・ビリー・ブラッドワースとミズ・ソフィ・シェルフォード-ロングデンとお見受けします。わたしはジョー・ピケット、猟区管理官です。ワイオミング州へようこそ」

ブラッドワースとシェルフォード-ロングデンはしばしとまどった表情で見つめあった。やがてブラッドワースがジョーには聞きとりにくい不明瞭なアクセントで言った。「失礼だが、なぜぼくたちを知っているんです?」

「あなたの……記事をいくつか読みました」ジョーは答えた。

「ご冗談でしょう」ブラッドワースは言ったが、誇らしさを隠しきれていなかった。

「ほんとうです」

「ではケイトのことをご存じなのね」ソフィが言った。「このあたりの人々はだれもあの話を知らないんじゃないかと思いはじめたところでしたの」一瞬間を置いてからつけくわえた。「あるいは、気にかけていないんじゃないかと」

「知っているし、気にかけていますよ」ジョーは言った。「お国ほど大騒ぎにはなっていないが、このあたりの人々は彼女になにがあったのか突きとめたいと考えています」

信じていいものかどうかわからないように、ソフィはジョーを見た。

「猟場管理人《ゲームキーパー》はどんなお仕事を？」

「猟区管理官《ゲームワーデン》です。英国と違って、わが国の野生動物は住民のものなんです、地主のものではなくて。州はわたしのような人間を雇って、健康な動物が多く生息できるように法律や規則を守らせている。この州のほとんどの住民は――サラトガのような町ではほぼ全員――冬に備えて狩猟動物の肉で冷凍庫をいっぱいにしていますよ」

「野蛮だ」ブラッドワースは彼女にささやいた。

ソフィはジョーにうなずいてブラッドワースを無視した。「英国の狩猟とは違いますね」

「わたしもそう思います」

「英国のハンターは上流階級のおばかさんばかり」ソフィは唇をゆがめた。「農場で育てた鳥を撃ったり、野原でかわいそうな子ギツネを追いかけたり。食べるために猟をしているんじゃなくて――娯楽のため。彼らは過去の遺物だわ、ああいういわゆるハンターは」

ジョーは受け流した。「一杯おごらせていただけませんか？」

彼女はうなずき、ブラッドワースは言った。「ようやく、話のわかる人間と会えた」

ジョーが振りかえるとミラーはもう用意を始めていた。

「すわってもかまいませんか？　わたしたちは同じ理由でここに来ているとわかった。あなたのお姉さんのケイトになにが起きたのか、見つけだすためです」

ブラッドワースは大きく息を吸って異議を唱《とな》えるように顔をしかめたが、ソフィは空《あ》いている椅子を示した。「どんな手助けも歓迎しますわ。わたしたちだけで田舎を追跡してまわるには、外は寒すぎるもの」

ジョーはうなずいて賛成した。

「ちゃんとした装備で来たつもりだったけれど、もっと厚いジャンパーを持ってくるべきでした」

「ジャンパー？」

「こちらではセーターと言うのね」ソフィは続けた。「なんてひどい言葉（セーターは汗をかかせるものの意）」

ジョーがすわると、キム・ミラーがソフィには白ワイン、ブラッドワースにはビール、ジョーには氷水をもう一杯持ってきた。

彼女が下がると、ジョーは言った。「ワイオミング州の当局が通常任務に加えてこの事件を調べるようわたしに命じました。いま、お姉さんのケイトに起きたことを解明するのがわたしの最優先事項です。聞いたところでは、あなたがたは少し前からサラトガにいらしているそうですね」

「八日目になります」ソフィは言った。「とても長く時差ぼけのつらい八日間でしたわ」

「その当局というのはどこですか？」ブラッドワースは嘲笑《ちょうしょう》まじりで尋ねた。「ソフィとご家族に何ヵ月も敬意を払おうともしなかった連中ですか？　アレン州知事も当局者の一人かな、彼は英国大使に聞かれたときケイトについてなにも知らない様子だったんですよ」

ソフィと同じくジョーも彼を無視した。記者であるにもかかわらず、ブラッドワースはなにもメモをとっていなかった。ジョーはソフィに注意を向けた。「双方とも目的は同じですから、行き違ったまま動く必要はないと思います」

「このあたりは素朴だけれどじつはとても美しいところだとわかりましたの」ソフィはワインを口にした。「エルク、ハクトウワシ、シカ、プロングホーン、ムースを見ました。それにたくさんの牛。シルヴァー・クリーク牧場へ行ったときには道を間違えて、深い雪で車がスタックしてしまったの。幸いなことに牧場の人たちが通りかかって持っていたチェーンで引っ張りだしてくれました。そうじゃなかったら、わたしたちあそこで凍死していたかもしれない」

「いまいましいほど屈辱的だった」ブラッドワースはビールを飲みながらぶつぶつ言った。ジョーはプロングホーンやムースと彼女が言うときの英国風アクセントが気に入った。ソフィは身を乗りだしてジョーの手首に手を置いた。「彼らの一人がビリーを見て言ったのよ、『このめかし屋はだれなんだ?』って」

ブラッドワースは怒ったようにそっぽを向き、ジョーは微笑をこらえた。

「『このめかし屋はだれなんだ?』」ソフィはまたアメリカのアクセントをまねて言った。

「ぼくが運転のしかたを知っていて、きみは運がよかったんだ」ブラッドワースは彼女に言い、次にジョーに言った。「彼女は免許を持っていない」

「もし持っていたら、雪の中でスタックしたりしなかったわ、ビリー」

彼は首を振った。「家ぐらいの大きさのばかでかい四輪駆動車で田舎を走りまわったのは初めてだったんだよ、ソフィ」

「いいでしょうか」ジョーは口をはさんだ。「わたしは今日の午後着いたばかりなんです。あなたがたは何日もいるわけだから、お姉さんになにがあったのか推測がつきましたか?」

「だれが姉をさらったのかわかったと思います」

ジョーはすわりなおした。

「ソフィ」ブラッドワースは低い声で警告した。「ぼくが記事を発表するまでそれは内密にしてておく約束じゃないか。きみは条件に同意した」

ソフィは肩をすくめた。「タブロイド紙に派遣されたから、ビリーはスクープがほしいんです。わたしはとにかく姉がどうなったのか知りたい」

「ぼくたちはチームだ、そうだろう？」ブラッドワースは言った。「この世界じゃぼくたちはくそったれエイリアンみたいなものだ。話したとおり、二人でしっかり協力しあわないと」

「じつは、彼のスナップを手に入れたの」ソフィは携帯の写真を次々とスクロールした。探していた写真を見つけると、画面をジョーのほうに向けた。その瞬間、ブラッドワースが手をのばして彼女の携帯を遠ざけた。

「ソ、フ、ィ」記者は歯ぎしりするように言った。

だが、ジョーは家の中にいるらしい男のぼやけた姿をちらっと目にしていた。とても遠くから窓ごしに屋内を撮影した写真。男は背景の影の中に立ち、なにか手ぶりをしているように見えた。前景には別の人間の頭が写っていた。長い金髪の人間。窓に背を向けてすわり、男を見つめているようだった。ピントがぼやけていたのでジョーには男の顔はわからず、ひょろりとした体つきだけが印象に残った。

「もう一度見せてください」ジョーは言った。

「ぜったいにだめだ」ブラッドワースはソフィの携帯をとりあげており、彼女はいらだちつつもあきらめたように横を向いた。

「いまのはケイト？」

「調べているところだ」ブラッドワースは答えた。

「証拠を持っているなら、法執行機関にも提供していただきたい」ジョーは求めた。

ブラッドワースは疑わしげにジョーを見てからソフィに言った。「ここでケイトの身になにかが起きた。まさにここ、この美しい小さな谷間で。彼女は自分の意思で消えたんじゃない。ケイトになにがあったかだれかが知っていて、それが何者かぼくたちはわかっていると思う。まだ見つけたものを公開する段階じゃない。だれを信用すべきかわからないんだから」

「しかし、彼女が生きている証拠があるなら、すぐに救出したいとは思いませんか？」ジョーは尋ねた。

ソフィはちょっとためらい、ブラッドワースはジョーに向きあった。「そのごたいそうな当局とやらが本気で事件を解決しようとしているなら、なぜ猟場管理人を送りこんできたんだ？」

「猟区管理官よ、ビリー」ソフィは訂正した。

「なんでもいい。言いたいことは同じだ」

「的を射た質問だ」ジョーは言ったが、経緯《けいい》を明かしたくなかった。自分のいまの状況にはあやしげな点がいくつもあり、二人に説明しようとすればやはりあやしげに聞こえてしまうのはわかっていた。

「どうしてあんたを信用しなくちゃならない？」ブラッドワースは言った。「しかるべき理由を一つでも挙げてくれ」

「いいですか」ジョーはテーブルから椅子を離した。「わたしは信頼してほしいとお願いするのではなくて、信頼を勝ち得たいと思う。だからいまはお二人だけにしておきます。ケイトになにが起きたのか突きとめるために、あした早くから仕事にかかるので少し寝ておかないと。なにかわかったらお知らせしますよ」

彼は立ちあがり、ブラッドワースからソフィに視線を移し、テーブルに名刺を置いた。「だが、ほんとうにだれかを疑っていてその写真が証拠になるなら、すぐに法執行機関に連絡することをお勧めします。わたしに電話してくれてもいい」

彼はブラッドワースに視線を据えた。「これが新聞ダネだけのためでないように祈ります、ここの人たちは〈デイリー・ディスパッチ〉を読まない。あなたがたが疑っている人物がだれにしろ、おそらく銃を八挺《ちょう》持っているでしょう。それが平均的な数だから」

「銃を八挺？」ソフィは驚いていた。

「もっと多いかもしれない」

「映画以外で、銃なんか見たこともないわ」

「とりあうんじゃない、ソフィ」ブラッドワースは言った。「彼はきみを脅《おど》そうとしているんだ」

九号室の少し開いたドアの隙間から廊下に光が洩《も》れているのを見て、ジョーは異変を知った。出る前にきちんと閉めてロックしたのだ。

そこにはないグロックに思わず手をのばしながら、できるだけ静かにドアに近づいた。足を止めて聞き耳を立てたが、中からはなんの音もしない。

そこでジョーはドアを押し開け、後ろに下がった。なにも起きない。

室内は荒らされていた。衣類が床に散らばり、ベッドの上でダッフルバッグが口を開けている。引き出し付きのたんすも開けられて制服のシャツと〈シンチ〉のシャツは床に放りだされている。

ナイトスタンドに置いてあった銃が奪われていなかったのでほっとした。だが、反対側に動かされていた。

ケイトのファイルはなくなっていた。


どしどしとブーツの音を響かせて階段を下りていくと、チェックインカウンターの奥からキム・ミラーがいぶかしげに眉《まゆ》を吊《つ》りあげてジョーを見た。

「だれかがおれの部屋に入った。おれが英国人のカップルと話しているあいだに、鍵を渡した？」

「もちろん渡してないわ」彼女はきっとして答えた。「うちのホテルはそんなことしない」気を悪くしていた。

自分が立っている場所からカウンターの向こうに手をのばせば、スペアキーが下がっているボードに届くことに、ジョーは気づいた。だれにでもとれたはずだ。

「悪かった。少し前に不審な人間を見なかったか？」

彼女はかぶりを振った。「グラスを洗いながら、タバコを隠そうとしているソフィを見張っていたの。こっちのほうは注意していなかった、こんな遅くにお客が来るとは思っていなかったから」

ジョーはラウンジのほうを見にいった。ソフィとブラッドワースはいなくなっていた。〈バックブラッシュ・プロジェクト〉の四人はまだバーのスツールにすわってビールを飲んでいる。

「ドアに鍵をかけたのは確かなんだ」ジョーはいらだってミラーに言った。

「このあたりではだれも鍵をかけないのよ」彼女は肩をすくめた。「そのほうが問題かもね」

十五分後、服や物を元に戻し、部屋からなくなっているのはケイトのファイルだけだと確認してから、歯を磨いて服をぬぎ、ドアに二重ロックをかけた。ベッドに横たわり、天井のファンを見つめた。すぐには眠れそうもない。

階下のボードからスペアキーを盗んで階段を上り、自分の部屋に入って探しまわり、下りて外へ出ていくのは簡単だったはずだ。ジョーはソフィとブラッドワースとの話に集中していた。

ファイルを持ち去った者は手際がよく明確な目的があった。ジョーが何者か、なぜここへ来たのか、どの部屋に泊まっているか、自分たちが求めているものはなにか、はっきりとわかっていた。手当たりしだいの泥棒なら武器や装備を持っていったはずだ。売れば金になる。ジョーの心はざわついた。

今晩バーで会った人々全員について考えた。シェリダン以外は初めての見知らぬ新しい顔ばかりだった。新しい猟区管理官が町に来た理由はもう噂《うわさ》になっているにちがいない。ケイトの失踪に関してなにか知っている人間が周囲にいて、彼とシェリダンの会話を洩れ聞いたのだ。それがだれにしろ、〈ウルフ〉の常連でスペアキーのボードのことを承知していた。そして十五分か二十分ほどジョーが部屋に戻らないとわかっていた。

〈ホテル・ウルフ〉の司令塔《クオーターバック》であるキム・ミラーが第一容疑者だろう。頭ではそう思えたが、心は違うと言っていた。何者かが彼の部屋に侵入したことに驚き、うろたえていたように見えたし、あの反応は本物だと感じられた。客たちの――ジョーを含めて――秘密や予定をおそらく彼女は知っているし、ソフィとブラッドワースを相手に彼がひそひそ話をしているのを見たときに、どういう内容か察したはずだ。だが、ミラーはずっとバーの奥にいてジョーの視界に入っていた。だれかが――たぶんミラーではない――ジョーのやっていることに不安をおぼえ、どの程度まで知っているのか確かめたかったのだ。

さもなければ、まだつかんでいないほかのなにかがこの谷間で進行中なのかもしれない。

侵入した人間はケイトの失踪とは無関係で、別の事件にかかわっているのかもしれない。新しい猟区管理官の存在が――理由はなんにしろ――脅威なのかもしれない。だれだったにしろ、ジョーのメモを含めて事件について彼が知っていることをいまはすべて把握している。もしビリー・ブラッドワースがさっきトイレへ立っていたら、ファイルがどこにあるかジョーには想像がつく。しかしブラッドワースはソフィが自分のスクープを暴露するのではないかと心配するあまり、自己紹介のあとずっと席から動かなかった。

ソフィの携帯で見たぼやけた写真は本物だろうか？　あの金髪の頭はまだ生きているケイトだろうか？　じっくり見られていたらと思った。ブラッドワースはもっと鮮明にはっきりと写ったほかの写真を持っているかもしれない。

それに、ポロックの官舎の鍵がないという問題もある。ケイシー・スケールズの話では知事のオフィスから渡せと要求された鍵。

くわえて、ブラッドワースに聞かれてジョーがはっきり答えられなかったあの質問。「そのごたいそうな当局とやらが本気で事件を解決しようとしているなら、なぜ猟場管理人を送りこんできたんだ？」

どこかの時点で、捜査の進展状況をコナー・ハンロンかアレン知事に報告しなければならないと思うと、気が重くなった。本格的に捜査を始める前に事件のファイルを盗まれたと説明するのは……ひどく気まずいだろう。

そのとき、外の廊下で足音がした。

ジョーの部屋のドアの前で足音が止まったとき、彼はそちらに顔を向けた。ブーツの影が四つ、つまり二人だ。

続いてはっきりしたノック。

最初に思ったのは、この二人が部屋を荒らしてファイルを盗み、また戻ってきたということだった。今回は二重ロックがかかっているので入ってこられない。

ジョーは左側に置いてあった銃に手をのばし、ホルスターから抜いた。四〇口径グロックは装塡《そうてん》してあるのでレシーバーを操作する必要もないし、もちろん安全装置をはずす必要もない。

ジョーは起きあがってそっとドアに近づき、のぞき穴から外をうかがった。グロックは銃口を下にして腿《もも》に添えていた。

だれなのか見てとって、彼は一声うなるとロックを解除してドアを開け、脇に寄った。

ネイト・ロマノウスキが低く笑いながら入ってきて、ジョーがどこかで見た覚えのある暗い目つきのやせた男があとに続いた。二人ともデイパックを背負っていた。

ネイトは上背があって肩幅が広く、金髪をポニーテールにしている。青い目は湖に張った氷のような色だ。彼には心を落ち着かせる物静かな雰囲気があった。ネイトは鋭いまなざしで室内を一瞥《いちべつ》した。

「その銃でなにをするつもりだったんだ?」ネイトは言った。「それじゃ倉庫の壁にだって当てられないのを知っているぞ」

ジョーが答える前にネイトは続けた。「この町のホテルはもう今晩は閉まっていたんだ、だからあんたのところで寝かせてもらおうと思って」

「ネイト……」

ネイトはジョーの手からそっと銃をとりあげてベッドの上へ放った。それから両手でジョーの手を握った。そのとき彼の分厚いキャンバス地の〈ヤラク株式会社〉の上着の前が開き、ショルダーホルスターにおさまった大型拳銃四五四カスールのグリップがのぞいた。

「しばらくだな、友よ」ネイトは言った。「下着姿でもあんたに会えてうれしいよ」

「ネイト……」

「こちらはジェフ・ワッソン」ネイトはやつれた男のほうを示した。「リヴァトンの鷹匠《たかじょう》で昔からの知りあいだ、だから信用していい。彼がおれの話していた男だよ」

「ネイト、どうしてここにいるんだ?」ジョーは尋ねた。部屋が突然ぎゅうぎゅう詰めになったように感じた。ワッソンはジョーと目を合わせず、四方の壁と天井のファンを眺めていた。

「問題があって、おれはあんたなら解決できるとジェフに言ったんだ」ネイトは答えた。

「いくつか貸しがあるのを思い出してもらう必要はないよな」

「借りはあるが、おれにはおれの問題があるんだ」

ネイトは鼻を鳴らした。「あんたはいつだってそうだ」

ジョーは言った。「もしかしたら助けあえるかもな」

11

ジョーとネイトが近況を伝えあっていたころ、〈ヴァレー・フーズ〉の七番通路でモップをしぼり機にかけていたキャロル・シュミットは、雑貨店の中に別のだれかがいる物音を聞いたと思った。店は十時に閉まっており、もうすぐ十一時半だからおかしい。

シュミットはよくほかの従業員の夜の最後のシフトを替わってやる。もちろんみんなと同様に最後のシフトはいやだが、ほかの従業員の多くが若く家族持ちなのに対して、自分が最近世話しているのは犬のブリッジャーだけだ。シフトにつくためにエンキャンプメントを出て北のサラトガへ三十キロ弱ドライブする前に、牡犬《おすいぬ》には餌をやり、外に出してやった。ブリッジャーは大丈夫だ。あとは寝るだけなのだから。

閉店してドアの上の照明が消えたあと、彼女は中の明かりを暗くして鍵をかけていた。帰る前に掃除をするのは最後のシフトの従業員の役目だった。冬はとくに面倒な役目だ。なぜなら来る客はみな雪と泥を床に残していくからだ。さっと拭《ふ》けばいい夏は楽だった。

通路をモップで掃除するのに長い時間がかかるので、シュミットは早く始めるようにしている。今晩のように。金曜夜の閉店前にいた客は冷凍ピザを買って帰る独身の男たちか、パン菓子とキャンディをたくさん買いこむマリファナ臭《くさ》い十代の若者たちだけだった。彼女は掃除の手を休めて客の会計をすませ、彼らが帰るとまた始めた。十代の若者たちが楽な点は、食料品の袋をいくつも詰めて、極寒の夜気の中を車まで運ぶ必要がないことだ。彼らが厄介なのはあきらかにマリファナでハイになっている点だ。観戦したハイスクールの試合に出ていたバスケットやフットボールの選手が二人いたので、彼女は困惑した。

911に通報しようかとも考えたが、最近の経験から通信指令係は彼女の苦情にまともにとりあわないのがわかっていた。キャロル・シュミットはまともにとりあってもらえないことにいらだち、疲れていた。

七番通路はきれいになった。あとは食肉売場だけだ。

そのとき少し離れた通路でブーツの重い足音が聞こえた。

〈ヴァレー・リカーズ〉は十二時まで営業しており、雑貨店とつながっている。決まりになっている十時に酒屋の店主が二軒のあいだの鋼鉄のアコーディオンドアを閉めてロックしなかっただけかもしれない、とシュミットは思った。きっと忘れたのだ、それで酒屋の客がこっちに迷いこんでしまったのだろう。

もしそうなら、中にいるだれかを見つけて追いださなければならない。そして、客が出ていったあときっと残っている濡《ぬ》れたブーツの足跡をモップで拭かなければならない。

「こんばんは」シュミットは声を上げた。「そこの方——店は十時で閉まりましたよ」

また十代の子たちかしら、と思った。

モップをバケツに入れて店の入口のレジの近くへ歩いていった。駐車場にはピックアップが一台だけ止まっている。彼女の古いトヨタ4ランナーから五、六メートル離れて駐車してある。排気管から煙が出ているので、エンジンはかけっぱなしだとわかった。

店内からの光でかろうじてナンバープレートが見えた。

末尾が6-0-0。シュミットは息を呑《の》んで小さなこぶしを口にあてた。

深呼吸して勇気をかき集めると叫んだ。「こちらは夜間支配人です、閉店後に店内にいることはできません。入口まで来てください、外へお出ししますから」

シュミットは夜間支配人ではないが、肩書を使うことでより権威を持たせられるのではないかと思った。

「いま行くよ」二番通路の真ん中あたりから神経にさわる男の声がした。隣の家の犬が轢《ひ》き逃げされた夜に聞いた声だ、と彼女はすぐにわかった。あの声はこう言った。気にするな。犬なんか放っておけ。そもそもこのへんを走っているのが悪いんだ。

彼女は急いでさっきまで働いていた中央のレジカウンターの奥へ入った。通路の男を探すよりここにいるほうが安全だ。

男は二番通路の端の陳列棚をまわって出てきた。腕いっぱいに商品を抱えていた。大柄、白髪、四角いあご、分厚い唇《くちびる》、薄青の目。見たことのある顔だったのでシュミットは驚いたが、あの晩に見たのではない。〈サラトガ・サン〉に写真が載っていたのを覚えていた。

男はレジへ近づくと両腕を広げた。彼が集めた商品がカウンターに散らばった。豚皮揚げスナック、エナジードリンク、ジャーキー、XLサイズのゴム手袋。

「もうレジは閉めたんです」そう言いながら、彼女は足もとの棚にあるハンドバッグの中の三八口径のことを思った。レジの近くのカウンターの下には非常ボタンもあるが、偶然寄りかかるミスが多いので昼間の支配人が切ってしまったと別のレジ係から聞いている。

「そうか」男は言った。「閉店しているとは知らなかった。このちょいとした品物の金を払ったら出ていくよ」

男はシュミットの顔から目を離さず、その口調に彼女はぞっとした。

「おれがだれか知っているか?」

彼女は肩をそびやかした。「みんな知っているわ」男の名前も職業もわからず、〈サン〉に写真が載っていたことしか思い浮かばないが、彼女はそう答えた。最近ものごとをすぐに思い出せないのには、ほんとうに腹がたつ。

男はくすくす笑った。

「それにあなたがエンキャンプメントで犬を轢いたのも知っている。あの晩見たのよ。犬を轢いておいて苦しむまま放置するなんて、どういう人間？」

男は眉《まゆ》を吊《つ》りあげ、おもしろがっているように少し頭をかしげた。彼女は男に怯《おび》えていたが、自分がまともにとりあってもらえないことへの怒りのほうが大きかった。

「隣の犬の飼い主に電話したわ。そのあと警察にも通報した」

「知っているよ、ミセス・シュミット。そんなまねはしてほしくなかったな」

「必要ならまたするわよ」彼女は思った、とくにあんたが製材所の焼却炉から漂ってくる臭いと関係があるならね。

そのとき突然頭に浮かんだ。さっき思い出せなかったこと。表情を読まれないように彼女は下を向いた。

「なにか問題でも、ミセス・シュミット？」

彼の言葉に心底ひやりとしたが、彼女は顔を上げなかった。

男は大柄で力も強そうだ。逃げるすべはない。かがんでハンドバッグをとろうとすれば、カウンターごしに手をのばしてまるで小枝のように自分をつまみあげ、半分にへし折るだろう。

「食料品のことだよ」男は言った。「おれは選んだのにあんたがレジを通さないのは問題じゃないか」

そして彼はにやりとした。

彼女は自分が震えているのに気づいた。手で商品を示した。「これは全部〈カムンゴー〉で買える。ここで買う必要はないわ。ゴム手袋は別だけど。〈カムンゴー〉で扱っているかどうかわからない」

「いや、おれはここで払って先へ行きたいんだ」

シュミットはすばやく首を振った。「レジが閉まっているの。閉店後に開ける鍵をわたしは持っていない」

「こんどは嘘《うそ》をつく気か？」男はまた眉を吊りあげた。「どうしてそんなことをする、ミセス・シュミット？」

「出ていってほしいから。閉店後にここにいてはいけないの」

「だが、いる」

「あなたのことが怖いんだと思う」

男は両手で彼女の手をつかんだ。シュミットが引っこめようとすると、彼は握力を強めた。

その手はざらついていて大きかった。

「怖がらなくていいよ、ミセス・シュミット」彼はささやいた。「よけいなことには首を突っこまない、それだけ覚えておくんだ。製材所の向かいの小さなおうちで楽しく暮らしていればいい。気分しだいですぐに電話をとって911にかける必要はない。もう少し人を信用して、いつも最悪だと決めつけるのをやめるんだ——たとえ相手がこのあたりでは新参者でも。おれの言っていることがわかるか、ミセス・シュミット？」

彼女はかろうじてうなずいた。男の目を見られなかった。

「いまのはイエスか？」男はやさしい口調で聞いた。

「ええ」

「だったら、話はついた。それじゃ会計をすませるか、あるいはおれに商品を棚に戻してほしいか？」

「そのまま持っていって」

「そいつは正しいことじゃないだろう？」

「とにかくそれを持って出ていって」

彼女にのしかかるようにして、男は立ったままだった。まだ彼女の手をつかんでいた。

「おれに盗みを働けとそそのかさせるわけにはいかない、ミセス・シュミット。それじゃほんとうに警察に通報する理由ができちゃうじゃないか、そうだろう？　ああ、いい案を思いついた」彼はようやくシュミットの手を放した。財布をとりだすと五十ドル札を抜き、カウンターに置いた。「そこから品代を引いて、残りはあんたがとっておけよ。これで貸し借りなしだ」

「そんなことできない」彼女は言った。

「できるさ」男は商品を集めた。「さて、ドアの鍵を開けて店の外へ出してもらえるとありがたい。あんたがひどく動揺しているのはわかるよ、おれのせいだ、悪いな」

カウンターの奥から出てドアへ歩いていくあいだ、自分の脚ではないように彼女は感じた。男はすぐ後ろにいた。いまにも頭を殴られるのではないかと思った。手が震えて鍵に手こずったがようやく差しこみ、ドアを開けた。

氷のように冷たい風が吹きこんできた。

「楽しい夜を、ミセス・シュミット」横を通ったとき男は言った。「忘れるな。よけいなことに首を突っこまなければすべてうまくいく」

ピックアップへ向かう男の広い背中を彼女は見つめた。ほかにはだれも乗っていなかった。ドアを開けて室内灯がつく前に、男は振りかえってシュミットを見ると中へ戻れと合図した。彼女は従った。

内側からドアの鍵をかけながら、目を上げるとピックアップはバックして道路へ出るところだった。

シュミットは携帯を持っていない。911に電話していまの出来事を話すには、店の裏へまわって支配人の事務所まで行かなければならなかった。

暗い道をエンキャンプメントへ運転しながら、彼女はまだ震え、自分自身に腹をたてていた。いつものように慎重を期して車を走らせていた。路面は凍っているし、この一帯は夜にシカ、プロングホーン、エルクが道に飛びだすことで有名だった。

シュミットから閉店後に男が店にいて立ち去るのを拒否したと聞いて、通信指令係は最初驚いていた。しかし通信指令係が一つ質問するたびに、シュミットの混乱した答えのせいで状況はどんどん無害なものになってしまった。

「じっさいその男は脅迫したんですか？」通信指令係は聞いた。「それとも品物を買いたかったのにあなたがレジを開けないのが問題だと言っただけ？」

「両方よ」彼女は説明した。「でも脅《おど》しのように聞こえた。脅しだと感じたんです」

「彼はあなたにつかみかかったんですか、それとも手を握っただけ？」

「彼がわたしの前に立っていたときあの臭いを思い出した、そうだわ。あのときのわたしの父の畑と同じ臭い」

「なんの臭いです？」

「製材所の焼却炉から漂ってくる臭い」

「まったくわからないんですが、これは閉店後もいすわっていた男についての通報だと思っていました」

シュミットは堰《せき》を切ったようにしゃべりだした。「父はユッダーの近くで牛の牧場をやっていて、わたしはそこで育ったの。わたしが小さかったとき――十歳か十一歳――父は用水路で死体を見つけた。

あのね、当時は浮浪者が大勢いたのよ。いまみたいにホームレスとは呼んでいなかった。玄関にあらわれて牧場で一日二日働いてまたどこかへ行く、ただの浮浪者。父はその死んだ浮浪者が前の週にうちで働いていた男だと知ったの。支払った給金で安酒を買って用水路に転落したんだと、父は考えた。

父は地元の保安官を信用していなかったし、地所で死体が見つかったなんて騒動に家族を巻きこみたくなかった。とくに、疑惑やら質問やらにわずらわされたくなかったんでしょう。だから、死体を用水路から引きあげて枝や木材を積んで大きな山にした。それから死体を上に置いて火をつけたの。

浮浪者が焼ける臭いをわたしは生涯忘れないわ、でもあの男が前に立つまで臭いがよみがえってくることはなかった。あの晩、製材所の焼却炉から漂ってきたのと同じ臭いだった」

「すごいお話ですね、ミセス・シュミット」

そのとき、シュミットは会話の筋道がわからなくなっているのを悟った。なにを言っても、さらにばからしく頭がおかしくなったように聞こえるだけだ。

「あした来て警官に話してください」通信指令係は忠告した。「たぶん少し休めば、もう少し頭がはっきりするでしょう」

後部の窓が突然ヘッドライトに照らしだされたとき、シュミットは脇に寄って速い後続車が追い抜けるようにした。シカやプロングホーンが路肩の暗い茂みにひそんでいるというのに、雪道をこんなスピードで無謀に飛ばしているドライバーに、彼女は舌打ちした。視線を上げたとき、自分のトヨタのすぐ後ろに二つのヘッドライトが迫っており、バルブやナンバープレートが見えるほどだった。

6‐0‐0、

衝撃で車が激しく揺れた。

12

「それじゃ、そのためにわざわざここまで来たっていうのか……タカ狩りの許可のために？」

〈サラトガ・ホットスプリングズ・リゾート〉で朝食をとりながら、ジョーはネイトとジェフ・ワッソンに確認した。彼はネイトを見た。「なぜ電話ですませなかった？」

「一月は害鳥を追いはらう仕事はあまり忙しくない」ネイトは言った。「それに、ここにはほかの用事もある」

ジョーは待ったが続きはなかった。ネイトはいつもこうだ。友人の謎めいた宣言を追及するのを、ジョーはとっくにあきらめていた。

ワッソンが言った。「あんたがおれの話を聞きたがっているとネイトは言っていた。彼が車でこっちへ行くってことだったので、乗せてもらって直接あんたに会おうと思ったんだ」

ジョーが不満げな視線を送ると、ネイトはいたずらっぽくにやりとした。

真剣な鷹匠《たかじょう》は別種の人間だとジョーは知っていた。彼らはタカ狩りを血肉とし、タカ狩りと寝る。生活はそれを核としており、タカ狩りの実践はほかのすべてを合わせたものと同等だという厳格な考えをもとに、人生観が形作られている。問題や不和が起きたとき、充分に説明しても、外の世界は自分たちの心配ごとを理解してくれないと信じているので、鷹匠たちはしばしば苦労する。情熱的で強情で片意地なのだ。

「おれはいま自分の仕事で手いっぱいなんだ」ジョーはワッソンに訴えた。

「あんたはいつもそうだとネイトは言った、だがちょっとだけ時間をもらえないか。大事なことなんだ」

照明を暗くしたバーラウンジ・エリアのはずれの背もたれの高いブースに、彼らはいた。

バーカウンターのスツールは金属製で鞍《くら》の形をしており、それぞれ肘掛けがわりに銃が水平にとりつけられている。ノース・プラット川の岸に広がる建物には温泉があり、長年〈サラトガ・イン〉として知られていたので住民はいまだに〝イン〟と呼ぶ。レストランの客は彼ら三人だけで、暖炉で火が燃えていてもまだ室内は温まっていなかった。

ジョーはベッドで眠り、ネイトとワッソンは床に寝袋を広げた。こんなのは寮の部屋に友人や知人がなだれこんできた大学時代の夜以来だ、とジョーは思った。ネイトにとってはなんでもないことだ。猛禽類《もうきんるい》が巣に帰るのを待ちながら、ときには木の上や崖の洞窟で寝るのだから。だが、ジョーはこういうことには年をとりすぎたと思った。ワッソンはいびきをかき、ジョーは訪問客や夜の事件のせいでよく眠れなかった。朝になったら事情がもっとはっきりするはずだと考えていたが、頭はぼんやりしていた。

ダウンベストを着てフリースで裏打ちしたブーツをはいたウェイトレスがテーブルに来て、注文をとった。彼らがメニューを見ていると、ウェイトレスは言った。「ゆうべの交通事故の話、聞きました?」

「事故って?」ジョーは尋ねた。

「雑貨店で働いている老婦人の車が道路からスリップして深い溝に落ちたんです。けさ発見されたけど、聞いたところでは助かりそうもないって。あの外の寒さで一晩中車に閉じこめられていたなんて、想像できます? ほんとうに恐ろしいわ」

「気の毒に」ジョーは言った。

「ミセス・シュミットです」ウェイトレスはかぶりを振った。「園芸クラブで一緒で。彼女、とてもいい人だった、じゃなくていい人なの。助かるといいけど」

ワッソンはウェイトレスが注文を厨房《ちゅうぼう》へ伝えにいくのをじりじりして待っていた。それから熱意のみなぎる目をしてジョーのほうへ身を乗りだした。

自分も妻も元教師で、リヴァトンの町の予算削減のせいで解雇されたと話したあと、彼は本題に入った。「おれはイヌワシ（タカ科の中で大きめのものをワシ、小さめのものをタカと呼ぶ）を使って狩りができる、この国ではほんのひと握りの鷹匠の一人なんだ。女房とおれは何年も前にワイオミング州狩猟漁業局を通じて連邦政府の許可をとった。ジャックウサギやカンジキウサギやキジを狩った、だがおれたちの鳥はもっともっとすごいことができる。シカを狩るのにF－16ジェット戦闘機を使っているようなものなんだ、わかるだろう？」

ジョーにはわかった。雄《おす》のイヌワシは体重が四キロ以上あり、翼を広げると幅二メートル半近くある。鉤爪《かぎづめ》の握力には屈強な男もかなわない。

ワッソンは続けた。「モンゴルの鷹匠はキツネやオオカミやシカを狩るのを知っているか？　すごいものだ。見慣れているタカ狩りのはずなのにまったくレベルが違う。ユーチューブで見られるよ」

ジョーはうなずいた。ネイトとの長きにわたる友情を通じて、タカやハヤブサの危険きわまる能力についてはたっぷり学んでいた。中東ではタカ狩りは王族の娯楽であることも、英米の鷹匠は西欧世界のより平等な文化に適合するように実践方法を変えてきたことも知っていた。

「大きな獲物を倒すために、モンゴルの鷹匠はときには二羽を連携させるんだ」ワッソンは続けた。「だからそれができることをおれたちも知っている。しかし、見聞きした範囲では——信じてくれ、許可証を持っているこの国の鷹匠全員と話したんだ——アメリカでは一度もやったためしはない。ところが、おれには許可証があって三十年間タカ狩りを極《きわ》めてきたというのに、アメリカでやってみる許可が下りないんだ」

「先走りすぎているぞ」ネイトはワッソンに注意した。「そもそもの始まりに戻らないと、あんたがなにを頼んでいるのか彼にはわからない」

「そもそもの始まり？」ジョーは警戒した。二人に割ける時間はこの朝食のあいだだけで、そのあとはケイト失踪の捜査にかかろうと思っていたのだ。

ワッソンは説明を続けた。「ハクトウワシとイヌワシを絶滅から救うために一九四〇年に保護法が制定されたのは知っているだろう。それはまあ」——ワッソンは指で次の言葉が括《かっ》弧《こ》つきだと示した——「いいこと、いいことだった。だが、野生動物についてなにも知らない政治家や官僚が決めたすべてのいいことには、意図しなかった結果がついてまわる。連邦政府がカナダのハイイロオオカミをイエローストーン公園に導入したときのことを考えてみてくれ。あるいは……」

「本題からそれるな」ネイトが命じた。

注意されてワッソンはまばたきしたが、気を悪くしてはいなかった。ネイトにたびたび要点を言えと促されているのだろう、とジョーは思った。鷹匠にはたしかにしゃべりつづける傾向がある。

「とにかく、ワシの生息数が増えたのと同じ時期に国中でヒツジの数も増えていったんだ。ウールと肉の値段が上がったころだ——オーストラリアが市場に参入してくる前だよ。ワシは子ヒツジの肉がうまいことに気づいたんだ。それにたやすい獲物だとな。肉は多いし、母親はあまり子ヒツジを守ろうとしなかった。西部のヒツジ牧場はワシによって甚大な被害をこうむって、たちの悪い少数はワシを毒殺したり空から狩ったり、脚を切断したあとで放したりして反撃した」

ジョーはうなずいた。聞いたことがあった。

「一九七二年に保護法は修正された。不法にワシを殺した場合の罰金がうんと高くなり、ワシを殺害する現場を押さえられた牧場主は政府の牧草地のリース契約を取り消されると決まったんだ。同時に、家畜やほかの野生動物を襲ったワシを鷹匠が入手できるようになった。ワシは偉大な生きものだが、ワシはワシだ。子ヒツジだけでなく、オオツノヒツジの子まで殺す。ああ、それにイヌワシはキジオライチョウの成鳥を空から襲うことにかけてはナンバーワンなんだ」

キジオライチョウと聞いてジョーははっとした。州の政治と政策に照らすと、キジオライチョウの保護はきわめてデリケートな問題だ。ニワトリ大のその鳥は、ワイオミング州を含む西部諸州で大いに物議をかもしており、エネルギー開発や土地の使用規制に影響を与える存在だ。繁殖期に雄が雌《めす》を誘うために集まる場所――レックと呼ばれる――で起きた大量殺害事件に彼は巻きこまれたことがあった。その事件は複数の連邦組織に波及し、もう少しでワイオミング州北部のエネルギー産業を壊滅させるところだった。

「興味を引いたようだね」ワッソンは勝ち誇ったように言った。おもしろがっている表情でこちらを見たネイトを、ジョーは無視した。

朝食が運ばれてきた。ベーコンを加えたグレイヴィソースがけの小型パン《ビスケット》三人前。ジョーは自分の分を食べはじめ、ワッソンは料理にはかまわず話を続けた。

「保護法にタカ狩りについての修正条項が加えられたあと、連邦政府がようやく条例を作ってくれるまでには長い時間が――二十年ほど――かかった。ようやく、ようやくだ、許可証を持っているおれのような鷹匠はワシと狩りができるようになったんだ。何百羽なんて話じゃないよ。一歳から三歳のわずかなワシだけだ。関係者すべてにとって完全にウィンウィンのなりゆきだった。牧羊業者が子ヒツジを殺されたら農務省の野生生物局に連絡して、政府はおれみたいな鷹匠を牧場へ行かせて狩りに使うワシを罠で捕えさせる。それで子ヒツジは助かる。数えきれないほどのキジオライチョウやほかの野生動物もだ。しかも、おれやほかの鷹匠はワシを入手できて技術を磨くことができる」

ワッソンは続けた。「それが二〇〇九年までの話だ。そしてなんの予告もなく当時の政権がその仕組みをストップさせたんだ。おれたちはもう罠を仕掛けてワシを捕まえられなくなった。つまり、二〇〇九年より前に手に入れたワシを持っていないかぎり、おしまいってわけさ」

ジョーはとまどった。「どうしてストップさせたんだ?」

ワッソンは両方のてのひらでテーブルをたたき、ナイフやフォークが揺れた。「だれかが解明するべきだ」彼は叫んだ。「連邦政府の官僚どもに揺さぶりをかけて、前の仕組みを再開させるべきだ。気づいているか、牧場主はまた牧羊を始めて子ヒツジがまた殺されている。そして国の貴重なキジオライチョウがどのくらい殺されているか、わかったもんじゃないんだぞ?」

ジョーが答える前に、ワッソンは手でネイトを示した。「おれたちはこの男を尊敬しているんだ。鷹匠たちの中には過去に後ろ暗い事件にかかわった者もいる。たとえば高品質の大麻を栽培したり、罠にかかったハヤブサをアラブの大立者に売ったり……」

ジョーの目がけわしくなり、ワッソンは手にやけどしたようにあわててその話題を引っこめた。ジョーは規則を曲げない法執行官で、ワッソンを逮捕しかねないとネイトが警告していたのだろう。それはほんとうのことだ。

「教職を解雇されたとき、おれだってそういう生活に戻る可能性があった。でもネイトが堅気になったのを見たんだ。昔の生活を捨てていまは〈ヤラク株式会社〉で金を稼ぎ、害鳥に悩む農場主や牧場主を助けている――害鳥のほとんどは外来種なんだ。たいていの場合、ネイトの仕事は彼の空軍を展開して害鳥にそれを見せつけ、追いはらうだけですむ」

アカオノスリ、ソウゲンハヤブサ、ハヤブサ、シロハヤブサから成る増強中の持ち駒をネイトが〝空軍〟と呼んでいるのを、ジョーは知っていた。

「そこで少し前、十人以上の牧羊業者に連絡してみたんだ」ワッソンは続けた。「コヨーテがワシにとってかわってナンバーワンの子ヒツジ殺しになった、と彼らは言った。コヨーテの数が爆発的に増えているのを知っているだろう。おれの案は、二羽のワシを一度に使って地上のコヨーテをやっつけるというものなんだ。モンゴル人が二羽を連携させてオオカミを狩ったのと同じように。牧畜業者はおれを雇って、おれは子ヒツジを襲うワシを生け捕りにしてこんどはコヨーテを殺させればいい。またもやウィンウィンのはずなんだ。ところがもう一月で二、三ヵ月すれば春が来る。ワシントンＤＣに電話してワシを罠にかける許可をとる手助けをしてくれる人を探しても、見つからないんだ。それはおれだけじゃない。

二〇〇九年以降、許可証を持つ鷹匠のだれも狩りに使うワシを罠で捕まえることを許されていないんだ。法律に違反しているわけじゃないのに。間違ったことでもない。牧場主を助け、キジオライチョウも救うことになるんだ。コヨーテは捕食者でウサギ並みに増えている。ワシを傷つけようっていうんじゃない。それなのにワシで狩りをする許可がもらえない」

「そこであんたの出番だ」ネイトがジョーに言った。「あんたは正しいことをして手助けできる」

ジョーは肩をすくめた。「許可を出せるＤＣの役人に知りあいはいない。おれの給与等級より上の連中の仕事だ」

「そこであんたの出番だ」ネイトはもう一度言った。今回は一語一語に力をこめた。

そのときジョーは理解した。「アレン知事に話をしてほしいのか」

「当たり」ネイトはうなずいた。

ジョーはすわりなおした。「自分が彼に影響力を持っているかどうかわからない」

「あんたは知事を知っている。彼のために働いている。ここへ来たのは彼が理由だ」

「正直なところ、自分がなぜここにいるのかよくわからないんだ」ジョーは打ち明けた。

「どうもしっくりこない」

「だが、命じられたことがなんであれ、やりとげたら彼に貸しができるんじゃないのか？」

「ネイト、アレンは知事だぞ」

「彼は政治家だ。それもある種の政治家だ。貸し借りで動くタイプの」

「たぶんな。だが、それはおれがかかわりたいような事柄じゃない。政治的なことはやらないんだ」

　ネイトはしたりげな笑みを浮かべ、ジョーは顔が赤くなるのを感じた。妥協しているように感じるのはいやでたまらなかったが、そうではないという説得力のある説明はできそうもなかった。

　ネイトは言った。「去年の秋、ビッグ・パイニー地区で仕事をして、新知事についていくつかわかったことがあるんだ。もしあんたが今回の任務をやってのけたら、彼はあんたに大きな借りができる」

「どういう意味だ」

「いいか。おれはいまひまなんだ。リヴは親戚を訪ねて一ヵ月の予定でルイジアナへ行っている。〈ヤラク株式会社〉は春まで開店休業だ。おれはあんたの任務を手伝えるし、あんたは知事に貸しが作れるだろう」

　ワッソンはずっとうなずきつづけ、ネイトとジョーを交互に見ていた。話がワッソンの望んだ方向に進んでいるのはあきらかだった。

　ジョーは考えた。「おれは短い期間にたくさんのことを調べなくちゃならない。しかもゆうべおれの部屋から事件のファイルが盗まれた、犯人がだれにしろ、おれがここに来た理由を知っている」

「いまは最悪でもこの先はよくなるさ」ネイトは言った。「話をしてほしい人間の名前を教えてくれ。知っているだろう、情報を得るにあたっておれには説得力というものがあるのを」

ジョーは鼻を鳴らした。「それはだめだ、ネイト。今回はクリーンに捜査しないと。だれかの骨を折ったり耳をちぎったりするわけにはいかない」

「目立たないように、行儀よくするよ。新知事や連邦政府ともめるのはごめんだ」

「知事の首席補佐官は今回あんたをかかわらせるなと言っている」

「あいつはあほうだ」ネイトはにやりとした。そのときジョーは彼の助けを受けいれるしかないと悟った。

力を貸してもらえるのがありがたかった。

「あんたはここまでだ」ネイトはワッソンに告げた。「朝食をたいらげて、リヴァトンへ戻れ。どうなったか、あとで知らせるよ」

ワッソンはネイトからジョーに視線を移した。ジョーも彼に残れとは言わなかった。

「やれることはやったと思う」ワッソンはジョーに言った。「話を聞いてくれてありがとう」

「おれはまだなにもしていないよ」ジョーは答えた。

ワッソンが立ち去ると、ジョーはテーブルの向こうの友人をじっくりと見つめた。

「なんだ?」ネイトは尋ねた。

「あんたのことはわかっている。ワッソンと彼の仲間に許可をとってやる以外に、なにかあるんだろう」

ネイトは直接答えなかった。「ワッソンはタカ狩りの名人だ。大勢はいないし、おれたちは兄弟なんだ」

ネイトは無表情だったが、ジョーはネイトの申し出の理由はタカ以外になにかあるとまだ疑っていた。〝ほかの用事〟と口にしたことも、知事についてなにか隠していることも、彼には自分だけの行動計画があるのを示唆《しさ》していた。

「なあ、おれはあんたがどのくらい陰謀論が好きか知っている」ネイトは言った。

「好きじゃない」

「だからいまは新たな陰謀論を背負わせるのはやめておく。もっと情報をつかむまでは」

「ありがたいね」

「だけど、長年にわたっておれが正しかったことのほうが間違っていたことより多いのは認めるだろう」

ジョーは反論しかけたがやめておいた。ネイトはごく自然に陰謀論を好む、タカ狩りを好むのと同じように。慣習への先入観や信念に捉われずに世界を見る、独特で率直な流儀がネイトにはある――とくに政府の慣習については。たいていの場合、ジョーは地位や権力を持つ男女に悪意があると反射的に考えたりはしない。ネイトは正反対だ。自分が信用する法執行官はジョーだけだ、と一度ならず言っている。

「だが、まっとうな手がかりに行きあたったら、おれに知らせてくれるな?」ジョーは尋ねた。

「そうするよ」

ケイト・シェルフォード-ロングデンの失踪についてネイトに説明し、事件のファイルがなくても思い出せるかぎりの名前と詳細を教えた。話しながら、〈サラトガ・ホットスプリングズ・リゾート〉のナプキンの裏にとくに疑わしい名前を箇条書きにしていった。それぞれの名前の横に、どちらが接触するか担当を書きこんだ。

「おれはスティーヴ・ポロックをあたる」ジョーは言った。「なんの予告もなく辞めたのはほんとうに謎だ。家に入れるように、いま鍵を手に入れようとしているところなんだ」

「鍵なんかいらないだろう?」

「おれはいる」ジョーはため息をついた。「それからマーク・ゴードンも担当する。シルヴァー・クリーク牧場の支配人だ。容疑者とは考えていないし、DCIの捜査官も同意見だったが、いい取っかかりになる。シェリダンと乗用馬係主任のランス・ラムジーにもケイトについて覚えていることや、滞在中だれと一緒にいたかを聞いてみるよ」

ネイトは眉《まゆ》を吊《つ》りあげた。「シェリダンがここにいるのか?」

ジョーは事情を説明した。シェリダンは以前ネイトにタカ狩りを習っており、二人には特別な絆があった。シェリダンが大学へ行ったり、ネイトがウルフガング・テンプルトンに雇われたり連邦政府に囚《とら》われていたりしていたので、師弟関係は何年も再開しないままだった。

「久しぶりに会いたいな」ネイトは言った。

「きっとチャンスはあると思う」

「で、彼女はそのランスって男とつきあっているのか？」

「どうしてわかったんだ？」ジョーは不審げに尋ねた。

「あんたが名前を挙げたときの言いかたさ。乗用馬係主任のランス・ラムジー。彼の存在が頭から離れないっていう感じだった」

「そうかもしれない」

ネイトは薄笑いを浮かべた。「彼は容疑者か？」

「容疑者リストに加える理由はないんだ」

「シェリダンとつきあうのをやめさせるためでも？」

ジョーはかぶりを振った。「いい男みたいなんだ」

前夜のいきさつがあるので蹄鉄工《ていてつこう》のブレイディ・ヤングバーグとベン・ヤングバーグも自分が調べるとジョーは言った。そして養魚場の所有者の親子ジャック・トイブナーとジョシュア・トイブナーをネイトに担当してもらうことにした。ケイトを拉致《らち》したのは牧場従業員ではなく出入り業者の可能性が高いという、マイケル・ウィリアムズの推測も話した。

それからナプキンにリチャードの名前を書き、横に〈ＭＢＰ〉と妻のイニシャルを添えた。

「リチャード・チータムはケイトの元夫だ。ケイトは旧姓を使用していた。元夫や元妻にはつねに注意が必要だ。彼は英国在住なので、メアリーベスにネットで調べてもらおうと思う」

「それは賢いな」ネイトは評した。

「エンキャンプメントの製材所のオーナー、ジェブ・プライアーもおれの担当だ。間違っているかもしれないが、昨夜なにかおれに話したそうだった」

そのあと、ソフィ・シェルフォード－ロングデンとビリー・ブラッドワースについてわかっていることを伝えた。

「たぶん、この二人とはばったり出くわすと思うよ」ジョーは言った。「彼らは目立つんだ。いま言ったようにおれは話をして、容疑者を特定したと二人が考えているというソフィの携帯のぼけた写真をちらっと見た。だが名前は出なかったし、ブラッドワースは情報を教えたがらない。あれ以上なにも聞きだせなかったし、写真をちゃんと見せてもらえなかったんだ」

「ブラッドワースはめかし屋なのか?」

ジョーはにやりとした。「ああ、めかし屋だ。もしあんたが二人と話す機会があって、おれや捜査と関係しているのを彼らが知らなければ……」

「おれになにか洩《も》らすかもな」ネイトは締めくくった。「たぶんその写真も手に入れられるだろう」

「ソフィはあんたに興味を持つんじゃないかな。彼女をブラッドワースから引き離せれば、うまくいくかもしれない。独身だしちょっとばかり遊び好きだ」

ネイトはまた眉を吊りあげた。必要がなかったので、ジョーはそれ以上言わなかった。女たちがしばしばネイトに惹《ひ》かれるのは二人とも承知していた。メアリーベスがそう言い、ジョーはそのことをあまり考えないようにしていた。

「だれの頭もかち割るなというのは本気だからな」ジョーは釘《くぎ》をさした。

「わかった」

「だから約束してくれ、雲行きがあやしくなったらいったん手を引いておれに連絡を頼む。あんたのことだからな。できるか？」

ネイトはにやりとしたが、その笑みにジョーは落ち着かない気持ちになった。

「ネイト？」

「わかった、わかった。だが、自分の判断に従わなくちゃならないときもあるぞ」

そう言いながら、ネイトは上着の左側を開き、ジョーはふたたびショルダーホルスターの四五四カスール・リボルバーのグリップを目にした。フリーダム・アームズ社製の五発装塡《そうてん》の武器は世界でもっとも強力な拳銃の一つで、ネイトが撃つと百発百中だ。おおやけの場で火器をオープンに、あるいは隠して持ち歩くことをワイオミング州はほとんど規制していないので、ネイトは法律に違反してはいない。

「それはホルスターにしまっておけよ」ジョーは言った。

「必要に迫られなければ決して抜かない」

「おれの言う意味はわかるだろう」

「ああ」

「携帯は持っているな?」

ネイトはいらいらした仕草で胸ポケットをたたいた。ネイトはかつて携帯電話の使用を避けていたが、〈ヤラク株式会社〉があってリヴがルイジアナにいるいまは、携帯を手放すことはない。

「おれがかけるといまでも正義の騎馬警官《ダドリー・ドウ・ライト》（アニメ作品の主人公）と画面に出るのか?」ジョーは聞いた。そればかりか、あごの大きなカナダの騎馬警官のアニメ・キャラクターの絵も出るのだ。

「出る」

「変える気はないんだろうな?」

「ない。ぴったりだ」

ジョーはため息をついてナプキンのメモに戻った。アレン知事とケイトの失踪について話して以来初めて、ファイルがあろうとなかろうと、自分にはしっかりした行動計画があると感じられた。

ネイトの存在が自信の一助になった。

「ありがとう」ジョーは言った。

ネイトは肩をすくめた。「なにかをしているのはいいことだ。おれたちで事件を解決できるかもしれないぞ」

ジョーは笑った。

「だが、一つだけ」二人でブース席から出るとき、ネイトは言った。「どうしてあんたなんだ？　自分のために働く州政府のしもべどもが何百人といるのに、どうしてアレンはあんたをここへ送りこんだ？」

ロビーのほうへ歩きながらジョーは前ポケットに両手を突っこんだ。「おれ自身、どうしてだろうと首をひねっているんだ」

「そうか」ネイトが考えていたことをジョーがいま裏付けた、と思わせるひとことだった。

13

町の反対側、そして川の向こう岸の〈JWハグアス&カンパニー〉レストランの駐車場で、テッド・パノスは四輪駆動車を降りた。キャンパーシェルのついた最新モデルのピックアップの横に駐車していた。

凍った川に開いた楕円形《だえんけい》の穴から蒸気が上がっている。そのせいで、水面にいるカモやガンはぼんやりしてカーニバルのゲーム・ブースのシルエットのように見えた。穴は川の中に湧く温泉によってできるのだと彼は聞いている。

凍結した駐車場でブーツの底がきしみ、パノスは両手をコートのポケットに入れて毒づいた。あんまり寒すぎてびっくりしちまう、と思った。空には雲一つなく、朝日が建物や岸辺の枯木をきらきらと輝かせているので、暖かくなったように錯覚してしまうが——違う。寒気の冷たい指で肌をぎゅっとつねられているようだ。彼はどうしても寒さに慣れず、ほんとうに春は来るのだろうかと思いはじめていた。

右脇に分厚いファイルをかかえているので、左手でドアを押して入った。ドアは鋼鉄製で、むきだしの手がひりひりした。

中のマットの上で一瞬立ち止まった。メガネが曇ったからだ。曇りがとれると、ゲイラン・ケッセルがいつもの隅のブースに一人ですわっているのが目に入った。ケッセルは読書用メガネを鼻の中ほどに押しさげて冷静に彼を見上げていた。からになった朝食の皿は脇に寄せてあり、丸めたナプキンがその上にのっていた。

厨房《ちゅうぼう》から出てきたウェイトレスがパノスを迎えたが、すぐに彼と気づいてケッセルのブースを示した。いつものことなのだ。

「外は寒いでしょう?」

「くそみたいに寒い」

「あたしの車の座席はビニールなの」ウェイトレスは言った。「けさ仕事に来るので乗ったとき、ひびが割れたのよ。エンジンをかけたら、ガンが二羽下から飛びだしてきたわ」

「なにしろ寒いよ」パノスは言った。

「じきに暖かくなるわよ、そう思わない?」

「わからないな」彼は哀れっぽく答えた。「ここでの冬は初めてなんだ。最後であってほしいね」

「あら、あたしは好きよ。くだらない連中が寄りつかないもの」

パノスは声に出さずに罵《ののし》った。ケッセルがいらだってブースの中で身じろぎした。

「おれはいつものを頼む」パノスは言った。ここのフライドチキン風ビーフステーキと卵、それにグレイヴィがけビスケットを添えたメニューが好きで、ほとんど毎朝注文していた。

「すぐに用意する」ウェイトレスはコックに伝えに厨房へ戻っていった。

レストランにほかの客はいなかった。ケッセルがそれを好むのをパノスは知っていた。

「手に入れたな」パノスがブースの隣にすわると、ケッセルは言った。ファイルのことだ。

パノスはうなずいてファイルをテーブルの上にすべらせた。

「だれかに見られたか？」ケッセルは尋ねた。

「いいえ」

「確かだな？」

「ええ。鍵はあんたが言っていたところにありましたよ。それに指示どおり窃盗に見えるように部屋を荒らしておいた。猟区管理官はバーでずっとあの外国人たちと話していたし」

ケッセルはうなずいたがほめ言葉はなかった。ケッセルは決してほめない。つねに最高の出来《でき》を期待しているだけだ。言われたとおりに実行して失敗の言い訳をしなければ、うまくやっていけるとパノスはわかっていた。へまをしたときの結果が怖かった。二、三週間前に対象者を見張れと命じられていたのに見失ったときのように。パノスの落ち度ではなかった。家を見張って、男が会社のトラックでどこへ行くか突きとめろと言われていたが、会社のトラックは私道に止められたままだった。パノスは家に裏口があることも監視対象がそこに二台目の車を置いていることも聞いていなかった。

ボスのケッセルに報告すると、彼はかっとしてこぶしを固め、一瞬パノスは殴られるかと思った。

自分を守るのはむりだとパノスはわかっていた。ケッセルは軽量コンクリートブロックでできているような男だ。腕はパノスの太腿《ふともも》ぐらいあり、両こぶしはまるでハム二本だ。きのうサラトガの温泉でケッセルがシャツをぬいだのを見たとき、あらためて自分はこの男にはかなわないと思った。それに、一度ではないナイフによるけんかの傷跡がケッセルの広い胸に青白いジッパーのようについていた。真っ白な髪にだまされそうになるが違う。なぜならケッセルは外見よりも若くて健康だからだ。

失敗の報告のあとずっと、ケッセルは彼にひとことも口をきかなかった。とうとう、夕方別れるときにケッセルは言った。「テッド?」

「え?」

「二度とへまをするな。おれの言っている意味がわかるな?」

「わかります」

ケッセルは車で走り去った。そしてパノスは二度とへまをしなかった。

あの日以来、パノスはブーツの上部に二連のボンド・アームズ四五口径デリンジャーを仕込んでいる。町の〈コヨーテ・スポーツ〉で買った。小型の銃だが強力だ。ケッセルにはその銃の存在を明かしていない。もしあの男に襲われたら、まにあうように手にとれることを祈っていた。一発目で体の中央を狙う。至近距離から四五口径を撃ちこめば、ケッセルのようなクマ並みの人間でも阻止できるだろう。そのあと頭にぶちこんでケリをつける。ぜったいにとどめを刺さなければ。

手負いのゲイラン・ケッセルは生きているゲイラン・ケッセルよりも恐ろしい。

目の前でケッセルがファイルを一ページずつ読んでいるあいだ、パノスは黙っていた。ウエイトレスが朝食を持ってきて、パノスは急いで食べた。

ケッセルが話のついでに口にしたわずかなこと以外、彼についてはほとんど知らない。〈砂漠の嵐〉作戦（一九九一年、湾岸戦争時のアメリカ軍の作戦）のとき陸軍におり、その体験がとても気に入ったので任務が終わったあとも傭兵《ようへい》として従軍した。〝世界を見てあらゆる肌の色の人間を殺すため〟だとケッセルは言っていた。低い耳ざわりな声なので話すことすべてが威嚇的《いかくてき》に響いた。ミネソタ州出身で〝ミネ－ソー－コールド〟と呼んでいた。だが、〝寒さ《コールド》〟はケッセルにはいっこうにこたえていないようだ。よく上着なしで外へ出ていくし、キャンパーシェル付きのピックアップに同乗しているときパノスは暖房の温度を上げてくれと頼まなくてはならない。運転するのはいつもケッセルだった。

パノスはニューメキシコ州ラスヴェガスで生まれ育った。あそこも、とくに山の中は寒かったが、ここ're比べものにならない。いっとき空軍にいたあと、サンタフェのニューメキシコ州立刑務所で矯正官の職についた。危険な仕事で、刑務所はアメリカ人や不法入国者のギャング、アーリア人至上主義者、あらゆる種類のならず者でいっぱいだった。上層部は悪名高い一九八〇年のニューメキシコ州立刑務所暴動をくりかえすまいとかりかりしていたので――三十三人が殺され、中には鋼鉄の棒を頭に突きさされた者もいた――矯正官は規則違反者をきびしく罰するように命じられていた。パノスはその命令を熱心に実行し、問題が起きたことは一度もなかった。

ある受刑者がおり、彼は暴動に参加したのを勲章のように思っている終身刑囚で、当然ながらトラブルメーカーだった。これ以上、やつらはおれになにができる？　というのが彼の考えかただった。

　パノスとほかの矯正官数人は、その囚人に教訓を与えることにした。彼らはそいつを押さえつけて閉じた目をむりやり開かせ、辛子スプレーを至近距離から浴びせた。そのクズが失明してのちに矯正局を訴えて裁判で勝ったとき、パノスとほかの四人の矯正官は職を失った。パノスはいまだにそのことをいまいましく思っている。

　それからはあちこちを転々として、時給が少しでも高ければ選《え》り好みせず治安維持の仕事をこなした。法の執行とかかわりがなくなるなど想像できなかったのだ、たとえショッピングモールの警備員と変わらないとしても。二十年間もらいつづけた州の保険、役職手当、年金がない生活はみじめだった。妻のガブリエラは三人の子どもを連れて出ていった。

　だから、数ヵ月前ゲイラン・ケッセルがパノスを面接して、邪悪な負け犬を失明させたのは不利な事実ではなくむしろ好ましいと告げたとき、パノスはチャンスに飛びついた。軍隊や刑務所でケッセルのような人間に会ったことがあり、彼らを尊敬していた。自分の人生を生き、自分の信念によって立ち、ふさわしい者に報《むく》いを受けさせる。報酬の額と、ニューメキシコ州が与えてくれたものを超える恩恵がそのポジションについてくると知ったときは、パノスはさらに喜んだ。

もちろん、それは日中の気温が十五度とか二十度とかで川岸の木々が色づきはじめたばかりの初秋の出来事だった。パノスは静かで涼しいさわやかな夜が気に入っており、ケッセルと仕事をするのはおもに夜だった。突然の記録的な寒さに襲われた一月がどんなだか、想像もしていなかった。

ケッセルはファイルを閉じてため息をついた。「心配するようなことは書かれていないな」

「ほんとですか？」ビスケットの残りで最後のソーセージ・グレイヴィをすくいとりながら、パノスは尋ねた。

「ああ」

「よかった」

「とはいえ、目を光らせておく必要はある。この男をあまり近づけるわけにはいかない。だが、いま彼は間違った方向を追っている」

警備全般に加えて、ケッセルが多くの仕事を抱えているのをパノスは知っていた。その一つは、アッパー・ノース・プラット・リヴァー・ヴァレーにさらに風力発電基地を設けるための候補地探しで、訪問や最終的な居住を希望する重役の牧場探しもしている。おとといは二人でシルヴァー・クリーク牧場という高級観光牧場の裏道に入った。運悪く、あのときは女性従業員に見つかってしまった。

猟区管理官が追っているのはどの方向かとパノスは聞かなかった。どうせケッセルは答えないからだ。ケッセルは身を乗りだし、ウェイトレスが厨房に下がってコックと噂話《うわさばなし》をしていて自分たちの話を聞けないのを確認した。

「警察に通報したあの老婦人を知っているな？　おせっかいの？」

パノスの胸を冷たい恐怖が刺した。彼はうなずいた。

「もう問題を起こすことはないよ」ケッセルは言った。

パノスは表情を変えまいとした。かかわりあいになるのをどれほど恐れているか、ケッセルに知られたくなかった。

「事故だった」ケッセルは続けた。「ゆうべ家へ帰る途中でスリップして道路から落ちた」

「残念な知らせだ」

「ああ、おれも残念だ」ケッセルはかすかに微笑した。「おれたちはじきにまた行くことになるからな」

「もう？」

「天候に関係あるんだろう」

「暖かい格好をしていきますよ」

「そうしろ」ケッセルはにやにやした。

14

朝食のあと、ジョーは丘の上のスティーヴ・ポロックの家へ行った。裏の私道の深い雪の吹きだまりを突破したとき、もう少しでピックアップをガレージのドアに突っこむところだった。幸い、一メートル弱手前で止めることができた。

降りて、あたりを見まわした。ガレージは家の裏とつながっている。駐車した場所は、狙いどおり通りからも隣人の家からも死角になっている。

ジョーは雪をかきわけてガレージのドアに近づき、ハンドルを強く引いてみたがだめだった。そこで裏口のドアノブを試し、そこもロックされているのを確かめた。

家は州の所有でポロックのものではない。地元の錠前屋に開錠を命じることもできる(サラトガに錠前屋がいればだが)とはいえ、貴重な時間がつぶれるし、手続きが必要でコナー・ハンロンの耳に入りかねない――ジョーがケイト・シェルフォード＝ロングデンの失踪を捜査せず元猟区管理官の家を嗅ぎまわろうとしているのはなぜか、ハンロンは当然質問してくるだろう。

いい質問だ、とジョーは思った。そもそもなぜ自分がサラトガへ送りこまれたのか、と同じくらいいい質問だ。

しかしポロックの突然の離任は、ジョーにとってケイトの失踪と同様に謎だった。なんとかして真相を突きとめなければ。二人の失踪が関連している可能性がわずかでもあるかもしれないので、この捜査には名目があるとジョーは思った。ポロックはパトロール中にケイトと出会ったのだろうか？　ケイトが町に来たときバーで会ったとか？　ありうるだろうか、洗練された英国人の会社経営者が……猟区管理官に恋をする？　そう考えると首をひねらざるをえなかった。

牧場をあとにしたケイトを誘拐するような、暗黒の側面がポロックにはあったのか？　その罪悪感のせいで仕事を投げだした？

ガレージのドアは安物の合板でできており、中央に四枚ガラスの窓があった。ガラスを一枚割って中に手をのばし、ロックをはずそうかと思った。結局、たんに肩で押し開けることにした。

だれも見ていないのをもう一度確認し、ドアの左側に体当たりした。中の枠が壊れ、ジョーはすばやく入ってドアを閉めた。ワークベンチの上には道具類が、隅には削り屑《くず》の山があった。帰る前に、ロックプレートを付けなおして壊したところを直しておこう。

ポロックのピックアップのドアは開いており、キーはセンターコンソールの中にあった。

ジョーは運転台に乗りこんだ。フォードF－150は自分の車より新しいモデルで、中は驚くほど整頓されていて清潔だった。フロアマットまできれいだ。

これが支給される車両なんだ、とジョーは思った。ほかのだれよりも州所有の車両をぶっ壊すというかがわしい評判がなければ。

調べると座席ポケットの中に召喚状の綴《つづ》りが見つかったので、ぱらぱらとめくってみた。ポロックは二週間前、最後の召喚状を許可証なしでサラトガ湖で穴釣りをした二人組に渡していた。過去三ヵ月にジョーの興味を引くような事件や逮捕はなかった。彼が探していたのは、猟区管理官と違反者に険悪な関係が生じるような違反だった。深刻な状況で、ポロックがこのあたりにいたら危険を感じるたぐいのもの。

だが、見つかったのはありふれたものばかりだった。間違ったエリアで狩りをした、獲物は牝《めす》と子に限られているエリアで牡《おす》のプロングホーンを撃った、エルクにきちんとタグをつけなかった、といった違反だ。召喚状の綴りは十八ヵ月前までさかのぼっていた。違反者の名前はだれ一人心当たりがなかったが、自分のメモ帳に書き写してから召喚状の綴りを座席ポケットに戻した。

グローブボックスの中には、プラスティック製の手錠、ジャーキーの袋、〈コペンハーゲン〉の嚙《か》みタバコの未開封の缶、救急キットが入っていた。

だが、車内を調べれば調べるほど、ジョーの当惑は増すばかりだった。見つけたものではなく、見つからないもののせいだ。

ピックアップを降りて荷台の備品箱を開け、中を見た。予備の上着とベスト、寝袋、ロープ、チェーン、手動式ウィンチ、シャベル、冬用の作業着、予備の〈ソレル〉の防水ブーツ、〈ハンディマン〉のジャッキ、発炎筒、手袋、すべり止め、衛星電話。しかし、書類や地図などをしまっていたはずのブリーフケースがない。

猟区管理官は車の中で生活している。ピックアップは移動手段であるだけでなく、野外でのオフィスであり、必要なときは容疑者の留置場にもなる。ジョーのピックアップのあらゆる隅やくぼみは、なにかを保管したり押しこんだりするために使われている。ベンチシートのあいだには地形図がはさんであり、動物の死骸《しがい》の年齢を特定するための歯を入れる封筒を含む証拠品袋、弾道についての小冊子、押収タグ、検死キット、狩猟漁業局からの覚え書きや命令や報告などたくさんの印刷物もある。ジョーが乗ったことのあるどの猟区管理官のピックアップも同じ状態だった。散らかりぐあいという点では、自分の車よりはるかにひどい場合も多かった。

スティーヴ・ポロックがワイオミング州一のきれい好きできちょうめんな猟区管理官だったのか？　あるいは何者かがすでに彼の車を捜索し、あったもののほとんどを持ち去ったのか？

持ち去ったのがポロック自身だったのか、ほかの人間だったのかは、ジョーにはわからなかった。

ガレージから家へ続くドアは鍵がかかっていなかったので、ジョーは押し入らずにすんだ。きっとポロックはおもにこのドアから家に入っていたのだろう。ガレージに車を入れ、ガレージのドアを閉め、家の中に入る。

猟区管理官には好都合だ。サドルストリングと同様、サラトガは狩猟と釣りがさかんな町で、住民は猟区管理官がどこをパトロールするかつねに気にしている——とくに規則違反をやりがちなハンターは。狩猟漁業局の車が官舎の表側に止まっていたら、密猟やほかの犯罪をおかしても大丈夫というサインになる。だが、車が通りから見えなければ——ガレージの中に止まっていれば——猟区管理官がどこにいるかはわからない。

ドアの向こうには玄関の間《マッドルーム》（履き物や服をぬいだりする）として使われている狭いスペースがあった。床にはブーツが、高い棚にはカウボーイハットやキャップがずらりと並び、十着以上のコートやパーカが吊《つ》るしてあった。

ジョーは数分かけてコート類のポケットを調べたが、使用ずみの空薬莢《からやっきょう》二、三個、ガム、空《から》の〈コペンハーゲン〉の缶ぐらいしか見つからなかった。

家の中は寒かった。ジョーはキッチンを通りぬけ、廊下の壁にサーモスタットがあるのを見つけた。温度を二十度に設定してつけると、ベースボードヒーターが音をたててよみがえった。住人がいなくなっても、狩猟漁業局が電気料金を払いつづけてくれていたことに彼は感謝した。

キッチンは独身男のそれらしく見えた。ポロックはしばらく前に離婚して、姿を消したときもどうやら恋人はいなかったようだ。シンクには皿一枚とナイフ、フォーク一組しかない。シンクの横のたたんだタオルの上にグラスが一個伏せてあった。

冷蔵庫にはまだ中身が入っていた。ドアを開けたとき、腐ったミルクの臭いがした。冷凍庫には個別包装されたエルクのステーキとバーガーが詰めこまれていた。

きのう推測したとおり、ポロックはなんの準備もなく家から出ていったように見える。寝室のクローゼットには、制服のシャツを含めてまだ服が残っていた。ローリンズのクリーニング店から戻ってきて透明のビニールにくるまれたままのスーツも吊るされている。ドレッサーの引き出し二つはからだった。下着は持っていったのだ。

ジョーは服を脇に寄せてクローゼットの隅を調べ、次にほかの寝室二つも同様に調べた。彼はポロックの官給の武器を探していた。三〇八口径M14カービン・タイプ、ジョーが腰に差しているのと同じ四〇口径グロック、狩猟動物を脅《おど》すためのクラッカー弾を装塡《そうてん》した二二口径リボルバー、スコープ付き二七〇口径ライフル、七発装塡のレミントン一二番径ショットガン。

四つん這《ば》いになってベッドの下をのぞいたが、綿ぼこりがあるだけだった。武器は一つもなかった。

おかしい、とジョーは思った。ポロックが持ち去ったなら、州所有の財産を盗んだ犯罪になる。買いたければ、ワイオミング州ではだれでもかんたんにあらゆる種類の銃が買える。ポロックがそんなリスクをおかすとは筋が通らない。


ジョーが下を向いたままうなっていると、携帯が振動した。メアリーベスからだった。

「なにをしているところ？」彼女は尋ねた。

「いまは言わないほうがいい」

夫の口調から察したメアリーベスは話題を変えた。

「けさ電話をくれた？」

「ああ」

ゆうべ話したあと、ファイルがなくなったこととネイトが来たことを彼は伝えた。

「ネイトは元気？」

「あいかわらずのネイトだよ」

「それはどうしようもないわね、違う？」彼女は笑った。

リチャード・チータムについて調べてほしいとジョーは頼み、メアリーベスは承知した。

「ケイトについてなにかわかった？」彼は聞いた。

「まだ調査中よ。彼女はフェイスブック、ツィッター、インスタグラムをやっていたけれど、インスタグラム以外はとても慎重だったの。顧客や自分の会社に関することだけ上げていたみたい。もう少し調べてみる」

ポロックは予備の寝室を自宅オフィスとして使っており、ジョーはデスクの前に腰を下ろした。マウスを動かすとポロックのパソコンの画面が明るくなった。スクリーンセーバーは、泥の中から自分のピックアップを掘りだしながら、撮影者にいらだった表情を向けているポロックの写真だった。

ジョーは微笑した。毎年恒例のワイオミング州猟区管理官協会の夕食会の目玉の一つは、前年に撮影された泥や川や雪の吹きだまりからピックアップを出そうとする猟区管理官の写真なのだ。それは深刻な出来事を茶化すユーモアで、全員が共感しつつヒューヒューと歓声を上げる。ジョー自身も過去に数回登場しており、写真の一枚は岩で車軸を壊したときだった。

だが、パスワードがわからないのでハードディスクには入れなかった。〈password〉やポロックのバッジナンバー〈GF18〉を試してみたが、だめだった。

パスワードが書いてある付箋が隠されていないかと、デスクの上や引き出しの中を探した。なかった。狩猟漁業局の捜査官が正式に家に入ってパソコンを犯罪科学捜査研究所へ送るまで待たなくてはならない。何週間も何ヵ月もかかるかもしれない。だが、まかせておく以外に方法はなかった。

いまパソコンを持ちだしたら、家に押し入ったのを認めたことになってしまう。

いらだって、ジョーはデスクの横にあるポロックのファイルキャビネットを開けた。ポロックはきちんと整理整頓しており、中のファイルはアルファベット順に並んでいた。〈A〉のラベルの後ろには〈プロングホーン《アンテロープ》許可証〉〈プロングホーン《アンテロープ》頭数〉〈プロングホーン《アンテロープ》収獲数〉などの標題がついたマニラ・ファイルフォルダーがあった。〈C〉のラベルの後ろには、ジョーがピックアップの中で見つけたものより昔の召喚状《サイテーションブック》の綴りがあった。〈D〉にはシカ《ディア》、〈E〉には絶滅危惧種《エンデンジャード・スピシーズ》のファイル。記録は大量で、ジョーは一時間近くかけておかしなものはないか調べた。

なにも見つからなかった。


腕時計を一瞥《いちべつ》した。ポロックの家へ来る途中、シルヴァー・クリーク牧場の支配人マーク・ゴードンに電話して会う約束をしていた。ゴードンは承知したが、デンヴァーへ行く用事があるので一時前に終わらせてほしいと言っていた。忙しい男のようだ。

ジョーは椅子を後ろに引いて立ちあがった。ヒーターはついているのに、まだ吐く息が白かった。見落としたものはないか確かめるために、もっと時間があるときに戻ってくるべきだろうか。

ドアへ向きなおったとき、彼は足を止めた。

またもや、引っかかったのは見つかったものではなく見つからなかったものだった。

ファイルキャビネットのところまで戻り、もう一度調べた。〈S〉の項目にシルヴァー・クリーク牧場がなく、ケイト・シェルフォード－ロングデンについてのファイルが一つもなかった。ポロックほど入念な男なら、狩猟や釣りの機会を豊富に提供している高級観光牧場について記録を持っているはずだし、自分の担当地区で起きた奇怪な失踪事件についても同様だ。

しかし、ファイルはない。

そのとき、〈B〉の項目にもなにもないことに気づいた。

ジョーが思いあたる唯一の説明は、ポロックのピックアップを隅々まできれいにした人間がファイルにも目を通して一部を持ち去ったということだった。

あるいはポロック自身が武器と一緒に持っていったのか？

しかしどんなファイルを、どんな理由で？

ガレージドアのロックプレートの修繕がお粗末でいささか恥ずかしかったが、時間がない。

ジョーは薄い木片をいくつか使ってロックプレートを枠に固定し、ポロックの電動ドライバーを使ってねじ留《ど》めした。

外に出てドアを閉めた。少し押してちゃんと閉まっているのを確認し、満足した。

ピックアップに乗りこんで吹きだまりの中をバックしながら、横の窓から道路を見ると、ちょうどキャンパーシェルのついた薄い色のピックアップが縁石《えんせき》から発進してダウンタウンへ向かうところだった。

ポロックの家に着いたとき、そのピックアップを見た記憶はなかった。

第三部

われわれはカメレオンのようなもので、
偏愛と偏見はいいかげんかつ気楽に、たやすく入れ替わる。
そしてすぐその変化に慣れ、まったく気にしなくなる。
――マーク・トウェイン

15

「この件については、法執行機関に何度も話しましたよ」シルヴァー・クリーク牧場の支配人、マーク・ゴードンはデスクの向こうからジョーに言った。ジョーが来たことへのいらだちをなんとか面《おもて》に出さないようにしている。「悪くとらないでください。わたしはほかのみんなと同じようにケイトの身になにがあったのか知りたいと願っています。いや、ほかのみんなより強く願っている。この事件は何ヵ月もわれわれの頭から離れず、わたしは心から解決を望んでいるんですよ」

これほど大規模な牧場にしてはゴードンのオフィスは驚くほど手狭だ。管理棟の受付デスクに隣接している——管理棟はリノベーションされたログキャビンで、外側だけ見ると一九五〇年代に一人暮らしの男のために造られたかのようだ。

キャビンは丘の斜面にあり、鐘形《かねがた》の太いトウヒの木立に隠れるように建っているので、牧場の施設からはほとんど見えない。シルヴァー・クリーク牧場は広大だが華美を避けていた。丘の下の不規則に広がる施設は、大きなメインロッジ、アクティビティ・センター、納屋と付属の建物、インドア射撃場、娯楽場、ジョーが見たうちでも最大のインドア乗馬場、ゲスト用のしゃれた設備の何十ものキャビンで構成されている。多くは最近の建築だが、いくつもの花崗岩《かこうがん》が露出した地形のくぼみや曲線にうまく溶けこんでいる。まるでこの風景から自然に形成されたかのように。

たとえ五十センチ近い積雪があっても、シルヴァー・クリーク牧場を一目見たジョーはその美しさに息を呑《の》んだ。

ゴードンは大男で元気そうで熱心だった。黒っぽい髪を後ろになでつけ、豊かな赤みがかった口ひげのまわりにごま塩の頬《ほお》ひげをおしゃれな長さに整えている。真剣なハシバミ色の目をして、話しながら消しゴムのついた鉛筆の端でデスクをたたく癖《くせ》があり、要点を強調するときには力をこめる。胸に〈ＳＣＲ〉と刺繍《ししゅう》の入ったボタンダウンのシャツの上にフリースのベストを着ていた。その態度から、仕事が山積みでこなす時間が足りないことがわかる。たとえいまが一月で、施設に客がいなくても。

「この冬はとくにきびしい」ゴードンはジョーに言った。「われわれのシーズンは五ヵ月で、七ヵ月をアップデートや修繕、牧場の改善についやしています。そのうちの三ヵ月がこんなありさまだ」彼は窓の外の深い雪を示した。「時間が足りないんです」

オフィスの中の壁は大きなホワイトボードにおおわれており、なすべき計画の長いリストがカラーで書かれていた。

ブリッジャー、オーウェンズ、サドルホーンのユニットのリノベーション
ロープ・コースの完成
三十二の井戸すべてを点検
四輪駆動部隊をアップデート
風力発電プロジェクト
セラー用にワインを発注
高台の猟鳥牧場用に三千羽のキジを調達

このあとにも続いていた。


「前にもこういう話をされているのはわかります」ジョーは言った。「お時間をむだにしたくはない。だが、ケイトに関連した牧場の情報をいくつかお聞きできたらありがたい。ここにいるあいだこの事件を調べるよう、知事に頼まれたので」

「アレン知事に?」ゴードンは疑わしげに聞いた。

「ええ」

「知事の首席補佐官にもう話しましたよ。ハンロンという名前だったと思う。電話が来て、なにか進展はあったかと聞かれた」

ジョーは驚きをあらわさないようにした。ゴードンと直接話したとハンロンはジョーに言っていなかった。またもや、妙な状況で知事のオフィスが登場した。

「それはいつでした?」

「ああ、一ヵ月ぐらい前だと思います。ハンロンは、うちのオーナーたちをこの秋の知事のプロングホーン狩りにゲストとして招待したいとも言っていた」

「ほう」

今年招待されるのはアレンの有力な政治資金提供者たちだけだと、ジョーは知っていた。アレンの前任者ルーロン知事はワイオミング州の一般住民を招待していた。二人の違いがわかるな、とジョーは思った。

「もう話されたことでも、牧場の概要を教えていただけませんか?」

ゴードンは腕時計を一瞥《いちべつ》した。「この牧場はこれまでまかされてきたところとまったく違います。わたしは世界の三十五のホテルとリゾートの開業にかかわってきた。ここには特別なやりがいがあり、毎日が新たな冒険です。先週、メインロッジの配管が凍って破裂し、いま熟練した配管工を手配して修理を頼んでいるところなんです。ここには困難をもたらす外的要因があまりにもたくさんある。天候、主要空港からの遠さ、業者や従業員を集められる大きな街がないこと。アメリカでもっとも人口が少ない州にスーパーラグジュアリーなリゾートを造ること自体が挑戦なのは、言うまでもありません。

愚痴《ぐち》をこぼしているわけじゃないんですよ。ここの仕事を接客業界のほかのどんなポジションとも交換するつもりはない。オーナーたちはここを世界一のリゾートにするために巨額の資金を投入しています――そして現にそうなっている。この牧場を繁盛させるのは光栄な仕事です。世界中にここを知ってもらおうと努力してきたおかげで、ほぼ百パーセントの稼働率を達成している。

お客さまは最高の富裕層である一パーセントではなく、その一パーセント中の一パーセントです。休暇には世界中の好きなところへ行ける人々です。彼らにアメリカ西部の辺境地帯へ行ってほこりにまみれてみたいと思わせようなんて、ばかげていると感じられるかもしれない。だが、われわれはきちんとリサーチをした」

ゴードンが話しているあいだ、ジョーはメモをとってうなずき、続きを促した。

「九十人のゲストに対して、ここには二百五十人の従業員がいる。驚くべきレベルのサービスです。ゲストの中には芸能界、政界、実業界の有名人もいる。大統領の義理の息子さんをお迎えしたこともあります」

ゴードンはセレブたちの名前を次々と挙げていった。ジョーでさえ何人かは知っていた。娘のルーシーなら全員を知っていて感激するだろう。シェリダンは母親との電話でうっかり数人の名前を洩《も》らしていた。

「ほかのどこにもない七日間の牧場体験を求めて、彼らは世界中から来るんですよ。国王や女王のような扱いに慣れている人々が、一週間だけカウボーイやカウガールになるためにここへ来る。われわれのリサーチでは、多くの男たちの心の奥にはカウボーイへの憧れがある。そして多くの女たちはカウガールを演じてみたいと思っている、夜はぜいたくなキャビンに戻れて最高の料理とワインのもてなしを楽しめるならね。そうと知れば彼らは……

最初の問い合わせから到着に至るまで、われわれは少なくとも六回ゲストと連絡をとります。すべてのゲストに生涯で最高の休暇を過ごしてもらうためになにができるか、知るためです」

ジョーはケイトのアンケート用紙を思い出した。

「なぜ最低でも一週間なのか?」ゴードンは質問に自分で答えた。「なぜなら電話やほかの多忙な生活から脱けだして解放されるまで、三日間が必要だから。三日目にゲストの防御のよろいが溶けていくのがはっきりわかるんですよ。そのあと彼らは本物の人間になる、そもそものためにここへ来たわけですから。ゲストをカテゴリーで分けることはしません、だれにも特別な地位はない。全員がわれわれのゲストであり、全員が礼節と敬意をもってもてなされる。セレブであろうと、一生に一度のハネムーンで来た新婚カップルだろうとね。

スタッフは顧客リストをSNSで明かしたり町で口にしたりしないと誓う守秘契約にサインしています。それでプライバシーが保証される。ゲストはそこをたいへん喜んでいます。それに、われわれはこの谷間でいいことをたくさんしている」

ジョーは説明を求めて顔を上げた。

「この郡では最大の雇用主の一つなんですよ。地域社会に大金を落としているし、トップレベルの医療機関を維持できるようにさらに多額の寄付もしている。そして初めての大自然を体験できるように、毎年スラム地区の子どもたちを招待しています」

ゴードンは興奮した子犬のしっぽのように鉛筆でデスクの上をたたいた。「ですから、ゲストの一人が失踪するなんてことにはどれほど困惑させられるか。そして、あの事件のせいでうちの最大の海外マーケットでマスコミが騒ぐなんて。あなたがこの事件を解決してくれるというなら、永遠に感謝しますよ。そしてかならずアレン知事に謝意をお伝えします」

「従業員二百五十人というのはたいへんな数だ」ジョーは言った。「どうやって身元を調査しているんです？」

「徹底的にやります」ゴードンは答えた。「わたしが働いたことのあるどこのリゾートよりも徹底的に。一人一人が第三者からの推薦状を提出しなければならず、そのあと二回の人物調査を受けます。パスしたら、かなりきびしい接客訓練が待っている。われわれはベスト中のベストを採用するんです。娘さんのシェリダンみたいな」

ジョーは誇らしさで顔を赤らめたが、任務から気をそらすまいとした。

「劇的な事件がまったくないというわけじゃないんですよ」ゴードンは思い出したように微笑した。「国中から来た二十代の独身者二百人あまりを採用して一ヵ所に集めておいて、なにも起きないはずがない。六月が従業員の最初の恋の季節で、それは避けられません。七月の初めに多くが破局する。いくらかは続く。人事部門はその時期を〝馬車は進みゆく〟と称しています」

ジョーは微笑し、それからシェリダンとランス・ラムジーのことを思って眉《まゆ》をひそめた。

「わたしの前に事件を調べて従業員を疑った者はいません」

「われわれも疑っていませんよ。こちらも独自で内部調査をしました」

ジョーは目を上げた。「あなたがたの結論は？」

「結論としては、ケイトが牧場を出たあとなにかが起きたということです。そして彼女の身になにが起きたとしても、ここでの一週間とはなんの関係もない。

ここは従業員が出勤してシフトをこなして家へ帰るような、ふつうの職場じゃないんです。シーズン中は一つの大きな家族みたいなものだ。一ヵ所にとどまって力を合わせてけんめいに働き、二十四時間、七日間一緒にいる。牧場のどこかで起きた出来事はその夜のうちに全員に知れわたります。秘密などありえない、というのがわたしの言いたいことです。もしスタッフの一人がケイトと不適切な関係になっていたら、全員が知っていたでしょう」

ゴードンは身を乗りだして声を低めた。「では、われわれの仕事のしかたを少しばかりご説明しますよ、ここのだれかを疑うのがどれほどばからしいか、あなたにもよくわかる」

「お願いします」ジョーはうなずいた。

ゴードンは続けた。「大多数のリゾートと違って、われわれはゲストと交流してふつうの人々と同じように接するよう、従業員に推奨しています。最初の三日間、ゲストは驚くがやがてその目的が全員をくつろがせることだと理解してくれる。九十五パーセントがそうです。ゲストはうちのスタッフの存在を楽しみ、ときには夕食に招く。ときにはオフシーズンに自分たちを訪ねてくるように招待することさえある。断われと指示したりはしません。ただ、どんなつきあいもぜったいに一線を越えさせないようにしている。たとえばゲストと乗用馬係、ゲストと釣りのガイドとの関係ですね」

「ではそういうトラブルは一度もなかった？」

「ここの乗用馬係は美人ぞろいです。娘さんを含めてね。男性のゲストが誘いをかけるのではと思われるのはわかります。だが、乗用馬係は強く結びついたグループでたがいを気にかけている。一緒に教会にも行きます。そのたぐいの誘いを受けいれたりしません」

「そういうトラブルは一度もなかったんですね？」ジョーは重ねて聞いた。

「きわめて稀《まれ》です」ゴードンは言った。「そういう場合、スタッフはただちに解雇される。わたしがここへ来てから一、二回あっただけです。清掃主任と釣りのガイドを解雇した」

「従業員とケイトのあいだにはそういったことはなにもなかった？」

「ぜったいにありません」ゴードンは激しく鉛筆をたたきつけたので手から飛びだし、拾わなければならなかった。「シーズン中は毎朝確認している」

ジョーはメモ帳に〈毎朝確認〉と書き、ゴードンはそれに目を留《と》めた。

「ゲストの朝食中に、スタッフ全員が集まってブリーフィングをします。その日のスケジュールを話しあうが、ゲストの満足度合いについても率直に意見交換します。それぞれのゲストの欲求を分析する心理学者みたいなもので、ゲストには満足して帰っていただきたい。だが、問題のあるゲストについても検討する――ちらほらいるんですよ――そしてどう対処するか考える。もしケイトになにか問題があったら、われわれは知っていたはずだし対処していた。しかしこちらの調査では、ケイトはスタッフのあいだでとても人気が高かったんです。乗用馬係主任のランス・ラムジーが彼女ともっとも多くの時間を過ごしましたが、彼が言うにはケイトはこの牧場に夢中だった。とくに乗馬に」

ジョーは尋ねた。「女性が一人でここで一週間過ごすのはめずらしくないですか？」

ゴードンはうなずいた。「一般的ではありませんが、毎年二、三人はいらっしゃいますよ。ゲストのほとんどは家族連れです」

「ほかの一人客が来たときに妙なことが起きたりは？」

「もちろんありません。みんな無事に帰宅している」

きっぱりとした口調だったが、ゴードンのまぶたがぴくりとしたのにジョーは気づいた。なにかあるのだ。ジョーはゴードンが続けるのを待ったが、なにを思ったにしろ支配人は口にしなかった。

そこで彼は促した。「一人で来るゲストに共通する個性や家庭環境はありますか？　これを聞くのは、あなたがたはゲストについて多くを知っているからです」

「そうですね」ゴードンの首筋が少し赤らんだ。「われわれは知っているし、共通点はありますよ」

そう言って、支配人は椅子を引くとデスクの右側の引き出しを開けた。フォルダーをとりだし、デスクの上に置いた。

「全員が英国人女性です」ジョーと目を合わせずに言った。「成功した英国人女性で、たいていがケイトのような専門職についている。結婚している人もいるし、していない人もいる」

ジョーは眉を吊《っ》りあげて興味を示した。

「これがわれわれのマーケットへのＰＲ方法です」

ゴードンは〈シルヴァー・クリーク牧場案内パンフレット〉をすべらせてよこし、ジョーは手にとった。分厚い紙に印刷されており、ジョーはめくってみて風景写真のクォリティの高さに感心した。深いオレンジ色の西部の夕日、大きな空、乗馬やフライフィッシングに興じるゲストたち。シルヴァー・クリーク牧場のウェブサイトや盗まれたファイルで前に見たものも多いが、写真がきわめて雰囲気があって巧みに撮られていることに驚いた。

「そしてこちらが、英国のマーケットでうちの限定ツアーの責任者が牧場の宣伝に使うものです」ゴードンはファイルから光沢紙のパンフレット二種類をとりだした。

ツアー責任者が〈西部の夢〉と名づけた一冊目のパンフレットの表紙は夕日や乗馬ではなく、カメラに背を向けてフェンス沿いに並んでいるカウボーイたちのほの暗い写真だった。彼らはアリーナの中にいるロデオ・ライダーを見ているのだとジョーは気づいたが、ライダーそのものは写っていなかった。

はっきりと写っているのはタイトな〈ラングラー〉ジーンズをはいた十一人の臀部《でんぶ》だった。パンフレットをめくっていくと同じような写真がほかにもあった。馬上の若くいかつい乗用馬係、年上の女に見つめられながら腹帯で鞍を固定しているカウボーイ、カメラのほうに向かって馬の群れを誘導する悠然とした乗り手。

「異なったアプローチですね」ジョーは言った。

ゴードンはいささか恥ずかしそうな笑みを浮かべた。「ある種の英国人女性はアメリカの家族連れとは違う理由でここへ来るんですよ。うちの英国のツアー責任者はそれに気づいて直接そういう客層にアピールしている。一部の女性は本気で若いカウボーイたちと身近に接したいと思っているようです」

そういう現象はジョーもいくらか知っていた。彼の本拠地に近いビッグホーン山脈にある観光牧場でも、同じことが言われている。じっさい、水曜の夜——毎週のアクティビティの一環として近隣の観光牧場がゲストを町に連れてくる夜——ジョーがサドルストリングの〈ストックマンズ・バー〉にいたときのことだった。観光牧場のゲストである一人旅の五十代の女が——じつは英国人——〈クアーズライト〉数本と〈ジムビーム〉数ショットで若いカウボーイを誘惑し、一緒にバーを出ていくのを見た。カウボーイの若さと女の強引さに、ジョーは驚いたものだ。

それに、観光牧場の年上の女性客の気を引いて金を巻きあげるためだけにウェスタンウエアを着た、東部出身のえせカウボーイ二人に出会ったこともある。

「たんなるマーケットの特定分野ですよ」ゴードンはどこか弁解じみた口調で言った。「さまざまなマーケットにはさまざまな特定分野がある。われわれはゲスト全員に同じ体験をしてもらうのであって、不適切なことはなにも提供しない。だが、しかたがない部分もある」

「ではケイトは男性目当てだったんですか？」ジョーは聞いた。

「そうだったという情報は耳にしていません。そうならわかっていたはずだ。ランスかシェリダンと話していただいてかまいませんよ。滞在中、二人がおもに彼女と一緒に時間を過ごしていました」

「女性乗用馬係にケイトはがっかりしていました？」

ゴードンは笑った。「そんなそぶりは見せなかった。ゲストの牧場体験がまだ新鮮なうちに、最後の滞在日にアンケートに応じてもらっているんです。よかったらケイトのアンケートをお渡ししましょう、ほかの捜査官にも渡しましたから。ケイトは乗用馬係の性別に触れてさえいなかった、ほんとうですよ。唯一のコメントは乗用馬係はみんなすばらしかったというものでした」

「ケイトの妹のソフィとビリー・ブラッドワースに会いました?」

ゴードンは思わず顔をひきつらせた。これも暗示的だ。

「残念ながらね。ここへ来て、そのあとうちのメンテナンス・スタッフが彼らの車を雪の吹きだまりから引きだしてやったんです。二人は嗅ぎまわっていたんでしょうが、それは認めたがらなかったようだ。

お姉さまのことをどれほど残念に思っているか、ソフィにお伝えしました。彼女は誠実な人に見えた。だが、あのブラッドワースというやつは」

「彼がどうしたんです?」

ゴードンはすわりなおして腕組みをした。「ここに滞在したことのある有名人の名前を教えろと、わたしに迫ったんです。あまりにしつこくて、無礼だった。しかし、名前の一つだって教えませんでしたよ。ブラッドワースがじっさい泊まったことのあるゲストを挙げてみせても、わたしは認めなかった。やつは安っぽいタブロイド紙のためにセンセーショナルなネタを探している厄介者だ」

「容疑者を突きとめたと言っていませんでしたか?」ゆうべのソフィの携帯の写真を思い出して、ジョーは聞いた。

「いや。だが、ブラッドワースはケイトの失踪がわたしやこの牧場のせいだと思っているような態度だった。ここが彼女を誘いこんで誘拐されるように仕組んだとでも言いたげでね。牧場をずっと〝優雅〟と形容していた、それが悪いことみたいに。自分自身の階級にコンプレックスを持っているせいじゃないですか、わたしに言わせれば」

ゴードンは英国風のアクセントで続けた。「『ホームレスが飢えているというのに、どういう人たちがここのような優雅な場所に来る余裕があるんですかね？』こんな感じでしたよ」

「あなたは彼になんと？」

「すぐにあの二人を追いだしました。お相手しているひまはない。それから警備員を呼んで、彼らがこれ以上建物の写真を撮らないようにお送りしろと命じました」

「なるほど」

ゴードンはまた腕時計を確かめた。「ほかになにかありますか、ミスター・ピケット？」

ジョーはメモにざっと目を通した。ゴードンは出かけたがっている。

「宿泊名簿にケイトは〈FIT〉と記されている。どういう意味ですか？」

「〈外国人の個人客《フオーリン・インデイヴイジユアル・トラベラー》〉を指す業界用語です。彼女はツアー責任者を通じて直接予約した。団体の一人として来たのではない。そういう意味です」

「ありがとう。〝グランピング〟とはなんですか？」

「魅力的《グラマラス》なキャンピングですよ。ゲストはテントやティーピーに泊まりますが、牧場のロッジの快適な設備や一流の食事を楽しめる」

ジョーがとまどって顔を上げると、ゴードンは肩をすくめた。「最近の流行《りゅうこう》です」

ジョーはホワイトボードのほうへうなずいてみせた。

「〝風力発電プロジェクト〟とは？」

「〈バックブラッシュ〉の重役たちから牧場の敷地にタービンを五十基建設しないかという提案を受けたんです。このリゾートを環境に配慮したものにする一つの方法として、売り込みにきた——そうすれば時流に敏感なゲストにアピールできると言ってね。一理あるが、われわれは怪物のような巨大なタービンが建てば景観が損なわれると考え、断わりました。それでも彼らはあきらめたわけじゃない。この冬、〈バックブラッシュ〉の車両がこっそり敷地のそばをうろついていると報告を受けています」

「興味深い」ジョーは言い、話題を変えた。「ＳＰ[2]というのはどの従業員です？」

「シェリダン・ピケットです」ゴードンはめずらしく微笑した。「あなたは彼女をご存じですね。スティーヴ・プリングルはうちの料理長で、彼がＳＰ[1]」

「出入り業者ですが、どうやって選んでいます？」

「セレブの結婚式といった行事に直接かかわるのでなければ、選んではいません」ゴードンはためらいながら答えた。「販売業者や建設業者をいちいち調べるのは不可能なんですよ。考えてみてください。食料納入業者、技術者、建設会社、それに大規模牧場の運営に関係するあらゆる専門的な人々。気が遠くなるような作業だ。だが、出入り業者はゲストとのつながりがほとんどないか、まったくありません」

「あなたが話したＤＣＩの捜査官は、出入り業者二つに補足の事情聴取をするつもりでした」ジョーはメモにある名前を見た。「ブレイディ・ヤングバーグとベン・ヤングバーグ、そしてジャック・トイブナーとジョシュア・トイブナーの聴取を考えていた」

「蹄鉄工《ていてつこう》の兄弟と養魚場の親子ですね」ゴードンはうなずいた。「なぜ聴取するのか、わかりますよ。わたし自身は彼らのことをよく知らないが、こちらで内部調査をしたときに名前が挙がった。われわれは話を聞きませんでしたが」

「ゆうべヤングバーグ兄弟に会いました。もう少しで西部流の展開になるところだった」

ゴードンは理解できずに、目を細めてジョーを見た。

ジョーは尋ねた。「出入り業者全員のリストをいただけますか?」

ゴードンはため息をついた。「いいですよ。二ヵ月前に更新したリストがある。ニール保安官とＤＣＩの捜査官にも渡しました。言ったように、こういう質問には前に全部答えているんです」

支配人は立ちあがってオフィスを出ると、受付係にリストのプリントアウトとケイトの出口アンケートのコピーを頼んだ。

そのあいだにジョーは制服の胸ポケットから携帯を出して室内の写真を何枚か撮った。とくに、ホワイトボードに書かれたタスク・リストを撮っておきたかった。ゴードンがなにか

隠していると は思わなかったが、徹底的に確認したかったのだ。

管理棟のフロントポーチでジョーが〈ステットソン〉をかぶったとき、ゴードンは腕を振って下に広がるシルヴァー・クリーク牧場を示した。

「夏にごうんになるべきですよ。すばらしいところだ」

「いまでもかなりのものです」

「ここにいるあいだに娘さんと会うんでしょう?」

「ええ」

「きっとアリーナにいますよ。彼女は優秀だ。あなたと奥さまは誇りに思うべきです」

「思っています」

「彼女のような人材があと百人いたら」ゴードンは首を振った。「さて、申し訳ないがもうデンヴァーに向かわないと」

そう言って彼は四輪駆動のATVに乗ると、雪を蹴散《けち》らして従業員用駐車場へ去っていった。

ジョーはシェリダンを見つけたかった。ランス・ラムジーもその場にいたら好都合だ。

しかし、ニール保安官とDCIのウィリアムズ捜査官がすでに調べたところを、自分はなぞっているだけのような気がしてならなかった。

なくなったファイルとソフィの携帯でちらりと見た写真を別にすれば、まだ進展はない。

同時に、明白ななにかを見逃しているという考えを振りはらえなかった。それがなんなのか、わかりさえすればいいのだが。

16

ネイト・ロマノウスキにとって、トイブナー養魚場はけさサラトガを出て以来目にした二番目に奇妙な光景だった。そしてそこは風変わりで不似合いではあっても――なにもない辺《へん》鄙《ぴ》な場所にある養魚場――一番目の奇妙さとは比較にならなかった。

ジョーと朝食をとったあとサラトガから車で北上し、やがて凍結した州道を降りた。そして遠くのスノーウィ山地へ向かってヤマヨモギにおおわれた広大な平原をまっすぐ東へ続く、改良工事された砂利道を走った。こういう道のほうが体になじんでいる。

ネイトは四輪駆動のＧＭＣユーコンＸＬを運転していたが、吹きだまりは朝のうちに除雪されており、路面はきれいで走りやすかった。だれかが――郡ではない、それは確かだ――大金を出して過酷な条件に耐えるこの幅の広い道路を造ったのだ。

しかし、地平線を独占しているのは山ではなかった。何百もの白い風力タービン。紺碧《こんぺき》の空を背景に回転するブレードは、流れる雲を駆りたてているようだ。

タービンがあまりにも高く巨大だったので、〈バックブラッシュ風力発電プロジェクト〉に着くまでに予想の二倍の時間がかかった。近づくにつれて、ネイトはそのスケールに圧倒された。建設のさまざまな段階にあるタワーが見渡すかぎり広がっており、コンクリートの各基台を道路がつないでいる。プレーリードッグが地下に作る広大で複雑な巣穴のようだ、と彼は思った。ただし、上下がさかさまだ。

タービンのほとんどはすでに稼働しており、一ヵ所にこれほど多くあるのを見たのは初めてだった。だが、彼を圧倒したのは稼働しているタービンの数ではない。これは完成予定のプロジェクトの十分の一にすぎない、という事実だった。

網の目のように張りめぐらされた道路を、車両や重機が一ヵ所から別の場所へとタービンの部材を運んでいる。平台型のトラクタートレーラーにのったブレード一枚の大きさが、車両を小さく見せている。

ネイトはプロジェクトについて読んでいたが、この目で見て初めてほんとうに理解した。

――世界一巨大な風力発電施設

――風力発電基地として最大の二千エーカーの敷地に千二百五十基のタービン

――つねに風力6から7の風が吹くロケーション
――各タービンが三メガワットを発電
――その電力は市場の需要の結果ではなく、連邦税制優遇措置と州および地方自治体によって課せられた義務の産物である。義務とは、電力の相当部分を、従来の発電方法より高価とはいえ、太陽光と風力を含む再生可能なエネルギー源から得るべしというもの
――完成すれば、プロジェクトは送電網を通じてカリフォルニア州の百万の住宅に電力供給可能
――また、石炭産業が閉山している郡において本施設は建設面で何百人もの高給の雇用を創出している

ネイトは道路を進み、八百メートルほど先が鎖を渡した高いゲートで封鎖されているのを目にした。稼働しているタービンに近づくにつれてユーコンの車内の気圧が変化するのを感じた。頭と肩に圧力がのしかかってくるようだ。ヤマヨモギを抜ける風の音が、回転するブレードの低いうなりに変わった。亜音速のシューシューという音はネイトの胃を締めつけた。

彼はゲートの掲示に従って手前でブレーキを踏み、停車した。フェンスの向こう側にはトレーラーハウスがあり、そこから一人の男が分厚いパーカのジッパーを閉めてフードをかぶ

りながら出てきた。突進するような歩きかたから、侵入者に腹をたてているのがわかった。

男がフェンスに設置されたユニットにキーカードを通すと、歩行者用ゲートが開いた。フードをかぶっているので、ネイトには彼の顔が見えなかった。パーカの胸には〈バックブラッシュ警備〉と刺繍《ししゅう》がある。警備員はユーコンをまわりこんでネイトの車のナンバーをクリップボードに書きとめてから、運転席側の窓に近づいてきた。ネイトが窓を下げるまで、そこに立っていた。

「ここは私有地で、あんたは業者リストにない。なにか用か？」男は聞いた。フードは長く円錐形《えんすいけい》なので、ネイトに見えるのは黄色い歯と黒っぽいゴムのような唇《くちびる》だけだ。「〈ヤラク株式会社〉っていったいなんだ？」

「タカ狩りの営業をしている」

「タカはどこにいる？」

「おれの本社さ。車に乗せて走りまわったりしない」

「タカねえ？」

「ああ。ここのタービンがめった切りにするような」

「なんの話かさっぱりわからない」

「そうだろうな」

「苦情があるなら、ボスたちに申し立てろよ」

「苦情はないが、探せばきっと見つかるだろう」

「だったらここでなにをしている？」

ネイトは右側に、次に左側に続く高いフェンスを横目で見た。フェンスはどこまでも続き、両方向で視界から消えていた。

「トイブナー養魚場へ行きたいんだ。地図だとこの真正面だ。しかし……」

「するとあんたは、真冬に養魚場を探しているタカなしの鷹匠《たかじょう》ってわけか」警備員は皮肉な口調で言った。

「そうだ」

「以前はそこまで道があったが、いまあんたが行けるのはここまでだ。その地図は古いんだよ」警備員は漠然と北を指した。「ぐるっとまわらないと」

「どのくらいかかる？」ネイトは尋ねた。

警備員のパーカは厚かったが、肩をすくめたのがわかった。

「さあな」彼はトレーラーハウスへ戻ろうとした。

「ご親切にありがとう」ネイトは後ろ姿に呼びかけた。「あんたのようなコミュニケーション能力にたけた人間が明かりをつけてエアコンを動かす手助けをしてくれるから、電力がどこから来ているのかまったく考えずにすんで、カリフォルニアの人たちはいい気分だろう」

警備員は足を止めて振りむいた。フードの先端が銃口のようにネイトのほうを向いた。

「そいつはいったいどういう意味だ？」

ネイトは車の窓を閉めてバックした。見たかったものは見たし、それは彼の最悪の不安を裏付けた。怒りが湧きあがり、ハンドルを握る手にいつのまにか力がこもって指の感覚が失《う》せてきた。

ネイトの陰謀論の重要なピースの一つがいまぴたりとはまったことを、警備員は知らない。そしてジョーもまた知らない。


ふたたび東へ向かう道を探すために、金網フェンスと並行している側道を走って〈バックブラッシュ・プロジェクト〉を迂回《うかい》するのに二時間かかった。運転中、ネイトは窓を横目で一瞥《いちべつ》して〈バックブラッシュ〉をさまざまな角度から見た。西へ向かう送電線は建物から建物を経由して地平線を越えて見えなくなっている。午後の冬の太陽が反射している送電線は、カリフォルニアへと打ち寄せる凍った鋼鉄の波のようだ。

これほど広大な人工の設備を目にしたのはおそらく初めてで、彼は自分が小さくなったような気がした。

自然の中で自分を小さく感じるのは貴重な経験だとネイトは思っている。千の風車の横で小さく感じるのは屈辱だ。自分が王なら、〝環境に配慮した〟エネルギーを要求するカリフォルニアの政治家全員と、〈バックブラッシュ〉の作る電気を利用している住民全員に、電気を送ってくるこの巨大な基地を見にこいと命じるだろう。フェンスで囲われた敷地の周囲を歩かせ、野生動物の移動路の上に〈バックブラッシュ〉が建てたフェンスの中を見させるだろう。そして懲罰のようなシューシューという音を防ぐ耳栓をつけることは許さない。

自分が王でなくてよかったな、と思った。

トイブナー養魚場はありそうもない場所にあった。川や渓流のそばではなく、いちばん近い舗装道路から二十キロ以上離れたヤマヨモギと雪におおわれた段丘に、長い金属製のいまにも倒れそうな建物がごちゃごちゃと造られていた。敷地内には一本の木もない。

建物群は何十年もかけていまの姿になったように見えた。長い金属製の建物以外にあるのは、二階建ての家、車両が並ぶ大きな金属製納屋、そして屋外便所らしきもの。ネイトは轍《わだち》の道で速度を落として停車し、助手席に置いてあった地形図をとってここで間違いないと確認した。養魚場に行くために〈バックブラッシュ〉を迂回しなければならなかったので、忍耐力が尽きかけていた。

冠雪したエルク山が向こうの平原にそびえたち、東の空を独占している。高高度の風が山頂の新雪を舞いあげて運び去っているので、頂上で細い旗がたなびいているように見える。養魚場へ続く段丘の轍の道の雪も風がだいぶ吹き飛ばしていたが、路面をふさぐいくつかの吹きだまりを通りぬけるために、彼はＧＭＣユーコンを四輪駆動にしなければならなかった。

養魚場のオーナーたちは〈バックブラッシュ〉のように道路のメンテナンスはしないのだ。

養魚場へ近づくと、建物の一つから男が出てきて別の建物へ向かうのが見えた。風に身をかがめて速足で歩いている。ネイトのユーコンが道をやってくるのを見て、男はハッとして足を止めた。そのあと駆けだしていちばん長い金属製の建物へ消えた。ネイトの到着に怯《おび》えたかのように。

うしろめたいところのある人間の行動だ。おかしい。

ネイトはアドレナリンがあふれだすのを感じた。五感がとぎすまされ、地上のウサギに狙いを定めた六百メートル上空のタカのように五つの建物に狙いを定めた。

ケイトはあの建物のどれかに閉じこめられているのか？

だれの頭もかち割るな、雲行きがあやしくなったらいったん手を引け、というジョーの警告は覚えている。

かまうものか、とネイトは思った。

ゆっくりと養魚場へ入って前庭を家に向かった。納屋には運転台の後ろに丸いプラスティックのタンクを積んだトラックが並んでいた。タンクの中身は私有の池や湖へ運ぶ水と養魚だろう。だが、どの車もしばらく使われていないのは一目瞭然だった。戸口の開いた納屋の前のナイフのような吹きだまりが片づけられていないからだ。

家の玄関ドアの横の手書きの掲示にはこうあった。

トイブナー養魚場事務所
ベルを鳴らしてください

ネイトはユーコンを降り、防風のためと武器を隠すために厚手のコートのジッパーを閉めた。風は強く、小さな氷の結晶がまじっていて顔がちくちくした。この場所は養魚場より風力発電基地に適している、と思った。

ベルを押して待ち、もう一度押した。反応がなかったので、試すとドアはロックされていなかった。

中の大きな部屋のあちこちに、プラスティックの桶《おけ》型容器と棺《ひつぎ》大のコンクリートのタンクがある。水が泡立つ音が聞こえ、湿っぽい土のような臭いがする。魚の餌だろう。

「だれかいるか?」

ネイトの声が室内に響いた。

タンクに沿って歩き、中をのぞいた。何千匹もの小さな銀色の魚が、一つの生命体のようにさっとネイトから遠ざかった。

「なにか用か?」

ネイトは振りかえり、銃が必要になった場合に備えて本能的にジッパータブに手をのばした。五十代終わりか六十代初めのずんぐりした男が、部屋の隅にある小さなオフィスのデスクの向こうで立ちあがった。男はよごれた作業服を着てひざ丈のゴム長靴をはいていた。頭が大きく、話すと頰《ほお》の垂れた肉が震えた。

「ベルを押したんだが」

「壊れているんだ」

「そうだと思った」

「あんた、水産検査員か？」

ネイトはとまどった。水産検査員？

「水産検査員じゃないな？」

「水産検査員に見えるか？」

「なにに見えるかは知らん。魚の買い付けにきたのか？」

「そんなところだ。説明してもらえるか？」

男は大きく息を吸った。「おれはジャック・トイブナー。ここの持ち主だ。おれたちは五つの州にある百近い池や湖に釣り用のマスを卸《おろ》している。レインボートラウト、ブラウントラウト、カットスロートトラウト、タイガートラウト。ここは孵《ふ》化《か》室《しつ》だ。あんた、なにか買うつもりか？」

「もしかしたら。だが、小さすぎるな」

「ここにいるのは稚魚だよ」トイブナーは言った。「今年の夏には五センチから八センチ程度に育つ、そうしたら水路に移す。一年のうちに在庫として充分大きくなる。そのあいだに、ここでまた孵化のプロセスを進めるんだ。少し時間がかかるのはわかるだろう、だから注文したいなら早いほうがいい。なんなら、いまでも。そうでないと、タイミングよく仕入れられない」

ネイトはうなずいた。ジャック・トイブナーは魚のセールスマンとしては妙に堅苦しく、愛想がない。

「水はどこから引いているんだ?」ネイトは聞いた。

トイブナーはコンクリートの床をブーツの底でたたいた。「あんたは水源の上に立っているんだ。おれたちは真上に養魚場を造った。春には一分に二千五百ガロンの水が湧く。きれいな水さ、湖や池から来るのとは違う。ほこりの微粒子やバクテリアはない。だからうちの魚は丈夫なんだ」

「ここを二人でやっているのか?」ネイトは尋ねた。「車で近づいたとき外にだれかいるのを見た」

「息子のジョシュアだ」

「怯えたみたいに走っていったが」

「おれと同じく水産検査員が好きじゃないんだ。州政府や連邦政府の役人もな。ああいうばかどもは、なにかおかしいと思うものを見つけるとすぐに養魚場の閉鎖を命じる。あいつらのやりかたをおれは信用していない。あいつらはうちの水や稚魚のサンプルをとっていくが、どこかほかの養魚場の魚と交差汚染させてこっちに責めを負わせるんじゃないかと心配だよ」

「おれは水産検査員じゃない──」

「違うと思った。バイヤーか？」

ネイトがいい答えを思いつく前に、ドアが開いてさっき見た男──きっとジョシュア──が入ってきた。ジョシュアは父親からネイトに視線を移し、また父親に戻した。

「なにをしている？」彼は尋ねた。

「魚の話をしているんだ」ネイトは答えた。

「魚？」ジョシュアはしたりげな口調で言った。「魚だけか？」

ジョシュアはとがったワシのような顔立ちと薄情そうな細い目をした、ひょろ長い体つきの男だった。離れた場所からでも、魚の餌のつんとくる臭いがしていても、彼の服からマリファナの臭いがするのがネイトにはわかった。

「冬を越すあてを探しているのか？」ジョシュアはネイトに聞いた。「だからここに来たんだろう」

ネイトはかすかにうなずいた。いまわかった。ジャックの奇妙で控えめな態度も、自分を見たときのジョシュアの行動もこれが理由だったのだ。

「まず自分が買うものを見てみたい」ネイトは言った。

「出ていく前に」ジョシュアが入ってきたドアを示してジャックは言った。「聞かなくちゃならないことがある。あんたは法執行機関の人間か？」

ネイトは彼に向きなおった。「違う」

「州か連邦の組織と関係があるか？」

「ない」

「証明してみろ」

ネイトは視界の隅で、使われていないコンクリート・タンクが二人のあいだになるようにジョシュアが動くのを見た。タンクの中になにがある？　銃か？

「どうやって証明する？」ネイトは尋ねた。警官に間違われたことは一度もないから、ジャックの思いつきにすぎないのだろう。

「あんたの身体検査をする」ジャックは言った。

「そうはさせない」

ネイトはコートのジッパーを下げて前を開き、四五四カスールのグリップが見えるようにした。「ジャック、おれに手をかけたらおまえにとって最悪の日になるぞ」

そしてジョシュアに顔を向けた。「おまえもだ」

タンクの内側に手を入れたり怒ったりせずに、ジョシュアはにやりとした。

「彼について心配する必要はないよ、おやじ。来ると思っていたんだ」

ジャックはうなずいた、
ネイトは思った。そうなのか、か？

「ついてこい」ジョシュアは言った。


「おやじはすぐ神経質になるんだ」いちばん近くの長い金属製の建物へ前庭を横切りながら、ジョシュアはネイトに言った。「だれも信用しない」

「責めないよ」ネイトは言った。ジョシュアの厚い〈カーハート〉のパーカの右側の裾《すそ》が左側より下がっていることに、彼は気づいた。銃が入っている。

「ジャックは水路のことを言っていたが」ネイトは言った。

「成魚を育てている場所をそう呼んでいる。見せるよ」

ネイトはジョシュアに続いて戸口から建物の中へ入った。長い開《ひら》けたスペースで、水が流れているレーンが六本あった。それぞれの水路にマスがいっぱいおり、水が流れてくる方向を向いていた。底から上がってきて背びれを水面からのぞかせるマスもいた。

水路のある建物は寒く、臭いは孵化室よりもはるかに強かった。

「あんたはもう来ないいんじゃないかと思いはじめていた」ポケットから短く太いパイプとマ

リファナの袋を出しながら、ジョシュアは言った。パイプに火をつけて深く吸いこんでから、ネイトにさしだした。

ネイトは吸い口をぬぐってから深くひと吸いした。警官ではないと証明するテストだとわかっていた。

ジョシュアはあきらかに自分を別のだれかと間違えている。ネイトはそのまま芝居を続けることにした。

たちまちマリファナの効果が感じられた。

「上物だろう?」ジョシュアは言った。

ネイトはうなずいた。

「以前栽培していたんだが、市場が干上がってね。魚の糞《ふん》はすばらしい肥料になるんだ。だが南側のコロラド州が大麻を合法化してから、客はみんなそっちへ行くようになっちまった」

ネイトは水路のほうを示してゆっくりと肺から煙を吐きだした。「冬場は凍るものだと思っていた」

「いいや。水源からの水は夏も冬も七度くらいなんだ。魚が健康で餌を食うには最適の水温だ。それより低いと成長が遅くなる。高いと不活発になる」

「だったらなぜ上をおおうんだ?」ネイトは屋根を指した。

「魚を食いたがる動物を寄せつけないためだよ。ミンク、アライグマ、アオサギ、ミサゴ。

それに人間」

「人間？」

「釣竿《つりざお》を持ってここへ来るバカがどれほどいるか知ったら、あんた驚くぜ。入ってこられないように夜は建物に鍵をかけるんだが、それでも来る」

ジョシュアについて、ネイトは六本の水路をつなぐ金属格子の通路を歩いていった。産卵の時期以外は雄《おす》と雌《めす》を別々の水路に分けていることや、ブラウントラウトとレインボートラウトが成魚になるには二年から三年かかることをジョシュアが説明しているあいだ、ネイトは上《うわ》の空で聞いていた。水路の一つには繁殖用に使う大きな六十センチクラスのマスだけが集められていた。

通路は建物の端の鋼鉄のドアに続いていた。

「さあ、この先で魔法が見られる」ジョシュアは言った。「おれたちがどうやって冬を越すかわかるよ」

ネイトが後ろで待っていると、ジョシュアはポケットから鍵を出してロックをはずした。ドアを開ける前に、彼はにやりとした。

い、い、い、ケイトが中にいたらどうする？　ありそうにないが、しかし……

中からの臭いはペンキの希釈液とアンモニアが混じったもので、あまりにも刺激が強かったのでネイトの目に涙が浮かんだ。

そして二人はトイブナー・メタンフェタミン・ラボに入っていった。

室内はコンクリートでできており、窓はなかった。中央には五十五ガロンのドラム缶がいくつか、作業台には耐熱ガラス容器、密閉式ジャー、巻かれたホースが置かれている。ドラム缶のそばには青い真鍮《しんちゅう》のバルブがついた丈の高い無水アンモニアのガスボンベがあり、隅には漉《こ》すために使われた赤いしみのあるベッドシーツがたたんである。臭いがものすごく、それに気づいたようにジョシュアは排気用のファンのスイッチを入れた。

室内の空気がきれいになるまで、ネイトは開いたドアの外に下がっていた。

「ここにあるのは上質のメタンフェタミンを作るための完璧な装置だ。おやじの工業用化学品の取引先を通じてプソイドエフェドリンを手に入れた。養魚場を汚染から守るためにおやじはいろんなものをたくさん買っているからな。魚の臭いがメタンフェタミン製造の臭いをごまかしてくれるから、ドアを閉めておきさえすれば、どんなに賢いおまわりも水産検査員も気づかない」

ジョシュアはまたパイプにマリファナを詰めて火をつけた。

「去年は製造量を二倍にしたんだ、だからまたやれる。供給量の心配をする必要はない」

「それじゃ、このあたりに客は大勢いるわけだな?」ネイトは聞いた。

「ああ、もちろん」ジョシュアはにやっと笑った。「おやじが魚を配達するときにおれも同行して、牧場従業員とかにブツを売る。このあたりにヤク中カウボーイがどれだけいるか知ったら驚くぜ。だが、仕事の話をしようじゃないか。縄張りの件だ」

「ああ」

「あんたには州の北半分を受け持ってほしいと思っているんだ。キャスパーから北を、ただしキャスパーはおれがとる。キャスパーは仕事にあぶれたエネルギー産業労働者であふれたたいそうな金の鉱脈だからな。おれは南部を受け持つ。だからあんたにはジャクソンホール、シェリダン、ジレット、コディがある。きっと大忙しだし、金持ちになれるぞ。ジレットも金の鉱脈だが、ラピッドシティやスタージスから来るまぬけどもと競争になるだろう。だけどおれの製品のほうが質が上だ。あんたはうまくやれるよ」ジョシュアは言った。

「そしておまえはもっと金持ちになるわけだ」ネイトは言った。

「まあそういうわけだ」ジョシュアはマリファナでハイになって笑った。

「四分の一グラム当たり五十ドルでもいけるよ、ほんとうに上物のメタンフェタミンだから。値段はまかせる――あんたの仕事にかかわる気はない。だが、あまり高値をつけすぎて客を逃がすなよ。おれなら、低い値段で始めて常連を増やしてから、じょじょに吊《つ》りあげていく。ここでその方法でやって、とてもうまくいったんだ」

「いくらだ？」ネイトは聞いた。

ジョシュアはかすかな疑念の表情でネイトを見た。「そのことはもう話しただろう。おれは四分の一グラム当たり二十五ドルで売る。一グラムなら百ドルで、あんたの値付けしだいでは百ドルを自分の取り分にできる。でなければ」ジョシュアは眉《まゆ》を上下させてみせた。

「半キロなら、話しあったように五万五千ドルだ。金は持ってきたか？」

「ユーコンの中だ」ラボで話しているあいだに本物の買い手があらわれないことをネイトは祈った。

「よしよし。ブツのサンプルがほしいか？」

ジョシュアのマリファナをひと吸いしただけでまだ頭がぼんやりしており、ネイトは首を振った。最近のマリファナの強さに慣れていなかった。

「信用するよ」

「けっこう。こいつはハイクォリティなんだ。だから金をとってこいよ、おれは半キロ分を測る。よかったら見ていていい、払った分だけ手に入るとはっきりわかる」

急いで自分の正体を明かしたくなかったのでネイトは尋ねた。「じゃあ、おまえは父親と魚の配達に出かけたついでに売人をやっているんだな。いい隠れみのじゃないか」

ジョシュアはうなずいた。

「シルヴァー・クリーク牧場にも客はいるのか？」

「あそこにも二、三人いるよ」彼はいらだったように早口で答えた。ジョシュアは金が見たいのだ。

「去年の夏にいた英国人の女を覚えているか？　金髪の？」

ジョシュアは目を細めた。「ケイトのことか？」

ネイトの背筋がぞくりとした。

「彼女がどうした？」ジョシュアは疑わしげに尋ねた。

「彼女にも売ったのか？」

「あんたいったい、いったいだれだ？」ジョシュアはさっと警戒した表情になった。「どうして彼女のことを聞く？」

彼はパーカの内側に手を入れてチャーター・アームズの九ミリ・セミオートを抜き、ネイトの鼻先に向けた。安物の拳銃でドラッグの売人のお気に入りだ。これを携行する人間にネイトはまったく敬意を感じない。映画の中のギャングのように、ジョシュアは銃をななめに構えている。これにもネイトはいらついた。

だが、この事態を招いた自分に腹がたった。頭がぼんやりしていてすばやく反応できない。

「それをしまえ」ネイトは言った。

「あんたはいったいだれだと聞いたんだ」ジョシュアは唾を飛ばさんばかりの勢いだった。

「ハーグローヴじゃないな」

「おれはネイトだ。ハーグローヴが代理で来させた」

ジョシュアは考え、とまどって顔をゆがめた。だが、銃口は向けたままだった。

「彼に電話して確かめる」ジョシュアはうなずき、どうするか決めた。「彼は別のやつをよこすとは言っていなかった。まず、あんたの武器を捨てろ」

「わかった」

「ばかなまねはするな」

「しない」

ネイトは左手で前を開け、右手をゆっくりとリボルバーのグリップにのばした。ジョシュアの視線はネイトの右手の動きを追った。しかし、相手が撃っても弾はネイトの頭をそれて背後のコンクリートの壁にくいこむように、彼が少しだけ上体を傾けたことにジョシュアは気づかなかった。

あっというまにネイトは四五四口径を抜き、構えながら撃鉄を起こしてジョシュアの右肩を撃った。密閉された部屋に銃声がとどろき、ジョシュアの体は衝撃で百八十度回転した。九ミリ拳銃は床に落ちた。

ネイトは大股の二歩で距離を縮め、ジョシュアのパーカの後ろえりをつかむと彼を引きずってラボを出た。射出口からの血で壁は赤く染まり、弾はコンクリートを貫通してO《オー》の形の穴を残していた。ジョシュアは助けを呼び、悲鳴をあげつづけたが、ネイトは繁殖用のマスの水路に飛びこむとジョシュアも引きずりこんだ。

腰まである冷たい水の中でネイトは銃をホルスターにおさめ、ジョシュアの顔を水に突っこんだ。大きなマスのほとんどは大あわてで流入口のほうへ逃げだし、水面が泡立った。長く押さえつけられたジョシュアは、パニックになって脚をばたつかせはじめた。ネイトは彼を引きあげた。右肩の傷口から血があふれて水路に流れだし、流出口へ渦《うず》を巻いていく。

「あの銃をしまえと言ったろう」ネイトは低い声で威嚇《いかく》した。

ジョシュアは空気を求めてあえいだ。「おれの腕を撃ち落としやがった」

「そこまではしていない。だが、ケイトについて知っていることを話さないと関節からねじ切ってやる」

「おれはなにも知らない」ジョシュアは訴えた。

「彼女の名前を知っていた」

ジョシュアは懇願《こんがん》のまなざしを向けた。「名前は知っていた、それだけだ。あそこで見かけて、ヤリたいと思ったよ。だけどなにもしなかった。誘いをかけたりしなかった」

「ケイトは客だったのか?」

「違う!」

「彼女がどうなったのか知っているか?」

ジョシュアがぐずぐずためらうと、ネイトは彼の頭をまた水中に沈め、恐慌に駆られたジョシュアが水面を蹴《け》りはじめるまで押さえつけていた。そして頭を引き戻した。

そのとき、水路の端の流出口に避難していた繁殖用のマスの群れが一団となってネイトの横をすりぬけ、反対端に集まっていた仲間に合流した。一匹のブラウントラウトがそばを通ったときネイトは手をのばし、力強い尾の前をつかんだ。マスは二キロ近くあった。

「彼女がどうなったのか知っているかと聞いたんだ」マスを振りあげながらネイトは言った。濡《ぬ》れた魚でジョシュアの頭の横をたたいた。

「まだこのへんにいるとバーで聞いた」ジョシュアは息を荒らげて答えた。

「だれがそう言った？」

「〈ラスティック〉で年配の男二人が話しているのを洩《も》れ聞いたんだ。だれだか知らない。ほんとうだ。おれはそのとき友だちにメールしていた――交渉していたんだ。ずっと下を向いていた」

「二人の外見は？」

「年配だ、言っただろう。おやじぐらいだ」

「彼らはだれのために働いている？」

「知るかよ、くそ」

ネイトはマスで強く彼をたたいたので魚は痙攣《けいれん》して死んだ。

「その魚で殴るのをやめろ」ジョシュアは言った。「おれはあのとき関心がなかったんだ」

「いつだった？」

「去年の秋。十月か、十一月――わからない」

「考えろ。二人について話せることは？」

「それしか覚えていないんだ」ジョシュアは訴えた。「彼女を見たことがあって、彼女は隠れているんだと二人が言ったのを聞いたと思う。でも、それが空想じゃなかったとは言いきれない。だって、あのときはブツを売る交渉中だったから」

ネイトは苦痛にゆがんだジョシュアの顔を見つめた。そのあと彼を放した。ジョシュアは水路に倒れこんで、水を吐きながら起きあがった。かなりの水を飲んでいた。だらりと下がった右腕を、左手で体に押しつけていた。

「完全に貫通した傷だ」ネイトは言った。「失血死しなければ治る。おやじさんを呼んで、消毒して止血してもらえ」

「すごく痛いよ」ジョシュアは小さな子どものような声で言った。

「そうだろうな」ネイトは答えた。

ユーコンでサラトガへの帰途についたネイトは、ようやく携帯の電波が入るところまで来た。ジョーから電話があったが、伝言は残していなかった。おそらく様子を聞きたかったのだろう。

トイブナー養魚場がバックミラーの中で遠ざかっていったとき、車高を上げたキャンベル郡ナンバーの四輪駆動車が、ネイトが行きに突破した吹きだまりの中をやってくるのが見えた。ネイトは車を脇に寄せて通し、薄いひげをはやしたとがった鼻の神経質そうなやせた男が運転しているのを見た。

「悪いな、ハーグローヴ」すれちがうとき、ネイトはささやいた。

大きなブラウントラウトが助手席側のフロアマットに横たわっていた。みごとなマスで、ネイトは殺してしまったのを悔いていた。ジョーは魚料理が好きだから、夕食の献立に賛成してくれるだろう。

だが、ネイトの尋問方法にはぜったいに賛成しない。

17

ジョーが見つけたとき、シェリダンはインドア・アリーナのゆるい砂地で栗毛《くりげ》の去勢馬に乗って8の字速歩《そくほ》をしていた。アリーナは四隅にあるピックアップ大の強力なヒーターで暖房されていたが、外はひどく寒くアリーナはとても広いので、軽やかに動く去勢馬の息は白くなっていた。

鞍《くら》にまたがるシェリダンはなかなかのものだ、とジョーは思った。自分よりうまい。動きはなめらかで、手綱ではみを引くのではなく腿《もも》の締めつけかげんで馬をリードしている。父親がドアから入ってくるのを見て、シェリダンは乗ったまま帽子を傾けてみせた。ジョーは手を振った。

反対側の壁ぎわの馬房には五頭の馬がいる。三頭の背には鞍を置いた汗ばんだ跡がまだ残っている。

調教を終えると、シェリダンはジョーのそばまで来て去勢馬の足を止めた。

「さまになっているじゃないか」ジョーは誇らしく微笑した。

「ちゃんと調教して自分たちが馬だってことを忘れさせないようにするの」シェリダンは言った。「今日はもう一頭残ってる、そのあと体を拭《ふ》いてやって外に出すのよ」

「ランチはもうすませた？」

「急がなくていい」

「いや」

「午後の軽食はどう？　スープでもいい？」

「ああ。お母さんはおまえの仕事をやりたがるだろうな。エイプリルも」

シェリダンはにやっとした。次々と馬に鞍をつけて乗ったせいで、彼女の顔は紅潮していた。「あたしもそれを考えるの。ときどき悪いなって思っちゃう」

そう言うとシェリダンは舌を鳴らし、去勢馬は向きを変えた。

シェリダンの部屋はこのアリーナの二階にあった。小さなキッチン、バスルーム、布張りのソファ、それにマッチした椅子、パソコンがのったデスク。壁には家族の写真がたくさん貼ってあり、ジョーは胸がちくりとした。家で暮らしていたときの娘の部屋の状態から推測していたよりも片づいていた。

部屋の片側からはからっぽのアリーナが、もう片側からは広大な白い冬景色が見える。外では雪が陽光を反射してきらきらとまぶしく、目が痛いほどだった。

ジョーが小さなテーブルの前にすわると、シェリダンは缶詰の濃縮トマトスープを鍋にあけ、水を加えた。上着はドアの近くのラックにかけて、カウボーイブーツはぬいでいた。

「グリルドチーズ（薄切りパンにチーズなどをはさんで焼いたサンドイッチ）は？」

「いいね」彼は答えた。

ジョーがトイレを使っているあいだに彼女は軽食を用意した。以前自分のためにそうしてもらった記憶は彼にはなかった。たしかに長女はおもに休みの日にメアリーベスの料理を手伝っていたが、娘たちが子どものころはジョーがよく料理をした――とくに朝食は。役割が逆転したことをシェリダンもまた考えているのがわかった。

バスルームで、彼はちらりとシャワールームを見た――ノーブランドの異国的なヘアケア製品、ヘチマスポンジ――そして鏡になったメディシンキャビネットをじっと見つめたが、開けるのはやめた。男性用の製品を見つけたくなかったし、のぞかないのがいちばんだと思った。とはいえ、メアリーベスが同じ立場だったらきっとのぞいたにちがいない。

「ごちそうさま」スープの残りをスプーンですくって、ジョーは言った。「うまかった」

本気かどうか確かめるように、シェリダンは彼を見た。「缶詰よ」

「それでもうまかったよ」

彼女は皿を集め、自分が住んでいるのは上級スタッフ用の数少ない部屋の一つで、だれかとシェアしないですんで幸運だと話した。夏のシーズン中、ほとんどの従業員は四百メートルほど離れた寮のような建物に住み、相部屋で暮らさなくてはならない。

「ここはいいところよ」腰を下ろしてまたシェリダンは言った。「あたしが観光牧場で働く気になるなんて、夢にも思わなかった」

「そこにランス・ラムジーへの気持ちはどのくらい含まれているのかな？」ジョーは尋ねた。

「パパったら」彼女は赤くなった。

「さて、ケイトの話を聞こうか」二人のために彼は話題を変えた。

「そうね、ここに滞在中、一部のゲストはほんとうに目立ちたがるの。奇妙よ。裕福で名を成した人たちが、無名のあたしたちを感心させようとする。でもケイトはそんなんじゃなかった。周囲に溶けこんで楽しんでるように見えたの。あたしに言わせれば完璧なゲスト」

ジョーはうなずいて先を促した。

「朝はたいてい二日酔いだった」訳知りの笑顔でシェリダンは続けた。「だって英国人だから、めずらしいことじゃないでしょ。でも、間違いなく熱中してたのは乗馬だった。夢中だったの。

ゲストにはできるだけのことをしてさしあげるようにって言われてるから、スケジュール以外の時間に乗りたい人がいたら、なるべく希望に添うようにしてるのよ。七日間の終わりころには、ケイトは早朝と、ほかのゲストが馬を返したあとの夜の乗馬も希望してた」

「一人で行っていたのか？」

「それは許されていないの。方針に反するし、一人で乗るべきじゃない。ゲストの安全のためよ」

「では、おまえが同行していた？」

「二回ぐらいは。でも彼女はおもにランスと行ってた。乗用馬係主任と一緒に乗るのはゲストにとって特別なことで、彼女は喜んでたわ」

「おまえが一緒のとき、ケイトはなにか話した？」

「たいていは馬とか景色について。フライフィッシングと射撃もやってみたけど、あまりのめりこまなかったって。じっさい、話したのは彼女自身のことね。でも、一回あたしのことを聞かれた。どんなふうに育ったかとか、ママや妹みたいに馬が好きじゃなかったとか話したら、とてもおもしろがってたわ。パパが猟区管理官の仕事をしてると言っても、なんだかぴんとこなかったみたい。だけど、あたしのことはあまり話題にならなかった」

「それは変だと思わなかったのか？」

「ぜんぜん。ここでの訓練の一環よ。この場はあたしたちのためのものじゃないって、心に留《とど》めておかなくちゃならないの。スタッフの一部にとってはたいへんよ、なにしろ生まれつき自分中心だから。あたしの年ごろの子はたいてい、自分こそが主人公だと言われて育ってきた——それはわかる。でも、ゲストのためにそういう考えは脇に置いておくことを学ばないと、ここでは長続きしない」

「もっともだ」

シェリダンは笑った。「パパならそう言うと思った」

「乗馬のとき、ケイトはどんなことを話していたんだ？」

「あたしが前から聞いてたようなこと。だけどとても真剣だったわ。牧場と故国での生活が対照的だと何度も言ってた。最初は、電話もネットもないのが変な感じだったって。初めてiPhoneの電源を切って部屋に置いてきたとき、不安神経症になりそうだったとか、そういう話。

英国での彼女の生活はものすごくプレッシャーが多くて、あちこち移動するだけでもひと苦労なんだなって思ったの。牧場の自然の美しさが大好きだけれど、ゆったりしたペースに慣れるまでは頭がおかしくなりそうだったってケイトは言ってた。楽しんで全身で浸れるようになるまで——ここの人たちは自分になにも要求したりしないってわかるまで、なかなかたいへんだったって」

ジョーはうなずいた。

「一度、人生でこれほど自由だと感じたことはなかったって言ってた。こんな自由な生活ができるのがどれほどの幸運か、あなたにはわからないって言ったっけ。もちろん、ゲストがくつろいでいるあいだあたしたちがどれほど長時間働いてるか、ケイトは知らなかったのよね。

最後の二日間、ほんとうに帰りたくないって話してた。ケイトはほかのゲストよりこの場所を愛してるように見えたし、帰国について話すときは悩ましげな表情だった」

「興味深い」ジョーは言った。「なにを悩んでいたんだろう?」

「わからない。大勢のゲストが同じことを言うの。じっさい、ほとんどの人が。一部の人たちにとってここはおとぎの国で、それに慣れてしまうと元の現実世界に戻りたくなくなるのよ」

「一緒にいたとき、ケイトは特定のスタッフやゲストについて話した? だれかに興味を引かれたとか、嫌がらせをされたとか?」

「思い出せないな」シェリダンはちょっと考えた。「馬に蹄鉄《ていてつ》を打ってるときヤングバーグ兄弟が自分を見る目つきが好きじゃないとは言ってた。でも、そう言ったとき彼女は目をぐるっとまわしてたの、たいしたことじゃないって感じで。あの二人は不作法でどんな女性もあんなふうに見るんです、ってあたしは答えたと思う」

「おれたちも知っているようにな」ジョーは言った。

シェリダンは同意してうんざりした顔になった。「ゆうべパパとランスが兄弟とやりあってたら、すごいことになってたわね」

「さいわい、やりあわずにすんだ。だが、ランスがおまえのために立ちあがったのには感心したよ」

「あたしも」シェリダンは思いのこもった微笑を浮かべた。その微笑は彼女が意図した以上のものをジョーに伝えていた。

「ところでランスはどこにいる？　彼にも質問をしたいんだが」

「月曜日までには戻ってくる。休みをとって山のキャビンへ行ってるの。日曜日の午後には帰ってくるはずよ」

「キャビンは牧場の中にあるのか？」

「ううん――スノーウィ山地を三十キロちょっと上ったところ。ずっと家族で使ってて、彼はそこが大好きでよく行ってる。初夏になればあたしたちも車で入れるけど、冬に行くのはすごくたいへんで、スノーモービルを使わなくちゃならないんだって」

ジョーはシェリダンが〝あたしたち〟と言ったのに気づき、同時に彼女も打ち明けてしまったのを悟った。

「あっと」

「いいやつみたいじゃないか」ジョーは言った。「おれの娘を不当に扱ったりしない分別はあるだろう」

シェリダンは赤くなって首を振った。「パパったら……」

「ところで、おまえはケイトになにがあったと思う？　考えただろうし、ここの同僚たちと話しあっただろう」

「ご想像どおり、推測なら山ほど。たいていはもうパパも耳にしてるはずよ。道路で誘拐された、ここのスタッフのだれかが拉致《らち》した、牧場の出入り業者が狙ってて滞在後にさらった」

「みんな聞いたよ。おまえの考えは？」

シェリダンはすわりなおした。「ほんとうにあたしの意見を聞きたい？」

ジョーはうなずいた。「お母さんの次に賢い人間はおまえだ。それに、事件に対して独自の見かたができるだろう」

「さっき挙げた以外のことだと思う」シェリダンは考えながら答えた。「なんなのか、わからないけど」

「どうしてそう思う？」ジョーは尋ねたが、自分も同じことを思っていたので驚いた。

「さっきのシナリオではどれも彼女の車がどうなったのか説明がつかないから。ケイトはコロラド州のレンタカーのナンバーがついた二〇一七年製のシルヴァーのジープ・チェロキーに乗ってた。地上からパッと消えてしまうわけがない。さっきの三つの説のどれかなら、このあたりのだれかが彼女の車を見てたはず」

「これから話すことだが、秘密にしておけるか」

「もちろん」

「ケイトの妹のソフィが英国の新聞記者と一緒にこっちへ来ている。おれはゆうべ会った。そのとき二人は彼女がまだここにいると考えていると洩《も》らした——生きていると。地元の人間がどこかに閉じこめていると思っているんだ。じつは、ケイトかもしれない人物を撮った写真をおれはちらっと見たんだが、じっくり見せてはもらえなかった」

シェリダンは目を丸くした。「まさか」

「ほんとうだ」

「その二人が彼女を見つけたと思ってるなら、どうして助けにいかないの？」

「おれも同じことを考えた。これにはもっとなにかある。だが、あの記者がソフィに話をさせないんだ」

「ソフィって赤毛の？」

「ああ」

シェリダンは首を振った。「あたしは見てないけれど、支配人を困らせたって聞いてるわ。

それに帰ったあと二人の車は吹きだまりにはまって、メンテナンス部門のスタッフが助けだすのをランスが手伝ったって言ってた。牧場に不法侵入してて、雪の上での運転のしかたを知らなかったからスタックしたのよ」

「その二人だよ」

「二人はどんな車に乗ってるか知ってる?」

「いや」それは調べておくべきだった、とジョーは思った。「なぜだ?」

「おととい変な車を見て、ランスに知らせたの。ピックアップに二人乗ってて、川の向こう側からあたしを観察してたみたい。その二人だった可能性は?」

「どんなピックアップだった?」

「キャンパーシェルのついた四輪駆動車よ。薄い色だった――たぶんオフホワイトかグレー。あまりちゃんと見えなかったし、あの距離じゃナンバープレートまではむりだった」

「おれがけさ見たピックアップに似ているな」

ジョーが先を続ける前に、ポケットで携帯が鳴った。とりだして画面を見た。

「ネイトだ」彼はシェリダンに言った。「出ないと」

「ネイトがここに来てるの?」

「手を貸してくれている」ジョーは言った。「と思う」

シェリダンはパパが電話に出るのを見つめていた。うれしいと同時に落ち着かない気分だった。かつて朝食を作ってくれ、車で野外へ連れだしてくれた人が、いまは自分を対等の相手のように話している。彼女はその変化に慣れなかったし、どう感じているのかよくわからなかった。こうなっているのはいいことにも思える。自分が大人になり、パパはそれを認めているということだから。だが同時に、なにか特別なものが二人のあいだでいま失われてしまったような気がした。

それでも、きっといい方向に向かっているのだろう。

そしてランスへの気持ちをもっと話せないのをうしろめたく感じた。乗用馬係主任は彼女の太陽であり、月であり、星であること。パパが来る前に彼が慎重に自分のものをすべて部屋から持ちだしたこと。パパの来訪にびくついて、ランスが雪山のキャビンへ行ったこと。

「彼を撃って魚で殴ったとは、どういう意味だ?」パパは声を高めていた。

シェリダンは最初とまどったが、話している相手はネイトなのだと思い出した。

だれかを撃ってから魚で殴れる人間がいるとしたら、それは彼女のタカ狩りの師匠ネイト・ロマノウスキだ。どういうなりゆきかは想像もつかないが。真冬の凍った川や湖のどこで、ネイトは魚を手に入れたのだろう?

「彼が保安官を呼んだらどうする?」パパはネイトに詰問した。

ネイトがこう答えたとき、ジョーはシェリダンの視線が自分にそそがれているのを感じていた。「よせよ、ジョー。保安官になんと話すんだ？　男が来てメタンフェタミン・ラボで自分を撃ったと言うのか？　この件で法執行官とかかわるつもりは彼にはないさ」

「おれは法執行官だ」

ネイトは答えなかった。

「出血死したらどうする？」ジョーは尋ねた。

「その場合は、世界からクズが一人減ることになる」

「ネイト」

「銃の傷についてはへたな言い訳を考えて病院へ行くだろう。父親が死なせやしないよ」

「よかった」

「なあ、夕食に魚はどうだ？〈ウルフ〉で料理してもらうように頼めるだろう」

ジョーは大きく息を吸ってゆっくりと吐き、落ち着こうとした。

「あんたが拷問したとき彼が話したことを正確に教えてくれ」

拷問という言葉にネイトは鼻を鳴らした。「バーでドラッグの商売についてメールしていたとき、その年配の男二人がケイトについて話しているのを聞いたと言っていた――彼女はまだ生きていてこのあたりにいると。トイブナーは聞いてはいたが下を向いていた、だから二人の男の外見はよくわからないそうだ。そのときは自作の製品でハイになっていた」

「どのバーだ?」

「〈ラスティック〉」

「それだけか?　いつのことなのか、彼は話したか?」

「覚えていないそうだが、十月か十一月だと思うと。確かじゃない」

「では二ヵ月か三ヵ月前だな。彼女がまだ生きているという話が出てきたのはこれで二度目だ」

「魚はどうだ?　おれが遊びで殺さないのは知っているだろう」

「ここへ来い。いまシェリダンとシルヴァー・クリーク牧場にいる」

「おれはソフィとめかし屋の記者に話を聞くのかと思っていたが」

「これ以上負傷者を増やすわけにはいかない」ジョーは告げ、低い笑い声を洩らしているネイトにかまわず通話を切った。


「それで、彼は冬のさなかにどこで魚を獲《と》ったの?」シェリダンはジョーに尋ねた。

「養魚場だ」

シェリダンはばかばかしさににやりとし、ジョーも苦笑いしないわけにはいかなかった。

携帯がまだ彼の手の中にあるときにメアリーベスからメッセージが入った。〈このリンクを見て電話して〉

「お母さんがなにか見つけたぞ」ジョーはシェリダンに言い、人差し指で画面のリンクを押して待った。

あらわれたのは〈デイリー・ディスパッチ〉のネット記事だった。〈これはケイトか？〉という見出しの下に、ジョーが昨夜ソフィの携帯で見た粒子の粗い写真が載っていた。

「なんてことだ」

「どうしたの？」

「めかし屋がやりやがった」ジョーは言った。

写真を画面いっぱいに拡大した。遠距離から撮影したらしく、ジョーの記憶より焦点がぼけていた。窓ごしに見えるすわった金髪の人間の奥に、影の中で彼女に近づこうとしているらしい男がいる。あのときは気づかなかった、窓の下枠に積もっている雪と風雨にさらされた丸太の壁も写っていた。

記事にはビリー・ブラッドワースの署名があった。


この写真は、ワイオミング州の荒野に住むマウンテンマンに囚《とら》われた行方不明のケイト・シェルフォード－ロングデンだろうか？　一帯では、銃を携行するトランプ支持の〝個人主義者〟がいまだに山野を闊歩《かっぽ》している。

この一枚は、とっくに死亡したと考えられていた英国の広告代理店代表取締役、〝カウガール・ケイト〟が、窓のそばで恐怖にすくんでいるところを見知らぬ男に脅《おど》されているように見える。写真はこの一週間以内に撮られたもので、〈デイリー・ディスパッチ〉が独占で入手した。

この悪の隠れ家の正確な場所は現時点ではわからない。ケイトの魅力的な妹ソフィ・シェルフォード＝ロングデンは〈ディスパッチ〉の調査チームの一員として姉を探すために現在ワイオミング州におり、慎重ながらも、ケイトがまだ生きていて意思に反して監禁されているという楽観的な考えに傾いている。

「これは大きな進展です」と彼女は述べた。「八十パーセントの確率で、写真の女性は姉のケイトだと思います。祈りがかなえられた気持ちです」

この写真の発表以前のアメリカ合衆国法執行機関による〝カウガール・ケイト〟失踪の捜査は挫折をくりかえしており、はたして充分な捜査が尽くされたのかどうか大勢が疑問に思うだろう……

「なんて狡猾《こうかつ》なやつだ」ジョーはシェリダンに言った。「じっさいケイトを見つけることよりもスクープのほうがよほど大事なんだ」

「読んでいい?」シェリダンは好奇心をあらわにして聞いた。彼は娘にリンクを送り、短縮ダイヤルでメアリーベスにかけた。

「その記事はウェブサイトに載ったばかりよ」メアリーベスは言った。「時差で英国は七時間早いから、向こうは真夜中でそれを読んだ英国人はまだ少ないでしょう。でも、あしたの朝紙面に出たら、あなたはとんでもないタブロイド・スキャンダルに見舞われる」

ジョーはうなった。

「こうなったら記者がもっと押しかけてきても驚かないわ。英国では競争が激しいのよ」

「それは願い下げだ」

メアリーベスはジョーが考えていたことを口にした。「アレン知事とハンロンがこのニュースを喜ぶとはとうてい思えない」

「そうだな」ジョーはため息をついた。

「自分たちで記事を見つける前に、あなたから教えておくべきじゃないの」

「時間があったらそうするよ」

この前話したあとの進展について、ジョーは説明した。

「魚？」メアリーベスは聞いた。「彼、魚で人を殴ったの？」

「ああ」

「このビリー・ブラッドワースという男はどういうつもりなの？」

「あきらかに自分だけの行動計画があるんだ。おれたちには非協力的だった、控えめな表現だけどね。ソフィは彼を信頼しているのか、だまされてこっちへの彼の出張に同行しているのか、わからない」

「それじゃ、調査チームはないわけ？」

「彼が調査チームだよ。あの写真をどこから手に入れたのかわかればな」

「ネイトが彼に会いにいけばいいいんじゃない、魚を持って」

ジョーは笑わなかった。

「冗談よ」


メアリーベスは話題を変え、ケイトの元夫リチャード・チータムについてわかったことを話した。ケイトの失踪時には簡潔なコメントを出していたが、それ以来沈黙を守っていた。どうやらロンドンからミッドランドの田園地帯の屋敷に移ったらしく、再婚もした。ケイトとの離婚調停の記録と手続き——リチャードがたっぷりと財産の分け前を手にしたのはあきらかだった——についての記事をメアリーベスは見つけていた。彼はまだ〈アシーナ〉の株の半分を所有しており、ケイトが会社を順調に経営していれば安定した収入を受けとれるはずだった。この二年間、ケイトの広告会社は高利益を上げているとメアリーベスは言った。

ケイトに対して殺意に近い怒りを抱く別の理由がないかぎり、リチャードには異国で休暇中の元妻を狙う明確な動機はない、とメアリーベスは考えていた。

彼女の結論は、リチャードの名前は容疑者リストのいちばん下に移すべきだが、抹消するまでには至らない、というものだった。

シェリダンも自分に話しかけていることに気づいてジョーは顔を上げた。

「ママによろしく言って」

「シェリダンがよろしくって」

「今晩電話して、近況を話しましょう、ってあの子に伝えて」

ジョーはそうすると答えた。

「あなたは忙しくなりそうね」メアリーベスは言った。「少なくとも今日そっちは雪じゃないから、多少は動きまわりやすいでしょう」

彼はああと言ってから尋ねた。「どうして雪じゃないってわかるんだ?」

「ウェブカメラをチェックしているの」

「ウェブカメラって?」

「サラトガには一台ウェブカメラがあるのよ。そっちのラジオ局のホームページで見られる」

到着したときジョーは町で一台も監視カメラを見かけなかったが、こんな小さな地域社会ではめずらしいことではない。ウェブカメラ装置を見逃していたにちがいない。

「なにが見える?」彼は聞いた。

「メインストリート。〈ホテル・ウルフ〉のポーチも見えるわ」

「〈ラスティック・バー〉は見える? ブロックの端にある」

少しして、彼女は答えた。「ええ、見える」

しばらく、彼は黙りこんだ。

「ジョー？」

「ああ」

「どうしたの？」

「考えている」

「わたしの携帯のバッテリーがもつかしら」メアリーベスは冗談を言った。

「別のことを頼んでいいか？」

「もちろん」

「ラジオ局の所有者を調べて、過去の二ヵ月分のアーカイブを見られるかどうか聞いてほしい。ウェブカメラにアーカイブがあるのかどうかも知らないが、頼むよ。十月と十一月に〈ラスティック・バー〉に出入りした人間を見つけたいんだ。もしかしたら十二月も見られるかな？　期待薄なのはわかっているが、手がかりになるかもしれない」

「特定の日付を教えてもらえる？」

「それができたらいいんだが」そのあと彼はまた黙りこんだ。

「ジョー？」

「どうしたら日付を特定できるかわかると思う。そのかんに、とにかくきみがオーナーか技術者に連絡してくれると助かる」

　メアリーベスは承知して、進展があればまたかけると言った。

「これ、ほんとうかもしれないの？」〈ディスパッチ〉の記事を読んだシェリダンがジョーに尋ねた。

「疑わしいな」

「あたしは完全に否定はできない」

「キャビンに見覚えがあるのか？」ジョーは聞いた。

　シェリダンの目が燃えあがった。「ランスのキャビンかって聞いてるなら、違う」

「悪かった」


　シェリダンの部屋の外階段で足音がして、それからドアが力強くノックされた。

「ネイトだ」ジョーは言った。

　シェリダンの目が大きくなり、彼女はドアへ走っていって開けた。

「いたな」ネイトはシェリダンに言った。「カウガールだ」

「まず鷹匠《たかじょう》よ」彼女は答えた。「師匠がやっと再登場を決意するまで、カウガールのふりをしてるの」

　ネイトは微笑した。「会うたびに、きみはなにかのトラブルのど真ん中にいて、タカ狩りの訓練をするどころじゃないんだ」

シェリダンは身振りでジョーを示した。「今回はパパのせいよ」

ネイトはまじめな顔になった。「きみも知っているだろう、タカ狩りは禅だ。急いではいけない。訓練を再開するには、邪魔の入らないある程度の時間が必要だ」

「鳥は連れてこなかったの？」

「今回はね」

シェリダンとネイトがタカ狩りの話をしているあいだに、ジョーはカーボン郡記念病院に電話した。入院しているかどうか以外、患者の個人情報はいっさい教えられないと受付係はきっぱりと告げた。

「名前はジョシュア・トイブナーだ」ジョーは姓の綴《つづ》りを言った。

入院していると受付係は答えた。生きている。ジョーは彼女に礼を言い、咳払《せきばら》いしてネイトとシェリダンの注意を引いた。二年前レッド・デザートで狩りをしたシロハヤブサと最近再会したことを、ネイトは話していた。

「盛りあがっているところ悪いが、これからローリンズへ行って入院中のジョシュア・トイブナーを訪ねる」ジョーは言った。「できたら彼の携帯を見たい」

「おれは魚を持っていく」ネイトは言い、シェリダンは声を出して笑わないように口を押さえた。

「魚はここに置いていけ」ジョーは言った。「町へ行ったら、ニール保安官に状況を報告しておく」

「あたしも一緒に行きたい」シェリダンはジョーに訴えた。「今日の仕事はもう終わったから」

ジョーは反対しかけたが、これという理由が思い浮かばなかった。

「おまえが彼を見張っていられるかもしれないな」ジョーはネイトを示した。

「喜んで」彼女はぱっと顔を輝かせた。

ネイトとシェリダンは階段を下りていき、ジョーが一歩遅れて歩きだしたところで携帯が光った。ちらりと見るとハンロンからだった。

留守番電話にまわそうかと思ったが、応答することにした。

「いったいそっちはどうなっているんだ？」ハンロンは言った。背景に車の音が聞こえ、ハンロンはＳＵＶでシャイアンのあちこちを移動しているのだろうとジョーは思った。

ジョーが答える前に、ハンロンは続けた。「アレン知事との電話を終えたばかりだ。英国領事館から知事に電話があって、ケイトなんとかの写真が英国のネットニュースのトップに載っているそうだ。彼女が現在意思に反してわが州のどこかに監禁されている証拠が――こっちの鼻先にぶらさがっている、とその記事は主張している」

ジョーは言った。「まだ未確認です。あなたにそのことを知らせようと——」

ハンロンはさえぎった。「いつだ？　これは望ましいやりかたではない。きみがいったいなにをしているのか、わたしのほうから電話して聞くなどあってはならない。捜査の進展を逐一報告してくるべきなんだ。知事や英国のタブロイド紙から知らされるようなことは二度とごめんだ。では、きみは写真の真偽を確認して彼女を見つけるんだな？」

「はい」ジョーは唇《くちびる》を噛《か》みしめた。メアリーベスが言っていたように、もっと早くハンロンに報告しておくべきだった。

「アレン知事はこの展開を喜んではいないぞ、ピケット」

「わたしもです」

「しかし、違いがある」ハンロンはうわべだけ冷静な口調で言った。「彼は知事で、きみは何者でもない」

「それはよくわかっています」

「あした記者会見を開き、その場で知事はケイトが救出されたと発表する予定だ。わたしは英国領事館に代表者の出席を要請する。ビッグ・イベントだ。これでこのばかばかしい問題の責任はわれわれからなくなるし、ようやく勝利をおさめられる」

ジョーは背筋をのばした。「彼女を確実に保護するまで、それはぜったいにやめたほうがいい」

「ではこうしよう。きみはきみの仕事をし、わたしはわたしの仕事をする」

ジョーがポロックの家の鍵の件を聞く前に、ハンロンは通話を切った。


「トラブルか？」外でピックアップへ向かったジョーにネイトは尋ねた。

「政治だよ」ジョーは答えた。

「あんたが選んだ人生だ」

「それは少し違う」ジョーは運転席に乗りこみ、エンジンをかけた。


ネイトを助手席に乗せ、シェリダンを後部座席の冬用の服やほかの装備のあいだに押しこんで、ジョーは州道一三〇号線を北上してウォルコット・ジャンクションへ向かった。遅い午後の陽光の中、ヤマヨモギや低木に積もった雪の上に影がのびはじめている。

ジョーはネイトにビリー・ブラッドワースのスクープのことを話し、シェリダンは携帯の画面の記事をネイトに読ませた。

「その写真の出所にはあらゆる可能性がある」ネイトは言った。「二年前に撮られたものかもしれないし、演出されたものかもしれない」

「そうかもな」ジョーは言った。

「でなければ、ケイトはまだこのあたりにいるのかも」シェリダンが後部座席から言った。

「ウィリアム・シェイクスピアが鷹匠だったって知ってた？」シェリダンはネイトに尋ねた。

「ああ、知っていた」

「ほんとなのよ」あきらかに知らなかったジョーにシェリダンは言った。「戯曲にタカ狩りの用語を使ってて、それは英語の一部になってる――どこから来た言葉か、みんなが知らないだけ。〝うんざりして《フェッド・アップ》〟はタカが獲物を食べすぎて、しばらく狩りをしたがらなかったりなにもしようとしないところから来てるの。それから〝支配下に置かれて《アンダー・マイ・サム》〟と〝意のままにあやつる《ラップ・アラウンド・ヒズ・リトル・フィンガー》〟は、タカが飛べないように足緒でこぶしにしっかり留《と》めておくことから来てる。こういう言葉はシェイクスピアの戯曲の中で使われて、それまでは一般的じゃなかったのよ」

シェリダンは続けた。「〝御しがたい人《ハガード》〟は飛ばすのがむずかしいタカのことだし、〝目を《フード》くらます《ウィンク》〟は逃げられないようにタカの目を見えなくするために革の袋をかぶせるところから来てるの」

「おもしろいね」ジョーは言った。本気だった。

　ネイトは暗唱した。

　おれのタカはいま食欲旺盛で腹ぺこだ

屈服するまでこの雌《めす》にたらふく食わせてはいけない
そんなことをしたら決しておとりに目を向けないからだ
ほかにも御しがたいタカを飼いならす方法がある
主人が呼べば来て従うように

「『じゃじゃ馬馴《な》らし』からの引用」シェリダンはジョーに教えた。

ジョーはあやしむような視線を友人に、次に娘に向けた。ネイトが文学作品を暗唱するのを聞いたのは初めてだったし、シェリダンがこれほどシェイクスピアに親しんでいるとは知らなかった。

「きみたち二人のせいで自分が愚かに思えてきたよ」彼は告白した。

ネイトは肩をすくめた。「おれたちは鷹匠だからな」

シェリダンはくすくす笑った。

ウォルコット・ジャンクションと州間高速八〇号線の三キロほど南で、ジョーはニール保安官の個人番号にかけた。

保安官はすぐに出た。

「保安官、ジョー・ピケットだ。新たな進展について報告があるので、ローリンズに向かっ

ている ところだ」

「いまどこだ？」

「州間高速が見える」

「そうか、ちょっと待て」ニールは言った。「というより、脇に止めていろ、おれたちが行く」

「なぜだ？」

「ケイトの写真を撮って、二日前にそれを英国の記者に売ったという飲酒運転の男を捕まえたんだ。そいつはキャビンがどこなのか教えると言っていて、おれたちはいまそっちのほうへ向かっている。十分ぐらいで着く」

ジョーは車を寄せて止めた。

「よし、ここからだ」彼は言った。

「どうしたの？」シェリダンが聞いた。

「突破口が開けた」

ジョーの心臓の鼓動は速くなっていた。ジョシュア・トイブナーの通話記録の調査はあとまわしだ——もしかしたら必要なくなるかもしれない。

18

ライトを点滅させたカーボン郡保安官事務所のSUV三台がウォルコット・ジャンクション出口から降りてきた。あとに続く四分の三トン・トラックはスノーモービル六台をのせたトレーラーを牽引《けんいん》していた。

車列が速度を落として停止すると、ジョーはピックアップの窓を開けた。ニールが先頭で、彼はシボレー・タホから降りてのしのしとジョーの車へ歩いてきた。ニールはどっしりした体格で猫背だった。白髪まじりのふさふさした口ひげをはやし、大きな茶色の目はすべてを見逃さない警官の目だった。ジョーのピックアップに近づいてくるニールが、ネイトを、次にシェリダンを観察していることにジョーは気づいた。

寒さに厚手のパーカのジッパーを閉めながら、保安官はジョーの側《がわ》の窓のそばに来た。

「どうしてこういうことはさわやかな夏の日に起きないんだろうな？」彼は言った。

「スノーモービルを持ってきたんだな」ジョーは四分の三トン・トラックのほうへうなずいてみせた。

「知りあいのスノーモービル屋に電話して彼の軍団を全部借りてきた」ニールは首を振った。

「うちの予算にはかなりのダメージだ」

「で、行き先は?」

「スノーウィ・レンジ・ロードを上って行き止まりまで」ニールは答えた。

スノーウィ山地は毎年大雪が積もるので道路局が春まで除雪しないのをジョーは知っていたし、春になっても、道を巨大な羽毛の山状態にしてしまう三メートルから三メートル半の積雪を突破するのに、回転式除雪機を使わなければならない。雪が深すぎるので、どこまでが道路か除雪車の運転手が見分けられるように、作業員は高さ四メートル半の棒を鋼鉄の里《り》程標《ていひょう》にとりつけるのだ。

「情報提供者はだれだ?」ジョーは尋ねた。ニールの車の後部座席に一人乗っているのが見えた。男はパイ皿のような丸顔に貧弱なひげをはやしていた。

「名前はイーライ・ジャレット。やつのことは知っている」

保安官の言いかたは、ジャレットは法執行機関にはおなじみでいい知りあいではない、とほのめかしていた。

「イーライは破綻《はたん》するまでハンナの鉱山で働いていた。飲酒運転で何度か検挙している。メタンフェタミンも好きだ」

助手席のネイトが思いあたる話に一声うなるのをジョーは聞いた。

ニールは親指で背後のジャレットのほうを示した。「やつは山でシェッズを見つけて業者に売っている。冬には風で雪が吹き飛ばされる山中の草地を二ヵ所知っていると言っている。先週末スノーモービルでそこへ行って競争相手を出しぬこうとしたんだそうだ」

〝ジェッズ〟とは冬のたびに牡《おす》エルクから自然に抜け落ちる枝角《えだづの》のことだ。アジアの製薬会社、芸術家、家具職人がそれらにつける値段は五百グラム弱に対して十五ドルを超えている。つまり、立派な枝角二本なら八百ドル以上になるかもしれない。探すのはたいへんだがもうけは大きい。

雪溶け後、落ちた場所に枝角が出現する晩春と初夏には、シェッズを求めて派手な競争がくりひろげられる。縄張りをめぐってコレクター同士が争いになるので〝ジェッズ戦争〟と呼ばれ、枝角採集にあたってはほとんど規則や規制がない。ジョーの担当のビッグホーン山脈を含めて、ワイオミング州のほかの山々でも戦争が起きる。

「そこでイーライはキャビンを見つけたんだ」ニールは説明した。「人がいたので驚いたと言っている、なにしろそこまでの道は雪が深いから」

「キャビンの持ち主はわかっているのか？」ジョーは聞いた。

「レス・マクナイトという罠猟師だ。ときどき狩猟漁業局に雇われている謎の多い年寄りだが、だいたいは自営で仕事をしている。アナグマ、ビーバー、コヨーテなんかを獲《と》る……」

「会ったことある」シェリダンが後部座席から勢いこんで言った。「去年の夏、牧場の川のそばに罠を仕掛けたわ」

「シルヴァー・クリーク牧場か?」ニールは彼女に聞いた。

「そこで働いてるの」彼女は答えた。

「なるほどな」ニールはジョーに言った。「マクナイトはケイトが失踪した当時、牧場に出入りしていたわけだ」

ビリー・ブラッドワースとソフィの推測がぜん真実味《しんじつみ》を帯びてきたな、とジョーは思った。

「イーライは携帯を持っていてマクナイトのキャビンの写真を何枚か撮った」ニールは説明した。「家に帰って写真を見て初めて、窓ぎわの金髪に気づいたんだ。バーでたまたま英国人の男に出くわして、一枚二百ドルで写真を売った。記者がそれをどうするつもりなのかも、どれほど早くインターネットに上げるかも知らなかった」

保安官のイ、ン、タ、ー、ネ、ッ、トという言いかたは、それがテクノロジー界の新奇なトレンドであるかのようだった。

ニールはため息をついた。「とにかく以上がイーライの話だ。写真はまだ彼の携帯に残っているから、その点は嘘じゃない」

保安官は寒風に顔をしかめ、東の山々を見た。

「暗くなるまでに着くつもりなら出発しないと」

「先導してくれ」ジョーは言った。

「あんたのまわりにはつねにトラブルがつきまとうっておれが言ったのを覚えているか？」ニールは尋ねた。

「ああ」

「もしかしたら今回はそれがおれたちに有利に働くかもな」


ジョーはUターンしてサラトガ方面へ向かうニール保安官の車列に加わった。

「そう、彼を覚えてる」シェリダンは言った。「薄気味悪い男で、そこに罠を仕掛ける許可をとってなかったから、あたしたちは牧場から追いはらわなくちゃならなかった。ミスター・ゴードンは牧場の犬がけがをしないか心配してたわ、わかるでしょ？」

「ケイトの滞在中、マクナイトが牧場にいた可能性はあるか？」ジョーは聞いた。「七月二十三日から三十日までのあいだ？」

「考えてるところ。はっきりとはわからないな。彼が真夏に来たのは確かだから、可能性はある。ミスター・ゴードンなら覚えてるかもしれない」

ジョーはシルヴァー・クリーク牧場のオフィスに電話し、マクナイトが牧場から追いだされた週がいつなのか覚えていたら教えてほしい旨《むね》、ゴードンに伝言を残した。


サラトガの歩道にいる数少ない着ぶくれした通行人は、五台の法執行機関の車列が町を通りぬけていくのを足を止めて眺めていた。

「あたしたちが現地に着く前に噂《うわさ》が広まってるね」シェリダンは言った。


一三〇号線と二三〇号線の合流点で車列は左折し、スノーウィ山地への上りにかかった。前山のヤマヨモギと岩場は、雪におおわれたヤナギが生えた長い平原に変わった。そこにはブラッシュ・クリークが流れ、牝《めす》のムース二頭と一歳ほどの子一頭が通りすぎる彼らを見つめていた。道の両側の雪は進むごとに深くなっていった。

ジョーはバックミラーに目をやり、スノーモービルを牽引しているトラックの後ろにいつのまにか一台の四輪駆動車が加わっているのに気づいた。木立の中へ曲がって角度がよくなり、やっとだれが乗っているのか見えた。

「やれやれ」ジョーはうめいた。「ビリー・ブラッドワースとソフィが車列にくっついている」

無線でニール保安官に闖入者《ちんにゅうしゃ》を報告した。

「あの英国人の記者か?」ニールは聞いた。

「ああ。それとケイトの妹だ」

「あのくそったれは写真をインターネットに上げるんじゃなくておれたちに渡すべきだったんだ」マスコミ一般に警官が抱く典型的な軽蔑をこめて、ニールは言った。「取材や写真に対して金を払うのが英国じゃふつうなのを知っていたか？　おれは今日まで知らなかったよ」

「ブラッドワースはおれたちと一緒に行きたいんだろう」ジョーは言った。「ほかの記者があらわれる前に独占スクープをものにしたいんだ」

ニールは一声うなって無線を切った。

ニール保安官と話して南への車列に加わって以来、ネイトがひとことも口をきいていないのにジョーは気づいた。

「なにを考えている？」彼は友人に尋ねた。

「この新たな展開はおれの陰謀論にあてはまらないと考えている」ネイトは答えた。

「ははん」ジョーは内心にやりとした。


道路の突き当たりの広い折り返し場所は、考えなしのドライバーが山越えしてセンテニアルやララミーへ行こうとせず、楽にUターンしてサラトガへ戻れるように除雪してあった。ここならスノーモービルを降ろすのに充分な広さがある。ジョーはニールの車の隣に止めた。

ほかの車と同時に駐車するやいなや、ビリー・ブラッドワースがレンタカーのSUVから飛びだしてくるのをジョーは見た。ソフィは車内に留《とど》まった。ブラッドワースがニールのタホに近づくと保安官は車から出た。ジョーはエンジンをかけたままにして降り、彼らに合流した。

「同行する必要がある」ブラッドワースは保安官に言った。彼の声はいつになく甲高《かんだか》く、必死なのがわかった。

「むりだ」保安官は穏やかに言った。「民間人を危険にさらすわけにはいかない」

「失礼だが」ブラッドワースは目をむいて言いかえした。「ぼくは民間人じゃない。ジャーナリストだから、合衆国憲法修正第一条に従ってニュースを伝える権利がある」

「では、あなたはアメリカ人？」ニールは尋ねた。

「ぼくは英国人だ」

「だったら女王陛下からわたし宛てに書状をもらってくれ」ニールはきどった口調で言った。

ジョーは笑わないようにそっぽを向いた。

「あなたがたはわかっていない」ブラッドワースは訴えた。「これはぼくの記事だ。歴史に残るスクープなんだ」

ニールはしばしブラッドワースを見つめた。「カーボン郡保安官としてあなたのスクープに手を貸すのがわたしの仕事だと、根拠を示してほしい」

ブラッドワースはジョーのほうを向いた。「ぼくの記事がなかったらこの状況にすらなっていないんだと、この人に話してくれ」

「彼が保安官だ」ジョーは答えた。「彼が判断することだ」

ニールは言った。「ここにいて、われわれがなにを発見するか見届けるのはかまわない」

「ちくしょう、こんなのひどすぎる」そう言ってから、初めて気づいたかのように自分の体を抱きしめた。「くそみたいに寒いじゃないか！」

「コートを着ろ」ニールは苦々しげに言った。「それから口を開くたびにきたない言葉を使わないように。おたくの国の人たちはどうなっているんだ？」

ブラッドワースはレンタカーへ戻りかけたが、イーライ・ジャレットがSUVの後部ドアから保安官助手に付き添われて降りてくるのを見て、ふいに足を止めた。

「ミスター・ジャレット」ブラッドワースは悪意のある口調で呼びかけた。「ぼくが記事をすべて書きおわるまで、この情報は内密にすると約束したじゃないか」

ジャレットは赤くなった。「言っている意味がわからない」

「くそったれの愚か者どもが」ブラッドワースは吐き捨てるように言って車に乗りこみ、ドアを閉めた。声だけで見えなかったが、ソフィが彼に警告したのがジョーにはわかった。運転席の窓の内側でブラッドワースは激しい手ぶりをまじえ、唾を飛ばさんばかりにわめきつづけている。

「あの男、ちょっとぴりぴりしすぎているな」ニールはジョーに言った。「それに、スノーモービルを運転したことはないんじゃないか」

ジョーは同意した。

山中の黄昏《たそがれ》は特別な寒さをもたらす。昼間潜んでいたロッジポールマツの森の暗がりから忍びでてきて、雪の上をすべるように近づき、人間のむきだしの皮膚《ひふ》を刺す。音は鋭く聞こえるようになり、一歩ごとに雪そのものが爪で黒板を引っかくようなギシギシという感触に変わる。

スノーモービルのレンタル業者が一台ずつマシンをトレーラーから降ろすあいだ、ジョーと保安官事務所のメンバーはスノーモービル・スーツを着て、靴をスノーモービル・ブーツにはきかえた。作業着を後部座席に置いていてよかったとジョーは思い、それはまだシェリダンの体温で温かかった。だがヘルメットはピックアップの荷台のギアボックスに入っていたので、装着したときは氷のかたまりのように冷たかった。プラスティックのフェイスシールドはたちまち息で曇った。

背中に黄色で〈保安官〉と書いてあるスノーモービル・スーツを苦労して着ているニールに近づいた。

「おれのパートナー用にスペアはないか?」ジョーは車内にいるネイトのほうへうなずいてみせた。

「あるかもしれない。何者だ?」

「一緒に連れていけば役に立つ男なんだ」

「マシンはもうないぞ」

「おれの後ろに乗ればいい」

ニールはレンタル業者を示した。「彼に聞いてみろ。よぶんのスノーモービル・スーツは急激にふくらんでいるおれの予算でまかなうと言え」

「ありがとう」ジョーはうなずいた。


「あたしは?」胸ポケットに〈スノーウィ・レンジ・スレッジ〉と業者名が刺繡《ししゅう》してあるXLの黒いスノーモービル・スーツをジョーがネイトに渡すと、シェリダンが聞いた。

「お母さんに電話して状況を伝えてくれ」ジョーは言った。「きっと知りたがっている」

ハンロンもだろう、と思った。

だが、事件は解決したと知らせる電話のほうがもっと喜ぶはずだ。


空気中には、アイドリング中の六台のスノーモービルのつんとくる排気臭が満ちていた。ニール保安官と三人の部下はマシンにまたがり、全員が出発できる態勢になるのを待った。ジョーはポラリス550ワイドトラックXLを選んだ。長さがあるので二人すわれるからだ。ネイトは彼の後ろに乗った。ぴったりくっついて暖かいが、たがいに気まずくなるほどではない。

イーライ・ジャレットは一人で乗ってエンジンをふかしていた。前後を保安官助手のスノーモービルにはさまれていた。

ジョーはスノーモービルで何百時間もパトロールをこなしており、達人の域ではないにしてもうまいほうだと思っていた。保安官助手たちを見ると、計器をのぞきこんだりハンドスロットルの感触を確かめたりしている様子から、とうてい達人とは言いがたいのがわかった。

ニール保安官はジョーの隣にマシンを寄せてフェイスシールドを上げた。

「ジャレットをよく見張っていてくれ。彼の右側を走るんだ。おれたちから離れて一目散に逃げだせるように、自分がよく知っている山と山道へ誘導するつもりかもしれない。部下は彼についていけないと思うし、おれがむりなのはよくわかっているんだ」

「了解。キャビンに着いたあとはどういう計画だ？」ジョーは尋ねた。

「いま考えているところだ」ニールはフェイスシールドを下ろした。

19

同じころ、ワイリー・フライは断熱材入り作業着、〈ソレル〉の防水ブーツ、ウールのキャップといういでたちで、夜勤のためエンキャンプメント製材所に着いた。気温は零下二十度でさらに刻々と下がっている。一晩中エンジンが冷えないように、円錐形《えんすいけい》の焼却炉の温かい壁のそばにピックアップを止めた。そして、凍って硬くならないよう中に持っていくために助手席から夜食をとった。

監視小屋へ向かっていたとき、シャツの胸ポケットで携帯が振動するのを感じ、立ち止まって画面を見た。

非通知番号。

今夜二度目だ。彼は無視して携帯をしまい、低温で閉まらなくなるといけないので作業着のジッパーを上げた。

上は賛成しないだろうが、廃棄物と削り屑《くず》を製材所から移していっぺんに焼却炉に入れるために、着いたらできるだけ早くホイールローダーを動かしたかった。シフトのあいだ二時間ごとに燃やすものを火にくべるように命じられている。だが一度ですませられるのに、一晩に三度も四度も作業着を着こんで製材所まで歩いていくのは、苦労の種だった。いっぺんに終わらせれば、小屋でもっとゆっくりできるし、居眠りだってできる。

たしかに、焼却炉の温度は推奨される上限を超えている。ワイリーはそれをわかっていた。だが、真夜中過ぎには零下三十五度まで下がるはずだともわかっていたし、多少熱くなってもたぶん焼却炉の内部構造にダメージはないはずだ。それに、小屋の中はほかほかと暖かく保たれる。

温めておけるように焼却炉側の壁の棚に夜食を置いた。そのとき、また携帯に着信があった。

ワイリーは悪態をついたが出ることにした。少なくとも〝非通知番号〟の相手にうるさいと言ってやれる。

「だれだ？」彼は応答した。

「電話に出ろ。だれだかわかっているだろう」耳ざわりな声は間違いようがなかった。

「知らない番号だったから出なかったんだ」

「携帯を新しくしたんだ。おまえもそうしたほうがいい。というか、そうしろ。一台以上買っておけ」

「携帯はもう持っている」ワイリーは言った。

「まったく、おまえは鈍《にぶ》いな。おれが言っているのは、近々プリペイド式の使い捨て《ディスポーザブル》携帯を用意しておけってことだ。おれからおまえへの通話記録がだれかに洩《も》れることがあってはならない。わかったか？　だから新しい携帯を買いにいって番号をメールしろ。次はそっちにかける」

「使い捨て《バーナー》携帯を買えってことか？」ワイリーは聞いた。

「そうだ。バーナーと言わなかったのは焼却炉と混同してほしくなかったからだ」

「おれはばかじゃないぞ」

男はくすくす笑い、ワイリーは聞き流した。

「どこで買えっていうんだ?」

「〈カムンゴー〉に行ってみろ。専用の棚がある。それがいやなら、ローリンズの〈ウォルマート〉だ」

ワイリーはためらってから答えた。「そうだな」

「買うんだ」

「わかった、わかったよ」

ひと呼吸置いて、男は言った。「あしたの夜また運びこむ用意ができている、だから新しい携帯を用意しておけ」

「あした?」聞いたのは、時間を稼いで、尋ねたいことを口にする勇気をかき集めるためだった。

「そう言っただろう」

「じつは、その件で話があるんだ。これを続けていくなら、もっと金をもらいたい」

相手の沈黙に、ワイリーはぞくっとした。

「おれはここで大きな危険をおかしているんだ。子どもたちの医療費も払わなくちゃならない」

それは嘘《うそ》だった。子どもが病気になれば、元妻が無料の郡のクリニックへ連れていく。だが、ワイリーは新しい長距離ライフルHAMRに目をつけていた。三七五シャイタックを装《そう》塡《てん》する、ワイオミング州コディのガンワークス社製造のライフルだ。重さは十キロ近くあり、二千メートル以上の距離から獲物を撃てる。ワイリーはガンワークス社のサイトで何回もビデオを見ており、そのたびに勃起した。そして、〈ナイトフォース〉のスコープに折りたたみ式銃床を備え二脚架にセットしたライフルの見栄えは、まさに最高だった。

値段は一万二千ドル以上する。

「だれにものを言っているのかわかっていないようだな？　おれはいったん決めたら交渉に応じたりしない」男はきっぱりと答えた。「それはおれの流儀じゃない」

「最初は一度だけだと思ったんだ」ワイリーの声は大きくなった。「十日とか二週間おきに電話してくるなんて、あんたは言わなかったぞ」

ふたたびの沈黙に、ワイリーは不安になった。作業着の下を汗が流れるのがわかった。

「なあ、あしたの夜まではいままでの支払いでいいってことでどうだ。そのあとも続けるなら、条件をもっとよくしてもらいたい」

「そうなのか？」

「とにかく考えてみてくれよ、な？」

弱腰になっているのは自分でもわかっていた。

「いつもどおり二時十五分から三時半のあいだにそっちへ行く」男はワイリーの提案に触れようともしなかった。「そのときまでにおまえの携帯から通話記録とおれの古い番号を削除しておけ」

「マジか？」

「それだけじゃない。携帯を完全に再フォーマットして、箱から出したばかりの新品同様にしておくんだ」

「全部なくなっちまう」ワイリーは訴えた。「おれの連絡先やゲームアプリや……」

「やるんだ、さもないと後悔するぞ。それからおれたちが着いたときおまえの古い携帯をデスクの上に置いておけ。すべてちゃんとやったか確認したい」

「どうしたんだ？　危険なブツじゃないなら、なんだってこんな手間をかけるんだ？」

「黙れ、ワイリー」男はぴしゃりと言った。「指示どおりにやれ」

「あした、おれの新しい番号をメールするよ」ワイリーはあきらめてため息をついた。HSMRに近づけるなら不当な仕打ちもがまんできる。

通話は切れ、ワイリーは一瞬携帯を凝視《ぎようし》した。キャップをぬいで髪をかきむしった。頭皮は汗でぬれていた。

この会話はよくない感じがした。

背後から、ジェブ・プライアーの声がした。「いまの、一部を聞いたぞ、ワイリー。おれの製材所の横でいったいなにをしているんだ？」

ワイリーはゆっくりと振りむいた。オーナーのプライアーが小屋に入ってきており、ドアを閉めていた。通話に集中していたので、ワイリーは気づかなかったのだ。プライアーじいさんがどのくらいそこにいて、どのくらい話を聞いていたのか、彼にはわからなかった。

「なんでもない」嘘をついた。「なにもしちゃいないよ」

プライアーはじろじろと彼を見た。ワイリーはじっと立っていた。括約筋《かつやくきん》がぎゅっと縮まっていた。顔が赤くなっているのがわかった。

「おまえとおれで、ちょいと話をしなくちゃならないようだ」プライアーは言った。

20

背後のシエラマドレ山脈の頂《いただき》に夕日が沈むころ、スノーモービルの一団は長い草地を森へ向かっていた。ジョーは腕時計を一瞥《いちべつ》した——あと三十分で昼の光がなくなる。冬にこれほど早く暗くならなければいいのにと思った。

イーライ・ジャレットのスノーモービルは跡のない伐採用道路を驀進《ばくしん》していき、すぐあとに監視役の保安官助手二人、そのあとにジョーとネイトが続いた。ニール保安官と副保安官は最後尾でどんどん遅れていた。ジャレットの監視役の保安官助手たちは平らな場所でも彼についていくのに苦労している、とジョーは見てとった。古い道が上りになって森をジグザグに進みだしたら、二人はジャレットに置いていかれるかもしれない。ジョーがポラリスの速度を上げると、スノーモービルは跳ねるように前進してジャレットとの距離を縮めた。ジャレットは、ぐんぐん突っこんでいくためにマシンのパワーと自分の体重を使う方法を心得た、果敢なドライバーだった。ほかの者たちがまだついてきているかどうか振りかえって確かめもしなかった。

「彼の走行跡からはずれるな」ネイトがジョーの後ろから叫んだ。

ジョーはその意味がわかった。ジャレットは前の週末にこの道を走っており、雪をつぶして道を均《なら》している。最近の何度かの積雪で見えないものの、その下に雪上車用の目印として走行跡はまだ残っている。右か左に一メートルでもずれれば、そこには新雪が二メートル近く積もっている。隠れているが均された道はふわふわの雪を抜ける横断陸路の役目を果たしているのだ。保安官助手たちもそれをわかっているといいが、とジョーは思った。

だが、ジャレットの真後ろの保安官助手はあきらかにわかっていなかった。ターンが大きすぎたとき、彼は道から草地に飛びだし、スノーモービルはたちまち雪にはまった。マシンのフロントスキーが空へ突きたち、後部は雪の中に沈んだ。

二人目の保安官助手は同僚がどうなったか見て、助けようと速度を落とした。

ジョーは彼の横を矢のように過ぎてジャレットとの距離を詰めた。保安官が言っていたように彼がほかの者たちをわざと置き去りにしようとしているのか、自然に猛スピードを出しているだけなのか、わからなかった。

ロッジポールマツの森に入ったらいったんはジャレットも速度を落とさざるをえない。細い道にはいくつか急カーブがあるからだ。ジョーは後ろのネイトの助けもあってジャレットから遅れずにいた。ネイトもマシンを軌道に乗せておくために体重をどう使うか知っている。スノーモービルの甲高《かんだか》いエンジン音はヘルメットのせいであまり聞こえないが、木立に反響してぼんやりした低いうなりでジョーを包んだ。

両側の森は密生しており、野球のバットのような幹がびっしりと並んでいる。もし道を離れたら、この木立の中でマシンを操れるかどうか、彼は自信がなかった。その場合には、座席に横に置いているショットガンの位置を変えなければならない。木と木のあいだには、銃口から台尻までの幅が通れるスペースはない。

ポラリスのヘッドランプの光がカーブのたびに木々の向こうを照らしだし、前方にジャレットの赤いテールライトがちらりと見える。

スーツとヘルメットを着用していても、えりと袖口から寒気の氷のような指がしのびこんでくる。グリップヒーターのついたハンドドルの上で、細かい粉のように枝から落ちてくる雪が溶けて水滴になっている。

密生した木立を抜ける前にジャレットがふいに減速し、ジョーはもう少しで彼とぶつかるところだった。最後の一瞬にかろうじて進路をそらし、左側のスキーがジャレットのマシンの後部をぎりぎりでかわした。

「どうした?」エンジンを切ってからジョーは尋ねた。ジャレットもエンジンを切っていた。あまりにも寒いので、空気を吸いこむと鼻腔《びこう》に氷の結晶ができるのをジョーは感じた。ポラリスの甲高いエンジン音と木立の反響にさらされたあとでは、突然の静寂は怖いほどだった。だが、完全に静かなわけではない。後続のマシンが近づいてくる音がする。

ジャレットはフェイスシールドを上げ、グローブをはめた指で一キロ弱先の空《あ》き地の方向を示した。そこからまた濃く茂るマツの森が始まっている。光があまりにも弱いので、彼が指さしている木々の壁は黒々としていた。

「おれが見たキャビンはあの森の真ん中にあった」ジャレットは言った。「この道をまっすぐ上ったあたりだ」

ジョーには建物の明かりはまったく見えなかったが、木を燃やす匂いと、料理をしているらしい匂いがかすかにしたように思った。

「保安官が着くまで待とう」ジョーは言った。

「着くならな」ネイトがぼやいた。

ようやく追いつくと、ニールはほかの五台の後ろに止めてエンジンを切った。道の両側の雪があまりにも深いので、腰まで沈んで這《は》いあがらなければならないのを恐れて、だれもスノーモービルから降りていなかった。

「どう思う?」ニールはジャレットに聞いた。「均してある道を行けば、踏みこめる距離まで来たか?」

「たぶん」ジャレットは肩をすくめた。

彼はあまり賛成していないようだ、とジョーは感じた。

「保安官」ジョーは声をかけた。「このマシンは音が大きすぎる。もしマクナイトがまだケイトとあそこにいるなら、こちらの接近に気づいているだろう。不意打ちの目はもうないと思う」

ネイトも同意してうなずいた。「くそったれめがけて一気に突っこもう」

保安官の部下たちも賛成のようだった。

ニールは言った。「安全第一だ、諸君。けがをしてほしくない――マクナイトにもだ。もちろん彼は武装しているだろうが、捨てばちだったりあぶない精神状態だったりするかどうかはわからない。忘れるな――彼を尋問する相当の根拠はあるが、逮捕令状はないんだ。わかったか?」

「わかりました」部下たちは答えたが、ケイトを救うためにここまで山を上ってきたからには、対決したくてうずうずしているのがジョーにもわかった。

ニールは言った。「できれば膠着《こうちゃく》状態や人質を盾にされる状況は避けたい。だが、彼を逃がすのはごめんだ。とにかく訓練を思い出してくれ。突発事故がないように」

薄れる光の中でジャレットを見ようと、ニールはスノーモービルの上で背筋をのばした。

「イーライ、その建物の裏にドアはあるか?」

ジャレットはちょっと考えた。「ないと思う。窓だけだ。だが、確信はない」

ニールは副保安官を指さした。「着いたらきみは裏へまわって、だれもキャビンから逃げださないように見張れ」

そのあとほかの者たちに告げた。「キャビンに着いたら全員散開する。スノーモービルを遮蔽物《しゃへいぶつ》として使うか、木かなにかを見つけるんだ。話はおれがする」

ジャレットに言った。「ここにいろ。逃げだそうなんて夢にも考えるなよ。逃げたら、犬みたいに追いつめてやるからな」

ジャレットはうなずいた。

ニールはほかの全員が注意を払っていることを確認すると、頭を前に傾けてフェイスシールドを下ろした。それから銃をとりだせるようにスノーモービル・スーツのジッパーを開けた。

部下たちはM4ライフルとショットガンをケースから出して装填《そうてん》した。ジョーは一二番径レミントン・ウィングマスターの薬室に一発送りこみ、安全装置がかかっているのを確かめた。背後でネイトが四五四口径を抜き、さりげなく腿《もも》のあたりで持った。

「マシンをスタートさせて上るんだ、諸君」ニールは命じた。「行け、行け、行け」フェイスシールドのせいで保安官の声はこもって小さく聞こえた。

ジョーは唾を呑《の》みこもうとしたが、不安で口の中がからからだった。

ジャレットが後方待機を命じられていたので、ジョーがキャビン襲撃の先頭に立った。フロントスキーを走行跡の残る古い道の中央にまっすぐ保ち、後続が自分のマシンの跡からそれないように祈った。

ヘッドライトが木立の幹を照らし、ジョーはその中へ突進していった。道はゆっくりと右へ曲がりはじめた。

「後ろはついてきているぞ」ネイトが叫んだ。

キャビンが森のどのあたりにあるのかジョーはわからなかったが、真正面にその存在を感じた。

あった。すぐ目に入った。月と星の光でほの明るい空き地に、小さな黒っぽい箱型のキャビンが建っていた。正面の窓の一つにぼんやりと黄色い明かりが灯《とも》っており、石造りの煙突から煙が上がっている。キャビンの周囲の雪は踏み固められ、一メートルほどの壁で仕切られた小道が屋外便所に続いている。

なめすために動物の皮が合板シートや内壁に貼られた長方形の小屋のそばを、ジョーは走りすぎた。罠猟師の住まいだ。

マシンをまっすぐキャビンへ向けると、ヘッドライトの光が正面の窓を横切った。窓の下枠のそばにちらりと金髪が見えた。写真と同じだ、とジョーは思った。まったく同じだ。

「見たか？」彼は肩ごしにネイトに聞いた。

「なにか見えた」ネイトは答えた。

そのあと、彼にぎゅっとつかまれた。

「やつはあそこだ」ネイトは叫んだ。

ジョーが右側に目をやると、ちょうどスノーモービルのヘッドライトが木立を抜けて一行が来たばかりの方向へ向かうところだった。ドライバーはよく見えなかった。

オレンジ色の星形の閃光《せんこう》が二度走り、鋭いパンパンという音が続いた。マクナイトが逃げながら発砲したのだ。弾がどこに当たったのかジョーにはまったくわからなかった。

ネイトの銃が火を噴き、反動でポラリスが揺れるのをジョーは感じた。弾はドライバーには命中しなかったが、数本の木の幹を貫通し、枝からシャワーのように降った雪が人工のブリザード同然に舞った。

「あの野郎を撃ちそこねた」ネイトはくやしそうだった。

突然ニールがジョーの横にあらわれ、周囲の部下たちは命令どおりキャビンめざして突進していった。保安官助手二人がスノーモービルから降りてその後ろにかがみ、銃をキャビンに向けた。副保安官は窓からだれも逃げないように裏へまわった。

「いったいなにがあった?」ニールはジョーに尋ねた。

ジョーは木立のほうへうなずいた。「マクナイトはおれたちが来たのを聞いて逃げた。発砲してきたのでネイトが撃ちかえした」

「大砲みたいな音だったぞ」

「マクナイトはおれたちの後ろだ」ジョーは言った。「山を下りようとしている」

「ケイトを連れていたか?」

「見たところ、連れていなかった。彼女はまだ中だと思う」

ニールはサドルバッグに手を入れて電池五個使用の長いマグライトを出した。窓に光を当て、下げていくと金髪の後頭部が照らしだされた。

「彼女、動かないぞ」ニールは言った。

「まずいな」ジョーは言った。

ニールは速度を上げてジョーを追いこし、前の保安官助手二人にマクナイトを追って逮捕しろと命じた。スノーモービルの轟音《ごうおん》で言葉は聞きとれなかったが、ジョーは保安官の身振りと部下の反応から状況を察した。保安官助手たちはまたマシンに乗って空き地を横切っていった。そして逃走路を絶つべくマクナイトが発砲した木立へ入った。

銃を抜いたまま、ジョーとネイトはニール保安官と合流した副保安官のあとからむきだしの木でできたポーチに上った。三人が援護する中、保安官は肩で正面のドアを押し開けた。

「ああ」中に入ったニールがうめくのが聞こえた。「ああ、くそ」

ジョーは足を踏み入れた。ニールの懐中電灯の光の先にあったものの最初の印象は、死体のように見えるということだった。

彼女は窓に背を向けて椅子にすわり、なにもはいていない長い脚をまっすぐ投げだしていた。スパイクヒールの靴をはき、黒いレースのランジェリーを着ていた。腕は両脇にだらんと垂れていた。

懐中電灯の光が彼女の顔に留《と》まった。肩までの長さのうねるような金髪、大きな青い目、小生意気そうな鼻、大きく開いたO《オー》形の口。

ニールは言った。「はるばるやってきて、マクナイトのセックスドールを発見したわけだ、くそ」

ジョーはショットガンを下ろして一瞬目を閉じた。緊張感が屈辱感に変わっていった。

「この話で、連中は何年ももちきりだろうよ」ニールは言った。

連中というのはみんなのことだ、とジョーにはわかっていた。住民、有権者、マスコミ、ほかの法執行機関。ハンロン首席補佐官、アレン知事、英国領事館は言うまでもない。

「まあこれで、少なくともおれの陰謀論がまた浮上した」ネイトは言った。

「なんの陰謀論だ？」ニールは聞いた。急に疲れた口調になっていた。

ネイトは質問にとりあわなかったが、ジョーに訳知り顔の視線を送ると五発装塡のリボルバーから空薬莢《からやっきょう》を排出し、新しく一発こめた。


シェリダンは五、六分前に銃声が山々にこだまするのを聞いた。

パン、パン、ドン。

よく聞こえるようにピックアップのヒーターのファンを弱くしたが、そのあとはもう発砲はなかった。彼女は駐車場のほかの車を一瞥した。

スノーモービルのレンタル業者は自分のトラックの運転台にすわっていたが、横顔が青く照らされているので携帯で話しているのがわかった。彼が異音を耳にした様子はない。

ソフィとビリー・ブラッドワースはまだ口論の真っ最中で、二人も銃声を聞いていない。

彼らの車の室内灯はついている。ソフィがブラッドワースを指さして突くような仕草をするのが見えた。ブラッドワースは大げさに両手で耳をふさぐと、天を仰いだ。

シェリダンは運転席側の窓を少し開けた。刺すような冷気が車内に入ってきた。近づいてくる一台のスノーモービルのエンジン音は最初かすかだったが、だんだんと大きくなってくる。

一台だけ戻ってきたのか？

このパパのピックアップは、保安官と彼のチームが出発した雪の小山のほうを向いている。下りてくるのがだれにしろ、同じルートを使っているはずだとシェリダンは思った。

一分後、梢《こずえ》の向こうに黄色い光が閃《ひらめ》くのが見えた。そのあと雪の小山を越えてヘッドライトが一つあらわれ、スノーモービルが駐車場へ下ってきた。車が何台も止まっているのを見たドライバーは一瞬動きを止めたが、すぐに決断した。マシンは前に飛びだし、まっすぐ彼女のほうへ向かってきた。

レンタル業者が車のドアを開けたとき、その横をスノーモービルは走りすぎた。業者の車の室内灯の光で、シェリダンはドライバーをちらりと目にした。プラスティックのフェイスシールドの奥に、マクナイトの顔が見えた。怒りに燃え、決然としているようだ。

近づいてくるぎらついた光に目がくらまないように、シェリダンは手を上げた。止まっている車のあいだを抜ければ逃げられる、とマクナイトは気づいたらしい。

轟音が迫り、シェリダンはマクナイトがパパのピックアップとニール保安官のＳＵＶのあいだをむりやり通るつもりだと悟った。狭い隙間だ。

彼女は助手席側のドアのロックをはずし、マクナイトがすぐ横まで近づくのを待ってドアを蹴《け》り開けた。

バンという音とともにピックアップが揺れ、ドアにぶつかったマクナイトのスノーモービルの風防ガラスが飛び、彼は地面に振り落とされた。マシンは五メートルほど進んで、雪の吹きだまりに突っこんだ。

シェリダンは急いで外に出た。マクナイトは両腕を投げだし、ぴくりともせずあおむけになっていた。スノーエンジェルを作っているかのようだ。フェイスシールドマスクにはクモの巣のようなひびが入っていた。

彼の手から一メートルほど離れた雪の上にセミオートマティック・ピストルが落ちていた。彼女はさっと駆け寄って拾いあげた。むきだしの両手に鋼鉄がひやりと感じられた。

道に二台の別のスノーモービルがあらわれた。保安官助手が運転していたのでシェリダンはほっとした。

マクナイトは衝撃から意識が戻りつつあり、雪の上でうめき声を上げて身もだえしていた。シェリダンは彼にピストルを向け、動かないでと告げた。

ビリー・ブラッドワースのカメラのフラッシュが彼女の背後で何度も光った。

保安官助手の一人がエンジンを切り、マシンから降りて賞賛の声を上げた。「やったな、お嬢ちゃん。いい手だった」

21

「楽しいことになるだろうな」ハンロンの携帯番号にかけながら、ジョーは苦々しく言った。

マクナイトのキャビンから全員が下りてきて一時間半が経過しており、ジョーはようやく行き止まりの駐車場から車を出していいとニール保安官に言われた。ジョーとネイトはあしたローリンズの保安官事務所へ行って正式な供述をすることになっていた。

回転灯をつけた救急車がマクナイトを乗せて彼らの前方を走っている。救急救命士の予診によれば、罠猟師はあごが砕け、鎖骨にひびが入り、上体に打撲傷があるそうだ。

マクナイトを診察しながら、救命士の一人が簡潔に言った。「訴訟になるな」

ハンロンへの電話はすぐボイスメールにつながり、ジョーはほっとした。

「キャビンについての手がかりはむだ足《ドライホール》に終わりました。ケイトではありません。あの写真に写っていたのは人間ですらなかった。話せるときに説明しますが、捜査のこの線は終了し、明日の朝また新たに始めます」

ジョーは通話を終えて携帯をひざの上に置いた。

「その言葉の選択はきっと後悔するぞ」ネイトが言った。「むだ足《ドライホール》」

ジョーはバックミラーに目を上げて、シェリダンが横を向いたのを見た。ネイトの言った意味がわからないふりをしている。

「もっとましな言いかたがあったな」ジョーは答えた。

ヒーターは最大限にしているが、ピックアップの中は寒かった。マクナイトのマシンとぶつかったせいで助手席側のドアはへこみ、ちゃんと閉まらなかった。ジョーはダクトテープでできるだけドア枠に固定したが、寒風が車内に吹きこんでいた。

ニール保安官たちが山から戻ったとき、駐車場はまだ混乱状態だった。ビリー・ブラッドワースのカメラのフラッシュに引き寄せられ、彼らはシェリダンがマクナイトを見下ろして立っている場所に集まってきた。

右脇に水平にエアドールを抱えたまま、救急車を呼べとどなっているニール保安官の姿を、ジョーはしばらく忘れられないだろう。ブラッドワースはその写真も何枚か撮り、保安官に「さっさと犯行現場から出ていけ」と命じられた。

ブラッドワースとソフィは大急ぎで町へ向かったが、その前に記者はキャビンでなにがあったかを聞きだしていた。

ブラッドワースはロンドンの上司に携帯でスクープ記事を口述しているにちがいない、とジョーは思った。サラトガへ戻ったらすぐに撮った写真をアップするだろう。

シルヴァー・クリーク牧場で、シェリダンが部屋へ帰れるようにジョーは彼女の社用ピックアップの隣に止めた。「さっきはよくやったな」

シェリダンは目を白黒させた。「あたし、無実の変態にけがをさせたのよ」

「彼がおれたちに向かって撃ったのを忘れるな。おそらくニール保安官は法執行官に発砲したかどで告発するだろう。マクナイトは窮地《きゅうち》を脱したわけじゃない」

「彼、パパたちを訴える？」

「たぶん」

「彼が勝つ？」

「たぶん」

「なんて夜なの」シェリダンは言った。

車を降りるとき、彼女はネイトの肩をたたいて別れを告げ、ジョーに言った。「こんなこと言ってもなんだけど、あたしはまだケイトは生きてると思う」

「そう思うか？」

「愛してる、パパ」

「愛しているよ。お母さんに電話しなさい」

自分の車へ行くためにテープで固定されたドアから出て閉めると、ネイトは「〈ウルフ〉までついてきてくれ」と言った。「あんたのピックアップをあそこに置いて、おれのに乗ればいい。見せたいものがあるんだ」

ジョーは眉《まゆ》を吊《つ》りあげた。「それはあんたの陰謀論と関係があるのか？」

ネイトはうなずいた。

十五分後、サラトガの灯が北の地平線にあらわれ、ネイトの車のテールライトを前方にして走っていたとき、ハンロンが折り返し電話してきた。

ジョーは冷たい空気を深く吸いこんでから応答した。

「くそいまいましい人形《ファッキング》だと？」

ジョーは文字どおり、と言いたかったがやめておいた。「噂《うわさ》が広まるのはあっというまですね」

「運輸局の通信指令係が無線でひととおり聞いていて、きみの最新のへまを知事に知らせたんだ」ハンロンは激怒していないようだ、とジョーは思った。冷ややかでビジネスライクだ。

「さっきあなたに伝えようとしたんです」ジョーは言った。

「わたしはそのとき知事と電話していたんだ。記者会見を中止してばか面《づら》をさらすか、とにかく会見をやってばか面をさらすか、決めようとしていた。しかも、きみたちが襲撃した罠猟師は州を訴えそうな雲行きじゃないか」

「罠猟師を襲撃はしていません」ジョーは冷静な口調を保とうとした。「思い出していただければ、彼女を確実に保護するまで記者会見はやめておくべきだと忠告したはずですが」

「知らん」ハンロンはぴしゃりと言った。「知事はきみに満足していないと話したのを覚えているか？　いま彼はきみに消えてほしいと言っている。州政府に関するかぎり、きみは公式には存在しない人間だ」

ジョーは相手の言葉を理解しようとし、答えようとしたが、ハンロンは先を続けた。「報道されたら、われわれ全員がきみと同じ愚か者に見えてしまうだろう。そしてそうなる、現場にいた記者のおかげでな。ニュースは急速に広まる。アレン知事とワイオミング州の法執行機関はジョークのネタになるんだ、きみのせいで」

ジョーは口をはさんだ。

「知事がわたしに消えてほしいというのは、担当地区に戻れるという意味ですか？」

「きみがどこへ行こうと彼の知ったことじゃない、二度ときみの名前を聞くことさえなければな。クビだ、ピケット。明日いちばんで狩猟漁業局に書類を送る」

ジョーは呆然《ぼうぜん》とした。メアリーベス、シェリダン、エイプリル、ルーシーの顔が次々と目の前に浮かんだ。

「記者会見のテーマを変えられるかもしれない」ハンロンは考えを声に出しているだけだっ

た。「ケイト捜索を指揮した無能な捜査官を解雇して、彼女になにがあったのか調べるためになおいっそうの努力をする、と表明するんだ。そうすれば、知事は決意に満ちた行動の人に見える。うん、それがいい」

そのあとジョーに言った。「わたしの番号を削除しろ。またかけてきても、わたしは出ない。きみはすでに充分な損害を与えてくれた」

「話は終わっていない」ジョーの胸に突然怒りがこみあげた。「まず、いくつか質問に答えてもらいたい」

ハンロンは鼻で笑った。「指揮系統というものが理解できないんだな？　十秒だ。十秒やろう」

「なぜ知事のオフィスはポロックの家の鍵を要求したり、中を捜索したりした？」

「あと五秒」

「あなたたちはなにをしてポロックを出ていかせたんだ？」

「二秒」

「なぜ知事はわたしをここに派遣した？」

「終わりだ。では楽しい人生を」

通話は切れた。

22

サラトガから北へ三十キロの地点で、ジョーは地平線に明滅する赤い光の海があらわれるのを見た。あまり多いので夜空の星はかすみ、前方の雪原はピンクに輝いている。

ネイトは路肩に車を寄せ、直角に曲がって深い雪の中へ突っこんだ。ユーコンのフロントエンドが沈みはじめると、彼は四輪駆動に切り替えた。すると車は前進し、ヘッドライトが有刺鉄線を四段に張りわたしたフェンスの上三段を照らしだした。

どうするつもりなのか、ジョーは聞かなかった。さきほどのハンロンとの会話のせいでまだ頭がぼうっとして、はっきりと考えられなかった。

「おれが法律を破ってもそっぽを向いていろ」

運転席側のドア・コンパートメントからとりだした使い古したフェンス用の器具を手に、友人は車を降りた。ネイトがひざまである雪の中を歩いていって支柱から釘《くぎ》を抜き、鉄線が垂れさがるのを、ジョーは理解できないまま眺めていた。そのあとネイトはユーコンに戻ってきて釘をいったん灰皿に入れると、車を進めてフェンスを乗りこえた。

フェンスをあとにするとネイトはアクセルを踏み、ユーコンはよろめくように走りだした。

雪の吹きだまりとヤマヨモギにおおわれた平原を突破するあいだ、ジョーは揺れをこらえた。ユーコンの車台をヤマヨモギがこする音がした。二、三分後、風で雪がほとんど吹き飛ばされたけわしい丘を車は上りはじめた。光の海は地平線から消えていたが、正面の空は赤く照らされていた。

とうとう、ジョーは尋ねた。「どこへ行くんだ?」

「頂上だ」

ジョーはうなずいた。

「ところで、どうしたんだ?」頂《いただき》をめざして上りながら、ネイトは聞いた。「乗ってからあんたはなにもしゃべらない。いつもなら、あのフェンスを壊したとき黙ってなんかいないはずだ」

ジョーは言葉が出てこなかった。咳払《せきばら》いした。「ハンロンが襲撃の大失態を知って、おれを解雇した。知事の意向だそうだ」

「驚かないよ」

ジョーはネイトのほうを向いた。ネイトは岩を避けながら丘を上るユーコンの運転に集中していた。ちらりともこちらを見なかった。

「そうか?」

「時間の問題だった」

「なにを言っているんだ？」

「調査中の事件に没頭しすぎると、あんたはまわりで起きていることが見えなくなるときがある。侮辱《ぶじょく》するつもりは毛頭ないが、おれは長年あんたを見てきた。そこまでがむしゃらなのは美点でもあるが、ときには不利に働く。こんなに長く州政府の役人でいたら、もっとシニカルになると人は思うだろう。しかるに、だ。だからおれはあんたが好きなんだよ、ジョー。シニカルじゃない」

「おれはいまぐちゃぐちゃだ」

「そういうところも好きだ」

「どこへ向かっているんだ？」

「上だ。もう上れなくて下るしかなくなるまで」

ジョーは一瞬黙った。「ふつうの人間みたいに話そうと思ったことはないのか？」

「ない《ニエット》」ネイトは答えた。


ちゃんと説明してくれとジョーが言う前に、ユーコンは丘を越え、フロントガラスが明滅する赤い光でいっぱいになった。さっき見たときよりも強烈だった。それはネイトが場所を選んでいたからだ、すべてが見える場所を。

〈バックブラッシュ風力発電プロジェクト〉は、見渡すかぎりの広大な谷間に展開していた。

八十メートル近い各タービンの上の明滅する光に、ジョーは顔をしかめた。風にたたきつけられてユーコンが揺れ、車内は暗闇で回転するタービン・ブレードが発する低い亜音速のうなりで満たされた。

明滅する光の下に、変電所や運転監視施設の黄色い光がどこまでも広がっている。前に立ちはだかる鋼鉄のタービンと比べれば、それぞれは小さいものだった。

「あんたが見ているのは世界最大の風力発電基地だ」ネイトは言った。「建設には五十億ドルの税金と政府の補助金が使われた。そして、一定の割合の〝環境にやさしいエネルギー〟を使うという遠く離れた別の州政府の要求を満たすために、ここは存在している。カリフォルニアのお上品な住民が家を冷房したりスイミングプールの水を温められるように、建設されたのさ。しかも、彼らは自分たちの電力を作って地球に影響を与えることについて、くよくよしなくてすむんだ——視界に入らないから。目に見えないものは忘れられる。電気がついてさえいればいいんだ」

ジョーは微笑して首を振った。「要点を言えよ、ネイト。あんたの本心を言え」

ネイトは一声うなっただけだった。

だが、ジョーは目の前の基地の大きさと広がりが信じられなかった。何百ものタービンをつなぐ果てしない網の目のような道路を月と星の光が照らしだし、その道路もピンクに輝いている。はるか下を一台の車がゆっくりと走っている。

「あそこのピックアップが見えるか？」ネイトは指さした。

「ああ」

「なにをするか、どこへ行くか観察するんだ」彼は双眼鏡を渡し、ジョーは焦点を合わせた。どういうつもりなのかはわからなかった。ピックアップは遠すぎてはっきりとは見えない。車体は薄い色でスピードは出していない。

「なにを見ていればいいんだ？」ジョーは尋ねた。

「そのときが来たらわかるよ。一つのタービンの下から別のタービンへ行くときになにをしているか見ろ」

ジョーは見守った。ピックアップは直進を続け、いちばん近くのタービンのほうへ曲がらなかった。次のタービンも通りすぎた。

「くそ」ネイトは言った。「タイミングの悪い夜だったかな」

「なんのタイミングが悪いんだ？」

「あんたの目の前でおれの陰謀論のピースがぴたりとはまるには、タイミングが悪い夜ってことだ。あれはおれの探している車じゃない。どうやら彼らは今夜出てきていないようだ」

ジョーは双眼鏡をひざに置いた。「陰謀論？」

「あとで説明する。だがまず、あんたとアレン知事のことを話そう」

「いいよ」

「ビッグ・パイニー地区に知りあいの鷹匠《たかじょう》が二、三人いる話はしたよな？　牧場主でまだ政治家になる前のコルター・アレンを、彼らは知っていると？」

「ああ」

「きたならしい横柄な金持ちだったころのアレンを知っているんだ。そして投資が大失敗したときのアレンも知っているが、彼はその事実をひた隠しにしようとした。そのとき、アレンはすでに知事に立候補すると決めていて、突然自分の力でやってのけるだけの資金がなくなったんだ。しかし、だれにも悟られてはならなかった、さもなければ候補者たる資格は幻になっていただろう。経済的な敗者にだれが票を入れる？　とくに候補者のセールスポイントが成功者だということしかない場合？」

ジョーはうなずいて先を促した。

「だから、アレンは資金を提供して自分のセールスポイントを維持してくれる支援者を必要としていた。表には出てこない支援者を」

ネイトは一息ついてから続けた。「アレンは二人見つけた。そしていま彼らに大いに借りがある」

「二人とはだれなんだ？」

「一人がだれか知れば、あんたは自分がなぜ失敗するためにサラトガまで送られたのかわかるよ。州の職員を解雇するのは容易じゃない。しかるべき理由が必要だ」

ジョーはすわりなおした。「失敗するためにここへ送られたってどういう意味だ？　知事はルーロンのためにそうしたように、おれにカウボーイ偵察員になってほしいと言っていた」

「お人よしもいいかげんにしろ、ジョー」ネイトは冷たい口調で告げた。「アレンはできるかぎりルーロンから遠ざかりたかった。前知事と比べられたくないんだ、なぜならアレンの足もとは不安定だからだ。前知事に忠実そうな者はだれであれ排除したがっている――だが、自分の手をよごさずにそれをやらなくちゃならない」

ジョーは反論しようとしたが、ネイトの言い分に胸を突かれた。

ポロックの謎の退場、彼のファイルの一部の紛失。いろいろ片づけて、前猟区管理官がなにを調べていたのかジョーにわからないようにしたこと。

〈ウルフ〉の部屋から事件のファイルが盗まれたせいで、ジョーがなんのためにここへ来たのか、何者かにとってあきらかになったこと。

写真に写っているのがケイトかどうかわかりもしないうちに、設定された記者会見。

ハンロンからの圧力。

そもそもＤＣＩからとりあげられた事件を引き継ぐために、自分の地区を離れて彼が派遣された事実。

すべてが罠猟師のキャビンで起きた大失態につながり、すべてがそれらしく粉飾されれば無能と失敗のパターンを作りだす。

ジョーは言った。「あんたの主張が正しいとしても、猟区管理官一人を辞めさせるのにずいぶんな手間をかけたものじゃないか」

「そうだ。そしておれが思うに、アレンはこれを一人で考えて行動に移したわけじゃない。そこまで頭のいいやつじゃない。自分のきたない企《たくら》みを実行するために組織をどう動かすか知っている男に頼ったんだ」

「ハンロンだ」

「当たり。彼が人形遣いのように陰で操っていた」

ジョーは背筋をのばした。傷ついていたが、それを見せまいとした。「しかし、なぜおれなんだ？　ルーロン知事のために働いていた以外に理由はあるのか？」

「考えてみろ、ジョー。支援者のことを考えてみろ。一人が見返りを求めた。小切手を書く前に支援者は見返りにこだわった」

ジョーはだれなんだ？　と聞こうとしたが、そのとき思いあたった。

「ミッシーだ」

「そう、あんたの義母」ネイトはうなずいた。「彼女には手段があり、あんたの失敗を望んでいた。そうすれば、メアリーベスはようやく真実に気づくかもしれないと思ったんだ。自分は失敗者と結婚したんだと」

ジョーはうめいた。常軌を逸しているが、つじつまは合う。ミッシー・ヴァンキューレンは悪魔そのものだ。

「どうして彼女だとわかった?」ジョーは尋ねた。突風にユーコンが揺れた。

「出馬を表明する一週間ほど前に二人が一緒にいるところを、鷹匠たちが見た。彼らが知っているのは、彼女がジャクソンホールの裕福な弁護士の妻だということだけだ。どういうことか彼らにはわからなかったが、おれにはわかった。ミッシーはいつだって、あんたとメアリーベスの結婚生活が破綻《はたん》して、娘と孫たちが自分と一緒にジャクソンホール・セレブ・スタイルの生活を送るのを望んでいた」

「そううまくはいかない。おれは妻を知っている。ミッシーはメアリーベスの美点がわからないし彼女を理解もできない。ずっとそうだった」

「ああ、だがミッシーはやめない」ネイトは断言した。「あの女はあんたを破滅させたがっているんだ。容赦がないし、年々なりふりかまわなくなっている」

ジョーはそれがほんとうなのを知っていた。とはいえやはり、全身を冷たいものが走った。

「おれは四十八歳で、じきに猟区管理官ではなくなる。娘一人がカレッジに在学中でもう一人が進学を控えているってときに。どうやって家族を養っていけばいいんだ? おれには次の計画なんてない」

ネイトはうなずき、きっと口を結んだ。むだな慰《なぐさ》めは言わなかった。

「どうして話してくれなかった?」ジョーは聞いた。

「あんたが話すなと言った」

ジョーは頭をのけぞらせてうめいた。

しばらく黙っていたあと、ジョーは言った。「もう一人の支援者はだれだ?」

ネイトは〈バックブラッシュ〉のほうをあごで示した。「いま見ている—」

その意味を悟ると、ジョーは顔をしかめて尋ねた。「で、あんたの陰謀論とは?」

「ほんとうに知りたいか?」

「だから聞いたんだ」

「本気だな?」

「ネイト、ここで待たされるのはごめんだ」

「あんたはすべての要素を知っている。いま目の前にある。まだ要素と要素がつながらないだけだ」

「教えてくれ」ジョーは友人の口の堅さへのいらだちを抑えようとした。

そのあと二十分にわたってネイトは彼の陰謀論を展開した。

ネイトの話が終わると、ジョーは言った。「かなりぶっ飛んでいるな」

ネイトはうなずいた。「もっと筋の通る考えはあるか?」

「ない」

「では、どう進めていく？」

ジョーはちょっと考えた。「今晩なにごともなかったかのように、おれたちは捜査を続ける——おれはハンロンと話をせず、あんたはミッシーの役割をおれに話さなかった。とにかく前に進みつづけるんだ。なぜなら、ミッシー、ハンロン、知事、おれを見張っている何者か、だれにとってもそれがもっとも予想外のことだから」

「あんたが解雇されたらどうする？」ネイトは尋ねた。

「局長に通知がいっておれに書類が送られてくるまで、公式な解雇にはならない。いまは土曜の夜だから本部の人事部は月曜の朝までオフィスに出てこない。それに、狩猟漁業局はどこに書類を送ればいいのかわからないんじゃないかな。サドルストリングのタウンハウスか？〈ホテル・ウルフ〉か？　州政府のやることはとにかくスローなんだ。それはこちらに有利に働くだろう」

ネイトの顔に笑みが広がった。「そいつはいい。そしてやつらを捕まえるまで、毎晩ここへ戻ってくることにしないか？」

「ああ」

「やつらを押さえたら、すべてが帳消しになる。おれはタカの最高の状態《ヤラク》で襲いかかってやる。結局、これ以上のどんなトラブルにあんたを巻きこめるっていうんだ？」

「これ以上はあまりないよ、だがそのことはいまは話さないでおこう」ジョーは用心深く答えてから、続けた。「おれたちでなにもかも白日のもとにさらせるかもしれない。それができたら、すべてが変わるだろう」

大きな笑みを浮かべたまま、ネイトはうなずいた。

「しかも、これは正しいことだ」ジョーは言った。

ネイトは声を出して笑った。「あんたもシニカルになってきたとおれが思いはじめたとたん、正義の騎馬警官《ダドリー・ドゥ・ライト》に戻るんだからな」


雪のかたまりを突破する必要がないので、路上の自分たちの走行跡を戻るのは楽だった。

ネイトは言った。「一歩下がってここで進行中のあらゆるものごとを眺めてみれば、三つの出来事が同時にこの小さな地域社会で起きたのは偶然以上のことだとわかる。まず風力発電プロジェクトの最初のタービンができはじめ、そしてケイトが失踪した。それから地元の猟区管理官が家を出ていって、彼がどこにいるのかだれも知らない。どういうことなのか、考えてみたか？」

「いや、ちゃんとは」ジョーは答えた。「関連性がまったくわからない」

「猟区管理官とケイトの失踪をおれの理論にあてはめてみせようか？」

「いや、いいよ」

「じゃあ、三つの出来事はランダムに起きたと考えているのか？　それぞれ関係はないと？」

「おれはそう思う」

「そのうちわかる」ネイトはなにかを企むように眉《まゆ》を吊《つ》りあげた。

壊したフェンスに近づくと、ネイトは釘を打ちなおすためにプライヤーを用意した。「メアリーベスと話が山ほどあるだろうな」

「ああ」

だがジョーはまだそのことを考えていなかった。ポロックのファイルキャビネットからなくなっていたファイルのことを思い出していた。

〈B〉は〈バックブラッシュ〉だったのだろうか？

23

〈ウルフ〉でネイトの部屋もとれたのでジョーはほっとした。ネイトは鍵を受けとって階上へ向かった。キム・ミラーはジョーに〈サドル・ブロンコ〉のブラウンエールを渡した。

「ありがとう、だが頼んでいないよ」

「あたしのおごりよ。たいへんな一日だったって聞いたわ」

ジョーは答えなかった。彼女はどの程度知っているのだろう？　解雇されたという噂《うわさ》はもう町に広まっているのか？

「空気でふくらますセックスドールを見たことは一度もないの」彼女は説明した。「あたしが思っているようなお粗末なしろもの？」

「ああ、あれか」ジョーは安堵《あんど》した。「そうだね――」

「マクナイトがああいういやらしいものを持っていても驚かないわ。彼は本物の人間らしく見えなかったもの」

「じゃあ、彼を知っていたのか」

「あたしはバーテンダーよ」キム・ミラーはにやりとした。「だれだって、知っている」

「もちろんそうだな」

「あの人形は写真ではかなりばかげて見えた」彼女は言った。「保安官もね」

「写真？」

ミラーはiPadをスワイプして〈デイリー・ディスパッチ〉のウェブサイトを示し、ジョーに渡した。

見出しはこうだった。**カウガール・ケイト狂騒曲：まったくの空振《ホットエア》り！**

そのあとに**〈ビニールの夢？　寒々しき愛〉**と続いていた。

ジョーは顔をしかめた。記事は――もちろんビリー・ブラッドワースの署名入り――カーボン郡保安官事務所を可能なかぎり最低に見せるためにわざとらしい軽蔑的な調子で書かれていた。襲撃は〝田舎くさいどじな警官たち《キーストンコップス》〟によっておこなわれたと、ブラッドワースは揶揄《やゆ》していた。メインの写真は、脇の下に例の人形をはさんだニール保安官が命令をどなっている場面だった。カメラのフラッシュがニールの肉付きのいい下あごをきわだたせている。人形の肌色のビニールが暗い背景にぱっと目立っている。

　雪の上に横たわるマクナイトに対して威嚇《いかく》するように立ちはだかるシェリダンの写真もあった。カメラに背中を向けているので顔が写っていないのがせめてもの救いだ。写真のキャプションにはこうあった。

〈カウガール・タフ：この身元不明の地元の女性はキーストンコップスの大失態に積極的な役割を果たし、負傷した無実の罠猟師を誇らしげに見下ろしていた。撮影／ビリー・ブラッドワース〉

　急襲が決行されたのは、そもそもソフィの携帯にあった写真や、ブラッドワースとソフィが誘拐犯を特定して居場所を突きとめたと主張したことが原因だったとは、記事のどこにも書かれてはいなかった。マスコミにはどうやら特権があるらしい。

　ジョーは激怒した。自分の写真であれば怒りはこれほどではなかっただろう。だが娘の写真とは？

　ブラッドワースを追いかけようかと思ったが、記者とソフィははるか先に行っているだろう。もうコロラド州に入っていれば、ジョーには管轄権がないばかりか、自分がまだ公式に法執行官なのかどうかすらはっきりしない。そしてすでに悪いことは起きてしまった。ハンロンと知事が記事を見て、翌朝の記者会見でこれを使うのは、時間の問題だ。

「このブラッドワースのやつに出くわしたら、本物の西部流の展開にしてやる」ジョーはうなるように言った。

「手遅れよ」ミラーは言った。「彼とソフィは二時間前にチェックアウトした。デンヴァー空港へ車で行くと彼が言っているのを聞いたわ」

「今晩？」

「あわててチェックアウトしたの。荷造りを急がせたと言ってソフィが彼をどなっていたわ。それにホテルの支払いを踏み倒した」彼女は首を振った。「渡された会社発行のクレジットカードが拒否されて認証されなかったの」

「なんてことだ」ジョーは言った。

「ひどいでしょ。あの記事はここのみんなをばかみたいに書いていた。ビリーはあたしたちをあまり好きじゃないのね」

「ああ。好きだとは思えない」

「でも、あなたの娘さんはすごい」ミラーはあごを突きだした。「戦士みたいに見えるわ」

ジョーはiPadを返して、ビールの残りをカウンターに置いた。すぐに戻ってくるとミラーに言った。

ピックアップの凍りつくように寒い運転台に乗りこんだ。

コロラド州の猟区管理官はワイオミング州の猟区管理官と同じ相互協力無線を使っている。コロラド州の猟区管理官五、六人と会ったことがあり、彼らは勤勉で献身的なプロフェッショナルだったし、ワイオミング州の自分たちと同様に薄給だった。

通信指令係が応答するとジョーは言った。「こちらGF20。ワイオミング州南部とコロラド州北部に手配をかけたい。容疑者二人が乗ったレンタカーだ」

ブラッドワースの四輪駆動車の特徴を説明し、記者とソフィの外見もかんたんに伝えた。容疑者はホテル経営者に詐欺行為を働き、〝おそらくほかにも違法行為をおこなった〟疑いがあると、通信指令係に告げた。

凍ったポーチの階段を上って〈ウルフ〉の中に戻りながら、ジョーは自分の行動が大いに良心的だとは感じられなかった。

だが、連中になにができる？　もう一度クビにするか？

彼がビールのグラスを持って階段を上りかけたとき、キム・ミラーが声をかけた。「ああ、あなたに言わなくちゃならないことがほかにもあったの。もう少しで忘れるところだった」

ジョーは足を止めた。

「今晩の早い時間に電話があって、あなたがここに泊まっているか、話ができるかって聞かれた。彼は名乗らなかったし、そういう情報を洩《も》らさないのがうちのポリシーなの」

「ありがとう」

「電話の向こうで大勢の声が聞こえて、グラスが触れあう音もしていたわ。バーからかけていたんだと思う。バーの物音がどんなか知っているから」

「その男はだれだったと思う?」ジョーは尋ねた。

「誓って、スティーヴ・ポロックだった。聞いたのよ、『スティーヴ、あなたなの?』って。彼は急に黙りこんだ。それからあたし言ったの、『スティーヴ、キムよ。あなたの声はわかる』。そうしたら彼は切った」

「電話番号を残さなかった?」

「残さなかった」

「おれの携帯じゃなくて、なぜここにかけてきたんだろう?」

「たぶんあなたが自分を追跡できないように」ミラーは答えた。「スティーヴはここに入りびたっていたの。ここの電話に発信者の番号が表示されないのを知っているのよ」

　九号室で、今日の出来事をすべてメアリーベスに話すのに三十分近くかかった。その前に彼女はシェリダンと話していたので娘が巻きこまれたことを知っていたが、ハンロンからの電話の内容を伝えると沈黙した。そのあとジョーはミッシーが黒幕だというネイトの説を伝えた。

メアリーベスは、ジョーが彼女からは聞いたことのなかった罵《のの》り言葉を立てつづけに口にした。

「母はほんとうに一線を越えたわ」少し落ち着いてから、メアリーベスは言った。「こんどこそ彼女とは完全におしまい。あまりにも性悪で恨みがましくなっていて、あなたを追いつめることがわたしたち全員を傷つけるってわからないのよ。わたしから母に電話する？」

「電話してなんになる？」

「なんにもならないわね。母は否定するだけ」メアリーベスは言い、疲れた口調で続けた。「これからどうする？」

仕事のことだとジョーにはわかった。

「安易な答えはできない」それを認めるのはつらすぎた。「LGD局長から解雇通知が来るまでは、まだ猟区管理官だ。どうだろう──彼女が知事に同意しないとか？」

「冗談でしょう？」メアリーベスは鼻を鳴らした。「リーサ・グリーン-デンプシーは自分の地位を守るためならなんでもするわ。本気で彼女が正義にのっとって声を上げるとでも思う？」

ジョーはためらわなかった。「いや」

「一晩寝かせて考えるわ。わたしが寝るって意味じゃないけど」

彼はわかるよと言った。メアリーベスがパニックを起こさないのがありがたかったが、そうなっても当然の理由がいくらでもある。二人合わせても、彼の給料なしで二ヵ月やっていけるぐらいの蓄えしかない。しかも、引っ越すべき家さえない。

不当な解雇に対して州の人事に苦情申立てができるのは知っているが、調べたこともなかった。官僚たちに自分のケースを訴えでると考えただけで、いやでたまらなかった。そして心の底では、ハンロンと知事が自分をはめたという事実を立証できる自信がなかった。

いままではたしかにあったのに。

長い沈黙のあと、メアリーベスは言った。「それじゃ、あなたはなにごともなかったみたいに捜査を続けるの？」

「ああ」彼は考えていた。おれにやれるのはこれだけなんだ。

「あなたはそっちの人たちに借りはない。それにケイトを知っていたわけじゃないし、彼女はわたしたちにとって大切な人でもない。さっさと荷物をまとめて家へ帰ってこられるのよ」

「わかっている」

「でも、あなたにはできない、そうでしょ？　くわえた骨を放さない犬と同じ。わかっているの。あなたはやめない」

彼は答えなかった。メアリーベスは彼よりも彼自身のことをよく知っている。

「だったら、わたしケイトについてあることを見つけたと思うの。でも、まだ百パーセント確証はない」

ジョーは姿勢を正した。

「わたしはケイトの友だちじゃないし、プライバシー設定もしてあったけれど、彼女のフェイスブックのタイムラインに入れたの」

「どうしてそんなことができたんだ？」用心深い口調で彼は聞いた。

「方法はあるものね。これはルーシーから教わった」

末娘はSNSの使いかたにくわしく、お手のものだった。だが、個人のアカウントにハッキングまでできるとは知らなかった。

メアリーベスは続けた。「ケイトは〈カウボーイに弱いの〉というグループが好きだったようよ。このグループは世界中の同じ好みの女性が集まっているけれど、ほとんどはアメリカ人か英国人。

彼女たち、クーガーみたいなのよ、ジョー。裕福な女が若いカウボーイ目当てに旅をする。〝カウボーイのお尻にシリものぐるい〟なんてネタが拡散されているわ。親しくなったか、親しくなったと言いふらしているカウボーイの写真を投稿している。ケイトも何枚か写真を上げていると思うけれど、まだ確認がとれていないの。投稿していたら、ハンドルネームは〈ミス・キティ〉よ」

「ミス・キティ？　ドラマの『ガンスモーク』に出てくる酒場の女主人？」

「そうよ」メアリーベスは熱のこもった口調で答えた。「ほくろのある赤毛の女。とにかく、ミス・キティはこのグループ・ページに投稿されたたくさんの写真に〈好き〉ボタンを押している。ケイトはこのページの精力的なユーザーじゃないけれど、サイトの閲覧に時間を使っていたのは確か。そしてきっと自分の写真も上げている」

「よくやってくれた」ジョーは感心した。「これは新しい情報だ。ＤＣＩは見逃していたし、ビリー・ブラッドワースと英国のタブロイド紙もだ」

「ほかの女が望むものに対して女は共感するのかも」

ジョーは同意したが、女がなにを望むのかおれにはさっぱりわからないと思った。

「そのサイトにはシルヴァー・クリーク牧場での滞在についてなにかあった？」

「あった。ミス・キティが間違いなくケイトだという確証はないけれど、そこにいた七月の日付に合う写真が二、三枚投稿されているの。背景にシルヴァー・クリーク牧場の建物らしいものが写っているわ。とくに中の一枚はあなたにもわかるはず。いま携帯に送った」

「待って」ジョーはメールを開き、写真を見つけた。早朝の金色の光の中で馬に鞍《くら》をつける乗用馬係たちの写真。糟毛《かすげ》の馬に鞍を置くシェリダンがはっきりと写っていた。

「あの子がいるでしょ？」メアリーベスは聞いた。

ジョーは答えなかった。シェリダンはわかるが、この写真は彼女を狙って写したものではない。たまたまそこにいただけだ。

「あなたの娘がわかる？」メアリーベスはふたたび聞いた。

「ああ」

手前に、鞍帯を締めている若いカウボーイが写っている。メアリーベスが気づかないのは、彼に会ったことがないからだ。

だが、ジョーは会った。

「写真のカウボーイはランス・ラムジーだ」

「つまり……」

「そうだ。ミス・キティはランスについてなんと言っている？」

「こう書いている、〈イャッホー〉」メアリーベスはむっつりと答えた。

「それだけ？」

「ええ、でも意味するところはあきらかよ」

「だが、ケイトはよほど慎重に行動していたにちがいない。牧場の支配人は気づいていなかったし、勘のいいシェリダンもだ」

「あの子はわたしと同じくらい勘がいいのに」

ジョーは尋ねた。「ケイトがそれを投稿したのには理由があるはずだ、だって……」

「結論に飛びつくのはやめましょう、ジョー」メアリーベスは警告した。「ちゃんと説明がつくのかもしれないわ。ミス・キティは――つまりケイトは――グループのほかのクーガーたちに対してマウントをとろうとしただけかもしれない。あるいは違うのか。どのみち、シェリダンは知っておく必要があるわ」

メアリーベスには見えなくても、ジョーはうなずいた。

「この新たな展開をあの子は喜ばないわね」

「おれもだよ」

「あの子、胸の張り裂ける《ハートブレーキング》ような思いをするんじゃないかしら」

「おれがあいつの頭をかち割って《ブレーク・ヒズ・ヘッド》やる」

「ジョー……」


「まだリチャード・チータムについて調査中よ」メアリーベスは言った。「たいした情報はないの。関与を示唆《しさ》するようなものは間違いなくない」

「容疑者リストの下のほうに置いたままにしておく」ジョーは言った。

「でも興味深い事実がわかった。彼の名前を画像検索していたとき、リチャードとソフィが一緒にいる写真を数枚見つけたの。いちばん最近のものは、着飾った二人がフォーマルなチャリティ・パーティから帰っていくところ」

「それのなにが興味深いんだ？」

「写真は一ヵ月前よ。行方不明の姉が見つからなくてソフィが取り乱していたはずのころ。元義兄と一緒にフォーマルな社交行事に出かけていくなんて変じゃない？」

「リチャードは再婚したんじゃなかったか？」

「ええ、そうよ。二、三ヵ月もったけど、また独身に戻った」

「ふうむ」

「これも簡単に説明がつくのかもしれない。引き続き調べるわね」


二人はさらに二十分しゃべり、やがてジョーの携帯のバッテリーがなくなりかけて、切らなければならなかった。彼は充電器を見つけて携帯をつないだ。

スティーヴ・ポロックが電話してきて彼についていて尋ねたことを、妻に伝え忘れたのに気づいた。

服を着たままベッドに横たわり、動いていない天井のファンを見つめた。自分の心とは違って静かそのものだ。サドルストリングのタウンハウスでメアリーベスがまったく同じことをしているのを想像した。彼女がここにいてくれたらと思った。

〈ミス・キティ〉に関する発見はケイトの失踪に別の見かたをもたらし、それは真剣に考える必要がある。

ミス・キティに照らして検討すると、偶然に見えたさまざまなものがつながってくる。

すぐに日曜日になる、と思った。解雇通知が届いて彼がもはや公式の肩書で捜査を続けられなくなるのは、時間の問題だ。

イヤッホー。

第四部

新しい経営エリートと古い資産エリートの違いは、ナルシシズムを特徴とする新しいセラピー文化と、現在では産業社会の周縁でしか生き残っていないブルジョア文化との違いを明示している。

——クリストファー・ラッシュ

24

同じころ、ゲイラン・ケッセルはローリンズのウェスト・エルム・ストリートにあるカーボン郡記念病院の屋外駐車場に会社のピックアップを乗り入れた。頭上の照明が届かないいちばん奥の列まで運転していき、バックで駐車するとヘッドライトを消したがエンジンは切らなかった。駐車場には十台も止まっておらず、最奥の列にはケッセルのピックアップしかいない。背後には除去された雪の凍った壁がある。

テッド・パノスは二人のあいだの座席に置かれた大きな封筒をちらりと見た。それはサラトガを出たときからそこにあったが、パノスは中身を知らなかった。もう一つ説明されていないのは、いつもの〈カーハート〉の作業着と防水ブーツではなく、スポーツジャケットを着てスラックスをはいてこいとケッセルがメールしてきた理由だった。ケッセルが使った言葉は〝ビジネス・カジュアル〟だった。

パノスは返信した。〈冗談でしょう?〉

ケッセルから返事が来なかったとき、パノスは目を閉じてどきどきする心臓を鎮《しず》めようとした。夜遅く出かけるのはめずらしくはないが、〝ビジネス・カジュアル〟で出かけるのは異例だ。なにかよくないことが起きようとしている。鼓動が速まったとき、パノスはそう感じた。

きつすぎるスラックスをはき、葬式に着ていったのが最後の——ポケットにはまだたたんだメモリアルカードが入っていた——ジャケットの肩から白いほこりを払う前に、パノスはひげ剃《そ》り道具の中を探して違法の鎮痛薬の入ったプラスティック容器を見つけた。以前、これで同じような状況を切り抜けたのだ。五ミリグラムの錠剤を一錠飲むのか二錠飲むのか思い出せなかったので、二錠飲んでさらに二錠をあとあとに備えてポケットに入れた。

ケッセルが迎えにくる前から、薬は効き目をあらわして体内を毛布のように静かに包んでいた。


ケッセルは〈救急〉と書かれている入口を太い指で差した。

「あそこから入れ」ケッセルはパノスにつばの狭いフェドーラ帽を渡した。「これをかぶって、日常茶飯事のふりをして入っていくんだ。挙動不審なそぶりや、こそこそした態度はだめだ。それから監視カメラをまっすぐ見上げたりするな。うつむいていろ」

パノスは帽子をかぶった。サイズはぴったりだった。

「ここへ来るまでにおれが言ったことを全部覚えているな?」ケッセルの話しかたは簡潔でたんたんとして、軍隊調だった。こういうときのケッセルはいちばんいらついているんだ、とパノスは思った。

「もちよん覚えています」発音が不明瞭になった。

「なぜろれつがまわっていない？」

「そんなことないですよ」

ケッセルは彼をにらみ、その目は〈救急〉サインの遠く赤い光を反射していた。

「テッド、頭をはっきりさせたほうがいいぞ。飲んでいたのか？」

「ノー・サー」

「ほんとうに大丈夫だな？」

「イエス・サー」

じっさい、パノスは久しぶりにリラックスした気分だった。リラックスしすぎていて、ボスをますます怒らせるだけの大きな笑みを浮かべないようにがまんした。

「あんたが探しているのはだれだ？」ケッセルは尋ねた。

「キャロル・シュミット」

「彼女はどこにいる？」

ここへ来るまでの車中でケッセルが言った内容を、パノスはけんめいに思い出そうとした。薬でいい気持ちになっていたので、聞いているふりをしていたのだ。温かな風呂につかっているような気分だったが、それは体の内側のことだった。あるいは、ふわふわしたものが全身を漂って脳に流れこむような気分。ケッセルにこんなことは話せない。

「キャロル・シュミットは救命救急病棟にいます」パノスは答えた。「そこは受付デスクの右側の廊下の先にある」

考えを見通しているかのように、ケッセルはパノスに視線を据えたままだったが、訂正したりさえぎったりはしなかった。どうやらクイズに正解したらしい。

パノスがはっきりと思い出せるのは、ケッセルがとてもシュミットを恐れているらしいということだった。道路から転落してローリンズへ搬送《はんそう》された彼女がもちこたえたとは、信じられなかったのだ。ケッセルは彼女を〝タフなばあさん〟と呼んでいた。

それから彼は頭のけがについてもなにか言っていた。人工的昏睡《こんすい》状態がどうとか。それから、昏睡状態から脱してもエンキャンプメントへ向かう道路で自分になにが起きたのか思い出せるかどうか、みたいなことも。

だからいま二人は駐車場にいる。キャロル・シュミットが〝ビジネス・カジュアル〟の理由なのだ。

ケッセルは封筒を開けて、パノスの運転免許証の写真を添付したカーボン郡記念病院のIDバッジを吊《つ》るしたストラップを渡した。

「おっと——これをどこで？」パノスが聞いたのは写真のことだった。

「ここで働いている人間を知っているんだ」ケッセルは答えた。「彼女がここにいてどの病棟にいるか、彼らから情報を得た」

パノスは誤解を指摘しなかった。自分がしゃべればしゃべるほど、ばかげたことやおかしなことを口にしてしまうリスクが増えると、頭のどこかでわかっていたからだ。鎮痛薬のせいで、いま耳の中ではセンチメンタルな曲が流れている。

「ばかなまねをしたり目立ったりするな」ケッセルは続けた。「彼女の頭を殴ったり絞め殺したりするな、ってことだ。眠っているうちに死んだように見せる必要がある」

「じゃあ、どうすればいいですか?」パノスは自分の冷静で落ち着いた態度に驚いていた。

「状況を判断して決めろ。機械を止めるとか、管を抜くとか。どうしようもなければ枕を使え。疑われるような状態にしておくな。頭を使え。わかったか?」

「わかりました」

「いいか、あんたは何百回も来ている態《てい》で病院に入っていく。昼間のシフトのあいだ医者たちを訪ねる製薬会社のセールスマンだ。だが、オフィスの一つに大事な書類を置き忘れて、ホテルに帰ってからそれに気づいた。受付係はあんたを知らない、彼女は夜しかいないからだ。あんたは書類をとりにここへ来た」

そう言って、ケッセルは座席にあった封筒をパノスに渡した。「入っていくとき見られないように、それをスラックスの後ろに突っこんでおけ。出てくるときには忘れずに手に持っていろ」

「中にはなにが？」

「どうだっていいだろう、くそ」ケッセルの歯が赤い光の中で閃《ひらめ》いた。「ただの計略だ」

「了解」

「彼女の名前が病室の外のホワイトボードに書いてあるはずだ。さっと入ってさっと出ろ。書類をとってくる以上の時間をかけるな」

「了解」一息入れて、パノスは聞いた。「どうしておれがこれをやるんです？」

ケッセルは黙りこんだ。パノスはすぐに質問を後悔した。だが、自分が意気軒昂なのを感じた。薬が警戒心の一番目の枷《かせ》を溶かしていた。

「なぜならな、テッド」一語一語が一つの文章であるかのように、ケッセルは答えた。「このあたりの。連中。いまいましいことに。知っている。おれを。あんたは知られていない。おれがあそこへ入っていけば、だれかが言うだろう――『おい――新聞で彼を見たぞ』あるいは『おい――ロータリークラブで話をしたぞ』ってな。そのくそ頭を使うんだ、テッド。さあ、行け」

「こういうよごれ仕事は契約していない。とくに、おれが知りもしないばあさんが相手だなんて」

ケッセルはわずかにあごを下げたが、目を大きく見開いて探るような視線をパノスに向けた。「あんたは必要なことをやる契約をしたんだ、おれも同じだ。おれは自分の役割を果たしたが、どういうわけか彼女はゆうべ死ななかった。仕事にケリをつけるのはあんたの番だ。世の中のためなんだよ。あのばあさんは邪魔になる可能性がある……あらゆることの。自分がどの程度知っているか気づいていないが、おれの顔を見た。もし意識が戻ってぺちゃくちゃしゃべりだしたら、すべて終わりだ。説明しただろう。聞いていなかったのか？」

じつは聞いていなかった、とパノスは思った。道中のケッセルの一人語りのその部分では、彼は朦朧《もうろう》としていた。

パノスはドアのハンドルをつかんだが、まだ開けなかった。「これでボーナスをもらえるのかな？　たいへんな仕事ですよ。なにかもらえてもいいんじゃないですか？」

「なにかもらえるよ」ケッセルは請《う》けあった。「約束する」

ケッセルを信じられるかどうか心もとなかった。だが、薬でぼんやりした状態で、自分がなにを聞いたのか、なにを聞いたと思ったのか、パノスは確信が持てなかった。だから、そのままにした。でも、自分がぼうっとしているのは幸いだ。正気では、これからやろうとしていることができるはずがない。

ドアを開けたとたん、寒気が襲いかかってきた。少し頭がすっきりした、それはよかった。パノスはスラックスの後ろに封筒を入れるのに手間どり、だんだんいらいらしてきた。だがようやく、ウエストバンドの内側にすべりこませた。古いトレンチコートを着て封筒を完全に隠し、ケッセルのピックアップをあとにして病院の入口へ向かった。

ボスの視線を背中に感じて、パノスはゆっくりと慎重に歩いた。凍った地面ですべってころんだら、まずいだろう。

トレンチコートに裏打ちがついていたらよかったのにと思った。少しも暖かくないからだ。しかし、ビジネス・カジュアルなもので彼が持っているのはこれだけだった。


パノスが両開きのドアから入っていくと、オレンジ色の髪を逆立てて全体をふっくらさせ、メガネをかけた女が、パソコンのソリティアのゲームから顔を上げた。彼女の前のカウンターには〈マギー・ホワイト〉という名札が置いてあった。

じっさいは違っても、自分は百回もこの建物に入ったことがあるのだとパノスは思い出した。

「こんばんは、マギー」わざと親しげに声をかけて、ストラップのＩＤをちらっと見せた。「〈ファイザー〉のフィルだ」――それは彼が知っていた唯一の製薬会社だった――「今日の午後、廊下の先のオフィスに書類を忘れてしまったんだ。ちょっと行ってとってくるよ」

女と目を合わせないようにした。とにかく歩きつづけた。

いいいいい、足を止めて話すな。かかかかか、カウンターの右だっけ、左だっけ？

彼は向きを変えて進みつづけた。右へ。

「すみません？」後ろで彼女が呼んだ。「フィル？」

彼はそのまま進んだ。突然汗が噴きだして視界がぼやけた。

足どりをゆるめ、落ち着こうとした。マギー・ホワイトは廊下を追いかけてきたりせず、警備員を呼ぶ声も聞こえなかった。書類を手に戻ってきたときも彼女はあそこにすわったままだろう、とパノスは思った。

下を向け。視線を上げてカメラがどこにあるか見たりするな。

キャロル・シュミットが中にいることを示すホワイトボードを探せ。

廊下の中間あたりのドアの外側に、その名前が書かれていた。

一分もかからなかった。彼女がつながれている機械は見るからに複雑で、管ははずしても影響がなさそうな透明な液体で満たされていたので、パノスは枕を使うことにした。

室内は暗かったが、スクリーンやモニターがぼんやりした光を放っていたので見るには充分だった。機械の一つはリズミカルなカチ、カチ、カチという音をたてていた。

想像していたよりも彼女は年寄りで小柄だった。目は閉じられていた。

ブランケットの下で脚をばたつかせ、小さな骨ばった手は見つからない彼の手首をつかもうとした。動かなくなるまで枕を顔に押しつけ、死んだあと頭の下に戻した。あんぐりと口を開けた顔は見ないようにした。

パノスは後ろに下がって深く息を吸った。そのとき、頭をのけぞらせていることに気づいた。急いで下を向いたが、監視カメラかもしれない赤い光を部屋の隅の上方に目にしていた。

パノスは考えないことにした。

汗が滝のように首筋を流れ落ちる。おぼつかない手つきでスラックスから封筒を出したが、リノリウムの床に落としてしまった。書類が散らばり、彼はまた封筒に押しこんだ。

さっと入ってさっと出る、ケッセルが言っていたように。

彼女が死んだいま、アラームは鳴らないのだろうか？　ブザーとか？

だが、なにも起きなかった。別のステーションにいる看護師がモニターの平らな線を見るかもしれないが、だれかが反応する前にパノスは病院を出たかった。

「ありがとう」カウンターの横を通ったときマギー・ホワイトに声をかけ、出口へ向かった。

「訪問者リストに名前を書き忘れているわ」彼女は後ろから叫んだ。きびしい調子でも不愛想でもなかった。いつもの手順、わかってるでしょという感じだ。

しかし彼は両開きのドアを押し開けて外へ出た。

こんどばかりは寒気が肌に心地よかった。

駐車場を半分横切ったとき、ケッセルがいないことに気づいた。

パノスは立ち止まり、「くそ」とつぶやいた。

向きを変えて凍った雪の上で足をすべらせた。手を振りまわし、なんとかバランスをとりもどした。

マギー・ホワイトが両開きのドアの向こうで立ちあがるのが目に入った。受付係は、緑色のスクラブを着た看護師が目の前を左から右へ走っていくのを見ていた。きっと看護師はモニターに気づいたのだ、とパノスは思った。それが機械のモニターの一つで、監視カメラのビデオ映像でないことを祈った。

看護師は彼の去ったほうへ目を向けなかったので、たぶん機械のモニターだ。

パノスはあたりを見まわした。ローリンズは暗く寒く、人気《ひとけ》はまったくない。寒さは彼の顔をこわばらせ、袖口や足もとから這《は》いあがってきた。

パノスは思った、いったい、いなんで……

ケッセルのピックアップのヘッドライトが光った。車はちょうど通りを横断したところだった。パノスが病院にいたあいだ、ケッセルは駐車場を出て外の通りで待っていたのだ。もしパノスが中で捕まったら自分はさっさと逃げられるように、見張りに適した別の駐車場所を選んだのだろう。

ボスは座席で身を乗りだして助手席のドアを開けた。

「乗れ」

パノスは急いで乗りこんで座席におさまり、ケッセルは州間高速八〇号線をめざして発進した。

ケッセルはスピードを出さず、隠れている警官の注意を引くようなことはなにもしなかった。時間が遅いのでシダー・ストリートにあるわずかな信号が琥珀色《こはくいろ》に点滅しはじめたとき、二人は一息ついた。

「終わった」パノスは言った。

「どうやった？」

「窒息《ちっそく》させた」

「おとなしく死んだか？」

「そう思います」

ブランケットの下で彼女が蹴《け》っていたのをパノスは思い出し、あの部屋にいたときよりもいまのほうがこたえた。

「テキサスだ」ケッセルは言った。「あんたはテキサスへ行く」

「テキサス？」

「ここより暖かい。おれがここでやっていることを、あんたは向こうでやる。こいつは昇格だ、でかい昇格だぞ」

パノスは考えた。「それがおれの報酬？」

「そうだ。あるいはアイオワか」

では、ケッセルは彼についてビッグ・ボスたちと話をしていたのだ。自分をサラトガで拾う前にボスたちと話したのだろうか、それとも自分が病院にいたあいだに？　どうでもいいことだ。

パノスはアイオワに行ったことがなく、ときどきアイダホやオハイオと間違える。だが、テキサスは知っていた。

「わかりました」彼は言った。

「よし。だが、ここの仕事が終わっていない。週末が終わるまでにやらなきゃならないことが山ほどある」

パノスはうなずいた。あの老婆の最後の瞬間を思い出してこういう気分になるのは、鎮痛薬が切れてきたせいかもしれないと気づいた。彼はポケットを探って残りの二錠を出し、水なしで飲みこんだ。ケッセルが道路に目を向けているあいだにこっそり。

「始末する必要があるおせっかい屋が二人ここにいる」ケッセルは言った。「優先度が高いんだ、だがちょっと手ごわいかもしれない」

パノスはすわりなおし、温かな風呂につかっている感覚が戻ってくるのを待った。どうやら、ケッセルは〝おせっかい屋〟について新しい情報を得たらしい。

次になにが待ちかまえているにしろ、薬が足りなくならないようにパノスは祈った。

病院では、救命救急の看護師がデスクにいるマギー・ホワイトに近づいてため息をついた。

「彼女、亡くなったわ」

ホワイトはかぶりを振った。「施設管理者に連絡する」

施設管理者は朝のシフトが到着するまで病室を保全する責任を負う。近親者に知らせが行き、地下の安置室に移されるまで、遺体はそのまま病室に留《とど》められる。

看護師は言った。「午後シュミットを二階に移したあと、ホワイトボードの患者名を書きなおすのをだれかが忘れたのを、かならず記録しておいて」

「やっておく」モニターで患者名簿をチェックしながらホワイトは答えた。「じゃあ、亡くなったのはミセス・アルバレス？」

「そう。あの年齢の女性が肺炎になるとね……」

〈ファイザー〉のフィルのことを看護師に話そうかとホワイトは思ったが、やめておいた。ほんの数分しかいなかったし、もう帰ってしまった。

25

ニール保安官は椅子の背にぐったりともたれて、たたんだ〈ローリンズ・デイリー・タイムズ〉をデスクごしにジョーとネイトに放った。

ジョーは新聞を開かなかった。〈デイリー・ディスパッチ〉に最初に載ったエアドールを抱えているニールの写真が見えた。第一面だった。

「おれたち全員がとんでもないあほうの集団に見える」ニールは言った。「おれは中でも最高のどあほうに見える」

ジョーは答えた。「ええ」

「賛成しなくていい。選挙まで長い九ヵ月になるだろう」

ネイトはジョーの隣で身動きした。彼は出ていきたくてじりじりしていた。二人とも供述を終えており、ネイトはカーボン郡保安官事務所にこれ以上一分でも長くいたくないのだ。こういう環境でネイトが落ち着かないのを、ジョーは知っていた。

「レス・マクナイトはどうした？」ジョーは尋ねた。

「鼻とあごの骨が折れて、脳震盪《のうしんとう》を起こした」ニールは答えた。「あんたの娘さんはみごとな一撃をくらわしたよ。退院まで二、三日かかると病院は言っている。噂《うわさ》では、保安官事務所を訴える機会を狙っている弁護士たちから彼に電話がかかってきているそうだ。だが、あんたと娘さんはたぶん大丈夫だろう。連中は金のあるところを狙うからな。

マクナイトと司法取引をするつもりだ。なんといっても、彼はこっちに発砲している。暴行未遂容疑の取り下げと引き換えに、訴訟をやめさせられるだろう」

ジョーは顔をしかめた。交渉は面倒なことになりそうだし、巻きこまれたくなかった。とにかくマクナイトは、夜に来て名乗らなかった襲撃者たちから自宅を守っただけだとかなりの信用性をもって主張できるのだ。そして例の人形を持っていた件は総攻撃決行の相当な根拠にはならない。

「今日は朝のコーヒーを飲みにいかなかった」ニールは言った。「あとで後悔することを口走ってしまいそうだと思ったんだ」

少し間を置いてから続けた。「まったくなんてざまだ」

「ああ」

「トラブルはたしかにあんたについてまわるようだな?」ニールはジョーに言った。

「そうらしい」

ジョーは顔を横に向けた。ニールのオフィスは郡庁舎の二階にあり、窓からは通りの向こうのレンガ造りの建物が見える。大恐慌時代を思わせる光景で、男たちが寒い中列を作って立ち、入れてもらうのを待っていた。足踏みをしており、吐く息は白い。ブルーカラーの労働者だ、とジョーは思った。頑丈なブーツ、〈カーハート〉のコート、断熱材入りの作業着。

「あそこでなにをしているんだ?」彼は聞いた。

「〈バックブラッシュ〉の求人に応募しにきたんだ」ニールは答えた。「一ヵ月前、会社は雇用本部にするために空《あ》きビルを借りた。職を求めて国中から男たちがここへ来るよ」

ネイトがフンと鼻を鳴らしたが、ジョーは聞き流した。

「建設の仕事にはなかなかつけない」ニールは続けた。「ああいう男たちの中には二年も一時解雇されたままの者もいるんだ。郡にとってはほんとうにいいことだよ、あの風力発電基地があるのは。建設中は税金面でも助かる。完成したら、労働力はかなり減らされるだろう。だが、この先二、三年はなんとかなる。好況と不況のくりかえしにおれたちは慣れているんだ」

「ケイトの失踪についてなにか新しい手がかりは?」ジョーは聞いた。「つまり、確かな筋の手がかりだが?」

「しばらくケイトの件からは離れようと思う」ニールはため息をついた。「あんたもそうするべきなんじゃないか」


カーボン郡記念病院の前で、ネイトは暖房をつけっぱなしにしてジョーのピックアップに留《とど》まった。

中の受付で、ジョーはジョシュア・トイブナーが事故による肩の銃傷できのう入院したのを確認した。予後はいいとのことだった。

車へ戻る途中、ジョーはきのうだけで背後の病院に少なくとも三人が運ばれたことに気づいた。ジョシュア・トイブナー、レス・マクナイト、凍結した道路から車で転落した老婦人。

この調子では病院はすぐ満員になってサラトガはがらんとしてしまうな、と思った。

トラブルはたしかにあんたについてまわるようだな？


運転台に乗りこむと携帯が振動した。非通知番号だった。

ジョーは応答した。接続が悪く雑音だらけだった。

「ジョー・ピケット？」

「そうだ」

「ジェブ・プライアーだ」

相手を思い出すまでちょっと時間がかかった。「なにか？」

「エンキャンプメントの製材所のオーナーだ。金曜の夕方〈ウルフ〉で会った」

「ああ。ご用件は？」

「話さなくちゃならないことがあるんだ。どうしたらいいか、あんたなら考えがあると思う」

「どういうことですか？」

プライアーが説明しようとしたとき、ジョーの携帯の電波がとだえて通話が切れた。トゥエルヴ・スリープ郡と同じく、カーボン郡も電波状態が安定しない。ジョーは携帯をひざの上に置いた。

「ジョシュア・トイブナーはいたか？」ネイトが病院のほうをにらみながら聞いた。

「ああ」

「彼と話をして携帯をとりあげてこようか?」

「だめだ」

「ヤクがぬけていれば、盗み聞きした会話をもう少し思い出せるかもしれないぞ」

「ネ、ネイト……」

携帯がまた光って非通知番号の表示が出た。

今回の接続状態はよかった。

「ミスター・プライアー?」ジョーは呼びかけた。

「ジョー?」聞き覚えのある声だった。よすぎて、相手の息遣いまで聞こえた。

「ああ」

「スティーヴ・ポロックだ。おれのことを聞きまわっているそうだな」

近くのだれかに聞かれたくないように、ポロックは低い声で話した。

「どこにいるんだ、スティーヴ?」

「シャイアンにいる。だが、アリゾナへ向かうところだ。もういなくてもよくなったからには、この寒さと風ががまんできなくてね」

ポロックはしかたなく電話してきているのがジョーには感じられた。そして、いまにも通話を切ってしまいそうな気配だ。

「スティーヴ、おれがサラトガにいるのを知っているだろう。ここでなにがあったんだ？」

「くそだ。くそいまいましいことだ」

投げやりで陰気な口調だった。

「話してみないか？」

「どうかな」

「おれがそっちへ行くよ」

ポロックは苦々しげな笑い声を上げた。「ああ、おれがそっちへ戻ることはないからな」

「シャイアンへ行く。いつまでいる予定だ？」

ポロックは長いあいだためらっていた。ジョーは携帯を見て電波が入っているのを確かめた。大丈夫だ。

「あしたの朝早く出る」ポロックは言った。「戻ってくるつもりはない」

「今日の午後会おう」

「なあ、会うのがいいのかどうかおれにはわからない」

「一度だけでも話そう。猟区管理官同士で。二人で内密に。おれたちが話したのを本部が知る必要はない」

しばらく黙っていたあとで、ポロックは言った。「信頼していいんだな、ジョー？」

「ああ」

「ナインティーンス・ストリートの〈アルフズ・パブ〉で。奥のブースにいる。録音機は車に置いて、ほかにはだれも連れてくるな、わかったか?」

ジョーは同意し、ポロックは通話を切った。

「シャイアンへ行くのか?」ネイトが尋ねた。

ジョーはうなずいた。

「あそこでは悪いことが起きる」

ジョーは議論を始める気はなかった。シャイアンでのネイトの体験は——何ヵ月も、公式には存在していない連邦政府の収監施設に閉じこめられていた——ジョー自身の州都での体験とはまったく違う。

ネイトは言った。「あんたが留守のあいだ、おれはいくつか調べなおしてシェリダンにも目を光らせておくよ」

「いくつかというのは、ケイト関連、それとも陰謀論関連?」

「たぶん両方だ。〈ウルフ〉で降ろしてくれ、自分の車に乗りかえる。あんたのはこのひん曲がったドアのせいで寒すぎるよ」

ジョーはうなずいた。「ネイト、また別の住民が病院行きになるような尋問はほんとうに願い下げだからな、意味はわかるだろう」

ネイトは一声うなった。

ジョーはジェブ・プライアーからの電話についてネイトに伝えた。

「あんたが行って彼と話してくれれば、おれの時間の節約になる。電話してきた用事と、なぜおれが彼の話に興味を持つと思ったのか聞いてくれ。そのあと連絡をもらえれば、次の一手をどうするか相談できる――」

「わかった。どのみち、そっちのほうに用があるんだ」

ジョーはうなずいた。「職権でこれを頼める筋合いはないんだ、もう公式に捜査権があるのかどうかさえわからないから。わかっているのは、職権があるふりができる時間はたいしてないってことだ」

「おれの魚を持っていくぞ」ネイトは振りむいて後部座席にまだそれがあるのを確認した。

「必要ならな」ジョーは答えた。


携帯のワイオミング州運輸局のアプリで、州間高速八〇号東線のエルク・マウンテン―ララミー間がまたもや強風と吹雪《ふぶき》のために閉鎖されているのを知り、ジョーは南の州道二三〇号線へ向かってララミーを経由し、シャイアンへ行くことにした。まだ通れる東西のルートはそこだけだった。

ワイオミング州南部を通る八〇号線ほどよく閉鎖される州間高速道路はない。連邦政府は現在の場所に道路を造るべきではなかったと、いまだに住民は不満を洩《も》らしているし、ルート沿いでは〈おれはスノー‐チ‐ミン‐ルートを生きのびた〉（とくにベトナム戦争中に使われた軍事物資補給道路、ホー‐チ‐ミン‐ルートとかけている）と書かれた絵はがきを売っている。

二三〇号線は往来の少ない二車線の道路で、狭い路肩の両側の果てしない雪原にときおりぽつんと遠くの牧場の建物が見える。吹雪でアスファルトの路面は凍っており、彼は速度を落として、車線の右端にわずかに残る乾いた路面を里程標《りていひょう》から里程標へと進んだ。何度も地吹雪で道路が見えなくなって停車し、視界が開《ひら》けるまで待った。運転しながら、サイドミラーで里程標をこすらないように気をつけた。

対向車は全部で三台だった。すれちがうときドライバーたちはジョーを不審げに見て、そのあと自分の運転に集中した。

ルートはメディシンボウ・フォレストの深い森の中をカーブしながら進み、コロラド州北部をかすってからまたワイオミング州に入った。密生したロッジポールマツが吹きつける雪の勢いを削《そ》いだものの、虫にやられた木々はあまり助けにはならなかった。厚い毛に氷の結晶が埋まった茶色とベージュのエルクの群れが、死への行進を強いられているかのように頭を下げて土取り場沿いを一列で歩いていくのを、ジョーは見た。ある山中の牧草地では、天候から逃れる道を探しているかのように雪の表面から顔を出す、よるべないキジオライチョウたちを見た。

〈ワイコロ・ロッジ〉付近ではスノーモービル乗りたちが均《なら》してあるトレイルもそうでないトレイルも走りまわっており、ジョーは一台も眼前の道に飛びだしてこないのを確かめつつ警戒を怠らなかった。

壊れたドアのせいで風が運転台に吹きこんでおり、暖房装置を目いっぱい強くしても寒さに太刀《たち》打ちできなかった。手指と足指の感覚がなくなっていくことから気をそらそうと、彼はラジオをつけた。

ララミーのＫＯＷＢラジオがニュースをやっていた。

「……行方不明の英国の広告会社社長ケイト・シェルフォード－ロングデンの件について、アレン知事はけさめずらしく日曜日午前の記者会見を開き、知事が言うところの〝無能な州職員たち〟を一掃したあと、二倍の人員を投入して捜査する意向であると発言しました……」

ジョーは急いでラジオを消した。

道路状態がよければ、サラトガからシャイアンは二時間ちょっとだ。だが大雪のララミーをようやくジョーが通過したときには三時間近くたっていた。彼がシャイアンの〈アルフズ・パブ〉にたどりつくまで、ポロックの気が変わらないといいが。

知事の記者会見についてラジオで聞いた断片は、暗い敗北感の種をジョーの胸に植えつけた。ポロックがなにを語るにしろ――彼がちゃんとシャイアンにいればの話だ――ケイト失踪の真相に近づけるとは思えなかった。

現実でも心の中でもジョーはどうしようもなく一人ぼっちに感じた。まだバッジとピックアップと制服のシャツはあるが、もはや職権のもとに行動しているのだという自信がない。猟区管理官として、州の役人としての終わりは急速に近づいている。州発行のガソリン・クレジットカードは使えなくなり、メールアカウントも削除されるだろう。サドルストリングの仮住まいの家賃も支払われなくなる。

ジョーは流浪の身となり、家族も道連れにしてしまう。

義母のミッシーはついに復讐《ふくしゅう》を果たし、しかもおそらく最新の夫の財産を使って、快適なジャクソンホールの邸宅から手の込んだ方法でやってのけたのだ。みずからは表に出ない形で。

自分の解雇の裏に彼女がいた事実は、たぶん証明できないとジョーにはわかっていた。アレン知事が見返りを約束したと認めれば別だが、そんなことはありえない。アレンは自分の誤った選択や決定の責任をとらない。なにも認めず、ぜったいに謝罪しない。悪いことが起きれば、それは他人の行動と彼らの自分への忠誠心の欠如のせいなのだ。

昨今はこういう風潮が目にあまる、とジョーは思った。

ミッシーがかかわったせいで勝ち目のない状況に送りこまれたことには、くやしいが納得がいく。彼女の動機がどこにあるかわかっているからだ。ジョーが解雇されて流浪の身となれば、メアリーベスが経済的援助を、もしかしたら住まいさえ求めてまた母親に頼らざるをえなくなるのではないか、とミッシーは考えたのだ。小さな町の図書館の館長である娘にたいした収入はなく、ローンや学資は勝手に支払われるわけではない。

それに、ミッシーはジョーに関して自分がずっと正しかったと主張できる。結局、彼は家族を養うことができなかった。

メアリーベスは賢いのでその手には乗らないし、ミッシーが思っているよりずっとたくましい。

しかし、それでも……

アレンのカウボーイ偵察員になることを決して承諾してはならなかったのだ、と思った。たとえあのとき選択肢はないように見えても。アレンはルーロンではないし、そうなることはぜったいにない。ジョーを任務に送りだすとき、彼がどじを踏んだ場合に備えてルーロンはつねにもっともらしい否認を準備していたが、まずい状況になっても決してジョーを犠牲にはしなかった。

ルーロンの動機は、ときには見当違いではあっても高潔なものだった。偽物の経歴とにわか作りのイデオロギーしかないアレンのような政治家は、まったく出発点が違う。

ジョーは煩悶《はんもん》していた。たとえ解雇されていなくても、アレンのチームにはこれ以上いたくなかった。だが同時に、ケイトになにがあったのかわからないままにただ手を引くことはできなかった。

ケイト・シェルフォード-ロングデンは現実にいる血の通った人間だ。もしこれが、メアリーベスや娘たちの一人だったらどうだろう？

通りから見えないように、ジョーは〈アルフズ・パブ〉と〈パッケージ・リカー〉の裏にピックアップを止めた。緑色の狩猟漁業局のピックアップは目につきやすい、とくに本部がある州都では。LGD局長や彼女のご機嫌とりたちに、午後のまだ明るい時間にバーの駐車場にピックアップが止まっているのを見られたり、呼びだされたりしたくなかった。

店に入ってからジョーは足を止め、背後でドアが閉まった。外の雪の輝く白い海からバーの暗さに目が慣れるのに、少し時間がかかった。

ビールのネオンサイン、テレビのモニター、バーの上に飾られた牡《おす》のプロングホーンの頭が、薄闇の中に浮かびあがった。

そして奥の小さなテーブルの前の茶色い人工皮革の椅子に、スティーヴ・ポロックがすわっていた。制服姿ではなく、ワイオミング大学の分厚いフード付きパーカを着てジーンズをはいていた。隣にはジャケットを着てネクタイを締めた肩幅の広い男がいた。男は不安そうだった。

ジョーは近づき、二人に向かって帽子のつばを傾けてみせた。

「おれたちだけかと思っていた」彼はポロックに言った。

「ジョー、こちらはＤＣＩのマイケル・ウィリアムズだ」

ジョーは握手して腰を下ろした。

ポロックは続けた。「おれたちみんな、話すことがたっぷりあると思ったんだ、なにしろ三人とも知事に消されたわけだからな」

26

サラトガから南下してエンキャンプメントの製材所へ向かう途中、ネイトはかつておなじみだった曲がり角で州道からそれた。凍ったノース・プラット川沿いに一キロ半ほど牧場へのアクセス道路が続く。前方の雪にはすでに一台のタイヤの跡がついていた。

ドクター・カート・バックホルツと妻のローラは、二年ほど前に連邦犯罪の容疑から逃げていたネイトをかくまってくれた。牧場主は、彼とリヴ・ブラナンが社会から隔絶した生活を送れるように川沿いの小さなキャビンを提供した。夫妻は国を愛し法を順守する人々で、逃亡者をかくまった罪で逮捕されるかもしれないのに、ネイトたちを助けてくれたのだ。

連邦政府はしまいに彼が牧場にいるのを突きとめて悪魔の取引を申し出た。政府の謎の組織に協力してワイオミング州レッド・デザートで極秘任務をおこなうか、あるいは起訴されるか。しかも、組織はリヴも逮捕すると脅《おど》した。選択の余地がなかったので、ネイトはすぐ取引に応じた。だが、牧場主夫妻に別れを告げて、自分とリヴのためにしてくれたことに対してきちんと礼を述べる機会がなかった。

葉の落ちたヒロハハコヤナギの道へ曲がったとき、ランチハウスが無人で、家畜運搬車《うんぱんしゃ》も含めてすべての車両や牧畜用具がなくなっているのを見て、ネイトは驚いた。衣服や家具や絵画などを荷台に積んだ新しいモデルの社用ピックアップが一台、ランチハウスの玄関前に後ろ向きで止まっていたのも予想外だった。荷台に積まれているのはバックホルツ夫妻の所持品だと気づいた。

彼の目がけわしくなり、怒りが全身を貫いた。

ネイトは自分のＳＵＶを、社用ピックアップのグリルの前にバンパーがぶつかりそうな近さで止めると、エンジンを切らずに飛び降りた。右手は上着の内側の四五四口径のグリップを握っていた。

腕いっぱいに衣類を抱えた男が家から出てきたが、衣類で目の前がふさがれていたのでネイトが立っているのに気づかなかった。男は持っていたものを荷台に投げ入れた。

ネイトが銃の撃鉄を起こすカチカチという音を聞いて初めて、男は不審そうに目を上げた。

若く、二十代前半だろう。耳の上までストッキングキャップをかぶり、ZZ《ジージー》 Top（カウボーイハットと長いあごひげがトレードマークのハードロックグループ）風の長いもじゃもじゃした赤いあごひげはところどころ凍っていた。彼はネイトには見かけどおりの人間に見えた。〈バックブラッシュ電力〉の社員だ。上着には社名が入っており、ピックアップのドアにロゴがついているので、間違いない。

「だれだ、ここでなにをしている？」ネイトは詰問した。銃の照星《しょうせい》は、〈バックブラッシュ〉の社員の丸くなった目と目の真ん中にぴたりと合わされていた。

「おれはアール・ライト。撃たないでくれ。頼むから――撃たないで」

男はつっかえつっかえ言った。

「カートとローラはどこだ？」

「だれだって？」本心からとまどった様子で、ライトは聞いた。

「ここに住んでいた人たちだ」

「ああ、そうなのか？」

ネイトは引き金をしぼり、ライトはそれに気づいた。

「二人に会ったことはない」ライトは急いで言った。「おれは命令に従っているだけなんだ。カートとローラのことはなにも知らない。二、三週間前に引っ越したと聞いている」

「それで、おまえはなぜここにいる？」

「会社がここを買ったんだ。取締役の一人が牧場に住みたがっているんだろう。それ以上は知らないんだ。ここへ来て家の中のものを片づけろと言われた。命じられたことをやっているだけなんだ。もしなにか問題があるなら、話す相手はおれじゃないよ」

ネイトはライトの言い分を信じ、銃の狙いを彼のベルトのバックルに下げた。

「なあ、おれは炭鉱労働者なんだ。ハンナに住んでいて、そこの炭鉱が閉山になって以来仕事がなかった。この会社が見つかった唯一の働き口なんだ。いま雇ってくれるのは〈バックブラッシュ〉だけだ。なにかやれと言われたら、その理由をあれこれ聞いたりしない」

ありそうな話だ、とネイトは思った。バックホルツ牧場はドクター・バックホルツの医師としての仕事があってなんとかまわっていた。牧畜業の収入で成り立っていたわけではない。ネイトはそれを知っていた。小さな家族経営の牧場の多くが同じ状況に置かれている。

善良な医師は年をとっていた。小さな牧場が大きな収益を上げるのは、売却されるときだけなのだ。

「それじゃ、〈バックブラッシュ〉が買いとったのか?」

「だと思う」ライトは答えた。「くわしいことはなにも知らされていないんだ」

「家財道具すべてを持たずに、夫妻はこの家を出ていったのか?」

「いくらかは持っていったよ。おれは残りを片づけているだけだ」

「どこへ運んでいくんだ?」

ライトはちょっとためらった。「ゴミ捨て場」

ネイトはふたたび怒りがこみあげるのを感じた。経済的に困っていたとしても、圧力をかけられなければ、医師がこんなに急いで牧場を去るとは思えなかった。

「ほしいなら、持っていっていいよ」ピックアップの荷台のものを示してライトは言った。「なんでも好きなものを」

ネイトは彼を撃ちたくなるほどカッとしたが、撃たなかった。アール・ライトが問題なのではない。

「いったいあんたはだれなんだ？」ライトは尋ねた。

「夫妻の友人だ。二人がどこへ引っ越したか知らないか？」

「まったくわからないよ。でも、きっと暖かいところじゃないかな」

「〈バックブラッシュ〉はこの谷全体を所有するつもりなのか？」

ライトはためらってから答えた。「おそらくな。信じてくれよ、なあ、おれだって気にくわないんだ。おれは炭鉱で食べてきた家の出なんだ、三代目だ。鉱山が閉まる一因になった、しかも前の収入の半分しか払ってくれない風力発電会社で、喜んで働いていると思うか？食べさせていかなくちゃならない女房とチビたちがいなければ……」

「わかった」ネイトは言った。

十五分後、ネイトはエンキャンプメントの製材所の凍った駐車場に車を乗り入れた。作業員のものらしいピックアップ二台のあいだに駐車した。ＳＵＶのドアを開けると、冷たい大気はバーティカル・チェーンソーの甲高《かんだか》い音に満ち、切断されたマツの甘い香りがした。

中にいた、ヘルメットと安全メガネと耳栓を装着した木挽《こび》き職人に、ネイトは口の動きだけでジ、ェ、ブ・プ、ラ、イ、ア、ーと伝えた。職人は製材所の隅にあるドアのほうを指さした。切ったばかりのツーバイフォーの木材の山のあいだを抜け、かかとの高さまでつもったおが屑《くず》の山を踏んでいく自分に、作業員たちの視線がそそがれるのを感じた。訪問客などめったにいないのだろう。

チェーンソーの音があまりにも大きいので、ノックしてもオフィスにいる人間には聞こえそうもなく、ネイトは少しドアを開けて中をのぞきこんだ。

「ジェブ・プライアー？」

幅広の顔に豊かな白髪の、たくましい年配の男がデスクの注文書から目を上げた。風雪に鍛えられたしわだらけの顔、過酷な野外労働による傷跡の残るがっしりした手。眉《まゆ》を吊《つ》りあげて、そう、ジェブ・プライアーはおれだが、と伝えていた。

ネイトは小さなオフィスへ入ってドアを閉めた。これでチェーンソーや機械の音は小さくなったが、完全にシャットアウトできたわけではない。

「ジョー・ピケットに頼まれて来た。あんたから電話をもらったそうだな」

「あんたはだれで、どうして彼が自分で来ないんだ？」

プライアーは話すというよりどなっていた。聴力の衰えと、チェーンソーや重機の音に負けずにしゃべろうとしてきたせいだろう、とネイトは思った。

「彼は今日シャイアンへ行かなければならなくなった」

「で、あんたは？」

「ネイト・ロマノウスキだ」

「ロマノウスキ」プライアーはデスクの前の椅子を示した。「昔、森でタフなポーランド人たちと一緒に働いたよ。おれたちは彼らを〝スキ〟族と呼んだもんだ、なぜならみんなあんたみたいに名前が〝スキ〟で終わるからな。だが、よく働く連中だったよ。一人はチェーンソーで手首から先を切り落として、もう片方の手でそれを拾うと仲間に手を振るまねをしたもんさ。そのあと、みんな辞めてケメラーの鉱山に働きにいった。あんたはあいつらの親戚か？」

「知るかぎりでは違う」

「なぜならみんな頭がおかしかったからだよ、あいつらポーランド人は」

「そうらしいな」

「あんたの目つきにはそういう常軌を逸したところがある」

「おれなら〝思惑《おもわく》のある〟と言う、〝常軌を逸した〟ではなく」

プライアーはにやりとした。「それじゃ、あんたは新しい猟区管理官と一緒に動いているわけか」

ネイトはうなずいた。

「なんなんだ――彼の助手か？」

「そんなものだ」

「この前会ったあと、彼のことを少し調べた。評判のある男だな」

「知っている」

「見かけどおり信用できる男なのか？ 聞くのは、信用できない猟区管理官に何人か会ったことがあるからだ。連邦政府の役人なんぞは言わずもがなだがな」

「彼はおれが知っている人間の中でもっとも信用できる。まさに堅物なんだ。ときにはそれが欠点になるほどに」

「会ったときそういう印象だったよ」プライアーは言った。「許可証なしで釣りをしていたワイオミング州の知事を逮捕したというのは、ほんとうなのか？」

「それが彼さ」

「なんとね」

「あんたはけさ彼に電話したな」ネイトは話をもとに戻した。

プライアーはうなずいた。「ここで働いているワイリー・フライというのろまがいるんだ。あそこの焼却炉の夜間管理人をしている。わかるか、あのティーピーみたいなやつ？」

「ああ、それで？」

「ワイリーはだれかを夜おれの所有地に入れている。わかったばかりなんだ」

ネイトは眉を吊りあげて先を促した。

「すぐに核心を話す」プライアーは言った。「ワイリーはだれかが焼却炉で死体を焼くのを黙認していると思う、そしてそいつらは今晩また一体運んでくるようだ。どういうことか突きとめるのに、ジョー・ピケットは関心があると思うかね？」

ネイトはプライアーについて製材所を出ると、駐車場を横切って敷地のいちばん端にある円錐形《えんすいけい》の焼却炉へ向かった。煙突から木を燃やす煙は上がっていない。錆《さ》びた金属製の小屋が隣に建っている。

ネイトは尋ねた。「なぜ地元の警察に相談しないんだ？」

「一つには、ワイリーがゆうべ携帯で話していたのを聞いて疑わしく思っただけだからだ。ワイリーは電話の相手の男の正体や話の内容について、白状しなかった。もう一つ、地元に一人しかいない警官はスパンクスという小物だ。大惨事をさらにひっかきまわすタイプでな」

「郡保安官はどうなんだ？」

「ニールか？　彼はいいやつだ。だが、部下の中に信用しきれないやつらがいる。ここは小さな孤立した谷間なんだ、ロマノウスキ。みんながみんなを知っている。権力のある人間もいくらかいる。保安官事務所に電話したら、ここに死体を運びこんでいる人間にだれかがすぐ密告するはずだ。

黒幕は決して見つからないかもしれないし、捜査のあいだ保安官事務所はおれの製材所を操業停止にできる。操業停止になんかなっている余裕はこっちにはないんだ。銀行がいまにも介入して経営を引き継ぎたがっている。サラトガの製材所に売却したいんだろう」

プライアーは焼却炉のそばで立ち止まってネイトのほうを向いた。

「おれのチェーンソーが止まったら、現金収入がなくなる。限度額いっぱいに借り入れをしているし、サラトガの大きなところと競争になっている。おれがローンを払えなければ、あんたがさっき製材所で見た男たちは全員路頭に迷ってしまう。山に入っている伐採労働者や、運搬トラックの運転手たちは言うまでもない。

ワイリー・フライをただクビにして口を閉じていることもできた。だが、それはどうにもがまんできない。だから、ピケットなら新しい観点から調べられるんじゃないかと考えた。ルーロン知事がピケットに猟区管理官以外の任務を与えていたって噂《うわさ》があるじゃないか？」

「ああ」

「おれはルーロン知事が大好きだったんだ。たとえいまいましい民主党員でもな。もしルーロンがピケットを信頼していたなら、おれも信頼する」

ネイトはうなずいた。最近のジョーと新知事とのごたごたについて話す理由はない。

「ついてこい」プライアーは焼却炉のハッチのハンドルをまわし、中に入った。

火は消えてから何時間もたっており、外気温は氷点下であるにもかかわらず、焼却炉の内部は密閉されていて暖かかった。真上の円錐形の鋼鉄製メッシュから冷たい白い光が洩《も》れてきて、空気中に漂う小さな灰を照らしだしている。床に積もった細かい白の灰はかかとまで達している。

プライアーは言った。「一週間おきぐらいに、ミセス・シュミットから電話があったんだ——彼女の家は三百メートルぐらい離れている——真夜中に焼却炉がオーバーヒートして煙が出すぎているってな。そのことを問いただしたら、手順どおりやっているし、心配いらない、とワイリー・フライは答えた。ミセス・シュミットは感じのいい老婦人なんだが、いろいろ苦情を言うので有名なんだ」

「シュミット？」

「キャロル・シュミット。気の毒に、いまローリンズの病院にいる。道路から転落して一晩中車に閉じこめられていたんだ。よくそのあいだに死ななかったもんだ」

「そのことは聞いた」ネイトはウェイトレスの話を思い出した。

「とにかく、この焼却炉がフル稼働して削り屑を燃やすと、中は一千度ぐらいになるんだ。そこまで熱くならないようにしている。鋼鉄部分の構造が壊れないか、心配だからだ」

そう言いながら、プライアーは内壁を指の関節でたたいた。

「人体を処理するのに火葬炉がどの程度高温になるか知っているか？」プライアーは尋ねてから自分で答えた。「千二百度になるものもある。この焼却炉をなんに使えるか容易に想像がつくだろう」

ジョーがここにいたらとネイトは思った。ジョーは点と点をつなぐのが自分よりうまいし、このあたりの多くの人々と話をしている。プライアーが語ることを記憶しようとネイトはつとめた。

「焼けた死体がどんな臭いか知っているか？」プライアーは聞いた。

「ああ」

「軍にいたのか？」

「特殊部隊に」

「そうだと思った。あんたには特殊工作員の雰囲気がある。おれは空挺《くうてい》部隊にいた」

ネイトはうなずいた。プライアーにもその雰囲気があった。

プライアーは言った。「嗅いでみろ」

ネイトは嗅いだ。焼けたマツの削り屑の臭いは圧倒的だった。しかし、その中にかすかにツンとくる甘い臭いを感じた。焼けた毛髪とか豚肉のような。

「ミセス・シュミットはそのことでも苦情を言っていた。ここで生ゴミを燃やしているんじゃないかとね」

目が暗闇に慣れてきたので、ネイトはブーツで床の灰をかきわけてみた。粉状で軽かったが、底のほうに粗い粒がある。

「法医学者がこれを調べれば、木の灰以外のものが見つかるんじゃないか？」

「おれもそう思う。灰が三十センチ近く溜《た》まると小型ホイールローダーを使って集めて、製材所の裏の野原に撒《ま》いている。すごく細かいので土に吸収されるか風に飛ばされてしまう。だが、訪問者が来たあとで専門家がここの灰を調べれば、なにか残っているのが見つかるかもしれないな」

ネイトは顔を上げた。「たとえばケイト・シェルフォード-ロングデンの遺灰とか」

プライアーはうなった。「可能性はある。だが、おれはあの女性がほんとうに行方不明になったとは思っていない。どこかからひょいと姿をあらわすんじゃないか」

プライアーが言っているのはこのあたりで広まっている推測なのだろう、とネイトは思った。一人以上の陰謀論者が入るにはこの焼却炉は狭すぎる気がした。

「遺体だとすると、どこから運ばれてくる？」彼はプライアーに尋ねた。「ここいらじゃ行方不明の人間は大勢いるのか？」

「二、三人だろう。あるいは遠くから運びこんでいるのかもしれない。デンヴァーやフェニックスじゃ、ギャングをはじめあらゆるクズがのさばっているからな。やつらがここへ車をつけて遺体を処理していることもありうる」

「かもな」

「ピケットが周辺の葬儀社を調べてみるのはどうかね。どこかがワイリーと取引して安く火葬をしている可能性もある。遺灰と木を燃やした灰の違いがわかる者はほとんどいないと思う」

ネイトはずっとブーツで灰をかきわけていた。そのとき粗い粒より大きなものがブーツの底に当たった。

かがんで手で探った。灰は胸の悪くなる甘い臭いがして、まだ温かい。彼は硬いものに触れ、それをつかんだ。

「なにを見つけた?」プライアーは近づいてきた。

「わからない」ネイトはてのひらと物体に息を吹きかけて灰を払った。よく見えるように携帯電話の画面を明るくした。

高温で変色してのびていたが、間違いなく帯金《おびがね》か指輪のようなものだ。結婚指輪より数倍太いが、軽い。

これがどういうものかわかったとネイトは思ったが、いまの時点でプライアーには話したくなかった。

かわりにこう言った。「ワイリー・フライはまだ町にいるか?」

「おれが知るかぎりはな」プライアーは答えた。「かわりが見つかるまでは、すぐに彼をクビにする気はなかったんだ。ほかにどこへも行くあてがなさそうなやつでな」

「そのくそったれを探しにいこう」

ネイトはリング状のものをポケットに入れ、携帯でジョーにかけた。正義の騎馬警官《ダドリー・ドゥ・ライト》のアニメキャラクターが画面にあらわれたが、ジョーは出なかった。

ジェブ・プライアーのあとから構内を横切って車へ向かいながら、ネイトは伝言を残した。

「折り返し電話をくれ」

27

ジョーはスティーヴ・ポロックの正面の椅子に腰を下ろした。ポロックの姿勢は少し空気が抜けたように横に傾いていた。ジョーからは、猟区管理官としてつねに身だしなみがよく落ち着いた男に見えていたポロックは、いま頰《ほお》からあごにかけて不精ひげをはやし、髪はだらしなく乱れていた。目は血走っており、ジョーは奇妙な共感をおぼえて涙ぐみそうになった。

マイケル・ウィリアムズはブースの左端にすわっていたが、いまにも立ちあがってドアのほうへ走りだしそうだ。あるいは、できるだけポロックから離れた位置でブースに留《とど》まっていたいのか。元猟区管理官は獣《けもの》と饐《す》えたウィスキーの臭いがした。

三人がひとことも発しないうちにウェイトレスが来た。ジョーとウィリアムズはブラックコーヒーを注文した。ポロックは「おれのはわかっているだろう」と言い、ウェイトレスは微笑してバーの注文口へ戻っていった。

「二人は知りあいなのか？」ジョーは尋ねた。

「おれの担当地区で会った」生ビールと〈ワイオミング・ウィスキー〉のショットグラスが前に置かれると、ポロックは答えた。「ケイトなんとかの失踪についてなにか知らないかとマイケルに聞かれた」

「ケイト・シェルフォード-ロングデンだよ」ウィリアムズが口をはさんだ。

ジョーはうなずいた。

「マイケルとおれは友だちとかそういうんじゃない」ポロックは言った。「その件以外、おたがいのことはほとんど知らない。州の役人同士というだけだ」

ポロックの口調はのろのろとして少し不明瞭だった。ポロックの前にあるのは今日初めての酒ではないのだろう、とジョーは思った。

「ケイトについてなにを話した？」ジョーは聞いた。「ファイルの中にあんたの話があった記憶はない」

ウィリアムズはすわりなおし、弁解がましく言った。「それは書くことがなかったからだ。ポロックは彼女を見ても会ってもいないし、提供できる情報はないと言った」

ポロックはうなずいた。「そのとおりだ。シルヴァー・クリーク牧場には大勢の有名人が出入りしていた。夜に町へ来て〈ウルフ〉とかに入らないかぎり、彼らを見ることはめったにない。ときどきカウボーイきどりで牧場の馬に乗って一列になっている連中を見かけたが、話をしたことはなかった。

あの牧場はきちんと運営されていたよ。ずっと前から牧場とのトラブルは一度もない。マーク・ゴードンは仕事でキリキリしているが、客には狩猟漁業局の規則を守らせる。あそこに呼びだされたことはほとんどないし、たまにあっても干し草の山からエルクを追いはらう手伝いを頼まれたぐらいだ。だが、それは冬期で客がいないときだ。

牧場のフェンスをムースが突き抜けたのを覚えている。その牡《おす》は有刺鉄線を百メートルも引きずって歩いていたが、気づいてさえいないようだった……」

ウィリアムズは上着の袖の下の腕時計が見えるように手を突きだした。「おもしろい話だが、おれは長くはいられないんだ。上司は日曜に働いたり残業したりするのを喜ばない」

ポロックは話が途中のまま、おもしろがっているように彼を見た。

「あんたもキリキリしているらしいな」ポロックはＤＣＩ捜査官に言った。

「いいか」ウィリアムズはジョーとポロックに言った。「おれはここにいるべきでさえないんだ。いつもの昼食休憩の時間だけはいられる。エルクやムースの話を猟区管理官二人から聞いているひまはない」

「おれの話はしないでおくよ」ジョーは言った。

ウィリアムズは声を低めて身を乗りだした。ウェイトレスやバーテンダーに聞かれたくないのだ。「ポロックは自分が州を出る前に、おれにここへ来てあんたと会ってほしいと言った。あっちはどうもきなくさいし、三人で情報交換すればなにかわかるかもしれないと思ったから、承知したんだ」

ウィリアムズとポロックはジョー自身の状況を知っているのだろうか。解雇された件はシャイアンではすでにおおやけになっているのか？

「おれの覚え書きが役にたったといいが」ウィリアムズは言った。

「たったよ」ジョーは答えた。「同じことをやって数週間もむだにしなくてすんだ。だが、何者かがホテルの部屋に侵入してファイルを盗んだんだ」

「それこそまさにおれの言うきなくさいってことだよ。そういうことがあっちでは起きるんだ。おれのチームがケイトの失踪を捜査していたあいだずっと、見張られ、観察されているような気がしていた。捜査状況はすべてカーボン郡保安官事務所に報告していたから、そこに密告者がいるんじゃないかと思う。朝、外に出たとき妙なピックアップが通りに止まっていたと部下たちは言っていた――そんなようなことだ」

　ポロックが住んでいた家の外で、同様の経験をしたのをジョーは思い出した。

「牧場内でも周辺でも直接的な手がかりを得られなかったので、おれたちは捜査の範囲を広げた。きちんとやったよ。だが、牧場付近から離れれば離れるほど、監視されている意識が強くなった。そして事件からはずされたときには、何週間も合点がいかなかった。おれたちは自問した、だれを怒らせたんだ？　だれがおれたちをはずしたがった？」

　ジョーはその答えに興味を引かれたが、ウィリアムズは言わなかった。

「知事が気の短い男だとは知っている。こんなふうに手を引かされるのは屈辱的だ。これほど自分の組織に対してきびしく、扱いづらい知事は初めてだよ。だが、あんたもちょっとは知っているだろう」

　ジョーは首筋が熱くなるのを感じた。「知っている」

「けさの記者会見のことを聞いた。よくあるやり口だな。おれなら、警戒を怠らず周囲に注意を払う」ウィリアムズは忠告した。

　自分の解雇はまだおおやけにはなっていないとジョーは判断し、ほっとした。

　ポロックのほうを向いて眉《まゆ》を吊《つ》りあげた。

　ポロックのあいまいな微笑が苦いものに変わった。

「さて？」ジョーは言った。「どうしてあんな辞めかたをしたんだ？」

話は必要以上に長く、続くあいだウィリアムズがじれているのにジョーは気づいていた。ポロックは背景から話しだした。彼が働きすぎで家にいても上《うわ》の空だと言って、妻のリンディが子どもを連れて出ていったこと。そして離婚。そのあと州がすべての昇給を凍結し、自分がついに蓄えもなく家のような不動産も持たず、キャリアの終わりに直面していたこと。罠にはめられたも同然な気がしたし、官僚の態度は月を追うごとにひどくなっていった。

ポロックは局長のリーサ・グリーン－デンプシーとそりが合わず、局は彼の地区を馬三頭から馬なしに格下げした。災いの前兆が見えていた、と彼は語った。

「上はおれに圧力をかけていた」ポロックは言った。「おれがついには辞めるんじゃないかと期待して。LGDはおれたちのような昔気質《むかしかたぎ》の猟区管理官が気に入らないんだ。全員をもっと若くて元気のいい人間に替えたがっている。知っているだろう、ジョー」

ジョーはうなずき、ポロックが早く要点にたどりついてくれるように祈った。

「おれは自分の仕事をしていた。ケイト失踪の捜査は別途進んでいた。そうしたら突然オフィスを訪ねてきた者がいたんだ。名前はテッド・パノス。あんたたちのどっちか、彼を知っているか？」

ジョーは知らないと答えた。ウィリアムズは名前に聞き覚えがあるがどこでだったか思い出せないと言った。

「おれの知るかぎりじゃ、彼は〈バックブラッシュ〉で働いている」ポロックは続けた。「そのときはパノスについてよく調べなかった。その理由は、出ていけば十七万五千ドル払うと彼が申し出たからだ」

ジョーは驚愕《きょうがく》してすわりなおした。

「十七万五千ドルといえば、銀行のおれの預金残高より多い」ポロックは続けた。「これ以上ないタイミングだったんだ、そのときおれはうんざりして人生に嫌気がさしていた。考えられるのは、毎日雪の吹きだまりを突いて進むかわりにどこかのビーチで日光浴することだけだった。おれはイエスと言い、彼は翌朝三つのスーツケースに現金を入れて持ってきた。おれはいくらか服を荷造りした、それだけだ。そして消えた。自分の都合だけの突発的な決断だった、わかっている。だが、それでもあそこへ戻りはしない。決して戻ることはない」

そんなふうに担当地区を放りだしたポロックの決断にジョーは嫌悪を感じたが、面《おもて》には出さないようにした。慎重に言葉を選んだ。「その金と引き換えになにをしろと頼まれたんだ？」

「なにも。辞めることだけだ」

「それだけ？」

「あのとき決心するのは簡単だった」ポロックは言った。「あんたも同じことをするだろう」

いまの自分の状況を、そして家族のために手っとり早い買収に心が動く可能性を、ジョーは考えないようにした。

「ファイルをどれか持ちだしたか？」

「いや。あとを引き継ぐ気の毒なやつのために公式の記録は全部残していった」

「聞かせてくれ。シルヴァー・クリーク牧場のファイルは置いていったのか？」

「もちろんだ」

「ファイルのいくつかがいまはなくなっている」ジョーは言った。「牧場のファイルもだ」

「ほんとうか？」

「おれは官舎に入ってあんたのキャビネットを調べたんだ。ファイルはなくなっていた、牧場の記録もだ。それに、〈B〉の項のファイルも消えていた」

ポロックはすわりなおしてあごをこすり、なくなったファイルについて思い出そうとしていた。

ウィリアムズが聞いた。「〈バックブラッシュ〉のファイルはあったか？」

ポロックはうなずいた。「もちろんあった」

「もうない」ジョーは言った。

そのとき携帯が光ってテーブルの上で振動した。ネイトからだ。ネイトはめったにかけてこない。だが、応答して会話を中断したくなかったのでボイスメールにまわした。

ポロックは言った。「おれが考えていることをあんたも考えているのか？　あのパノスが戻ってきて、おれが出ていったあとオフィスからいろいろ持ちだしたと？」

「彼を止める者はいなかっただろう？」

ジョーはメモ帳をとりだして新しいページを開いた。一行目に〈テッド・パノス〉と書いた。二行目に〈バックブラッシュ〉と書いた。

ポロックに質問したあとウィリアムズが黙りこんだのにジョーは気づいた。なにか思い出しているのだ。

ウィリアムズはポロックに聞いた。「ゲイラン・ケッセルという男に会ったことは？」

「あるよ」ポロックの口調から、彼がその男を好いていないのがわかった。

「ゲイラン・ケッセルとは何者だ？」ジョーは尋ねた。

「〈バックブラッシュ電力〉の責任者の一人だよ」ウィリアムズは答えた。

「警備の専門家みたいなものだ」ポロックは言った。「郡の中をわがもの顔で歩きまわっている。ケッセルの雇い主が大物だもんで、人は彼にぺこぺこするんだ」

ウィリアムズはポロックの腕に手をかけて黙らせ、話を続けた。「ケイトの事件でおれたちが網を広げると、シルヴァー・クリーク牧場の線はどんどん遠のいていった。たとえば、シルヴァー・クリーク牧場を出たあと彼女はなぜかどこかで間違えて曲がってしまったのかもしれない。南ではなく北へ向かってしまった。知ってのとおり、北には〈バックブラッシュ〉の風力発電基地が広がっている。

おれたちは考えた、もしかしたら――むりのある推論だとわかっていたが――彼女は迷って基地に着いたのかもしれない。あるいは、どこか別の場所で拉致《らち》されて遺体をあそこに捨てられたのかもしれない。そこで、おれは責任者と話をしたいと申し入れたんだ」

「ゲイラン・ケッセルか」

ウィリアムズはうなずいた。「いやなやつだった。彼女の失踪が基地と関係があるなどとだれにも考えてほしくないと言った――会社のイメージが悪くなる、とね。目立たないように調べるとおれは話したんだが、自分には〈バックブラッシュ〉のパブリック・イメージを守る責任があると彼は言った。五十億ドルという投資額からして、会社が肯定的な目で見られるようにするのが自分の仕事で、行方不明になった女性と関連づけられるなんてとんでもないことだ、とさ」

ジョーは〈ゲイラン・ケッセル〉とメモ帳に書いた。

「話は聞けなかった、なぜならその週の後半に知事が捜査をやめさせたからだ」

ジョーは尋ねた。「ケッセルと〈バックブラッシュ〉に接触したことが引き金になったと思うか?」

「いままで結びつけて考えてはいなかった」ウィリアムズは答えた。「忘れかけていたんだ。だが、ポロックから彼らに買収されたと聞いて、ぴんときた」

ポロックが〝買収された〟という言いかたにたじろいだことに、ジョーは気づいた。

ウィリアムズは続けた。「パノスがケッセルのために働いていてもおれは驚かない」

ジョーはポロックに向きなおった。「スティーヴ、考えてくれ。なぜ彼らはあんたに消えてほしかったんだ？　だれかが基地での規則違反を通報してきて調べる予定だったのか？」

ポロックはかぶりを振った。「ほんとうにそんなことはなにも思いつかないんだ。たしかに不平不満はいろいろ出ていたよ、プロジェクトの規模の大きさや、あの会社がクリーンなエネルギーの代表者で連邦政府の意向に沿っているから、環境に与える影響についての調査をすべてうまくすり抜けた件について。それに基地はすべて私有地にあるから、そこへ行くのにさえ向こうの許可が必要だった。だから面倒は避けていたんだ」

ジョーはうなずいた。「だが、なにかあったはずだ。ほかになくなっていたファイルの中にとか。ケイトか〈バックブラッシュ〉に——あるいは両方に——関係したなにかだ」

ポロックはビールに手をのばしたが、ジョーは彼がつかむ前にグラスをずらした。

「考えろ。そのあとで飲め」

ポロックはすわりなおして目を閉じた。一分以上そのまま動かなかった。ジョーとウィリアムズは顔を見あわせた。

やがて、ポロックはぱっと目を開けた。「〈S〉の項にシルヴァー・クリーク牧場がなかったと言ったな」

「そうだ」

「〈ワシに関する許可〉のファイルはあったか?」

「目にした記憶はない」ジョーは答えた。「覚えているはずだと思うんだ。なぜなら、複数のワシを使う狩りの許可が連邦政府から下りないとこぼしていた鷹匠《たかじょう》ときのう話したから」

ポロックはてのひらでテーブルをたたいた。「それが関係あるかもしれない」

ウィリアムズはとまどった顔になった。

ポロックはジョーに言った。「取得した狩りの許可証を使うのを許されなくなって怒った鷹匠たちからの手紙のファイルがあったんだ。連邦政府が風力発電会社に殺害許可を出していて、知事のオフィスまでが知らん顔をしているという、でかい陰謀論を彼らは展開していた」

ジョーはうなずいた。「聞いたことがある」

ゆうべ友人のネイトから聞いたばかりだとは言わなかった。

「殺害許可とはなんだ?」ウィリアムズは尋ねた。

ジョーは答えた。「風力発電会社に対して、一定数以下ならイヌワシとハクトウワシが殺されても罰金を払わなくていいと認めたんだ」

「な、なんだと?」

「ほんとうだ」ポロックは言った。「ワイオミング州グレンノックにある会社は去年四十羽以上のイヌワシを殺していて、われわれにわかっているのはその種の鳥に関してだけだ。あまりにも多くの猛禽類《もうきんるい》が風力タービンにぶつかって死んでいるので、連邦政府は狩り用のワシを捕まえることを自分たちに許さないんだと、鷹匠たちは考えている」

「ワシは絶滅危惧種だと思っていたが？」ウィリアムズは言った。

「再生可能エネルギーの会社にとっては違うんだ。殺害許可のおかげで法的責任を免除されている。不平を申し立てている鷹匠たちは、もし風力タービンのせいで死んだワシのことが知れわたれば人々は腹をたてると言っていた。たぶん彼らの言うとおりだろう。しかしほとんどの人は知らない、そして政府は殺害許可の事実が人目に触れないようにしている。最悪なのは、死んだ猛禽類の数を会社の自己申告にまかせていることだ。許可された数を上回った場合、どれだけの会社が正直に申告すると思う？」

ジョーはポロックに尋ねた。「あんたはそういう苦情について〈バックブラッシュ〉を調べる気があったのか？」

「いずれはな。大型狩猟動物のシーズンのあいまの静かな冬が来るのを待っていた。時間ができるから」

「そのときパノスが接触してきた」ジョーは言った。

「そうだな」ポロックは認めた。

「十七万五千ドルは、殺害許可数を超えた場合〈バックブラッシュ〉に科される何百万ドルもの罰金よりはるかに少ない。しかも、暴露されたら罰金を支払うだけでなく、会社にとって大きなイメージダウンになる。ビジネスを考えた決断だな」

ポロックは目を閉じた。「おれは安くついたわけだ」

「ああ」

「自分自身と折り合いをつけてやっていくしかないな」

ジョーは軽蔑をこめて彼を見た。ジョーはポロックに失望したし、ポロックもそれがわかっていた。

ジョーはウィリアムズに言った。「見られたくないものを見られるかもしれないから、ケッセルはあんたに風力発電基地へ来てほしくなかったんだろう」

「死んだ猛禽類か。しかし、ケイトの件はどうなんだ？　彼女があそこに行った可能性はあると思うか？」

ジョーにはわからなかった。メモ帳の〈ゲイラン・ケッセル〉の名前をボールペンで何度も丸で囲ったので、ページに穴が開きそうだった。

そのあとしばらく三人はおたがいを見つめ、わかった事実と自分たちの考えに没入していた。

やがてウィリアムズは立ちあがって、ジョーの肩に手を置いた。

「おれは行かないと。だが、気をつけろよ。スティーヴやおれのように〈バックブラッシュ〉に近づきすぎると、悪いことが起きるかもしれない」

ジョーは答えた。「もう起きたよ」

外へ出てピックアップへ向かいながら、ジョーは重いものがのしかかってくるのを感じた。そして自分が二枚舌を使っているような気がした。ハンロンに解雇されたことも、偽の身分をかたって二人とテーブルを囲んでいたも同然だったことも話さなかった。言いだす機会はあったのに、黙っていた。

仕事をとりあげられた身の上を恥じ、とまどっているのがほんとうのところだった。猟区管理官であることは自分の本質を定義するものだった。夫であり、父親であることと同じだった。クビになったニュースは広まるだろう。数日、いや、数時間の問題かもしれない。彼は借りものの時間の中で行動しており、ウィリアムズもポロックも自分の欺瞞《ぎまん》に巻きこんでしまった。

唯一の道は、ニュースが知れる前にこの事件に決着をつけることだ。サラトガへの道路に戻ったらネイトに折り返し電話しようと決めた。だがまずは、いまわかった事実を考えなくてはならない。

知事の選挙の二大資金提供者であるミッシーと〈バックブラッシュ〉は、ほしかったものを手に入れた。

ピースが次々とはまっていき、それはいい方向を指してはいなかった。

28

シェリダン・ピケットは不安になっていた。

日曜の昼過ぎには、川の氷に穴を開け、乗用馬たちを集めてあとで調教するためにシルヴァー・クリーク牧場に戻ったのだが、ランス・ラムジーは帰ってきていなかった。

寒さにコートのジッパーを閉め、心配をつのらせながら彼の姿を探した。

彼の車とスノーモービルはインドア・アリーナ前の駐車場にもアクティビティ・センターの駐車スペースにもなかった。彼の戻りがこれほど遅れるのは、シェリダンの知るかぎり初めてのことだった。

ランスのキャビンがある場所は携帯の電波が届かないので、連絡する方法はない。二日ばかり現代社会から隔絶した場所にいるのは好きだ、安らかな気持ちになる、と彼はシェリダンに話しており、それはよくないと彼女は説得できていなかった。

従業員の寮や外のロデオ・アリーナでもランスの車を探しながら、シェリダンはまずいシナリオを思い浮かべていた。

彼女の想像。

けさ彼のスノーモービルのエンジンがかからなくなり、そこは車を止めた場所から十キロ以上離れていた。

別の想像。

キャビンから出たあと、スノーモービルかピックアップが雪でスタックした。

もっと悪い想像。

彼は行くときに途中でスタックして立ち往生している。

それより悪い想像。

キャビンのある小さな谷間をなだれが襲って彼は何トンもの雪の下に埋まっている。

別の想像。

彼は重病にかかってシェリダンに助けを求める方法もなくシングルベッドで震え、発熱している。あの鉄枠のベッドで病気になっている、二人で過ごしたあの……


シェリダンの朝のスタートは期待に満ちていた。山のキャビンの襲撃や、逃亡者をパパのピックアップのドアで阻止したことなど、ランスに話したくてうずうずしていた。

負傷した男の上に背を向けて立ちはだかっている自分の写真が世界中の新聞やウェブサイトに載ったことも。気の毒な男を威嚇《いかく》しているように見えるので気に入らなかったが、とにかく自分の写真だ。

面倒なことになってほしくないので、ランスが休みから帰っていないのを支配人のマーク・ゴードンには知られたくなかった。だが、じきに姿を見せない場合はゴードンに言わなくてはならないだろう。牧場にはスノーモービルがたくさんあり、その一台を使って山へ上って彼を探せる。パパはシャイアン、ネイトはエンキャンプメントにいるから、そうなったら一人で行かなければならない。

それに、ランスが恋しかった。自分で認めたくないほど恋しかった。彼の照れたほほえみと安心できる存在感がなかったら、冬の牧場は寂しくてうつろな場所だ。


考えられるところをすべて探したあと、シェリダンはついにオフィスへ向かった。ゴードンはこちらに背を向けてデスクについており、パソコンでメールに返信していた。

「マーク、ランスから連絡があった？　今日はまだキャビンから帰ってこないの、いつもならもう戻っている時間なのに」

ゴードンは案じ顔でこちらを向いた。「遅くなるという連絡は受けていないよ、きみが聞きたいのがそれなら」

「わたし、心配になってきて」

「むりもないよ。あっちは積雪がすごい。保安官事務所に連絡しようか？」

シェリダンはかぶりを振った。「また確かなこともわからないうちに山のキャビンへ行ってくれって頼むの？　保安官事務所はきっと乗り気じゃないわ」

「きみの言うとおりだろうな」

「もしさしつかえなければ、スノーモービルを一台借りてわたしが探しにいきたいんだけど」

ゴードンは勢いよくうなずいた。「衛星電話を持っていって、一時間ごとに報告してくれ。部下を二名失うのはごめんだ。ランスのキャビンの場所は知っているのか？」

彼女は下を向いた。「ええ」

「そうなのか」とだけゴードンは言った。

それ以上は口にせず、彼はキーを渡し、シェリダンは受けとった。そして雪を踏みわけてアクティビティ・センターへ行った。

これでゴードンには知られてしまった。指導者クラスの従業員同士が親しくつきあうのがどれほど好ましくないか、支配人に説教されたくはない。彼女もランスもよくわかっているからだ。二人とも後輩たちにそういうつきあいはしないように忠告してきた。

それでも、恋は始まってしまった。

パパが本心からランスを好いているようなのがわかったのは、彼女にとって大切なことだった。次の試練は、ママが彼をどう思うかだ。そのときはすぐ来るだろう。

だがまず、彼を見つけなければ。

アクティビティ・センターの前にベージュの四分の三トンGMCピックアップが止まっているのを見て、シェリダンはぎょっとした。荷台には蓋《ふた》の開いた大きなギアボックスがたくさん積まれている。運転席側のドアには〈ヤングバーグ蹄鉄工《ていてつこう》サービス〉のロゴが描かれている。冬期に新しい蹄鉄を打つために、兄弟がこの建物の古い馬房をよく使うのは知っていたが、今日その予定があるとは聞いていなかった。

ほかのときなら、彼女は引きかえしてアリーナへ戻り、彼らが出ていくまで待っただろう。しかし、いまはそんな場合ではなく、下を向いて歩きつづけた。

長い建物の内部には、両側に倉庫のドアが並ぶ中央通路があり、その奥に馬房がある。天窓から冷たい白い光が内部に降りそそぎ、蹄鉄作業で出た空中のほこりを照らしだしている。馬房の外でブレイディとベンがシルエットになっているのが見えた。ベンは鉄床《かなとこ》にかがみこみ、ひざのあいだにはさんで馬の脚を支えて、次々と釘《くぎ》を打っては蹄鉄をひづめに固定している。ブレイディは別の馬に同じ作業をしようと待機していたが、彼女が近づいてくるのに気づいた。

「おやおや、だれかと思ったら」ブレイディが言った。

「だれだ？」ベンはすぐ取れるように口に釘をくわえたまま聞いた。

「リトル・ミスだよ」ブレイディは答えた。

ベンはハンマーを振りかけた手を止めて顔を上げた。

「リ、ル・ミ、ス」釘をくわえているので発音は不明瞭だ。

自分がそんなふうに呼ばれているのをシェリダンは知らなかった。「あなたたちと面倒を起こす気はないの。ここにいるのはスノーモービルとトレーラーを外へ出すあいだだけよ」

「面倒を起こす気はないとよ」ブレイディは言った。「リトル・ミスは面倒を起こす気はない」

あざけるような、おもしろがっているような口調だった。

彼女はけわしい目つきでブレイディを見たが、兄弟を刺激することは言うまいと誓った。いまはだめだ。

ブレイディは聞いた。「パパは一緒じゃないのか？　それにランス・ロマンスはどこへ行った、あんたのボディガードは？」

彼らは二人のことを知っているのだ。

「携帯であんたの写真を見たよ」ブレイディは言った。「雪の上のあの気の毒なやつを見下ろして、もっと気をつければよかったのにとか、パパとランス・ロマンスがすぐに来てぶちのめすからねとか、言っていたのか？」

ベンが笑い声を上げ、釘が口から地面にばらばらと落ちた。笑ったとき、彼の全身が震えた。

ドアを通って広い保管用倉庫に入り、ドアを閉めたときにもベンの笑い声が聞こえていた。

彼女はドアをロックした。

それぞれトレーラーにのった〈ポラリス〉のスノーモービルが並んでいた。八台は牧場内で使う550ワイドトラックで、二台は二、三人乗りの800タイタンだ。冬期に牧場のあちこちへ廃品や備品を運ぶために、タイタンには浅い運搬車《うんぱんしゃ》が連結されている。

シェリダンはデイパックに、非常用ブランケット、救急セット、充電ステーションにあった小型GPS装置と衛星電話を入れた。

ゴードンからもらったキーは、各マシンのキーが吊《つ》るされている壁の金庫を開けるものだった。彼女はタイタンのキーを選んだ。もしランスがけがをしていたら、運搬車に彼を乗せて下り、救急救命士と途中で合流できると考えたからだ。

倉庫の反対側にドアがあるのがありがたかった。そこを使えば、社用ピックアップをバックで入れてスノーモービルを積み、ヤングバーグ兄弟と顔を合わせてちょっかいを出されたりせずに、出発できる。

ところがドアを上げはじめたときにまず目に入ったのは、雪の上の頑丈なブーツ四つだった。

ドアはスムーズに上がり、そこに二人がいた。ブレイディはだらしのない笑みを浮かべ、ベンは両手を腰にあててあごを突きだしていた。そのあごから茶色い嚙《か》みタバコの汁がしたたっていた。

「トレーラーを連結するのを手伝おうか?」ブレイディは尋ねた。

「けっこうよ」

「『男のすることならなんだってできるの』ってタイプの女か、あんたは? ああいうフェミニストの一派か?」ブレイディは言った。

「いいえ」

「このスノーモービルのどれがいるんだ?」

シェリダンはタイタンのほうにうなずいてみせた。「お願い、どいて。ピックアップをとってこないと」

驚いたことに、彼らはどいた。だが、ピックアップへ行くあいだシェリダンは二人の視線が自分の背中にそそがれているのを感じた。必要となれば、車のドアのすぐ内側にレバーアクション30-30ライフルが置いてある。

だが、必要はなかった。


シェリダンが開いたガレージへ車をバックさせるあいだ、ベンが誘導した。ブレイディは力が強かったのでスノーモービル・トレーラーを持ちあげて前へ押し、楽に連結できるようにしてくれた。

「ありがとう」ピックアップの運転席側の窓から、彼女は言った。

「あんたのためならなんでも、リトル・ミス」ブレイディは答え、ベンは笑った。

シェリダンは次になにが来るかとどきどきして待った。

車を出そうとしたときに、それは来た。ブレイディが開いた窓のそばへ駆け寄ってきて、止まるように手を振った。

彼女は車を止めたが、指は窓を閉めるボタンにかけたままだった。

「彼を見つけたら、たぶんなぜおれたちがランス・ロマンスと呼んでいるかわかるよ」ブレイディは言った。

「なんの話？」

ブレイディは答えずに弟のほうを見た。二人はにやにやしながら視線をかわし、彼女は車を出した。

そして思った。どうしてランスがいなくなったのを知っているんだろう？

29

ワイリー・フライの住まいは、エンキャンプメントのフリーマン・アヴェニューとエイス・ストリートの角にある二階建ての白い下見板張りの家だった。通りは未舗装だったが、雪かきはされて凍った砂利の地面が見えており、除去された雪は丈の高い白いトウモロコシの畝《うね》のように路肩に寄せられていた。シエラマドレ山脈が町の南側から西側にかけて青く鋭く屹立《きつりつ》していた。

プライアーは左側の雪の壁に並行してピックアップを止め、降りた。ネイトは彼の車の後ろにつけた。

小さな町の暖房用燃料はあきらかにたきぎらしい、とネイトは思った。家々の上には梢《こずえ》ほどの高さまで煙が立ちのぼっていた。

フライの家の煙突からも煙が出ており、プライアーはそれを指さした。

「彼は家にいるようだ」プライアーは低い声で言った。

「あんたがノックしてくれ」ネイトは言った。「おれは裏へまわる」

プライアーはジーンズを引っ張りあげて、ネイトが裏へまわるまで待った。プライアーの吐く息は、思考中を示す吹きだしの絵文字のように頭のあたりで白くなっていた。

ネイトはひざまである雪の中を足を高く上げて歩き、前庭を横切って大きなガレージへ向かった。ガレージはワイリーの車をしまうのに使われてはいなかった。彼の車は横に止めてあり、温めるために延長コードがエンジンブロックに差しこまれていた。ネイトは横の窓からガレージの中をのぞき見た。

内部では作業が進行中だった。仕事場、隠れ家、趣味を楽しむ小部屋を兼ねている。壁に飾られた大型狩猟動物の剝製《はくせい》、ビニールでおおわれたビリヤード台、たきぎストーブ、とりつけられたばかりらしいバー、七十インチの〈ビジオ〉のテレビ、張りぐるみのラウンジチェア。床に置かれたツーバイフォーの木材と削り屑《くず》から、フライがまだリノベーション中であることがわかる。

ネイトはガレージの角から隣にある家の裏手をうかがった。垣根はなく、ポーチと裏口が見えた。ネイトはパーカのジッパーを開けて銃を抜けるようにした。

一瞬後、家の正面でどんどんとたたく音がして、ジェブ・プライアーが叫んだ。「ワイリー、ジェブだ。開けてくれ。話がある」

ネイトは待った。積雪の冷気がブーツの中へ、ズボンの内側へしのびこんでくる。そのあと家の中で足音がして、裏口のドアが開く音が聞こえた。

防風ドアがポーチ側へ押し開けられ、ひげもじゃの太った男が出てきてコンクリートの階段をのろのろと降りてくるのをネイトは見た。男は断熱材入りの〈カーハート〉の上着を着て、耳当てのついた〈ストーミークローマー〉のキャップをかぶっていた。そしてフライのピックアップの近くにいるネイトのほうへやってきた。

ネイトは四五四口径の狙いをワイリー・フライの胸に定めてガレージの角から出た。

「どこへ行くんだ？」ネイトは声をかけた。

フライははたと立ち止まって前へつんのめりそうになった。ネイトが向けた銃口の大きさに目をむいていた。

「中へ入れてくれないつもりか？」

フライは姿勢を正してため息をついた。この男が自分の銃をとりだそうとするほどばかでないことを、ネイトは祈った。持っているのは間違いない。エンキャンプメントでは全員持っている。

「選択肢はあるのかな？」フライは尋ねた。

「ない」

「おれはなにも悪いことはしていない。あんたは私有地に入りこんでいるよ」

「戻れ。ここにはたいした作業場があるじゃないか。これだけのものを造れるほど、ジェブが給料を払っているとは信じがたい」

「あんたは警官かなにかか？」

「最悪の種類のな。バッジも規則も持たない警官だ」

ワイリー・フライはなにか言いかけたが、思いなおしたらしい。向きを変えてのろのろと裏口へ引きかえした。

ネイトが彼について中へ入ると、そこはキッチンだった。散らかり放題で、シンクにはよごれた皿がたまり、高いゴミ缶は空《から》のビール瓶であふれ、リノリウムの床には乾いた土と雪が厚くこびりついていて、元の柄《がら》が見えなかった。

「言わなくていい。一人住まいだな」ネイトは言った。

「ジニーが子どもたちを連れて出ていって以来だ」フライは言った。「おれの勤務時間だと家をちゃんとしておくのはたいへんなんだ」

「ああ、そうだろうな」

ネイトはフライの横を歩いていったが、玄関のドアを開けたときも彼から目を離さなかった。

ジェブ・プライアーが一陣の冷気とともに入ってきた。プライアーはドアを閉めてその脇に立ち、ネイトが主導権をとるように促した。いまの状況がまだ把握できていないようだった。

「上着をぬいで床に落とせ」ネイトはフライに命じた。「それから銃だ」

フライはちょっとためらってから上着をぬぎ、言われたとおり落とした。セミオートマティックはウエストバンドの前に突っこまれていた。

「親指と人差し指でとりだして上着の上に置け。床に落として暴発してほしくないからな」

上着の上に銃を置きながら、フライはうめいた。体が硬くてかがむのに苦労していた。

「よし」ネイトは言った。「ありがとう」

前に出てフライの上着の袖をブーツで踏み、上着と銃を自分のほうへ引き寄せた。四五口径の新しいスミス&ウェッソン1911だった。

「こいつは千ドルはする。ジェブは気前よく払ってくれているにちがいない」ネイトは言った

フライとプライアーは視線をかわした。フライはうしろめたい顔になった。

ネイトは銃をプライアーに渡し、プライアーはしげしげと眺めた。

「これ、ほ、ど、気前よくはない」プライアーの声には落胆が感じられた。彼は銃口を床に向けた。

ネイトはフライの上着のポケットを探り、携帯を二台見つけた――〈サムスン〉のスマートフォンと安物のプリペイド携帯。

フライは言った。「おれの服を調べる権利はないだろう」

「警官を呼べよ」ネイトは答えた。

フライは動かなかった。

「なぜ携帯が二台いるんだ?」ネイトは聞いた。

フライは答えなかった。

「なぜプリペイド携帯がいる?」ネイトは折りたたみ式携帯を開いて電源を入れた。

「頼むよ」フライは絶望的な口調で懇願《こんがん》した。プライアーのほうを向いた。「彼にこんなことをさせないでくれ、ボス」

プライアーは肩をすくめた。

メッセージのやりとりは一つだけで、〈彼は知っている〉という一行が送られていた。送

信はきのうで、相手は非通知番号だった。

「だれが知っているんだ?」ネイトが尋ねると、フライは泣きだしそうに顔をゆがめた。ネイトはただフライをにらみつけただけだった。沈黙こそが相手にしゃべらせる最良の方法である場合が多いのを知っていた。

とうとう、フライはプライアーのほうにうなずいてみせた。「彼が知っている」ささやきに近かった。

「おれがなにを知っているんだ? おまえはなにが起きているのか白状しようとしなかった」プライアーは大声を出した。怒りを抑えられなかった。

フライは困惑した顔でボスを見て、ネイトに視線を移した。「あいつらに脅《おど》されているんだ」

「おれに脅されたらそんなものではすまないぞ」ネイトはどなり、プライアーに言った。「彼を見張っていてくれ」

外へ出てSUVへ行き、ブラウントラウトを手にした。硬く凍って二キロ近い棒同然になっていた。大きめの先史時代の棍棒《こんぼう》のように見えた。ネイトは尾の前で魚をつかむと、家の中へ戻った。

フライがプライアーに訴えているところだった。「おれはあいつらとこれ以上かかわりあいになりたくないいんだ」

ネイトはマスの棍棒を振りかぶり、野球のバットのようにフライに向かってスイングした。脇腹に当たり、フライはひざを折ると床にすわりこんだ。この行為からできるだけ距離を置きたい様子で、プライアーは後ろに下がった。

ネイトはバックハンドでフライの帽子を飛ばし、彼の左耳をつかんだ。すぐそばだったので、フライの服から木を燃やした臭いが漂ってきた。

「ときどき、おれはこいつを引きちぎる。ポンという音がするよ」

「お願いだ、やめてくれ……」フライは懇願した。

「じゃあ、おまえは彼らに持ちこみを断わったのか？」ネイトは尋ねた。

フライはなんとかうなずいた。自分の体を抱くようにして、息を荒くしていた。

「向こうの反応はどうだった？」

「反応はない、見ただろう」フライはあえぎながら答えた。

「携帯を返してやるから、やつらにメッセージを送って間違いだったと言うんだ。持ちこみを再開していいと伝えろ」

「あんたのせいであばら骨が折れたみたいだ」フライはうめいた。

「次は鼻だ」ネイトは言った。「これはほんの手始めだぞ」

フライが顔を上げると、ネイトはプリペイド携帯をさしだした。

「へまをするな」

「向こうがおれを信じなかったら？」

「そのときはおれとプライアーの二人を相手にすることになる。向こうに信じさせるんだ」

フライはしぶしぶ携帯を受けとった。ネイトが注視する中、彼はメッセージを打ちこんだ。

「見せろ」

フライは携帯を持ちあげた。メッセージはこうだった。〈誤った警告だった。要心深くなっていたんだ。いつもの時間で大丈夫〉

ネイトは命じた。「送れ」フライの字の間違いを直したら疑われるかもしれない、と思った。

フライは送信した。「もう立っていいか？　言われたとおりにした」

「まだある。いつもどおりに今晩仕事に行け。役割を果たして、また向こうに連絡するようなこざかしいまねはするな。おまえはあまりこざかしくは見えないが」

「この件にはもうかかわりたくないんだ」フライは情けない声で言った。

「手遅れだ。おまえは金を受けとって雇用主を裏切った。唯一の脱出法は自分の仕事をすることだ。そうだな、ジェブ？」

プライアーはしぶしぶ同意した。そしてフライに尋ねた。「おれの製材所に入れたのはどういうやつらなんだ？」

ネイトが耳をつかんだ手に力を入れると、フライは動転した表情で彼を見た。「名前は知らない——ほんとうに知らないんだ。取り決めの一部は、彼らがあらわれたら焼却炉から離れて、帰ったら戻ってくるってことだ。声は聞いたけど、一度も顔を合わせていない」

「おまえはおれの焼却炉を火葬に使わせていたんだ」プライアーは言った。「いったいどういうつもりだ？」

「現金で払ってくれるんだ」

プライアーは顔を紅潮させて目を細めた。「おまえはふさわしい報《むく》いを受けるだろう、ワイリー」そう言いながら、彼はネイトを一瞥《いちべつ》した。

「逃げようなんて思うなよ」ネイトはフライに告げた。「いつもと同じように仕事に行くんだ」

「そのあとは？」フライは尋ねた。

ネイトは肩をすくめた。「これから考えよう」

ネイトとプライアーはフライを床の上に残して帰った。プライアーは銃を持っていった。

プライアーはこわばった足どりでピックアップへ歩いていった。ネイトに言った。「ここいらで起きていることがまったく気にくわないし、いまあそこで起きたことも同様だ」

「もっとひどいことになっていたかもしれない」ネイトは言った。「おれは彼の耳をそのままにしておいた」彼はマスの棍棒を自分の車の後部に放りこんだ。

「事業をやっていく上で、人を採用するのがいちばんむずかしいんだ」プライアーは言った。「あんたみたいな男を製材所で雇えたらいいんだが」

「ありがとう——だが、おれには自分の仕事がある」そのあとネイトは続けた。「今晩は携帯の電源を入れておいてくれ。あんたが必要になるかもしれない」

ネイトがSUVのエンジンをかけたとき、ジョーから折り返し電話があった。

「ほんとうにおれの携帯に電話してきたのか？」ジョーは聞いた。

「ああ。あんたはできるだけ早くこっちへ戻ってこないとだめだ」ネイトは言った。「今晩起きるぞ」

「なにが起きるって？」

「もう話しただろう」ネイトは答えて通話を切った。

30

凍った木々が両側に迫ってきた場所で、シェリダンはピックアップとスノーモービル・トレーラーを山へ上る轍《わだち》の道へ乗り入れた。一時間ごとに衛星電話でゴードンに報告するのを思い出した。

「彼は見つかったか？」ゴードンは尋ねた。

「まだそこまで着いていないの」彼女は答えた。

空があまり明るくならず、陰の中で森がしんとしているのが不安だった。これからもっと雪が降ってくる模様で、シェリダンは新たな吹雪《ふぶき》が来る前にランスのキャビンに着いて戻りたかった。

パパは前に何度同じ状況を経験しただろう。山の高所に一人ぼっちで、嵐がやってこようとしている。

たくさん経験している、と思った。

彼女が走っている道には最近だれかが通った跡があり、それはランスの車のはずだ。スノーウィ山地のこの一帯に来るスノーモービル愛好者はほとんどいない。エンキャンプメントの上のシエラマドレ山脈や南方の二三〇号線に、もっと状態がよくて景観も楽しめるトレイルがたくさんあるからだ。

ロッジポールマツが両側に密生した角を曲がったとき、道の真ん中に立っている牝《めす》のムースと出くわした。ムースは楔《くさび》のような形で真っ黒で、長い脚で深い雪の中を楽に歩ける。ところが牝は動かずにじっとそこに佇《たたず》んでいる。とうとうシェリダンはブレーキを踏んでクラクションを鳴らした。

ムースはぶらぶらと森の中へ入っていき、最初からいなかったかのようにあっというまに見えなくなった。茶色く光る糞《ふん》が雪の上で湯気を立てているのが、牝がいた証《あかし》だ。

彼を見つけたら、たぶんなぜおれたちがランス・ロマンスと呼んでいるかわかるよ。

あれはどういう意味なのだろう？　兄弟は自分を混乱させようとしているだけなのか？

ランスの古い赤のフォードF－150ピックアップは木立の中の広いくぼみに止まっていた。彼のスノーモービル・トレーラーはリアバンパーに連結されているが、スノーモービルはない。

シェリダンはランスのフォードの隣に車を止めて降り、運転台を調べた。いつもどおりロックされていなかった。キーはカウボーイブーツの横の運転席側フロアマットの下に置いてあった。キャビンへ出発する前に、彼はふだんのブーツをスノーモービル用防水ブーツにはきかえたにちがいない。

運転台の中にはほかにおかしなものや、変事が起きたことを示すものはなかった。

ピックアップの荷台にあったのは、前夜からうっすら積もった雪と、運転するとガラガラ音をたてる空《から》のビール瓶だけだった。

シェリダンはトレーラーからタイタンをバックで降ろし、バンジーコードでデイパックを運搬車《うんぱんしゃ》に固定した。

そして大きすぎるスノーモービル・スーツを着て大きすぎるヘルメットをかぶった。アクティビティ・センターのガレージでサイズの合うものを持ってくるだけの余裕があればよかったのだが。

ランスのキャビンへ続く狭い山道へ発進する前に、スノーモービルの横の銃ケースに30－30口径ライフルを入れた。

山道の粉雪が前に通ったスノーモービルで踏み固められていたので、どういう事情があれ、この先にランスがいると彼女は確信した。雪のない季節なら、ATVでランスのキャビンに着くまで深い森を通って二十分だ。スノーモービルは同じくらいの速度で走れる。

冬期に行くのは初めてなので、速度を少し落とした。それに、大きすぎるヘルメットが横にずれるため、フェイスシールドを調節して視界を確保しなければならなかった。

ランスのキャビンの煙突から煙が上がり、彼のスノーモービルが正面に止まっているのが、かすかに曇ったフェイスシールドの向こうに見えてきた。建物の周囲の雪にはブーツの足跡がたくさんついている。

シェリダンはほっと安堵《あんど》のため息をついた。

キャビンは小さく、緑色の金属屋根の丸太造りだ。屋根の傾斜がもっと急だといいのにとランスがこぼすのを聞いたことがある。ときには屋根に一メートル近い雪が積もり、骨組みが崩れそうになるからだ。

高山にキャビンを持つたいていの人がそうであるように、ランスは夏にひまをみては丸太の隙間をふさぎ、冬のあいだ持ちこたえられるように手を入れる。南側の木立沿いに、切って割ったばかりのマツのたきぎが二束積んである。キャビンのドアからたきぎ置場まで何度も往復した跡があり、半分雪に埋もれた屋外便所までも同様だ。

では、彼は中でなにをぐずぐずしているのだ？　今日が何日かわからなくなったのだろうか？

運搬車が入口のすぐそばに位置するようにシェリダンはキャビンの正面の狭い空《あ》き地をぐるりとまわり、エンジンを切った。もしランスがけがをしたり病気だったりしたら、このほうが搬送《はんそう》しやすい。

彼女はスノーモービルのサイドボードの上に立ちあがり、シールドを上げた。エンジンの高い響きと振動が止まると、あたりは突然しんとした。空はさらに暗くなっており、これから雪が降る前ぶれである静けさが森を包んでいる。

「ランス？」

返事はない。

「ランス？」

ドアの横の窓の霜《しも》でおおわれたガラスに、ケロシン・ランタンの黄色い光がちらちらと見える。

ブーツできゅっきゅっと雪を踏みしめながら、シェリダンはキャビンに近づいた。

「ランス？」

錆《さ》びた鉄のハンドルに手をのばしたときにドアがさっと開き、ぶつからないように彼女は後ろへ下がった。

「ああよかった、来てくれたのね」ケイト・シェルフォード－ロングデンが早口の英国訛《なま》りで言った。化粧をしておらず、ジーンズ、くるぶし丈のスリッパ、大きすぎるけばだったセーターという姿だった。「ランスはひどいけがで病院へ行かなくちゃならないの。わたしが連れていこうとしたんだけど、彼のスノーモービルのエンジンがかけられなくて」

シェリダンは一瞬目を閉じてから開けた。

ケイトはまだここにいたのだ。

「早く入って」ケイトは言った。「中が寒くなるわ」

シェリダンは反り身になってから両手でケイトを突き飛ばし、その勢いでケイトは回転するように倒れてテーブルの表面に顔を打ちつけた。

シェリダンはキャビンに飛びこむとドアを閉めた。

ランスは腰から下は下着だけで鉄枠のベッドに横たわっていた。太腿《ふともも》の変色した肉から白い大腿骨《だいたいこつ》の端が突きでている。熱による発汗で体は濡《ぬ》れていた。意識はなく、口はぽかんと開いていた。

「なにがあったの?」シェリダンはケイトに尋ねた。ケイトはすわった姿勢のまま脚を使って床の上を急いであとじさっていた。両手で顔をおおい、折れた鼻からの血が指のあいだから流れていた。

「けさ早く彼が屋根の雪かきをしていたときに、足をすべらせて落ちたの」両手の奥からのケイトの声はくぐもっていた。「わたしが外に出て見つけたときは、この状態で」

シェリダンはランスのキャビンの中を見まわした。もちろん見覚えはあるが、以前はなかった女らしい雰囲気があることに衝撃を受けた。壁の枝角《えだづの》と古い動物用の罠はなくなり、趣味のいいカーテンがかかり、床は清潔で、テーブルの花瓶には模造の花が活《い》けてある。本物のテーブルクロスまで。

ケイトはしばらく前からいたのだ。

シェリダンは言った。「彼をここから運びだして治療しないと。そのあとあたしがこの手で思い知らせてやれるようにね」

ケイトはさらに目を丸くした。「わたしはここに残るわ、さしつかえなければ。でもどうぞ彼を病院へ連れていってあげて」

「こんなときに丁寧語はけっこう。そしてあなたも一緒に来るのよ」

言葉だけでなく、シェリダンはケイトに一歩詰め寄った。ケイトはたじろいだ。シェリダンの勝ちだ。

シェリダンには怒りで火がついた質問がたくさんあったが、ケイトと話はできなかった。スノーモービルのエンジン音がうるさすぎた。

これ以上出血しないように救急箱にあった分厚い包帯をランスの脚に巻いたあと――シェリダンがぎゅっと縛るあいだランスはうめいていた――ケイトに手伝わせて半分引きずるようにして彼をドアのほうへ運んだ。運搬車にしっかりとランスを固定しながら、シェリダンはあたりを見まわした。コロラド・ナンバーのレンタカー、シルヴァーの二〇一七年製ジープ・チェロキーがキャビンの裏の木立に隠されているのではないかと思ったのだ。だが、なかった。

ケイトはスノーモービルのシェリダンの後ろにすわり、彼女の胴にしがみついていた。木立を抜けて戻りながら、胸の下にぎゅっとまわされた英国人の腕をシェリダンは何度も見下ろして有害物質であるかのように顔をしかめた。毛布に包まれて運搬車に縛りつけられたランスにもちらりと目をやった。乗せられているあいだ彼はうめいて身動きしていたが、シェリダンが必要以上に押しても目を覚まさなかった。

わざと大回りにターンして運搬車を木の幹にぶつけてやろうかとも思ったが、やめておいた。

ピックアップの後部座席にまだ意識のないランスを移し、シェリダンは轍の道を州道めざして戻っていった。スノーモービルとトレーラーは山道の入口に置いたままにして、あとでとりにくることにした。

シェリダンは早く山々をあとにしようとかなり無謀な運転をしており、ケイトはあきらかに命の危険を感じて怯《おび》えていた。片手で助手席の窓の上の安全ハンドルにつかまり、もう片方の手をダッシュボードについて体を支えていた。折れた鼻は赤く腫れていたが、血はだいたい止まっていた。

舗装された州道に着くまで、シェリダンは黙ったままだった。四輪駆動を解除したあとで口を開いた。「どれほど大勢の人たちがあなたを探したか知ってる？　気にかけてもいなかった？」

「ニュースを追ってはいなかったのよ」ケイトは言った。

「あなたは国際的な事件になってた」

「わたしはそんなつもりじゃなかったわ」ケイトは弁解口調で言った。

「じゃあいったいどういうつもりだったの？」

ケイトは少し落ち着いて安全ハンドルにかけた手を離した。両手をひざに置き、視線を落とした。

「牧場に行くまで、現代社会から離れるのがどんな感じかすっかり忘れていたの――携帯を見ず、ひんぱんなメールやメッセージに答えず、フェイスブックやツィッターを見ないで過ごすのがどんなか。リアルタイムでスローダウンしていく自分が感じられた。重しがなくなったみたいだった。消えはじめるまで、どれほどのプレッシャーがのしかかっていたか、まったく気づいていなかったのよ」

シェリダンは彼女を見たがなにも言わなかった。

「わたしのような仕事をしているとどんなだか、あなたにはわからない」ケイトは続けた。「ストレスは信じられないほどだし、何百人もの人が――友だちだと思っている人さえ――わたしが間違った発言をしたり間違った行動をするのを待ちかまえている。とりわけソーシャルメディアの時代、公衆の目にさらされている場合はね。みんなわたしができるだけ派手に失敗するのを期待しているの、そうすれば上から目線でコメントできるから。匿名《とくめい》でよ、もちろん。

自分はもっとシンプルな生活を切望しているんだとわかったの。小さな女の子だったころ以来初めて、ありのままにものごとを見ることができたわ。一ヵ所から別の場所へ大急ぎで移動するときちらりと目にするんじゃなくて。朝は太陽が昇るのを、夜は沈むのを見られた。

そのあとは夜空に輝く星の宇宙を眺めて、目が痛いくらいだった。匂いも嗅げた――花、ヤマヨモギ、マツの木、水。車や人通りの背景のホワイトノイズなしで、聞くこともできたわ。

携帯でビデオクリップを見るかわりにまた本物の本が読めた。わたし日記を書きはじめたの、手書きで。ペンを使って！　戻って日記をとってきたいわ。キャビンに置いてきてしまった」

「戻らないわよ」シェリダンは言った。

「でも必要なのよ。自分のために書いてきた。自分探しの旅の軌跡を記録しておきたかったの」

「自分探しの旅！　あなたは大勢の人たちに心配をかけた。あなたみたいに自分勝手な人に会ったことないわ」

「それはフェアじゃない」ケイトは痛そうに鼻をすすった。「自分の存在がだれかの生活の負担になってはいないし、探してくれなんてだれにも頼んでいないわ」

「でも人はそうするものよ」シェリダンは言った。「おたがいに助けあう。だれかが行方不明になったら、当然探しにいく。あなたはどうしようもないナルシストだから、それがわからないのよ。いい、妹さんははるばるあなたを探しにきたんだから」

あきらかに傷ついて、ケイトは言った。「ソフィは恨みがましくて執念深い女よ。注目を集めるためならなんでもする――悲しみに暮れる妹の役を演じるのも含めて。彼女の涙ながらのちんけなスピーチは新聞に載ったことでしょうね」

「知らない」

「ぜったいに載ったわよ。あなたにわかっていないのは、ソフィがわたしの結婚をぶちこわしにしてリチャードとくっついたってこと。あの二人はわたしの会社からわたしを追いだそうと共謀しているのよ。いまや会社は彼らのものね。妹はわたしを助けにここへ来たんじゃない。死んだのを確かめにきたのよ」

シェリダンは答えなかった。だが、帰国することを考えたときのケイトの悩ましい表情の理由の一つが、いまわかった。

シェリダンは州間高速八〇号線へ入った。道路は除雪ずみで乾いており、彼女は時速百五十キロまでアクセルを踏んだ。ローリンズと病院まではまっしぐらだ。

「スピードを出しているのね」ケイトは言った。

「ハイウェイパトロールに止めてもらいましょうよ」シェリダンは言った。「あたしの隣にだれがすわってるか知ったら、町までエスコートしてくれるから」

ケイトは悲しそうに首を振った。

シェリダンは尋ねた。「いったいどうやってキャビンに滞在していいとランスに言わせたの？」

「トレイル乗馬をしていたとき、彼が自分のキャビンを指さしたの。一度も鍵をかけたことがないと言ったわ、わたしはすてきな習慣だと思った。だから週の終わりに牧場をあとにしたとき、彼に告げずにまっすぐあそこへ車で行ったの。二週間いたあとで、ランスに見つかった。そのときわたしはだれにも言わないと約束させたの。その約束を彼はいま悔やんでいるでしょう、でもだれにも言わなかった。とても高潔な人ね。たぶん、あと二、三日キャビンにいたらわたしは帰国すると思ったのよ。そのときはわたしもそうしようかと考えていた。でも一週間たつたびに、帰るのがどんどん恐ろしくなっていった。ランスがわたしになにをしてくれたか、彼は気づいていないと思う。鞍《くら》に乗るのを手伝ってくれたり、帽子のつばを傾けてあいさつしたり、わたしを『マム』と呼んだり。彼は知らなかった……

森の中をゆっくりのんびりと散歩することを、車と悪い空気とおもしろくもない〝心のない人間たち〟と取りかえるわけがある？　最近読んだC・S・ルイスの言葉の引用だけど」

そのあとケイトは暗唱した。

「〝われわれは心のない人間たちを作って彼らに美徳と冒険心を期待する。名誉を笑っておいて、仲間に裏切り者を見つけて驚くのだ〟。じつは、一回だけ帰ろうとしたの」せつなそうな口調だった。「コロラド州フォート・コリンズまで車で行ってデンヴァー空港へ近づいた。そうしたら神経がもたなくなってしまったの。どうしても英国へは戻れなかった。とにかくむりだったのよ。好きになったものすべてを置いてきてしまったんだもの。だからランスに電話して、車で迎えにきてもらった。自分のレンタカーはキーをつけたまま止めっぱなしにしたので、だれかが見つけて通報し、わたしは名乗りでなくてはならないだろうと二人とも思ったわ。ところが、どうやらだれかが盗んで乗っていってしまったのよ！　ランスはわたしを迎えにいったことを後悔しているはず、でも彼は稀《まれ》に見る紳士だから」

「彼はばかよ」シェリダンは言った。「あなたがどれだけの騒ぎを引きおこしてるか彼は知ってて、それでもなにも言わなかった」

「ええ、そうだけど、ランスのせいじゃないわ。わたしのふるまいは……少し不適切だった。出ていってほしいと言われたとき、彼がわたしの意思に反してここに閉じこめたと警察に話す――わたしと彼との水かけ論になるだろうって脅《おど》したの」このときばかりはケイトは顔を赤らめた。「もちろんそんなことをするつもりはなかった、でもランスはそれを知らなかった」

最近のランスが不安そうで神経過敏だったことがこれで説明がつく、とシェリダンは思った。最低の女！

ケイトは続けた。「彼はどうしたらいいかわからず、わたしが長くキャビンにいればいるほど彼の立場はむずかしくなっていった。わたしがいなくなっていればと願いながら来るときのランスの表情から、それがわかったわ。そしてわたしが長くいすぎたから、彼はだれにも打ち明けられなくなっていた！」

　ケイトはシェリダンを横目で見た。「ランスはあなたを愛している、わかっているでしょう」

「あほらしい」

「ああ、ほんとうよ。それが問題になってきた。わたしたち、恋人同士ではないの。あなたがそれを不安に思っているのはわかっている。悲しいことに、そういう展開には一度もならなかったのよ」

「悲しいことに」シェリダンは声を殺して苦々しくくりかえした。「彼がほんとうにあたしを愛してるなら、行方不明の女性をかくまってると話してくれたはずよ」

「そうかしら？　ねえ、キャビンに女性が——自分も知りながら——何ヵ月も住んでいるとランスが話したら、あなたはどう反応した？」

　ケイトに痛いところを突かれたので、シェリダンは答えなかった。

　ケイトは低く笑ってから、真剣な態度に戻った。「帰国できるとは思えない。わたしがどこにいて、その理由はなにか、とても対応できない山のような質問や、ＳＮＳでの悪意に満ちたコメントを想像できる？　わたしには向かいあうことはできなかったわ」

「あなたは自分がどんなトラブルを引き起こしたか、まったくわかってない。お願いだからしゃべるのをやめて、パパに電話するから」

「ランスは本心からあなたが好きなのよ」

「黙って、ケイト。あたしはあなたほどケイトの世界に興味はないの」

シェリダンがスノーモービル・スーツから携帯を出しているとき、ランスが後部座席でうめくのが聞こえた。バックミラーを見ると彼はつらそうな様子で体を起こそうとしていた。

前部座席にだれがいるか目にして、ランスは言った。「ああ、なんてことだ。最悪だ」

31

「病院へ行って間違いなく彼女かどうか確認する」ローリンズへ近づいた車の中から、ジョーはメアリーベスに電話した。北側の助手席の窓を、〈シンクレア石油精製所〉の巨大な鋼鉄の建物群が占めている。極寒の夕闇に、精製所からの蒸気がキノコ雲の形になって漂っている。ピックアップのヒーターは、壊れたドアから入ってくる寒風のせいでないも同然だ。

「ジョー、その若者を殴ったりしないで」

「それは約束できない」

シェリダンと話して娘の声にあきらかな悲しみを聞いたあと、考えられるのは脚が折れていようといまいと、ランス・ラムジーをぶちのめすことだけだった。自分自身の屈辱には耐えられる――まだ事件を調べているのがその証拠だ――だが、娘たちの一人が裏切られたとなると、ジョーの視界は真っ赤に染まった。

「シェリダンが心配だわ」メアリーベスは言った。「真剣につきあった相手は多くない……そしてこれだもの」

「あの子は大丈夫だよ」娘が大丈夫かどうかまったくわからないまま、ジョーは言った。「きみと同じくタフだ。そして大きな謎を解決したんだ」

「知事は知っているの？」

「連絡していない。まずちゃんと本人確認をして、裏付けとしてケイトの写真を彼に送る。同じ失敗をするわけにはいかない」

「それを見たときの知事の顔が見たいわ。生存しているケイトを見つけたことを自分の手柄にするために、どう画策するつもりかしら」

「そのためにハンロンがいるんだ」ジョーは言った。


きょう二度目に病院へ入り、受付係に二階の外科病棟だと教えられた。ジョーが階段を上っていくと、簡素な待合室にシェリダン、マーク・ゴードン、ケイト・シェルフォード－ロングデンがすわっていた。シェリダンとゴードンは部屋の片側に、ケイトは反対側にいた。

シェリダンは顔を上げ、父親と一瞬目を合わせてすぐにそらした。震えないようにきつく唇《くちびる》を嚙《か》んでいた。

ケイトはそっけなくジョーにうなずいてみせた。

彼はケイトに言った。「あなたのせいでここの大勢の人たちが迷惑した、だが無事に生きていてよかった」

「わたしはずっと無事に生きていたわ、どうしてみんなそれをわかってくださらないの？」

シェリダンはきびしい表情でケイトを見た。ゴードンは大きなため息をついた。室内の張りつめた空気をジョーは感じた。シルヴァー・クリーク牧場対ケイト・シェルフォード－ロングデンだ。ケイトのほうは、異様などこの状況からかけ離れて見えた。なにかの間違いでここにいるかのようだ。そのことにジョーはいらだった。

携帯を構えると言った。「カメラを見て笑って」

彼は二枚撮影し、そのあとケイトは当惑して横を向いた。

ジョーはメッセージに写真を添付してアレン知事とコナー・ハンロンに送った。〈彼女を発見しました。無事です〉というキャプションを付けた。

「ランスは手術中です」ゴードンがジョーに言った。「外科医と話したら、予後は良好だろうとのことだった。医師は感染を心配していたが、低温だったのがよかったと言っていましたよ」ゴードンはシェリダンの肩に手を置いた。「娘さんが彼の命を救ったようだ」

「ええ――あたしのせいで助かった」

「おまえは正しいことをしたんだ」ジョーは彼女に言った。

「だったらなぜこんなにひどい気分なの？」

「彼女があそこへ来てくれるまで、わたしもできるだけのことはしたわ」ケイトは弁解がましく言った。「けがの手当についてなんの訓練も受けていないのよ」

ジョーはケイトを無視してシェリダンに近づいた。娘は立ちあがり、彼は抱きしめた。腕の中で、彼女はふたたび小さく感じられた。

「マーク、わたしはベストをつくした」ケイトは支配人に訴えた。「ランスを助ける方法を考えていたときに、彼女があらわれたの。わたしもなにか考えついていたと思うわ」

ゴードンはケイトのほうを向き、長いあいだ黙っていた。「この後に及んでも、あなたから感謝の言葉は期待できないようだ。だが、大勢の人々が生活と仕事を危険にさらしてあなたを見つけようとした。わたしの牧場は、ゲストたちにとって永遠に滞在者の行方不明事件と結びつけられてしまうだろう。だからせめて少し黙っていてもらえませんか」

「ああ、お願いよ――」ケイトは言いかけて思いなおしたらしく、口を閉じた。

ジョーはシェリダンを脇へ連れていき、これからエンキャンプメントの製材所でネイトと会うことになっているので牧場まで送ろうと言った。

「あたしは残る」シェリダンは答えた。「彼の手術が無事に終わるのを見届けたいの」

ジョーはうなずいた。

「そうしたら彼に思い知らせてやれるわ」シェリダンはつけくわえた。

ジョーはもう一度娘を抱きしめた。

立ち去る前に、ケイトに言った。「あなたはちゃんとここにいてくれ。ニール保安官に電話する。どうするべきか、彼に考えがあるだろう。あなたは州政府と連邦政府にさんざん金を使わせた。だれかが桁《けた》はずれの請求書を突きつけてもわたしは驚かない。それに起訴されてもね」

ケイトは挑むような顔つきだったが、多少の動揺は隠せなかった。

「彼女は自分以外のことはなにも、だれも気にしないの」シェリダンはジョーに言った。

「〝自分探しの旅〟でどれだけの人を傷つけても気にしないのよ」

娘の言葉の意味のすべてはわからなかったが、彼はシェリダンの人物評価を尊重した。

「あたしが残るのにはもう一つ理由がある」シェリダンはケイトに背を向けて低い声でジョーに言い、携帯の画面を見せた。キャビンの中、ピックアップの運転台、病院にいるケイトの五、六枚の写真を内密で撮っていた。

「これをツィッター、フェイスブック、インスタグラムに上げる」シェリダンはささやいた。

「数時間で急速に広まるわ。ケイトは自分がいちばん恐れるものの一つはSNSの反応だと言ってた。さあ、これからケイトは悪行の報《むく》いを受けるのよ」

ジョーは息を呑《の》んだ。

「それが起きるのをここで見ていたいの」シェリダンは目を細くして言った。

シェリダンはタフだ。外科病棟からの長い廊下をブーツの音を響かせて歩きながら、ジョーは思った。だが、彼女は傷ついており、自分やメアリーベスにはそばにいてやる以外ほぼなにもできない。

娘たちが小さかったころは、さまざまな問題やちょっとした悲劇にどう対応したらいいか、もっとよくわかっていた。娘たちの気をまぎらわしたり、パンケーキを焼いたり、町へドライブしてアイスクリームを買ってやったり。大人になった子どもたちの問題にどう対処するべきか、彼にはほとんど経験がない。メアリーベスがいてくれたらと思ったが、シェリダンはたぶん望まないだろう。

前方の病室から女の叫び声がしたとき、ジョーは顔を上げた。女は怒っているようだ。

「看護師さん！」女は叫んだ。「供述をしなくては。看護師を呼んで」

一人の看護師がジョーの横をすり抜けて急ぎ足で声のする病室へ向かった。看護師はジョーに言った。「意識をとりもどしたばかりなんです。呼びだしボタンを使うように話したんだけど、どなるほうがいいみたい」

ジョーはついていき、看護師が入っていったドアから中を一瞥《いちべつ》した。ドア枠の横のホワイトボードには〈キャロル・シュミット〉と書かれていた。

ジョーは足を止めた。

シュミットはベッドの上に起きあがっていた。彼女は看護師の後ろにだれがいるのかと首をのばし、ジョーが廊下にいるのを見た。

「あなたは猟区管理官？」シュミットは聞いた。

「ええ、そうです」

「よかった。あなたでいいわ」

いい、い、

あなたでいい？

「法執行機関の人に話さなくちゃならないの。供述をする必要がある」

「とにかく落ち着いて休んでください」看護師はなだめ、やさしく彼女を枕に押し戻そうとした。「そんなに興奮するのはよくありません。先生に話して鎮静剤を処方してもらいましょう」

きのうの朝食のときに名前を聞いた女性だとジョーは思いあたった。彼は帽子をぬいで病室に入った。

「供述とは？」

看護師はシュミットを寝かしつけるのをあきらめて、どうしようもなくベッドの脇に立っていた。

「ゲイラン・ケッセルがわたしを道路から突き落とした」キャロル・シュミットは言った。

「法廷で彼だと証言するわ。最初見たときには名前を思い出せなかった、でも、さっきはっと頭に浮かんだの」

「ゲイラン・ケッセル」ジョーはくりかえした。

「あの風力発電基地の男よ」

「知っています。なぜ彼はそんなことを?」

「エンキャンプメントの製材所の焼却炉のことでわたしが苦情を申し立てて、彼のピックアップがあそこにあったのをわたしが見たから。ナンバープレートもわかっているの、そして彼はそれを知っている」

ジョーは看護師に言った。「彼女を元気にしてあげてください。証言台に立ってもらうことになる」


携帯に直接かけると、ニール保安官は出なかった。ケイト発見とシュミットの告発を知らせるのに、保安官事務所にはかけたくなかった。ケッセルは保安官事務所にスパイをもぐりこませているとマイケル・ウィリアムズが考えていたからだ。

ボイスメールにつながると、ジョーは言った。「すべてがあきらかになった。電話をくれ」

それからケイトの写真も送った。見たら、ニールはやっていることを放りだして電話してくるはずだ。

サラトガ方面へ向かうため、ジョーは車で州間高速八〇号線をウォルコット・ジャンクションへ急いだ。もう暗くなっており、〈バックブラッシュ・プロジェクト〉の赤くまたたく光の海が南の空を明るくし、地平線を不自然なネオンのような色に染めている。

一千の風力タービン、とジョーは思った。五十億ドルかけた施設。

単独なのか指示を受けているのかわからないが、すべて完全に稼働するまで何者かがいかなる犠牲を払ってもその投資を守ろうとしている。

何者かとはゲイラン・ケッセルだ、とジョーは考えていた。

そしてネイトは、ケッセル自身が今晩エンキャンプメントの焼却炉へ運搬《うんぱん》してくると確信している。

州間高速を降りようとしたとき携帯が光り、ジョーはニールがかけてきたのだと思った。しかし、保安官からではなかった。

「いったいどういうつもりだ？」ハンロンはどなった。ジョーは携帯を耳から離した。

「ケイトを見つけました」

「ろくでもない写真は見た」ハンロンは金切り声だった。「こんどこそ間違いなく彼女なのか？」

「ええ」

「きみはなんでそっちにいるんだ？　どうしてまだ捜査している？」

「彼女が無事であなたは喜ぶと思っていました」

「喜んでいる！　大喜びだ！」ハンロンは叫んだ。「だが、きみがそっちで不正を働いている事実とは関係ない。〝きみはクビだ〟という言葉の意味もわからないのか？」

「そうらしいですね」ジョーは微笑した。

「なにも変わりはしない。これで仕事をとりもどせると思っているのなら、きみは考えていたよりもずっと愚かだ」

「そうかもしれません」

「ハイウェイパトロールに追跡させる。きみの車を止めて法執行官をかたった罪で逮捕するように命じる」

「彼らに急ぐように言うほうがいい」

ハンロンは一瞬黙った。「なぜだ？」

ジョーは通話を切った。

そのあと大声でひとりごとを言った。「なぜなら今晩以降、最大の資金提供者二人が知事にカンカンになるからですよ」

ハンロンはすぐ折り返してきたが、ジョーは携帯が鳴るままにしておいた。

32

ジェブ・プライアーと、ぐったりと椅子にすわりこんだ太りすぎの暗い顔の男と一緒に、ネイトは製材所のオフィスにいた。ジョーは静まりかえった夜の製材所を徒歩で通ってそこに来た。ブーツを踏み鳴らして雪とおが屑《くず》をブーツから落としたあと、オフィスに入った。

「よごす心配はしなくていい」プライアーが言った。「どこに車を止めた？」

「外の正面に。あんたたちの車は見なかったな」

「建物の裏に隠した。ワイリーのピックアップ以外は。来るときに焼却炉の横にあるのを見ただろう」

ジョーはうなずいてワイリーを値踏みした。見るからにむっつりしている。あばら骨が痛むように自分の体を抱えこんでいる。

だが、耳は両方ともある。ジョーは意味ありげにネイトを見た。

「とるにたりないウジムシだ」ネイトは言った。「現在、彼のこの世での唯一の存在意義はゲイラン・ケッセルからの電話を受けることだ」

「またその名前か」

部屋は削り屑とピザの匂いがした。プライアーのデスクの上にはピザの箱と〈ユーコン・ジャック〉のウィスキーの半分入った瓶が置いてある。彼らはすでにピザを食べおわってい て、残っているのは油じみのついた厚紙と二つ三つのかけらだけだ。

「彼女を見つけた」ジョーは言った。「ケイトを見つけたよ」

「生きて?」ネイトは尋ねた。

「元気そのものさ。ランス・ラムジーのキャビンに隠れていた、ずっとそこにいたんだ。じつは、シェリダンが彼女を見つけて連れてきた」

「シェリダンが?」

「ああ」

「英国女についてはまったく驚かないよ。このあたりの多くの人々が、ケイトはどこかにいるだけだと考えているようだった。本気で調べれば、トイブナー親子が彼女にちょっとばかりクスリを売ったことや、ヤングバーグ兄弟が彼女にこっそり目をつけていたことがわかるかもしれない」ネイトは言った。

ジョーはうなずいた。「あの女のことは正直もうどうでもいい。彼女は別のだれかの問題だ。おれが心配しているのは娘のほうだよ」

「ほかにも心配するべきことがあるぞ」ネイトは丸めたこぶしをジョーに突きだした。「焼却炉でこれを見つけた」

ジョーが手を開くと、ネイトはそこに軽い金属製のものを落とした。幅が一センチ以上あるのびた輪だった。

「見覚えがあるか？」ネイトは聞いた。

ジョーはそれを光にかざし、てのひらで転がした。煤《すす》がほとんどとれており、なにかの記章と一連の数字が見えた。

「足につける輪だ」ジョーは言った。「魚類野生動物局が調査のために使うような」

「とくに、イヌワシとハクトウワシの調査に使う」ネイトは言った。

二人は視線を交わした。

ネイトは続けた。「鷹匠《たかじょう》が苦情を言いだしたら、次はたぶんあんたも聞く耳を持つだろう」

「彼らはいつだって苦情を持ちこむ」ジョーは言った。「農民やアウトフィッターと同じだ」

「しかし今回、おれたちは正しかった。連邦政府が狩りに使うワシの捕獲を許可しないのには理由があった。あまりにも多くのワシがあそこの焼却炉で葬り去られたんだ」

「なんだと？」プライアーは大声を出した。

ワイリー・フライでさえ顔を上げた。彼はとまどっていた。

「あと二時間しかない」ネイトは言った。「計画を立てよう」

「くそ」プライアーはつぶやいた。「おれはずっと、あのケイトという女は猟区管理官と駆け落ちしたと思っていた」

「それがあんたの推論だったのか?」ジョーは聞いた。

「いままではそうだった」

「いくつかの陰謀論はほかのよりましなんだ」ネイトは得意げな笑みを浮かべた。


エンキャンプメントへ南下するゲイラン・ケッセルのピックアップの助手席で、テッド・パノスはゆっくりと現実感覚をとりもどしはじめていた。今晩出かける前、寒さを感じなくするために鎮静剤を飲んできてよかった。だが、効果はじょじょに薄れはじめ、ケッセルはずっと彼を不審そうに見ていた。

「窓を開けろ」ケッセルは言った。

「え? なんで? 外は零下の寒さですよ」パノスはこぼした。

「おまえの袖に羽毛がいっぱいくっついていやがるんだ、ばか」

パノスは腕を前に出し、指先をダッシュボードに置いた。ケッセルの言うとおりだった。つなぎの作業着の生地に未成鳥の羽毛がたくさんついていた。血のしみも。

「ああ」

「きれいにしろ。腕を払って羽毛を車外へ出せ」

そう言いながら、ケッセルは運転席側のスイッチでパノスの側《がわ》の窓を下げた。パノスは寒さに顔をしかめながらばたばたと袖を払い、羽毛は二車線道路の後方へ飛んでいった。

終わると、パノスは凍りそうな両手を腿《もも》のあいだでこすり、ケッセルが窓を上げてくれるのを待った。

ようやく窓を閉めて、ケッセルは言った。「おまえはゆうべ違うばあさんを殺した」

いま聞いたことがよくわからず、パノスはケッセルを見た。

「肺炎で入院していたアルバレスというばあさんを殺したんだ。六十九歳の白人女と、八十五歳のメキシコ女の区別もつかないのか？」

「そ、そんなはずない」パノスはつっかえながら答えた。たしかに、ゆうべの女は思っていたより年とって見えたし小柄だった。「部屋の外に彼女の名前があったんです。キャロル・シュミットって」

「キャロル・シュミットは生きてぴんぴんしている」ケッセルは言った。「病院の知りあいに聞いて確認した。だが、このアルバレスという女はゆうべ死んだ。高齢だったから死因を疑われてはいない、それだけは不幸中の幸いだ」

「信じられない」

「今晩の用事がすんだら戻るぞ。今回こそ、おまえはちゃんとやるんだ」

パノスは抗議しかけたが、ケッセルに手の甲で強く口もとをたたかれた。そしてパノスのボスは目をいからせて彼のほうに身を乗りだしてきた。

「おまえのせいでこっちはさんざんだ。おまえはおれの生計と自由を脅《おびや》かしている。それを、やったやつで生きているやつはいない」

パノスはフロントガラスの前方をちらりと見た。ケッセルがこちらをにらんでいるので、ピックアップはセンターラインをはみだしていた。

「おれの言っていることがわかるか？」ケッセルはどなった。

「はい、ボス」

ケッセルはまた手を上げたが、パノスは予期していて打撃の一部をかわした。

「もうへまはこくな。それから飲んでいる薬をやめろ。このあとは頭をすっきりさせて仕事をするんだ。おまえが死骸《しがい》を集めているときよろめくのがヘッドライトの光で見えた。よろめきまくっていた」

手伝ってくれたっていいのに、とパノスは思ったが口には出さなかった。

「もうへまはしない」パノスは言った。「頼むから前を見てくれ」

ケッセルはぎりぎりで急ハンドルを切って、反対車線側の境界標識にサイドミラーをぶつけずにすんだ。

車をたてなおして正しい車線へ戻ると、ケッセルは携帯を口もとにあてた。

ワイリー・フライが出ると、ケッセルは聞いた。「安全か？」

一瞬後、命じた。「よし、さっさと出ろ」

町の境界から百メートルほど内側の脇道に駐車していたエンキャンプメントの警官、ジェレイン・スパンクスは、近づいてくるヘッドライトが路上で大きく弧を描くのを目撃した。携帯でポルノを見ていたスパンクスは、もう少しで不注意運転を見過ごすところだった。彼は急いでポルノを閉じてホーム画面に戻した。ダッシュボードの時計で時間を見た。午前二時十五分。近づいてくる車を運転しているのは、サラトガのバーに閉店までいて家に帰る途中の酔っぱらいにちがいない。

壊れたドアのせいで、ジョーは車内でじわじわと凍《こご》えかけていた。丸めた何十枚もの召喚状を隙間に押しこんであったが、やはり冷気は入ってくる。

駐車しているのは住宅街の除去された雪の壁のすぐそばで、稼働中の焼却炉と製材所の前庭がよく見えた。レミントン・ウィングマスター一二番径ショットガンは銃口を下にして床の上に立てかけてある。携帯はネイトからのメッセージをすぐ読めるようにひざに置いてある。

今晩ハンロンから七回電話があったのに気づいており、ジョーはひそかに微笑した。

ネイトからメッセージが届いた。

〈来るぞ〉

そのとき、ニール保安官から電話が入った。疲れきった声だった。「くそ、あんたが送ってきたやつをいま見た」しわがれ声で言った。「かみさんと出かけてカクテルを二、三杯やったあと、携帯を見るのを忘れていた。ケイトはまだ病院か？」

「わからない」ジョーは急いで答えた。「だがいまは彼女のことを忘れてエンキャンプメントの製材所へ来てくれ。信頼できる部下を連れて」

「いったいなにが起きているっていうんだ？」

「説明しているひまはない」近づいてくる車のヘッドライトが正面に見えた。「おれを信じて早く来てくれ」

ジョーが通話を切ったとき、ポロックの家の外で見かけたキャンパーシェルを付けた色の薄いピックアップが街灯の下を通りすぎて製材所の前庭へ向かった。運転席側のドアに〈バックブラッシュ〉のロゴがある。

ナンバープレートも見え、キャロル・シュミットが通報したとおり末尾の数字は6－0－0だった。

ジョーにとって予想外だったのは、突然目もくらむ赤と青のライトを閃《ひらめ》かせてエンキャンプメント警察のＳＵＶがゲイラン・ケッセルの車を猛追してきたことだった。

「なんだってんだ？」バックミラーにまぶしい光があふれ、真後ろでサイレンが鳴り響いたとき、ケッセルは言った。

「やばい」パノスはうめき、両手で顔をおおった。

ケッセルは速度を落として止まった。焼却炉まであと五十メートルほどだ。まぬけなフライが焼却炉から製材所の建物へ歩いていくのをパノスは目にした。

「降りて、とんまなおまわりになんの用なのか聞け」ケッセルは命じた。

「どうしておれが？　もし荷台を見せろと言われたら？」

「好きにさせろ。さあ、行け」

パノスはとまどったがドアを開けて飛び降りた。

「車の中にいろ」警官はどなった。ＳＵＶから出てくるところだった。

「なにか問題でも？」パノスはむりやり笑顔をつくって尋ねた。

「車の中にいろと言ったんだ」警官は断固とした態度で命令しながら、後ろに手をのばして腰の銃をつかんだ。

パノスは別のヘッドライトが道路の向こうで光り、三台目の車がスピードを上げて近づいてくるのに気づいた。

「面倒を起こすつもりはないんだ」パノスは警官に訴えた。

「おい」ピックアップに近寄りながら警官は言った。「あんたたちは〈バックブラッシュ〉の人間か？」

パノスが答える前に、大きなドンという音がしてピックアップの反対側が光った。警官はよろめきもせず両腕を広げてばったりと倒れた。

「乗れ、でないと置いていくぞ！」ケッセルはパノスにどなり、傷ついた鳥にとどめを刺すために座席の後ろに置いているブッシュマスターXM－15ライフルを下ろした。

次の瞬間、またライフルを構えて暗闇からこちらへ突っこんでくる車に五発撃ちこんだ。

「おい！」パノスは叫んだが、その声は銃声にかき消された。

ジョーはすべてを目にした。男が〈バックブラッシュ〉のピックアップの助手席から降りてきて、警官が彼に中にいろと命じ、ドライバーがすばやく飛びだして開いたドアの後ろから発砲し、警官は倒れた。

そのあとケッセルは彼に銃口を向けた。

止まったりよけたりする余裕はなく、銃弾がフロントガラスと後部窓を貫通したとき、ジョーは助手席に身を投げていた。ガラスの破片が全身に降りそそいだ。

ピックアップが警官のSUVの後部に衝突すると、彼は床に転がり落ちた。

エンキャンプメントの警官のSUVに緑色の狩猟漁業局のピックアップが突っこんだとき、パノスは走りだした。衝突は激しく、SUVは前に飛びだしてもう少しで横たわった警官を轢《ひ》くところだった。

どこへ走っているのかパノスにはわからなかったが、とにかく製材所とケッセルから離れようとした。分厚い作業着が邪魔で、パノスは息苦しくてあえいだ。あまりにも寒く、肺が焼けそうだ。

そのとき後ろで足音がした。

ケッセルか？

違う。

カウボーイハットをかぶった猟区管理官だ。

現場から逃走する男を追いながら、ジョーはショットガンを投げだしそうになったが思いなおした。ジョーが急いで運転台から出たとき、男は真ん前を走っており、焼却炉の明かりが作業着の背中を照らしていた。

少し走ったあとで自分が追っているのは発砲者ではなく、助手席の男だと気づいた。

ケッセルが自分を狙っていないことを祈って背後を一瞥《いちべつ》した。

ケッセルも移動していた。ライフルを手に焼却炉のほうへ大股で歩いていく。ネイトが監視小屋にいるのを彼は知らない。

「止まれ」ジョーはパノスに呼びかけたが、じつは必要なかった。パノスは製材所の雪の踏み固められた前庭を突っ切り、いまはひざまである新雪の中でよろめいていた。

ハエとり紙に捕まったハエのように、パノスは前に進めなくなった。

ジョーは彼に飛びかかり、二人は倒れた。ジョーは手足をばたつかせてなんとか上になり、ショットガンの銃口をパノスの鼻先に突きつけた。

「うつぶせになって両手を頭の後ろに」ジョーは命じた。走ったので息が切れ、ひざは衝突のとき車の床にぶつけたせいで痛かった。頭にもけがをしていることに、いま初めて気づいた。あごから雪に血がしたたり、鮮《あざ》やかな赤いしみが点々とついた。

「雪で窒息《ちっそく》しちまう」パノスは訴えた。

「そうかもな」ジョーは答えた。

パノスは腹ばいになってうめいた。ジョーは彼に馬乗りになり、ベルトの手錠を探った。鋼鉄はあまりにも冷たく指が痛いほどだった。

ジョーはパノスに手錠をかけ、ブーツに差してある四五口径デリンジャーを見つけた。銃をとりあげてポケットに入れ、パノスの手錠をさらにきつくした。

ケッセルが監視小屋のドアノブに手をのばしたとき、ネイトは小屋の横から出て四五四口径の撃鉄を起こした。焼却炉の開いたハッチを背にしていたので、炎の明かりにネイトはシルエットになっていた。鋭い金属音は炎の轟音《ごうおん》の中でもはっきりと響いた。

その音にケッセルはためらって視線を向けた。その瞬間、ネイトは照準を相手の左目に定めた。ケッセルの目には炎の反射が躍っていた。

「ライフルを放れ」ネイトは大声で命じた。

ケッセルは微動だにしなかった。

「それともやるか」ネイトは言った。「おれはほんとうはそのほうがいい」

ケッセルは姿勢を正してライフルを雪の上に落とした。

「この場で話をつけられないかな。雇い主は無限の資金を持っているんだ」

「もちろんそうだろう」ネイトはケッセルの車を示した。「荷台にのっているのはなんだ？」

「たいしたものじゃない。あんたは警官じゃないな。どうすればここから立ち去らせてもらえる？」

「ああ、おれは警官じゃない。鷹匠だ」

ネイトの言葉の意味を理解した表情がケッセルの顔に浮かんだ。

「それじゃ、あのいまいましい鳥にかかわることなのか」

「一羽とおまえ十人をとりかえてもいい」

ネイトは衝突現場へ戻るようケッセルに合図した。「ジョーというおれの友人があんたに会いたがっている」

ケッセルはぎょろりと目をまわして詰め寄ってきた。「たかが鳥の件なら、話をつけられるだろう」

そう言いながら、ケッセルはネイトと焼却炉の開いたハッチのあいだにまわりこもうとした。ケッセルが途中でバランスを崩したとき、ネイトは手をのばして彼をハッチの中へ押しこんだ。

あっというまだった。ケッセルは悲鳴を上げて数秒間のたうちまわったが、立ちあがれなかった。やがて動かなくなった。

ケッセルのブーツの片方がハッチの外に残っており、ネイトはそれも炎の中へ蹴《け》りこんだ。

ローストポークのような臭いが空中に漂った。

ジョーはパノスを車のほうへ連行し、スパンクス巡査が胸を撃ち抜かれて死んでいるのを確認した。地面に倒れる前に即死していただろう。

「やったのはケッセルだ」パノスは歯をがたがたと震わせながら言った。

「全部見た」ジョーは言った。「スティーヴ・ポロックのファイルが盗まれたとき、あんたはその場にいたのか？」

「まあね」パノスは認めた。

「撃った男はどうした？」パノスを監視小屋へ連れていきながら、ジョーはネイトに聞いた。

ネイトは途中で合流していた。

「焼却炉に落ちた」

「落ちた？」

「自分の足につまずいたんだ」

ジョーは深呼吸して、これ以上聞かないことにした。

パノスを示して言った。「保安官が着くまで、この男を小屋に入れておくつもりだ」

ネイトはうなずいた。「おれはここで待つよ。だが、ピックアップの積み荷を調べないと」


ネイトはケッセルのピックアップのキャンパーシェルのハンドルをつかんだ。まわすと、寒さの中で後部がゆっくりと開いた。

ジョーはマグライトをつけて中を照らした。荷台は壁の上まで死んだワシとワシの一部でいっぱいだった。死骸は分厚いシートの上に積み重ねられており、シートも一緒に焼却されるはずだったのだろう。

「くそったれが」ネイトは言った。

「ああ」

「全部で何羽ぐらいだったんだろう？」

「きっとテッド・パノスが答えてくれる」ジョーは言った。

カーボン郡保安官事務所の車列が到着するまで一時間近くかかった。ニール保安官と彼のチームは、商売が上がったりになるというジェブ・プライアーの抗議にもかかわらず製材所の前庭を確保し、犯罪現場の黄色いテープを張った。

パノスは保安官事務所のSUVに移され、スパンクスの遺体はカーボン郡記念病院へ搬送《はんそう》された。

ジョーはSUVの中へかがみこんだ。

「頼むからドアを閉めてくれ」パノスは懇願《こんがん》した。「これじゃ凍えちまう」

「ケイト・シェルフォード-ロングデンについて知っていることを話せ」

「たいして知らない。彼女はどこかで若いカウボーイとよろしくやっているとゲイランは思っていた」

「彼がそう言ったのか?」

「ああ。でも、なぜ彼がそう考えたのかはわからない。おれたちで彼女を探そうとしたこともあったんだ、だが見つからなかった」

「どうして?」ジョーは不思議に思った。

「なぜなら、ケイトの事件でこの谷に注目が集まるのをゲイランは嫌ったんだ。警官や記者が大勢押し寄せてくると言っていた」

ジョーはうなずいた。筋は通っている。

「二、三ヵ月前〈ラスティック・バー〉でゲイランはあんたに彼女のことを話したか?」

パノスは肩をすくめた。「ああ、たしかそのころだった」

ジョーは上体を戻してドアを閉めた。パノスは、残りの人生の来たるべきアトラクションを予想するかのようにまっすぐ前を見つめていた。まずはローリンズのワイオミング州立刑務所で過ごす長い刑期だ。


ジョーはニールに供述するためにプライアーのオフィスで待っていた。一連の出来事で沸騰したアドレナリンが消えたいま、疲れきって悲しい気持ちだった。エンキャンプメントの警官の死が悲しかったし、シェリダンの失望が悲しかったし、ワシたちの犠牲が悲しかったし、自分自身の状況も悲しかった。

ネイトは姿を消していた。そういうところは抜かりがない。

製材所の中でニール保安官がこう言うのが聞こえた。「どこへ行く気だ?」そのときオフィスのドアが開いた。

ワイオミング州ハイウェイパトロール隊員がそこに立っていた。たくましい体つきで、寒さのために頰《ほお》が赤くなっていた。

「ジョー・ピケット?」

「ああ」

「あなたを連行するように命じられました」

ニール保安官が室内へむりやり入ってきて、隊員に向きなおった。「この男はここに残る。彼の供述が必要だ。聞いていないなら教えるが、警官がここで撃たれたんだ」

「聞いています」隊員は答えた。「だが、命令は知事から直接受けているので」


ジョーはハイウェイパトロールのパトカーの後部座席のドアから外を見ていた。エンキャンプメント、そしてサラトガが遠ざかっていった。

彼はものがよく考えられなかった。

「おれが無事だと知らせるために、妻に電話をかけないと」ジョーは隊員に言った。

「目的地に着いたらかけてかまいません」

「おれは逮捕されたのか？」

隊員はうなった。「どうなのか、わたしにはわかりません」

ジョーはぼんやりして、遠くのエルク山の東側を曙光《しょこう》が染めるのを眺めた。

前部座席で隊員が携帯に応答したが、ジョーは注意を払っていなかった。

「あなたにだ」隊員は携帯をジョーに渡した。

「おれに？」

「そうです」

ジョーは携帯を耳にあてた。

「メアリーベスと話したよ」前知事スペンサー・ルーロンの声だった。「きみが弁護士を必要としているらしいと聞いた」

ジョーは微笑した。「そのようです」

謝辞

本書執筆のためにご協力、ご意見、情報を賜った方々に感謝したい。まず、ワイオミング州サラトガ郊外のすばらしい施設〈ブラッシュ・クリーク牧場ロッジ&スパ〉のコリンヌ・ホワイト、マイケル・ウィリアムズ、ノラ・アシュベリー、マリア・ペスジェス、ロン・ホーキンズ。

サラトガの〈ホテル・ウルフ〉のダグ・キャンベルとキャシー・キャンベル、どうもありがとう。読者の皆さんは九号室の〝ザ・ジョー・ピケット・ルーム〟を選んで宿泊もできる。

鷹匠《たかじょう》のマイク・バーカーとジョスリン・バーカーが提供してくれた幅広い研究と情報は本書のかなめとなり、感謝している。そしてサラトガ国立養魚場を案内してくれたデイヴィッド・パドック、猟区管理官の仕事を監修してくれたマーク・ネルソン、ほんとうにありがとう。

英国についての相談役になってくれたヘッド・オブ・ゼウス社のニック・チータムにもお礼を申し上げる。

わたしの最初の読者であるローリー・ボックス、モリー・ボックス、ベッキー・リーフ、ロクサーン・ウッズにも特段の感謝を。

cjbox.netを管理し、ソーシャルメディア面で助けてくれるモリー・ボックスとプレーリー・セージ・クリエイティヴ、いつもありがとう。

伝説的存在のニール・ナイレン、イヴァン・ヘルド、アレクシス・ウェルビー、クリスティン・ボール、アレクシス・サトラー、マーク・タヴァーニ、ケイティ・グリンチなど、パトナム社のプロフェッショナルたちと仕事をするのはこの上ない喜びだ。

そして今回もまた、わたしのエージェントで友人のアン・リッテンバーグに感謝する。

解説

若林　踏《ふみ》

家族愛、友情、勝利。

〈猟区管理官ジョー・ピケット〉シリーズの魅力を端的に表すためのフレーズを考えていたら、『週刊少年ジャンプ』のスローガンみたいになってしまった。でも、おおむね間違っていないと思う。

本書『暴風雪』は猟区管理官のジョー・ピケットが活躍するシリーズの第十八作目に当たる作品で、本国アメリカでは二〇一八年に刊行された。シリーズ第一作『沈黙の森』が発表されたのが二〇〇一年のことで、本国で四半世紀続いている。もはや長寿シリーズだ。日本では二〇〇四年に講談社文庫にてシリーズの邦訳がスタート。第十三作『発火点』からは版元が東京創元社へ移り、本書まで年一冊のペースで刊行が続いている。本国で人気の高いシリーズものでも残念ながら邦訳が途絶えてしまう例も多いなか、版元が変わってもコンスタントに出し続けることが出来るのは、〈猟区管理官ジョー・ピケット〉シリーズが日本の読者の心も摑《つか》む普遍的な魅力を持った作品であることの証明だろう。

では、その魅力とは何か。それを説明する前に、本書で初めて〈猟区管理官ジョー・ピケット〉に触れる読者に向けて簡単にシリーズの概要を紹介しておきたい。ちなみにシリーズ十八作目ではあるものの、ここから読んでも全く問題ないので、ご安心を。

主人公のジョー・ピケットはワイオミング州で猟区管理官を務めている。日本では聞きなれない職業であるが、猟区管理官とは州の野生動物とその棲息する自然の保護や管理を主務とする仕事だ。違法な狩猟や漁業に対する法の行使が可能で、武器を持った密猟者などを相手にする危険な場面に出くわすこともある。その担当区域は当然ながら広大で、ピックアップトラックや馬で駆け回りつつ、雄大な自然を汚《けが》す行為に対して目を光らせているのだ。

そのような責任重大かつ過酷な任務に就くジョー・ピケットの性格を一言で表すならば、頑固で不器用。だが、その裏には家族や友人に対する限りない尊敬と愛情があり、ワイオミングの美しい自然を慈しむ心に溢《あふ》れている。そして眼前にある不正や腐敗を許さず、正義のためならば時には政治家など権力にも抗《あらが》うことを辞さない。そんなジョーが幾多《いくた》の困難を乗り越えながら事件を解決していく、というのがシリーズの基本的な骨子《こっし》となる。

これだけでも十分に魅力的だろうが、本シリーズではさらに二つの大きな読みどころが用意されている。それが冒頭に書いた家族愛、そして友情だ。

まずは家族愛。ジョー・ピケットには妻と三人の娘がおり、作品によっては単なる脇役にとどまらず物語の中心となることもある。愛妻家であり子煩悩でもあるジョーは、たとえいかなる苦難が待ち受けていようと家族を守るために戦い抜く。そしてジョーだけではなく、妻と娘たちもジョーのために体を張って戦うこともあるのだ。特に妻のメアリーベスはジョーの頑固で不器用な性格を理解しながら、彼が正義を貫こうと行動する際には温かくサポートする。ミステリの主人公には孤独で家庭的な不和を抱えている人物も少なくないが、ジョーの場合はその正反対で、これほど明るい家族愛に溢れたキャラクターも珍しいと思う。

そして友情。ジョー・ピケットには鷹匠《たかじょう》のネイト・ロマノウスキという盟友がいて、シリーズを通してピケット一家の面々と同じくらい重要な登場人物として描かれる。ネイトは特殊部隊出身で、類稀《たぐいまれ》なる戦闘能力でジョーたちピケット一家の危機を幾度となく救うのだ。政府を嫌い、一時は数々の連邦犯罪容疑で逃亡犯として追われていたこともある。だがジョーにとっては、同じく自然を愛し、ピンチを救ってくれる頼もしい友なのだ。こうしたアウトローの香りを纏《まと》いながら腕っぷしの強さで主人公を助けてくれる相棒の存在を読むと、翻訳ミステリファンならばロバート・B・パーカーの〈スペンサー〉シリーズにおけるホークや、ロバート・クレイスの〈エルヴィス・コール〉シリーズに登場するジョー・パイクなどを思い起こすだろう。熱いバディものの興趣も本シリーズには備わっているのだ。

さて、そうした家族愛と友情に満ちたシリーズの第十八作目でジョーが出くわすのはどのような事件か。発端はワイオミング州知事のコルター・アレンから突然受けた呼び出しだった。前知事のスペンサー・ルーロンはジョーのよき理解者であり、何か困りごとがあった場合は彼を〝カウボーイ偵察員〟として調査に使うことがあった。だが新たに知事に就任したアレンはルーロンとは正反対の人物でジョーとは全くそりが合わず、アレンが依頼してきた仕事を「政治にかかわる任務はやらないんです」とジョーが断って以来、没交渉が続いていた。

そのアレンから招集を受けたジョーは、彼の待つ州所有のジェット機内に赴くことになる。そこでジョーがアレンから受けたのは、前年七月に行方不明となったケイト・シェルフォード−ロングデンという英国人女性を捜せという命令だった。ケイトは英国の大手広告会社の最高経営責任者で、やり手の人物として知られていた。彼女はワイオミング州の高級リゾート牧場で休暇を過ごした後、デンヴァーでロンドン行きの飛行機に乗り帰国するはずだった。ところがケイトは空港には現れず、そのまま行方不明になってしまったのだ。アレンがジョーに捜索を命じた理由は、彼の妻が駐米英国大使にケイトの消息について回答することを勝手に約束してしまったからだった。事件を担当していた州犯罪捜査部《DCI》もケイトの行方について何もつかめていない状態だったが、ジョーはアレンの命令に従い、まずはケイトの宿泊した牧場のあるサラトガへと向かう。

〈ジョー・ピケット〉シリーズは主人公が不意に起きたトラブルやアクシデントをいかに乗り越えていくかという、ディック・フランシス作品のような活劇小説として評価されている。だが実際には活劇の要素だけではなく、謎解きなど様々なミステリの趣向を用いて楽しませる娯楽小説なのだ。本書も失踪した女性の捜索を依頼されるという、いわゆる私立探偵小説における人捜しの形式を物語の導入として上手《うま》く描きつつ、アクションや推理を織り交ぜながら意外な展開で読者を驚かせる作品になっている。

また、ジョーの捜査には様々な枷《かせ》がある点にも注目だ。先ほども説明した通り猟区保安官が管轄する範囲は非常に広いうえ、捜査権を持っているからといって管轄内の人間すべてから協力を得られるわけではない。そうした枷に制限を受けつつ、いかにジョーが情報を集めて事件を解決するのか、というところもミステリとしての読みどころの一つなのだ。

本書でも家族愛と友情がてんこ盛りだ。まず家族の話で言えば、長女シェリダンが大活躍するのが嬉《うれ》しい。初登場時には七歳だったシェリダンも二十三歳の大人へと成長している。実はケイトが宿泊した牧場にシェリダンが勤めており、ジョーは彼女の協力も得ながらケイトの行方を捜すことになる。馬の世話をしながら過ごすシェリダンの逞《たくま》しい姿に、これまでシリーズを追い続けてきた読者の中には思わず目頭を熱くする方もいるのではないだろうか。

さらにネイト・ロマノウスキも当然の如《ごと》く登場し、ファンの期待に違《たが》わぬ活躍を見せてくれる。前作『暁の報復』ではネイトの出番がやや控えめだったのだが、本書では心配ご無用。ネイトがどこで、どのようにジョーと邂逅《かいこう》して話に絡《から》んでくるのかは読んでからのお楽しみということにしよう。ただ前作の鬱憤《うっぷん》を晴らすかのような暴れっぷりが用意されていることは保証する。どこかダークな雰囲気を漂わせつつ、時にユーモアも滲《にじ》ませながらジョーを助けるネイトの姿をご堪能いただきたい。

　ここからは少し物語の脇道に触れる。本書の本国での刊行は二〇一八年、つまり一度目のドナルド・トランプ政権が発足した翌年に出版されている。作中ではトランプの名前が皮肉めいた調子とともに登場している。（前知事ルーロンとは「別の種類の人間」と半ば揶揄《やゆ》されるような書き方をされるコルター・アレンが共和党員であるのも暗示的だ）また、本書でジョーやネイトが会話の端々に〝陰謀論〟という言葉を使って冗談めいた会話を交わすのも、時代の空気を表していると思う。二〇二四年に再選したトランプが国内外に大きな波乱を起こしている現状を見ると、この辺りの描写がシリーズ内でどうなっていくのか、小説の脇道ではあるが気になるところではある。

　創元推理文庫では第十九作目の *Wolf Pack* の刊行が既《すで》に決定しているとのこと。次作ではドローンで野生動物が殺される事件についてジョー・ピケットが調査する話で、どうやら三女のルーシーが物語のキーパーソンになるようだ。期待して邦訳を待ちたい。

　ちなみに二〇二四年二月、第二十四作の *Three-Inch Teeth* が刊行された際に書評サイト「bookreporter」のインタビューで「今後はエイプリルとルーシーにスポットを当てた物語を書いていきたい」とC・J・ボックスは述べており、ジョーの娘三人をそれぞれ平等に活躍させたい思いがあることをうかがわせている。さらに二〇二五年二月に本国で出たばかりの新作 *Battle Mountain* はネイト・ロマノウスキが出ずっぱりのエピソードになっている模様だ。このシリーズ、やはりどこまでも「家族愛、友情、勝利」を貫く様子である。

訳者紹介　東京外国語大学英米語学科卒業。フリードマン「もう年はとれない」、ボックス「発火点」「越境者」「嵐の地平」「熱砂の果て」「暁の報復」、パーキン「小鳥と狼のゲーム」、クリスティ「秘密組織」「二人で探偵を」など訳書多数。

暴風雪

2025年4月30日　初版

著　者　C・J・ボックス

訳　者　野《の》口《ぐち》百《ゆ》合《り》子《こ》

発行所　(株)東京創元社
代表者　渋谷健太郎

162-0814 東京都新宿区新小川町1-5
電　話　03・3268・8231-営業部
03・3268・8201-代　表
URL　https://www.tsogen.co.jp
組　版　工友会印刷
暁印刷・本間製本

ISBN978-4-488-12718-3　C0197